I0730536

LE
RAGAZZE
ANNEGATE

LIBRI DI LISA REGAN

IN LINGUA ITALIANA

Le ragazze svanite

La ragazza senza nome

La sua tomba nascosta

La confessione finale

Le sue ossa sepolte

Il suo pianto silenzioso

I corpi lungo il fiume

Trovarla viva

Salvate la sua anima

Respira un'ultima volta

Silenzio piccolina

Il suo tocco mortale

Le ragazze annegate

Guardala scomparire

Sparita ragazza del posto

La moglie innocente

Chiudile gli occhi

IN LINGUA INGLESE

DETECTIVE JOSIE QUINN

Vanishing Girls

The Girl With No Name

Her Mother's Grave

Her Final Confession

The Bones She Buried

Her Silent Cry

Cold Heart Creek

Find Her Alive

Save Her Soul

Breathe Your Last

Hush Little Girl

Her Deadly Touch

The Drowning Girls

Watch Her Disappear

Local Girl Missing

The Innocent Wife

Close Her Eyes

My Child is Missing

Face Her Fear

Her Dying Secret

Remember Her Name

Husband Missing

LISA REGAN

LE RAGAZZE ANNEGATE

Tradotto da Alessandro Cataoli

bookouture

L'edizione originale è stata pubblicata nel 2021 con il titolo "The Drowning Girls" da Storyfire Ltd. che opera come Bookouture.

Edizione italiana pubblicata da Bookouture, 2025
Prima edizione maggio 2025

Un'edizione di Storyfire Ltd.
Carmelite House
50 Victoria Embankment
London EC4Y 0DZ

www.bookouture.com

Il rappresentante autorizzato nello SEE è Hachette Ireland
8 Castlecourt Centre
Dublin 15 D15 XTP3
Ireland
(email: info@hbgi.ie)

Copyright originale © Lisa Regan, 2021
Copyright edizione italiana © Alessandro Cataoli, 2025

Lisa Regan ha rivendicato il suo diritto ad essere identificata come l'autrice di quest'opera.

Tutti i diritti riservati. Nessuna parte di questa pubblicazione può essere riprodotta, memorizzata in qualsiasi sistema di recupero o trasmessa, in qualsiasi forma o con qualsiasi mezzo, elettronico, meccanico, fotocopia, registrazione o altro, senza la previa autorizzazione scritta degli editori.

ISBN: 978-1-83618-762-2
eBook ISBN: 978-1-83618-761-5

Questo libro è un'opera di fantasia. Nomi, personaggi, imprese, organizzazioni, luoghi ed eventi diversi da quelli chiaramente di dominio pubblico, sono il prodotto dell'immaginazione dell'autore o sono usati in modo fittizio. Qualsiasi somiglianza con persone, viventi o defunte, eventi o locali è del tutto casuale.

Per Christine Brock, perché è stata in grado
di tenerci uniti quando tutto il nostro mondo
stava andando in frantumi.

UNO

L'aria fredda le pungeva le guance come se un milione di minuscoli aghi le trafiggessero la pelle. Foglie e ramoscelli secchi scricchiolavano sotto i suoi piedi, che scivolavano continuamente sulle chiazze di neve che ancora coprivano il terreno. Una mano pesante le premeva sulla spalla, guidandola nell'oscurità. La canna di una pistola premeva contro la nuca e lo scalpo le bruciava ancora da quando l'aveva afferrata per i capelli, tirandoglieli fino a strapparli dalle radici. Tutto il resto del suo corpo era intorpidito dal freddo. Quanto avrebbe voluto avere il suo cappotto.

«Sto morendo di freddo.» gli disse, augurandosi che il suono della sua voce non assomigliasse troppo a un lamento.

«Chiudi la bocca!» le intimò lui, scavando con le dita nella carne appena sotto la clavicola. Il metallo freddo della pistola le mordeva la pelle.

«Ti scongiuro.» continuò lei. «Mi serve un cappotto o almeno un maglione.»

«Non ti serve a niente un cappotto nel posto in cui stai andando.» ribatté lui con tono brusco.

Perché, in che posto stava andando? In una fossa, poco più

profonda di un buco nella terra? Il pensiero – o meglio, la cruda realtà dei fatti - che si stava avviando nel suo ultimo cammino, che stava andando verso la morte, le tagliò il respiro, che già si era fatto affannoso. Cominciarono a batterle i denti, se per il freddo o per il panico che le saliva da dentro a ogni passo, non avrebbe saputo dirlo. Si chiese come facesse quell'uomo a sapere quale direzione prendere, se tutto intorno a loro era nero come l'inchiostro e la luna non era altro che una sbavatura dietro a un cappuccio di nuvole traslucide.

«Non sei obbligato a farlo.» gli disse, questa volta senza neanche il minimo tentativo per nascondere il tono di supplica nella voce.

«Hai fatto la tua scelta.» ringhiò lui.

«Ti... t-ti scongiuro.» balbettò lei.

«Chiudi la bocca.» le intimò spingendola violentemente.

Lei perse l'appoggio sulle gambe e l'oscurità le arrivò addosso; alzò le mani di scatto per attutire la caduta. Il bordo affilato di una roccia le si conficcò nel palmo della mano sinistra. Prima che potesse reagire, lui allungò una mano che si aggrovigliò di nuovo tra i suoi capelli e la fece rimettere in piedi. Di nuovo, le puntò contro la pistola, stavolta all'altezza della tempia, e le scavò nella pelle.

«Adesso...» disse con voce roca, «tu mi darai quello che voglio.»

DUE

La scia del puzzo di popcorn bruciati si diffuse fino alle narici di Josie. Da dentro al microonde si sentiva ancora uno scoppiettio sommesso, ma un fumo nero premeva contro il vetro dello sportello. Non ci voleva uno chef stellato per capire che quello non era un buon segno. Josie fece un passo verso l'ingresso della cucina per cercare di capire se la sua famiglia e i suoi amici, che erano tutti riuniti in salotto, si fossero accorti dell'inconveniente. Nessun segno, almeno per il momento.

Il suo Boston Terrier, Trout, lanciò un guaito e prese a girarle intorno, fissandola con aria preoccupata con quei suoi occhioni marroni e pieni di vita. Josie borbottò un'imprecazione sottovoce e aprì lo sportello del microonde, liberando una nube scura che le bruciò gli occhi. Questa volta, dalla sua bocca uscì una lunga serie di improperi e si mise a sventolare le mani nel tentativo di disperdere la coltre di fumo prima che l'allarme antincendio impazzisse. I resti carbonizzati del sacchetto di popcorn erano ormai ridotti a un misero mucchietto sul fondo malridotto del suo microonde. Alle sue spalle, riuscì a sentire la voce della sua amica Misty Derossi un secondo prima che l'allarme antincendio a soffitto si mettesse a suonare.

«Cosa sta bruciando qui dentro?» le chiese Misty.

Josie fece una smorfia e cominciò a tossire; guardandosi intorno, si rese conto che c'era molto più fumo di quanto avesse pensato. Gli strilli dell'impianto le facevano male alle orecchie e il cane si mise ad abbaiare a tempo con l'allarme, piazzandosi di fronte alla padrona come se volesse proteggerla da qualche minaccia. Misty rimase ferma sulla soglia, con le mani sui fianchi e gli occhi socchiusi che già lacrimavano. Josie non riuscì a sentire quello che Misty le diceva sopra quel frastuono, ma riuscì a leggerle le labbra. «*Perfino* i popcorn? Com'è possibile, Josie?»

Scuotendo la testa, Misty attraversò la stanza in soli tre passi, aprì uno dei cassetti accanto al piano cottura e ne tirò fuori due grandi presine. Ne lanciò una a Josie che la agitò in aria. Misty si tenne l'altra e cominciò a sventolarla davanti al viso, mentre apriva la porta sul retro e poi trascinava una sedia dall'angolo della stanza proprio sotto l'allarme antincendio. Josie si avvicinò alla porta e si servì della presina per spingere l'aria carica di fumo fuori nella notte invernale di dicembre. Trout si mise a correre avanti e indietro tra Josie e la porta, continuando ad abbaiare, indeciso su ciò che avrebbe dovuto fare: rimanere al fianco della padrona e difenderla da quella sirena strombazzante o uscire dalla porta sul retro e fare i suoi bisogni sull'albero di Lagerstroemia che cresceva in un angolo del giardino. Misty salì sulla sedia e, con grande precisione, fece saltare il coperchio del rilevatore di fumo e ne estrasse la batteria.

Il silenzio non era mai stato così gradito.

Josie continuò nel tentativo di spingere il fumo verso l'esterno. Trout si fermò e rimase a guardarla. Sulla porta della cucina apparve il figlio di Misty, Harris, di sei anni; si mise a osservare la scena che gli si presentava davanti scuotendo lentamente la testa.

«Non è stata colpa mia...» iniziò a giustificarsi Josie, ma lui se ne stava già tornando di corsa in salotto, accompagnato dallo scalpiccio dei suoi piedini sul parquet del corridoio, preceduto dal suo annuncio: «Zia Shannon! Zia Trinity! Zio Christian! Zio Patrick! Zia Brenna! Zia JoJo ha dato di nuovo fuoco alla cucina!»

Josie fece il broncio. «Potresti spiegare a tuo figlio che questo non equivale a dare fuoco alla cucina?»

«No.» ridacchiò Misty. «No, non posso. O meglio, potrei, ma non ne ho nessuna voglia.»

Josie le tirò la presina in faccia, ma Misty la prese al volo, e scoppiò in una fragorosa risata.

Richiudendo la porta del retro, Josie borbottò: «Con tutta la gente che c'è in questa casa, avete chiesto proprio a me di preparare i popcorn? Non so cosa vi sia passato per la mente.»

«Giusta osservazione...» concordò Misty, raddrizzandosi e recuperando i resti del sacchetto di popcorn con tutte e due le presine per gettarli via. «Torna pure in salotto.» disse a Josie. «Qui ci penso io.»

Sollevata, Josie si avviò verso il soggiorno, con Trout che le zampettava a fianco. Prima di lasciare la cucina si fermò e si voltò verso Misty per aggiungere: «Però le avevo seguite davvero le istruzioni sulla busta.»

Misty le fece l'occhiolino e si limitò a commentare: «Lo so...». Non che ci fosse altro da dire; Josie era irrimediabilmente e notoriamente incompetente in cucina. Potevano darle il compito più semplice e lei trovava il modo di mandarlo all'aria, anche quando seguiva le istruzioni. Come detective della piccola città di Denton, nella Pennsylvania centrale, Josie aveva affrontato e neutralizzato alcuni degli assassini più spietati e astuti del pianeta. Ma non sapeva fare nemmeno i popcorn.

Con un'alzata di spalle, Josie si voltò e andò nella stanza adiacente. Si fermò per un attimo nel mezzo dell'ingresso e fissò il soggiorno. Le luci multicolori del piccolo albero di Natale che lei e Noah avevano addobbato, soprattutto per il piacere di

Harris, scintillavano e proiettavano una luce festosa su tutta la stanza. La sua famiglia al completo era radunata sul divano di fronte al grande televisore. C'erano i suoi genitori biologici – sua madre, Shannon Payne, suo padre, Christian Payne – sua sorella gemella, Trinity, e suo fratello, Patrick, che era venuto insieme alla sua ragazza, Brenna. Josie sentì come un'esplosione scaturirle nel petto, in parte di dolore e in parte di gratitudine. Quando lei e Trinity avevano soltanto tre settimane, una persona orribile aveva appiccato un incendio in casa loro e l'aveva rapita. Per i successivi trent'anni i Payne avevano creduto che la loro bambina fosse morta nell'incendio. In tutto quel tempo, la rapitrice di Josie aveva abusato di lei e alla fine l'aveva addirittura abbandonata, lasciandola alle cure di una donna di nome Lisette Matson. Tanto Josie quanto Lisette avevano avuto tutte le ragioni per credere di essere nonna e nipote, almeno fino al giorno in cui avevano scoperto che Josie apparteneva alla famiglia Payne e la sua vera identità era venuta fuori. Indipendentemente da questa scoperta, Lisette l'aveva cresciuta come sangue del suo sangue ed era stata tutto il suo mondo, la sua ancora di salvezza, la sua stella polare. La sua unica e sola fonte di amore incondizionato e di stabilità in una vita che aveva cercato di schiacciarla in ogni modo possibile. Ormai Lisette se n'era andata e non poteva partecipare a questa riunione di famiglia. Se n'era andata per sempre. Massacrata otto mesi prima sotto gli occhi di Josie. Un solletico le graffiò l'interno della gola, segno distintivo dell'arrivo di un bel pianto. Ma non era il momento. Avrebbe voluto che suo marito, Noah Fraley, fosse a casa insieme a loro, ma anche lui lavorava per il Dipartimento di Polizia di Denton, con il grado di tenente, e capitava spesso che non riuscissero a conciliare i loro turni.

Harris si era rannicchiato tra Shannon e Trinity al centro del divano e guardava alla televisione con grande aspettativa l'anteprima di un servizio che sarebbe andato in onda al notiziario nazionale del mattino successivo e stava puntando il dito verso l'uomo di età avanzata che parlava di come la sua vita fosse cambiata grazie alla fede «Guardate.» disse. «È l'uomo di Dio.»

Trinity rise. «L'uomo di Dio?»

«Quello è Thatcher Toland.» spiegò Shannon. «Ha messo su quella chiesa gigantesca che stanno costruendo appena fuori Denton.»

«Ha comprato quel vecchio stadio di hockey, che un tempo apparteneva alla squadra dei Philadelphia Flyers, finché non si è trasferita.» spiegò Christian. «Ed è rimasto in stato di abbandono per anni. E pare che adesso lo stia ristrutturando e trasformando in una chiesa.»

«Sì, e ha reso il traffico nella zona est di Denton un vero e proprio incubo.» commentò Patrick. «Ci portano continuamente attrezzature e materiali edili. Dicono che aprirà alla Vigilia di Natale. Mi auguro fortemente che sia così perché, quando tornerò per il prossimo semestre, non voglio più saperne di questo casino.»

«E ha appena scritto un libro.» aggiunse Shannon. «La mia vicina di casa non parla praticamente d'altro. Ho l'impressione che si aspetti che ci uniremo alla chiesa quando i lavori alla nuova sede saranno terminati.»

«L'uomo di Dio è in televisione *tutto il giorno*.» disse Harris, prolungando le parole "tutto il giorno" e alzando gli occhi al cielo.

«So chi è, mamma.» disse Trinity, ridendo delle buffonate di Harris. «Se lavorassi ancora come conduttrice del notiziario mattutino, ci sarei io a fare quell'intervista.»

«E quanto manca al tuo programma?» chiese Harris.

Trinity guardò l'ora sul telefono. «Mancano ancora cinque minuti. Però, Harris, questo è un programma per adulti. La tua mamma ti ha dato il permesso di guardarlo?»

«Ma l'hanno fatto su di te!» argomentò lui. «E io ti conosco.»

Trinity rise. «Sì, l'hanno fatto su di me. Ma parla di tematiche... di argomenti per grandi.»

«Ma è il tuo programma, quindi non puoi deciderlo tu se lo posso guardare o no?»

«No.» gli rispose Trinity con pazienza. «Solo la tua mamma può decidere cosa puoi guardare.»

Harris saltò in piedi urlando: «Glielo vado a chiedere!» e scattò come un razzo verso la cucina fermandosi bruscamente di fronte a Josie, che si trovava sulla porta. Trout si mise a scodinzolare veloce, con la lingua penzoloni, guardando il bambino. «Zia JoJo?» chiese Harris. «Visto che la nonna Lisette è andata in cielo, possiamo mettere il suo vaso sul tavolo, in modo che anche lei può guardare il programma della zia Trinity?»

Josie rimase completamente immobile. Tutte le conversazioni nel soggiorno cessarono. Si sentiva solo Misty che si affaccendava in cucina. Il ronzio del microonde. Il basso brusio della televisione. Il cane che uggiolava.

Shannon si alzò di scatto dal divano. «Credo che sia un'ottima idea, Harris. Sono sicura che la zia JoJo è d'accordo. Non è vero, JoJo?»

Josie si rendeva conto che lo sguardo di sua madre era fisso su di lei, ma tutto ciò che riusciva a vedere era il luccichio dell'urna d'argento con le ceneri di Lisette posta sulla libreria dall'altra parte della stanza. Avvertì la presenza di sua sorella al suo fianco, sentì che le sfiorava l'avambraccio con una mano. «Josie...» sussurrò. «Stai bene?»

Josie distolse lo sguardo dall'urna e lo spostò sull'espressione piena di speranza dipinta sul visetto del bambino. Come al solito, il modo in cui Harris vedeva il mondo la lasciava senza parole. Una delle parti peggiori del lutto di Josie per sua nonna era il timore di scoprire un giorno che non ne rimaneva altro che una collezione di ricordi, qualcosa di vecchio, polveroso e irrilevante, da tenere sotto il letto e di cui non parlare mai. Harris, nella sua innocenza, la teneva in vita, la manteneva presente alla sua memoria, tanto che Josie riusciva quasi a vedere nella sua mente il sorriso malizioso della nonna, riusciva a sentirne la risatina, a udirne la voce, come se fosse stata accanto a lei. *"Anche a me piacerebbe vedere il programma di Trinity, sai..."*

I suoi piedi la trascinarono all'altro capo della stanza. Prese l'urna tra le mani, colpita dal fatto che di sua nonna, vitale e vivace com'era, non rimaneva altro che quel contenitore lucido pieno di ceneri. Si era persa per diverse ore in quei pensieri. Gli ultimi otto mesi erano stati i più difficili della sua vita. Voltandosi, riuscì a rivolgere al bambino un sorriso. «Alla nonna Lisette piacerebbe molto.» gli disse.

Christian e Patrick fecero un po' di spazio al centro del tavolino e Josie vi sistemò l'urna, sulla cui superficie rimbalzavano le luci tremolanti del televisore e quelle dell'albero. Misty apparve dall'ingresso con in ciascuna mano una ciotola di popcorn preparati alla perfezione. «È quasi ora.» annunciò Shannon.

«Mamma, posso guardare lo spettacolo con i grandi?» chiese Harris.

«Certo, tesoro.» disse Misty. Abbassando la voce, guardò Josie e disse: «Almeno così si addormenterà nel giro di dieci minuti.»

Ciascuno dei presenti prese posizione. Josie andò a sedersi accanto alla sorella sul divano, con Harris sulle ginocchia, che appoggiò la testa al suo petto e lentamente rilassò il suo corpicino contro il suo. Misty aveva ragione: si sarebbe addormentato in un attimo. Da una parte c'era Shannon e dall'altra Christian. Patrick e la sua ragazza occuparono il divanetto a due posti e Misty si mise a sedere sul pavimento, con Trout sull'attenti accanto a lei che guardava ogni boccone di popcorn che passava dalla ciotola alla sua bocca. Misty lanciò un'occhiata verso il divano e disse: «Trinity, non dovresti essere a una qualche importante première a New York in questo momento? Con Drake al tuo fianco, a farti fotografare in uno splendido abito da sera...»

Trinity scoppiò a ridere. «Drake doveva lavorare, come c'era da aspettarsi. Sta seguendo un caso importante. C'è sempre di mezzo qualche grossa indagine con l'FBI. Ad ogni modo, il network non organizza questo tipo di première per i programmi come il mio. E comunque, questa è solo un'anteprima. Stasera trasmettono questo episodio per cercare di suscitare maggiore interesse tra il pubblico e poi il programma vero e proprio verrà presentato in anteprima con due puntate complete dopo la finale del campionato della National Football League.»

Shannon batté le mani e il viso le si illuminò nell'attesa. «È così emozionante!»

Nella stanza calò il silenzio quando partirono le prime note della sigla. La scritta "*Crimini irrisolti* con Trinity Payne" lampeggiò sullo schermo e sullo sfondo si susseguì in rapida carrellata una serie di immagini di repertorio prese da varie scene del crimine. Poi, Trinity apparve accanto a un grande schermo televisivo, vestita elegantemente con un tailleur rosso aderente abbinato al rosso delle sue labbra che metteva in risalto il nero dei suoi lunghi capelli setosi. Dritta e slanciata com'era, con le mani posizionate davanti a sé e le dita di una mano chiuse nell'altra nella classica posa da conduttrice televisiva, emanava un'impressione solenne. «Buonasera.» diceva ai telespettatori. «E benvenuti a *Crimini irrisolti*. Sono Trinity Payne, la vostra conduttrice. Nella puntata di quest'oggi vi presenteremo il caso dei Tre di Rose Glen...»

Per l'ora seguente, il salotto rimase per lo più immerso nel silenzio, irretito dal caso insoluto che Trinity e la sua équipe di produttori e scrittori avevano accuratamente studiato e presentato al pubblico, includendo le teorie più accreditate tra le forze dell'ordine e le persone più vicine alle vittime su chi fossero i responsabili. Quando scorsero i titoli di coda, Trinity ricevette una cascata di congratulazioni. Josie spostò Harris, che le si era addormentato in braccio, in modo da cambiare posizione. «È impressionante, Trinity...»

«Riaprirete le indagini, se dovessero emergere nuove piste?» domandò Patrick.

Trinity fece per rispondere, ma dalla porta d'ingresso si sentì bussare e Misty saltò in piedi. «Vado io.»

Un attimo dopo riapparve e prese Harris dalle ginocchia di Josie. «È Mettner.» disse. «Vuole parlare con te.»

Josie si alzò e si scollò la maglietta dal petto, umida di sudore per la posizione in cui Harris le aveva dormito addosso.

«Non gli hai detto di entrare?»

Misty sistemò Harris sul divano lasciandolo da solo e mettendogli addosso una coperta mentre gli adulti riprendevano a commentare la trasmissione. Trout saltò subito in piedi e si accoccolò accanto al bambino. «Non ha voluto.» rispose Misty.

Josie si avviò verso l'ingresso, dove Misty aveva lasciato la porta socchiusa. Sullo scalino di casa c'era il detective Finn Mettner, vestito in modo informale con jeans e una vecchia felpa dei Philadelphia Phillies, dato che quella era la sua serata libera. Quando Josie gli si avvicinò, vide che aveva i capelli castani tutti in disordine e gli occhi marroni completamente spalancati in preda a qualcosa che lo tormentava.

Era evidente che aveva qualche problema.

«Josie!» disse chiamandola per nome, in un soffio che si dissolse in una nuvola di condensa nell'aria fredda. «Ho bisogno del tuo aiuto.»

TRE

Il detective Finn Mettner aveva fatto carriera nel Dipartimento di Polizia di Denton dopo Josie e Noah. Aveva iniziato come agente di pattuglia e poi era stato promosso al grado di detective. Di tutti i membri della squadra era quello che aveva meno esperienza, ma questo non gli aveva mai impedito di aiutarli a risolvere alcuni dei casi più complicati a cui avessero lavorato.

«Mett!» esclamò Josie. «Vieni dentro.»

Lui si ficcò le mani in tasca. «Non posso. Ho solo... ho bisogno del tuo aiuto. Speravo che potessi venire con me.»

Una fastidiosa sensazione di disagio le si srotolò nello stomaco, ma uscì lo stesso sul gradino, stringendosi le braccia in vita.

«Che succede, Mett?»

Lui fece un passo indietro allontanandosi da lei. «Si tratta di Amber.» disse.

Amber Watts era l'addetta stampa della Polizia di Denton. Lei e Mett si frequentavano da più di un anno, ma oltre a questo Josie non sapeva nulla della loro relazione.

Sentì una strisciante inquietudine agitarsi dentro di sé. Lo guardò dalla testa ai piedi, alla ricerca di eventuali segni di colluttazione o di costrizione, ma subito si sentì in colpa per aver fatto queste considerazioni. Anche se non conosceva personalmente Mettner, non le era mai sembrato il tipo di persona capace di diventare violento o di farsi coinvolgere in una situazione delittuosa. Tuttavia, non poteva ignorare la sensazione che ci fosse qualcosa di strano. «Mett...» disse. «Dov'è Amber? È ferita?»

«Non lo so. È proprio questo il punto. Non so dove sia e c'è qualcosa di strano... sono andato a casa sua e... senti, non è che potresti venire con me?»

Ignorando la sua richiesta, Josie gli chiese: «Sei andato a casa sua e cosa, Mett?»

Lui guardò di nuovo verso la strada. Josie seguì il suo sguardo, ma sotto il bagliore fioco dei lampioni vide solo le auto della sua famiglia parcheggiate l'una accanto all'altra tra il vialetto e la strada. Tutto il resto era tranquillo e immobile. «Non c'era.» concluse. «Non so dove sia e c'era qualcosa di strano. C'erano cose strane a casa sua.»

Per un attimo si chiese se Mettner fosse in stato di shock. «Strane in che senso? Mett, ho bisogno che tu mi dica subito se pensi che Amber sia ferita o in qualche tipo di guaio.»

«Non lo so.» rispose lui. «Puoi venire a dare un'occhiata?»

Josie guardò di nuovo verso l'interno della casa. Erano tutti impegnati in una conversazione sulla trasmissione di Trinity. Lei e Noah dovevano ospitare la sua famiglia per una settimana in occasione delle feste, quindi, li avrebbe rivisti quando sarebbe tornata a casa. «Certo. Va bene, ma devo avvertire Gretchen e Noah. Sono tutti e due di turno questa sera. Se davvero c'è qualcosa che non va, dovremo farli intervenire e...»

«No.» disse Mettner, interrompendola bruscamente. «Per favore. Non chiamarli ancora. Non so nemmeno se è stato commesso un crimine. Mi serve soltanto che qualcuno mi accompagni e che mi dica se devo preoccuparmi oppure no.»

«Non mi piace questa storia.» gli disse Josie. «Quando è stata l'ultima volta che hai visto Amber o hai parlato con lei?»

«Un paio di giorni fa.» rispose Mettner.

«Hai provato a chiamarla?»

«Il suo telefono è in casa. E la macchina è parcheggiata sul davanti. La sua borsa. I documenti, tutto. Anche il cappotto. Quasi tutte le luci sono accese. So che mi farai tutte queste domande, è la procedura, ma le ho già fatte io a me stesso. Non manca niente, tranne lei.»

«Sei sicuro che non sia uscita per fare una passeggiata, una corsa o altro?» chiese Josie.

«Ho controllato il suo telefono. Ho trovato le chiamate perse e i messaggi non letti che le ho inviato negli ultimi due giorni, ma niente di più. Ieri era il suo giorno libero.»

«E oggi non si è presentata al lavoro.» aggiunse Josie. «Noah me ne ha parlato prima. Mi ha chiamato quando ha iniziato il turno. Chitwood era arrabbiato perché non aveva chiamato né mandato un'e-mail per avvisare che non sarebbe andata al lavoro. Mett, credo che dovremmo chiamare Noah o Gretchen.»

«Non ancora.» disse. «Magari mi sto soltanto comportando da stupido. Non voglio trasformarlo in un caso se non lo è. Non voglio che Amber pensi che sono pazzo, capisci? Come uno stalker. Voglio solo sapere prima cosa ne pensi della scena.»

La scena. Josie sospirò. «Va bene. Aspettami qui, allora. Torno tra un secondo.»

Rientrata in casa, Josie si scusò con tutti, spiegò che doveva aiutare Mettner in una faccenda di lavoro, andò di sopra a cambiarsi e lasciò la festicciola improvvisata. «Prendiamo la tua macchina.» disse a Mettner. «La mia è bloccata.»

Una volta saliti sulla Jeep Grand Cherokee, Josie alzò il riscaldamento. Nonostante si fosse messa i guanti, si sfregò le mani e le appoggiò sulle bocchette dell'aria, intanto che Mettner imboccava la strada. Mancavano pochi giorni a Natale e la maggior parte degli abitanti di Denton aveva già addobbato casa con le luci delle feste. In un'altra serata avrebbe potuto apprezzare le decorazioni natalizie. Ma quella sera il suo giovane collega emanava un'energia nervosa che a Josie non piaceva affatto.

Mettner avanzò rapidamente lungo le strade di Denton, uscì dal quartiere in cui viveva Josie, attraversò il centro della città e raggiunse la periferia a nord-est. La città si estendeva per circa venticinque miglia quadrate tra le montagne della Pennsylvania centrale. Il principale quartiere commerciale si trovava al centro di una valle lungo un ramo del fiume Susquehanna. Il resto della cittadina si estendeva verso l'esterno come le zampe di un ragno, spingendosi in profondità tra le montagne circostanti.

«Abita in questa strada.» disse Mettner svoltando in un'ampia via con case monofamiliari su entrambi i lati, ognuna delle quali si trovava su un terreno di poco meno di un quarto di ettaro, secondo le stime di Josie. La maggior parte delle case era in mattoni rossi perché quella zona della città era stata costruita precedentemente alla maggior parte degli altri quartieri. Il tasso di criminalità in quel quartiere oscillava tra basso e moderato, come Josie sapeva dal suo lavoro. Molte delle case erano in affitto, occupate da giovani professionisti senza figli che volevano più spazio e maggiore intimità di quanto potessero trovare in un complesso di appartamenti. Mentre Mettner percorreva l'isolato, Josie contò solo due case con le luci per le feste accese. Accostarono dietro una berlina blu chiaro che Josie riconobbe come la Toyota di Amber, parcheggiata proprio davanti a una piccola casa. Le finestre erano illuminate a giorno. Il giardino anteriore era diviso da un vialetto di cemento. Mettner scese dall'auto e salì sul marciapiede. Nella sua mano apparve il cellulare, accese la torcia e, incamminandosi, ne fece oscillare il raggio di luce su e giù, da una parte e dall'altra. Josie lo seguì. Al portico d'ingresso, coperto da una piccola tenda rossa, si accedeva salendo un unico gradino. Sul lato sinistro della porta c'era una lampada, ma non era accesa. Mettner puntò la luce su una piccola telecamera di sicurezza a destra della porta. Josie riconobbe la marca: era una delle più economiche in commercio, funzionava a batterie invece che con collegamenti alla rete elettrica e si poteva utilizzare in modalità wireless tramite un'applicazione sul telefono. Non si accese nessuna luce che indicasse un rivelatore di presenza.

«Mancano le batterie.» disse Mettner.

Josie si avvicinò e diede un'occhiata più da vicino alla piccola telecamera rettangolare: era perfettamente inserita nel suo alloggiamento. Il disagio che aveva provato quando era partita da casa tornò a farsi sentire. «Come fai a saperlo, Mett?»

«Ho controllato.» spiegò. «E comunque, c'è un'applicazione sul suo telefono che mostra tutte le attività che la telecamera riprende. Amber è uscita da casa mia venerdì pomeriggio e c'è un filmato che la mostra mentre torna a casa sua. Poi domenica sera, cioè ieri, sembra che qualcuno sia arrivato da un lato, fuori dalla visuale della telecamera, e l'abbia rimossa dal suo supporto. A quel punto lo schermo si spegne e al telefono arriva la notifica che la batteria è esaurita. E siccome non ci sono le batterie, è evidente che sono state estratte.»

«E non potrebbe essere stata Amber ad allungare la mano e a rimuovere le batterie senza farsi riprendere dalla telecamera?»

«Sì, certo, è possibile. Ma perché avrebbe dovuto togliere le batterie dalla sua telecamera di sorveglianza? Insomma, è strano.» rispose Mettner aprendo la porta d'ingresso tenendo la mano libera sul pesante pomello della porta d'ingresso.

«Mettner...» disse Josie. «Hai il permesso di entrare in casa di Amber?»

Lui si immobilizzò. «Io... sì, qualche volta mi lascia la porta aperta.»

«Ma hai detto che non era in casa. La porta era aperta?»

Lui non rispose.

Josie sospirò. «Mettner, come sei entrato in casa di Amber?»

La sua mano scivolò dalla maniglia e, quando si voltò verso di lei, lei poté vedere la paura lampeggiare nei suoi occhi scuri nel momento in cui il fascio di luce della torcia elettrica rimbalzò tra di loro. «Avevo paura che fosse nei guai.»

Josie si mise una mano sul fianco. «Come hai fatto a entrare?»

Mettner puntò la torcia ai suoi piedi. «Sono entrato dalla porta sul retro.»

«Hai fatto irruzione.»

«No.» disse. «Non ho fatto irruzione. Ho solo...»

«Dio Santo, Mett. Sei un agente di polizia. È per questo che mi hai portato qui? Perché vuoi che ti copra per l'effrazione?»

«Ho soltanto rotto un vetro per poter raggiungere e sbloccare la chiusura, ho rimosso i frammenti e ho messo del cartone sulla finestra.» insistette lui. «Ho pensato che avesse avuto qualche problema. Ho pensato che fosse dentro casa, che si fosse fatta male o che fosse morta. Per la miseria, è lunedì sera e nessuno ha avuto sue notizie!»

«Vuoi dire che tu non hai avuto sue notizie.»

«Non si è presentata al lavoro e non ha chiamato. Era ragionevole pensare che potesse essere dentro e che le fosse successo qualcosa.»

«Ma non c'è, il che significa che non hai né il permesso di intrufolarti nella sua proprietà privata né tantomeno di portarci me, a meno che tu non ritenga che sia stato commesso un crimine, e se ritieni che sia stato commesso un crimine, allora avresti dovuto chiamare Noah e Gretchen, che sono di turno in questo momento. Ma che cavolo stai combinando qui, Mett?»

Gli strappò di mano la torcia e ne diresse il fascio verso l'alto, in modo che potessero vedersi in faccia. La mascella di Mettner era serrata e siccome non le dava risposte, Josie si voltò e gli disse: «Torniamo alla macchina.»

Sentì che la seguiva verso il fuoristrada con passi pesanti.

Arrivata sotto la luce opaca del lampione, spense la torcia e lo guardò con aria interrogativa.

«Abbiamo litigato, va bene?» ammise. «Venerdì scorso. È uscita da casa mia. Ho provato a chiamarla e a mandarle dei messaggi, ma non ha risposto. E oggi non si è presentata al lavoro. Mi sono preoccupato.»

«Mettner...» disse Josie.

Lui alzò le mani in aria. «Non volevo chiamare Noah o Gretchen perché so che impressione può fare: abbiamo litigato e di punto in bianco lei è sparita, io mi sono introdotto in casa sua e...»

«Esatto.» concordò Josie. «L'impressione che fa non è affatto bella.»

«Te lo giuro, io non le ho fatto niente. Non so dove sia finita o cosa le sia successo e sono preoccupato da morire.»

«Se sei preoccupato, chiama la polizia, Mett. Chiedi che venga fatto un controllo sulle sue condizioni. Come farebbe una persona normale.»

«Ma è quello che ho fatto, un controllo delle sue condizioni!»

«Lo hai fatto finché non hai deciso di commettere un'effrazione! Dimmi cosa sta succedendo davvero. Pensa bene a come rispondere perché sei già nella merda fino al collo. Devo sapere tutto.»

Mettner si passò una mano tra i capelli. «Ho pensato di lasciare che passasse un giorno per far calmare le acque. Domenica ho provato a mandarle un messaggio, ma non ha risposto. Poi oggi l'ho chiamata e le ho mandato un altro messaggio, ma non mi ha mai risposto. Ho chiamato la centrale e mi hanno detto che non era nemmeno lì. Sono venuto qui. Ho bussato alla porta, ho suonato il campanello. Non mi ha risposto. Dalla finestra sul retro sono riuscito a vedere che il telefono, la borsa e le chiavi erano sul tavolo della cucina e il cappotto era appeso allo schienale di una delle sedie. La sua auto era proprio parcheggiata qui davanti. Le luci all'interno della casa erano accese. Ho bussato alla porta sul retro. Ho cercato di sbirciare dalle finestre della facciata e dei lati della casa. Non riuscivo a vedere un granché. Una delle tende della finestra della camera da letto non era del tutto chiusa; quindi, potevo vedere che la stanza era vuota e che il letto non era stato rifatto, e questo è quanto. Non riuscivo a vedere nient'altro. Poi sono tornato qui fuori e ho visto una cosa sul parabrezza della sua auto.»

«Il parabrezza della sua auto? Perché non hai cominciato da quello?» E prima che potesse risponderle, Josie si allontanò, lasciando che la torcia facesse strada alla parte anteriore della berlina di Amber. Josie si aspettava di vedere un vetro in frantumi e invece fu accolta da un parabrezza ricoperto di brina. Le ci volle qualche istante per capire che sulla brina era stato tracciato qualcosa. Lettere fantasma, probabilmente fatte con il polpastrello di un dito, evidenziate dal raggio della torcia sul vetro.

Russell Haven 5M

«Non capisco.» disse Josie.

«Nemmeno io.» disse Mettner. «Non ha mai nominato nessuno con questo nome. L'ho cercato nel database del TLO XP ma non ho trovato riscontri. Non qui in Pennsylvania, comunque. Ho pensato che magari il 5M potrebbe corrispondere al numero di un appartamento o di qualche tipo di interno. Ma non mi spiego per quale ragione avrebbero dovuto scrivere queste cose sul parabrezza. È strano, non ti pare? Non saprei dire da quanto tempo è stata scritta. Sono andato a bussare di nuovo, sia sul davanti che sul retro, e ancora niente. So che non avrei dovuto, ma ho cominciato davvero a preoccuparmi e così sono entrato.»

«Sai benissimo che non è questo il punto.» disse Josie. «Sei entrato senza il suo permesso. Niente di ciò che hai visto dall'esterno ti ha fatto pensare che fosse stato commesso un crimine o che Amber si trovasse in pericolo immediato. Amber è una donna adulta. Se vuole sparire dalla faccia del pianeta, può farlo.»

«Ma Josie, lei non lo farebbe mai. Non si lascerebbe tutto alle spalle per andarsene dalla sua vita.»

«In realtà non puoi esserne sicuro.» gli fece presente Josie. «La conosci davvero così bene da poterlo dire? Vi frequentate da poco più di un anno!»

«C'è qualcosa che non va. Non si trova da nessuna parte. La sua camera da letto è in disordine, cosa che non è da lei, ma a parte questo, è come se si fosse alzata e se ne fosse andata così... senza il telefono, la borsa, il cappotto, i documenti o la macchina, cosa che non farebbe mai. Stavamo progettando un futuro insieme!»

Lo fissò. Avrebbe voluto fargli capire l'unica cosa che non era ancora riuscito a imparare sul lavoro: a volte anche le persone che più amiamo e di cui ci fidiamo di più, possono mentire e deluderci; qualche volta le persone che più amiamo e di cui ci fidiamo di più non sono affatto quelle che dicono di essere. Josie non aveva idea di che tipo di persona fosse Amber Watts, sapeva solo che era brava ed efficiente nel suo lavoro e fedele alla squadra investigativa. Certo, Mettner la conosceva meglio ma, nella sua esperienza, questo non significava granché: lei conosceva il suo primo marito, Ray Quinn, da quando avevano nove anni e credeva di sapere che uomo fosse; invece aveva scoperto che non lo conosceva affatto. Ma non aveva tempo di spiegare tutto questo al suo giovane collega. Senza contare che questa era una lezione che un giorno avrebbe dovuto imparare per conto suo, che fosse attraverso Amber o chiunque altro. Guardò di nuovo le parole sul parabrezza, ricostruendo mentalmente le azioni di Mettner nei due giorni precedenti.

«Tu hai pensato che Russell Haven fosse una persona...»

disse Josie. «per non fare la figuraccia di scoprire che Amber è semplicemente uscita di casa per incontrare un altro uomo.»

Con aria colpevole, lo sguardo di Mettner cadde ai suoi piedi. Josie sospirò. «Per l'amor di Dio, Mett!»

«Se si vede con un altro, sembrerò un vero idiota.» ammise lui. «E con molta probabilità anche un maniaco.»

«Invece, se si è messa nei guai, sembrerai coinvolto. Maledizione, Mett. Adesso chiamo Noah e Gretchen. E perché tu lo sappia, Russell Haven non è una persona.»

Alzò lo sguardo, con il bianco degli occhi che brillava nella notte. «Non è una persona? E allora che cos'è?»

Josie gli passò la torcia, tirò fuori il telefono, si tolse i guanti e con dita fulminee sullo schermo digitò un messaggio per Noah e Gretchen. «Pensavo che fossi cresciuto da queste parti.» mormorò.

«È così infatti.»

«Un tempo Russell Haven era un complesso residenziale, Mett, inteso nel senso più ampio del termine. Era un agglomerato di una dozzina di case sul fiume, ai margini di South Denton. Circa cinquant'anni fa fu spazzato via da un'alluvione. Fu un evento spaventoso perché la maggior parte delle famiglie che ci vivevano perse la vita in quella tragedia. Le poche che sopravvissero si ritrovarono senza niente. In seguito, la città ci costruì una diga.»

«Cosa? Come diavolo fai a sapere tutte queste cose?»

Josie infilò il telefono in tasca e tornò a guardarlo. «Beh, innanzitutto ho sempre vissuto qui e seconda di poi seguo con attenzione le notizie locali. I lavori per la conversione della vecchia diga in una nuova centrale idroelettrica nel sito di Russell Haven sono stati completati circa tre anni fa.»

«Ma è assurdo... per quale motivo avrebbero dovuto scrivere il nome di una diga sul parabrezza dell'auto di Amber?»

«Non ne ho idea.» disse Josie. «Ma sono abbastanza sicura

che 5M non sia un numero di appartamento. È un orario. Le cinque del mattino.»

Mettner riaccese la torcia e la puntò sul vetro, il raggio si concentrò sul numero cinque e sulla lettera M. «Allora qualcuno voleva che si incontrassero al vecchio sito di Russell Haven alle cinque...» borbottò, quasi tra sé e sé. «Ma che storia è questa?»

«Oggi o ieri, esatto.» convenne Josie. «Questa sarebbe la mia ipotesi. Mett, c'è un messaggio criptico tracciato nella brina sul parabrezza della sua auto; le batterie della telecamera di sicurezza della casa sono state estratte. Tutti i suoi effetti personali sono ancora qui e le luci sono ancora accese. Penso che la prossima mossa logica sia quella di andare al sito di Russell Haven e vedere se troviamo qualcosa da quelle parti. Qualsiasi indizio che suggerisca che è stata lì nelle ultime quarantotto ore. Dirò a Noah e Gretchen di raggiungerci là immediatamente.»

«E Amber come avrebbe fatto ad arrivare laggiù?» si chiese Mettner.

«Non saprei proprio.» ammise Josie. «Per prima cosa, vediamo se c'è qualche indizio del fatto che si sia effettivamente diretta alla diga, e da lì partiremo con le ricerche.»

«E la casa?»

«Non possiamo entrare in casa.» gli fece presente Josie. Sentiva la punta delle dita che si stava già congelando e si rimise i guanti. «Lo sai bene. Anche se è in affitto, e presumo che lo sia, Amber gode di un'aspettativa di privacy che implica che il padrone di casa non può darci il permesso di entrare.»

«Potremmo ottenere un mandato.» propose lui.

«No, non possiamo. Nessun giudice ce lo concederebbe perché non ci sono prove che sia stato commesso alcun crimine qui, a parte la violazione di domicilio che tu hai commesso. Dato che Amber non è qui per sporgere denuncia, e augurandoci che quando la troveremo deciderà di non farlo, per il momento ti conviene rimanere tranquillo, ma devo parlarne con il capo.»

«Josie...» la implorò Mettner.

«Sei venuto da me perché volevi che ti coprissi? Pensavi che l'avrei fatto?»

«No, io... io volevo che tu... non lo so. Senti, voglio solo trovare Amber e avere la certezza che stia bene. Nient'altro. Pensavo che avresti saputo cosa fare.»

Josie addolcì il tono. «È diverso quando si tratta di qualcuno a cui teniamo, vero?»

Lui annuì.

Lei gli tese la mano. «Non posso dirti cosa devi fare, ma posso dirti cosa farò io: incontrerò Noah e Gretchen al sito di Russell Haven. Tu però devi stare fuori dai piedi. Dammi le chiavi. Guido io.»

QUATTRO

Le strade di Denton si facevano più buie man mano che uscivano dal cuore della città e si dirigevano verso il punto più meridionale, dove le alte montagne cedevano il passo a dolci colline e terreni agricoli. Gli scintillanti allestimenti delle festività natalizie svanirono quando imboccarono una strada rurale a una sola corsia che conduceva alla strada di servizio privata della diga di Russell Haven. Josie sapeva che Noah o Gretchen avrebbero cercato di contattare il direttore della diga o l'operatore di turno per ottenere l'accesso alle aree vietate al pubblico. Ma era sera ed era tardi, quindi nutriva qualche dubbio su quanta fortuna avrebbero avuto.

Mentre avanzavano, i rami sottili degli alberi spuntavano dall'oscurità e si avvicinavano al fuoristrada di Mettner da entrambi i lati. Gli pneumatici slittarono un paio di volte sul ghiaccio scuro. Con la coda dell'occhio vide Mettner che si aggrappava alla maniglia della portiera, irrigidendosi come una statua. Avevano avuto un autunno eccezionalmente caldo e umido e solo a fine dicembre il clima si era fatto rigido. Nei giorni più recenti c'erano state delle leggere nevicate e la neve si era sciolta alla luce del giorno per poi gelare di nuovo durante le notti in cui le temperature scendevano sottozero; così, anche se erano rimaste solo chiazze di neve sparse qua e là, le strade ghiacciate erano ancora piuttosto pericolose.

«Vuoi che guidi io?» le chiese Mettner.

Josie gli lanciò un'occhiataccia. «Sai dove si trova il sito della diga di Russell Haven?»

«No.» farfugliò lui.

Josie riportò lo sguardo sulla strada color inchiostro davanti a loro, con le nocche bianche per la forza con cui stringeva il volante. Più avanti, sulla sinistra, i fari illuminarono un cartello bianco con una scritta nera: *DIGA DI RUSSELL HAVEN*. Josie sapeva che si poteva accedere alla diga da entrambi i lati del fiume Susquehanna e l'accesso di fronte a loro li avrebbe portati alla riva che ospitava la grande centrale idroelettrica, un'alta costruzione grigia che si estendeva nel fiume fino al punto in cui iniziava il canale di scarico. Man mano che si avvicinavano alla centrale, il fogliame su entrambi i lati della strada d'accesso diminuiva fino a quando intorno a loro non rimase altro che l'oscurità. Il bagliore dorato delle luci esterne della centrale li condusse davanti a un cancello di metallo nero, al centro del quale era stato affisso un cartello di divieto di accesso. Subito sotto c'erano altri cartelli che annunciavano: Solo veicoli autorizzati oltre questo punto. Dall'altra parte del cancello c'era un camioncino rosso.

«Ci vieni spesso da queste parti?» le chiese Mettner.

«No.» rispose Josie. «Ma sono stata qui per alcune indagini. Abbiamo perso un paio di kayakisti qui. Sull'altra sponda. Mi hanno chiamata in entrambi i casi, ma le indagini si sono chiuse in fretta e sono stati classificati come incidenti.»

Josie arrestò il fuoristrada di Mettner con il muso a pochissimi centimetri dal cancello.

«Kayakisti?» chiese Mettner. «Vuoi dire che avevano attraversato la diga? Hanno superato la sommità del canale di scarico?»

«No. Sono arrivati risalendo il fiume, verso il fronte del canale di scarico.» spiegò Josie. «Ci sono molti affioramenti rocciosi e piccole isolette che diventano accessibili quando il livello dell'acqua è basso. Durante il rilascio dell'acqua dalla diga, la situazione diventa un po' movimentata, soprattutto in prossimità del fondo dello scivolo di rilascio dell'acqua e del canale di scarico... e alcuni di questi kayakisti si divertono a fare rafting con i loro kayak. È molto pericoloso, soprattutto quando l'acqua viene rilasciata. Non avrebbero dovuto trovarsi lì, ma c'è sempre qualcuno che lo fa a prescindere dal pericolo. Fortunatamente ne sono morti soltanto due.»

Un paio di fari apparve nello specchietto retrovisore. Un attimo dopo, un'auto si fermò dietro di loro. Josie guardò nello specchietto laterale e vide Noah che scendeva dal posto di guida e si avvicinava di corsa al fuoristrada di Mettner. Ogni respiro si condensava nell'aria fredda. «Abbiamo provato a chiamare il numero principale, ma le chiamate vengono indirizzate a una segreteria telefonica che ci invita a richiamare durante l'orario di lavoro. Il capo Chitwood è tornato in centrale e sta cercando di procurarsi i numeri di cellulare o di casa del direttore dello stabilimento o dell'operatore di turno... insomma, chiunque possa farci entrare.»

Si sentì un'altra portiera che sbatteva e Gretchen apparve accanto a Noah. Indossava uno spesso cappotto invernale viola e un cappello di maglia abbinato che copriva i suoi corti capelli brizzolati. Vicina alla cinquantina, era la più anziana e la più esperta della squadra investigativa. Il suo curriculum comprendeva quindici anni al Dipartimento di Polizia di Philadelphia, la maggior parte dei quali trascorsi nella Squadra Omicidi. Josie l'aveva assunta durante il suo breve mandato di capo della polizia ad interim. Gretchen sventolò il telefono in aria. «Chitwood ci avverte che non è ancora riuscito a trovare nessuno, ma ci farà sapere non appena gli risponderanno.»

«Immaginavo che non sarebbe stata una passeggiata.»

commentò Josie. «Finché non riusciamo a contattare qualcuno, perché non andiamo dall'altra parte della diga? Laggiù non ci sono recinzioni di alcun tipo, il passaggio è accessibile al pubblico. Magari possiamo andare a dare un'occhiata in giro.»

«Cosa c'è laggiù?» chiese Mettner.

«Da quello che ricordo, c'è un Centro di Controllo e poi lo scivolo di rilascio dell'acqua.» disse Josie. «È una vecchia scala di risalita per pesci che è stata convertita in scivolo di rilascio quando hanno costruito l'impianto idroelettrico. Su questo lato, in sostituzione della scala, hanno installato un dispositivo meccanico per la risalita dei pesci.»

«Aspettate un momento...» disse Gretchen. «Scale e dispositivi meccanici per la risalita dei pesci? Ma di che cavolo state parlando?»

Si ritrovò addosso lo sguardo di tutti e alzò le spalle. «Che c'è? Ho passato quindici anni nella Polizia di Philadelphia prima di venire qui. Non me ne intendo di queste cose!»

Le rispose Noah: «L'alosa americana, che è un pesce, se non lo sai, migra risalendo il fiume ogni anno a maggio per deporre le uova. Lungo la diga dovevano metterci qualcosa che permettesse ai pesci di andare controcorrente. Ecco, quindi, perché c'è la scala per pesci.»

Josie si ricordò delle squadre di emergenza che tiravano fuori i kayakisti dalle acque del fiume proprio sotto la scala di risalita dei pesci. «È una struttura simile a un'ampia serie di gradini che permette ai pesci di risalire il fiume aggirando una diga. Quella di questo impianto è fatta di cemento. È come un lungo scivolo di cemento e c'è un muro che lo separa dal canale di scarico.»

«È diverso da un impianto di risalita?» chiese Gretchen.

«Sì.» confermò Noah. «Si tratta di un ascensore, una camera dotata di un dispositivo meccanico all'interno della quale si raggruppano i pesci, che poi viene sollevata e portata al di sopra della diga e da cui i pesci vengono rilasciati.»

«Davvero molto interessante...» disse Mettner, «ma adesso andiamo laggiù e controlliamo la scala o lo scivolo o qualunque diavoleria ci sia.»

Josie gli toccò il braccio per tranquillizzarlo.

«E riguardo al Centro di Controllo?» chiese Noah. «C'è qualcuno che la gestisce?»

Josie scosse la testa. «Le ultime due volte che abbiamo condotto delle indagini da queste parti, non c'era nessuno a presidiarla, ma è dotata di una telecamera esterna. Le funzioni di controllo sono doppie e la telecamera è accessibile dal Centro di Controllo principale della diga.» Indicò il cancello chiuso davanti a loro e l'enorme edificio appena retrostante. «Là dentro.»

Gretchen sospirò. «Vale la pena di dare un'occhiata. Forse quando avremo finito il capo sarà riuscito a mettersi in contatto con il direttore dell'impianto o con l'operatore di turno.»

CINQUE

Josie e Noah condussero le loro auto fino all'altra sponda del fiume, il che richiese quasi una ventina di minuti, dato che dovettero tornare indietro fino al South Bridge di Denton, attraversarlo e dirigersi nuovamente verso la diga. Josie fece strada con Noah e Gretchen al seguito. Per tutto il viaggio Mettner si picchiettò una coscia con la mano. Nessuno dei due parlò. Josie capiva che era turbato dalle stesse cose che si stava chiedendo lei: cosa avrebbero trovato dall'altra parte della diga? Avrebbero trovato Amber? Cosa ci faceva all'addiaccio, a quell'ora della notte, con un freddo così pungente? Come aveva fatto ad arrivare fin laggiù senza la sua auto? Ci era stata portata da qualcuno?

Era ancora viva?

Josie sentì un brivido involontario salirle lungo la schiena. Svoltò sulla strada di servizio che li avrebbe condotti alla vecchia scala di risalita dei pesci, convertita ora in scivolo di rilascio dell'acqua sull'altro lato della diga di Russell Haven. In quel punto, gli alberi del bosco erano molto più fitti e non lasciavano trasparire nulla di ciò che li circondava, se non quello che i fari illuminavano.

Pensò al messaggio trovato sul parabrezza dell'auto di Amber. Chi l'aveva lasciato? Perché lo aveva lasciato lì? Perché non infilare un biglietto sotto la porta di casa? Così Amber lo avrebbe sicuramente visto quando sarebbe uscita di casa. La spiegazione doveva essere che, anche se le fosse sfuggita quando si fosse avvicinata all'auto, una volta che si fosse seduta al posto di guida avrebbe sicuramente notato che c'era una scritta sul vetro, ammesso che fosse salita in auto al mattino, momento in cui il messaggio lasciato nella brina sarebbe stato più visibile. La domanda allora era: quando l'aveva visto? Supponendo, certo, che l'avesse visto...

Lungo la strada di accesso, passarono davanti a uno di quelli che Josie sapeva essere il primo di numerosi cartelli che indicavano l'ingresso a quel lato della diga di Russell Haven. Si leggeva: *PERICOLO. IL LIVELLO DELL'ACQUA SI ALZA IMPROVVISAMENTE CON ESTREMA TUMULTUOSITÀ.*

«Di solito Amber a che ora esce per andare al lavoro?» domandò Josie guardando Mettner che, distolto così dai suoi pensieri, volse la testa verso di lei. «Come?»

«Al mattino, a che ora esce di solito Amber da casa per andare al lavoro? Lo sai?»

«Alle sette, mi sembra.» disse Mettner. «Perché me lo chiedi?»

«A che ora sei andato a casa sua?» gli chiese ancora.

«Nel tardo pomeriggio... verso le sei, credo.»

«Ma le batterie della telecamera di sorveglianza sono state rimosse ieri sera.» chiarì Josie.

«Sì.»

«Alle sei sarebbe stato buio, Mett. Ha fatto freddo, sì, ma non sono sicura che la brina si sarebbe formata per le sei del pomeriggio. Si forma durante la notte. Come hai fatto a vedere la scritta?»

«E con questo dove vuoi arrivare?» le chiese Mettner.

«Rispondi alle mie domande, Mett!» lo ammonì Josie. «Come hai fatto a vedere le parole sul parabrezza se non c'era la brina sul finestrino?»

«Come diavolo faccio a saperlo?» gridò lui.

Josie gli lanciò uno sguardo di severo avvertimento e lui alzò una mano. «Mi dispiace, scusami.» disse. «Non lo so. Io... stavo guardando tutto molto attentamente. Ho cercato di guardare dentro casa e, non avendola trovata, sono andato alla sua macchina per controllare se il cofano era caldo. Se lo fosse stato, avrei saputo che era appena tornata da qualche parte prima di scomparire. Comunque, non era caldo. Ero lì con la mia torcia e ho visto le striature sul vetro. Chiunque l'abbia fatto deve aver usato il polpastrello, senza guanti, perché anche senza la brina il messaggio era ancora lì. Deve essere per l'olio della pelle, immagino. Era molto difficile da leggere, ma alla fine sono riuscito a capirlo.»

Anche se era del tutto possibile, Josie sentiva ancora un senso di disagio alla bocca dello stomaco.

«Hai detto che hai visto il letto ancora disfatto...» Amber sembrava in tutto e per tutto il tipo di persona che si rifaceva il letto ogni mattina anche se, di tanto in tanto, persino ai più meticolosi può capitare di essere in ritardo la mattinata e di non avere il tempo di rifarlo. «È insolito?»

Lanciandogli una rapida occhiata, vide che lui la stava già fissando a occhi spalancati. «Sì. Rifà anche il mio letto quando dorme da me. È una cosa che mi fa impazzire. Perché mi chiedi delle sue abitudini?»

«Perché c'è qualcosa che non mi quadra.» sottolineò Josie. «Se è riuscita a venire qui, in qualche modo, deve aver visto il messaggio che le hanno lasciato sul parabrezza. Ma se esce sempre di casa alle sette, come avrebbe fatto a vedere il messaggio prima dell'ora dell'incontro? Supponendo che il messaggio si riferisca a ciò che pensiamo che significhi, cioè di incontrare qualcuno qui.»

«Stai ipotizzando che il messaggio deve essere stato scritto sul parabrezza domenica sera... cioè ieri sera?»

«Sto dicendo che non sono sicura che l'abbia visto.» spiegò Josie. «E anche se lo avesse visto, perché sarebbe venuta senza macchina? E allora, come ha fatto ad arrivare fin qui?»

«Qualcuno deve avercela portata.» suggerì Mettner.

«Esatto. Se è stata portata qui da qualcuno, non le ha dato nemmeno la possibilità di mettersi il cappotto, per non parlare di prendere il telefono e la borsa. Per di più, le porte erano chiuse a chiave, ma tu hai detto che le chiavi erano all'interno, giusto?»

Un altro cartello apparve davanti a loro. *PERICOLO. PER LA VOSTRA SICUREZZA, IL SUONO DELLE SIRENE E LE LUCI LAMPEGGIANTI INDICANO CHE DOVETE ALLONTANARVI IMMEDIATAMENTE DAL FIUME.*

«Sì.» confermò Mettner. «La porta d'ingresso e quella posteriore erano chiuse e le chiavi erano nella sua borsa. Ma se qualcuno aveva intenzione di portarla via, perché disturbarsi a lasciare il messaggio? Hai ragione. Niente di tutto questo ha senso.»

Prima che Josie potesse replicare, li raggiunse il suono delle sirene, tre esplosioni intermittenti di allarme su due tonalità alterne. *Weee-wooo. Weee-wooo. Weee-wooo.*

Josie fece manovra nella piccola area di parcheggio che la società elettrica aveva riservato ai visitatori che si recavano alla diga per scopi ricreativi. La loro auto e quella di Noah erano le uniche presenti. Noah fermò la macchina accanto alla sua. Lasciarono i fari accesi in modo da illuminare una scalinata di pietra malmessa che portava alla riva del fiume e al vecchio condotto di risalita per i pesci.

Weee-wooo. Weee-wooo.

Quando uscirono dall'auto, il vento scompigliò i lunghi capelli neri di Josie, facendoglieli ricadere sul viso. Scostandoli, vide Noah e Gretchen che si avviavano verso le scale, portando ciascuno una grossa torcia tra le mani. Accanto a lei, Mettner gridò: «Che succede?»

Weee-wooo. Weee-wooo.

«È l'allarme che scatta prima che rilascino l'acqua attraverso la diga.» gridò lei. «Prendiamo le torce dalla macchina.»

Un minuto dopo stavano seguendo Gretchen e Noah lungo i gradini che tagliavano un largo sentiero lungo il terrapieno. Ai lati, rami di alberi spogli ondeggiavano al vento. Josie scorse delle luci lampeggianti prima di raggiungere il fondo. Davanti a loro c'erano altri alberi e quella che, alla luce che vi rimbalzava sopra, aveva tutto l'aspetto di un corso d'acqua impetuoso, con la schiuma bianca che si alzava vorticosamente e si schiantava sulle rocce che sporgevano dalla riva del fiume. Alla loro sinistra c'era il Centro di Controllo ospitato in una minuscola struttura a un singolo piano, con un rivestimento marrone e senza finestre, cui si accedeva da una sola porta d'ingresso. Una telecamera da esterno pendeva da un angolo del tetto spiovente. Accanto a questa c'era una luce arancione lampeggiante, che andava a tempo con le sirene.

Weee-wooo. Weee-wooo.

Josie misurò la loro distanza dalla telecamera. Finché si mantenevano all'estrema destra della scala, avrebbero evitato del tutto l'occhio della telecamera. Si segnò mentalmente di richiedere le riprese video delle ultime quarantotto ore, una volta che si fossero messi in contatto con il personale della diga. Un sentiero alla loro destra si allontanava dal Centro di Controllo, scendendo con un andamento sinusoidale fino al punto in cui l'argine del fiume si apriva accanto allo scivolo.

Davanti a loro, Noah chiese a Gretchen: «Vedi qualcosa?»

Lei scosse la testa.

Weee-wooo. Wee-wooo.

Il sentiero sterrato e tortuoso terminava in una lunga distesa piatta di fango, terra e vegetazione morta e calpestata. Più avanti c'era lo scivolo di rilascio dell'acqua. Sul lato della riva del

fiume, c'era solo un muretto basso e sottile pericolante che separava lo scivolo dalla riva. Si assottigliava in corrispondenza della
parte inferiore dello scivolo, proprio dove si trovavano loro, e
davanti era stata innalzata una serie di grossi macigni, tra i quali
serpeggiava il corso d'acqua. La linea di demarcazione tra la riva
e l'inizio del fiume era indistinta e confusa. Josie sentì gli scarponi affondare nel fango. Anche con quel vento gelido poteva
avvertire l'aroma fetido del suolo e del fiume che si mescolava
con quello del deflusso delle acque piovane e i rifiuti della fauna
selvatica. Man mano che il vento si allontanava dal fiume sferzava con maggiore ferocia. La luce arancione lampeggiante era
più debole in quel punto della riva, così usarono le loro torce per
esaminare il lungo scivolo di cemento. Era esattamente come
Josie lo ricordava dai casi con i kayakisti: sormontato da un
grande cancello di metallo e con un muro molto più alto sul lato
opposto alla riva, una barriera di cemento ricurva che lo separava dal canale di scarico. A occhio e croce lo scivolo doveva
avere un'ampiezza compresa tra i cinque e i dieci metri.
Sebbene non fosse più utilizzato come sistema di risalita per i
pesci ma per il rilascio dell'acqua, le sue condizioni erano
pessime. La maggior parte dei gradini della sua scala erano
incrinati e rotti, c'erano sassi sparsi ovunque e, in diversi punti,
grandi macigni erano rotolati giù dal pendio lungo la riva del
fiume e si erano posati alla base dello scivolo.

Weee-wooo. Weee-wooo.

Josie sentì la mano di Mettner stringersi sull'avambraccio
un secondo prima che Gretchen gridasse: «Ci siamo!»

Josie percorse con lo sguardo lo scivolo, ma i raggi delle
torce di Gretchen e Noah saltavano in modo irregolare mentre
correvano verso il cancello di metallo, tenendosi sulla riva del
fiume. Intanto, altri suoni si aggiungevano alle grida della sirena.
Uno scricchiolio metallico e poi il fragoroso scroscio dei flutti: il
rilascio dell'acqua era iniziato.

«Cosa c'è?» gridò Josie, cercando di seguire Noah e Gretchen, anche se Mettner si stava aggrappando al suo braccio. Con una presa ferrea, lui le prese la torcia e ne girò il fascio di luce in modo che si allineasse con il suo, illuminando il lato opposto dello scivolo. C'erano diversi massi raccolti in quel punto, lasciando una sorta di fessura tra di loro e la parete dello scivolo.

«È lei!» gridò Mettner. E cominciò a correre. Josie tenne puntata la torcia, esaminando ancora la fessura, con il fascio di luce che si faceva sempre più debole quanto più si spingeva lontano.

Weee-wooo. Weee-wooo.

Nel frattempo, lo scroscio dell'acqua si era fatto più forte e più vicino.

Con la torcia riuscì a ritrovare il punto che cercava e questa volta vide quello che avevano visto tutti gli altri: un groviglio di riccioli scuri e ramati, come un'erbaccia che non sapeva dove andare. Una morsa le si strinse intorno al petto. Anche sopra il rumore dell'acqua e delle sirene, a diversi metri di distanza, poteva sentire le urla di Noah, Gretchen e Mettner. Erano più in alto, più vicini al cancello. L'acqua, che li aveva già raggiunti, si schiantò contro la parete opposta, alla base della scala dei pesci, e le pietre si sparsero tutt'intorno con forza micidiale.

«...non ce la faremo...» gridava Noah mentre tratteneva Mettner dal tentativo di attraversare lo scivolo per raggiungere Amber.

L'acqua non l'aveva ancora raggiunta.

Stava accadendo tutto così in fretta, nel tempo di un battito di ciglia, eppure, nella mente di Josie, ogni singolo secondo sembrò durare un'eternità. Tra le luci arancioni lampeggianti e i raggi delle torce elettriche, riuscì a vedere il muro d'acqua che si infrangeva e si lanciava lungo lo scivolo in ondate bianche che si innalzavano per diversi metri nell'aria. Guardò i suoi colleghi che discutevano, cercando di impedire a Mettner di rimanere ucciso nel tentativo di salvare Amber. Si rese conto che lo spazio che separava lei dall'acqua e da Amber formava un triangolo. Osservò le rocce che si frapponevano tra lei e Amber, su cui si sarebbe potuta muovere se fosse stata abbastanza veloce. Diverse grosse fenditure nella parete di fronte a lei, che separava lo scivolo dal canale di scarico, avrebbero accolto le dita delle sue mani e i suoi piedi se si fosse arrampicata con sufficiente rapidità. Avrebbe potuto mettersi a cavalcioni del muro, evitare la caduta dell'acqua, tirare su Amber e magari riuscire a tenerla fuori dall'acqua abbastanza a lungo da permettere ai cancelli di chiudersi.

Nella sua mente questi calcoli si svolsero alla velocità della luce.

Weeee-wooo. Weee-wooo.

Anche nel migliore dei casi, poteva comunque rimanere uccisa. Spazzata via dalla corrente o schiacciata contro le rocce. Allora sarebbero morte entrambe, ammesso che Amber fosse ancora viva. Non poteva che essere già morta.

Il fascio della torcia di Josie si diresse ancora una volta verso i capelli di Amber. Il tempo stava per scadere.

Weee-wooo. Weee-wooo.

«...Fermati Mett! Non puoi andare laggiù. Non puoi farcela. Se n'è già andata, amico!»

Una mano pallida emerse da quel groviglio di capelli, dalla spaccatura tra i massi, ondeggiando debolmente.

Josie si sentì cedere le ginocchia. «Merda...» borbottò.

Poi gettò via la torcia e si lanciò direttamente sulla traiettoria dell'acqua impetuosa.

SEI

In qualche modo, sopra le sirene e lo scroscio dell'acqua in avvicinamento, sentì le grida della sua squadra, quelle di Noah in particolare. «Josie, no!» Non ebbe il tempo di registrare il senso di colpa che le dava una stretta al cuore: il suo corpo aveva già inserito il pilota automatico e si stava lanciando dal muricciolo sulla riva del fiume verso lo scivolo, con i piedi che sfioravano appena le pietre, cercando di trovare un varco verso la parete opposta, sopra Amber. Era proprio come quando da bambina nonna Lisette le aveva insegnato a giocare a "The Floor Is Lava", saltando da un mobile all'altro per evitare di toccare il pavimento: piedi leggeri e contatto morbido. In pochi secondi, volò sopra la testa di Amber, infilando con destrezza la punta dello scarpone in una delle scanalature. Con le mani tese cercò di raggiungere la sommità del muro; il cemento le lacerò i guanti nel momento stesso in cui ne toccò la superficie.

Sentì gli spruzzi d'acqua pungerle il viso come se le stessero lanciando addosso una miriade di aghi gelati. Lo scroscio d'acqua si abbatté sulla superficie che aveva appena percorso, colpendole il fianco sinistro fino alla coscia, proprio mentre si arrampicava raggiungendo la sommità del muro. Mettendosi a cavalcioni sul bordo, come se fosse a cavallo, ignorò il dolore e il freddo che le penetravano nel tessuto dei jeans.

Weee-wooo. Weee-wooo.

Si abbassò a toccare il muro con il petto e si protese verso il basso cercando la mano di Amber attraverso l'impeto dell'acqua. Fra tutti i calcoli mentali che aveva fatto nel giro di pochi battiti di cuore, non aveva tenuto conto dell'altezza della parete. Il cappotto non le era d'aiuto perché si gonfiava e le rubava i centimetri di cui aveva disperatamente bisogno per raggiungere la mano di Amber. Facendo un respiro profondo, si rimise a sedere, si tolse il cappotto, si sfilò i guanti, gettò tutto via e, infine, fece ruotare entrambe le gambe, lasciandole penzolare sul lato del canale di scarico; anche senza guardare sapeva che, se fosse scivolata, la caduta l'avrebbe sicuramente uccisa.

Josie piegò il busto sul lato del muro occupato dallo scivolo e, come se fosse un'altalena umana, allungò entrambe le mani nella corrente. L'acqua era così fredda che in pochi secondi perse completamente la sensibilità alle dita. Ma non si arrese e continuò a cercare finché con una mano non toccò qualcosa di morbido. Il suo corpo oscillò mentre lo afferrava con entrambe le mani, riconoscendo subito che si trattava di una mano. Serrò l'addome e fece pressione con tutte e due le ginocchia contro l'altro lato del muro, puntellando così il corpo per fare leva quanto bastava a tirare su Amber. Se solo fosse riuscita a farle riemergere la testa dall'acqua, le avrebbe dato una possibilità.

Weee-wooo. Weee-wooo.

Un'altra ondata di acqua putrida e ghiacciata del fiume si riversò contro il muro, con uno spruzzo che le raggiunse le spalle e le finì in bocca.

«Puah!» sputò per far uscire l'acqua, ma si tenne stretta alla mano di Amber e continuò a tirarla verso di sé, aiutata dal fatto che la corrente l'aveva sollevata sgravandola di un po' di peso. Finalmente il corpo di Amber venne a galla e Josie rischiò quasi di cadere dalla parte opposta del muro; cercò di tornare in posizione per avere una presa migliore su Amber, ma il suo corpo vacillò, fuori equilibrio. Le sue dita scivolarono lungo la mano di Amber fino a raggiungere l'avambraccio, scavando nella pelle con le unghie. Il rumore sordo del cranio di Amber che sbatteva contro il muro quando il suo corpo venne spinto verso l'alto dalla corrente provocò a Josie un conato di vomito. Allora, con un ginocchio si agganciò al lato della parete che dava sullo scivolo, ruotò il corpo di novanta gradi, tenendo il bacino premuto sulla sommità del muro e sollevò Amber in modo che la sua testa emergesse dall'acqua, anche se il resto del corpo rimaneva sommerso e veniva sballottato dalla corrente spumeggiante.

«Amber!» gridò per farsi sentire sopra le sirene. Il braccio della ragazza tremò nella presa di Josie, il suo corpo fu percorso dagli spasmi e dalla tosse che si conclusero in un sonoro rigetto. Un'altra ondata d'acqua schizzò sulla testa di Amber e sul viso di Josie, pungendole gli occhi e congelandole la pelle.

Quanto tempo sarebbe durato ancora il rilascio dell'acqua? Le sembrava di aver cercato di trascinare Amber fuori dalla corrente per un'eternità. Tra il freddo che le intorpidiva le dita e l'acqua che le rendeva la pelle scivolosa, la presa di Josie su Amber cominciò a perdere aderenza. Si strinse al muro con le cosce, sforzandosi di tenersi salda, per cercare di trovare una posizione migliore. Ma ogni volta che Amber aveva un colpo di tosse, la presa di Josie si indeboliva, finché tra le mani, che sembravano due blocchi di ghiaccio, non le rimase altro che il sottile polso della ragazza. Nel frattempo, Noah, Mettner e Gretchen, che erano tornati giù in modo da trovarsi proprio di fronte a lei, gridavano a pieni polmoni il suo nome dalla riva del fiume, ma lei faceva fatica a vederli perché ogni pochi secondi un'altra ondata schiumosa le oscurava la vista.

Gli allarmi continuavano a strillare. *Weee-wooo. Weee-wooo.*

Alla fine, sentì quello che sembrava lo stridore del cancello metallico sopra di lei che si chiudeva per interrompere il rilascio dell'acqua. Pregò chiunque fosse in grado di ascoltarla che quella situazione finisse al più presto. Cercò di riaggiustare la presa sul polso di Amber, ma un'altra ondata d'acqua scese nella loro direzione, con una traiettoria diversa dalle precedenti, proprio a causa della chiusura dei cancelli: si diresse verso di loro, colpendo duro, e per una frazione di secondo a Josie sembrò un essere vivente pieno di ira che si abbatteva sulla loro stretta ormai tenue. Amber fu investita in pieno dallo scroscio, trascinando Josie con sé giù dalla murata, verso lo scivolo; nel momento stesso in cui perse la presa sulla sua mano, Josie sentì le dita di Amber stringersi attorno al suo polso. Non ebbe nemmeno il tempo di gridare. Quando precipitò nell'acqua gelida, il ginocchio e lo stinco dell'altra gamba andarono a sbattere contro i massi sottostanti. Mentre per metà slittava e per metà precipitava nella fessura da cui aveva appena liberato Amber, le sue dita si impigliarono in un'altra fessura della parete. Tenendosi con entrambe le mani e premendo con le ginocchia contro l'apertura della fessura sottostante, riuscì a tenersi salda in posizione giusto il tempo necessario perché il cancello si chiudesse con un forte stridore e il flusso dell'acqua rallentasse fino a diventare un pigro vortice.

A quel punto si mise a nuotare, sbattendo i piedi in modo da tenere la testa fuori dall'acqua. Lasciò la presa sull'apertura nel muro e si guardò intorno, allontanando ogni sensazione fisica dalla sua coscienza. Scrutò attentamente l'oscurità, i fasci di luce proiettati da tre torce elettriche che oscillavano nella sua direzione. Noah urlava e si lanciò in acqua, prima nuotando e poi arrampicandosi sulla roccia per raggiungerla. Le cinse la vita con le braccia e lei si lasciò trascinare via dal muro.

«Per l'amor di Dio, Josie. Ma che ti è saltato in mente, si può sapere?»

Lentamente i loro corpi si sincronizzarono, avvicinandosi con gesti automatici alla riva del fiume, dove Gretchen e

Mettner li aspettavano. Josie lanciò un'altra occhiata a valle, sperando di scorgere qualcosa, una ciocca di capelli ramati che si intravedesse nell'oscurità, un segno qualsiasi che le permettesse di sperare.

Ma Amber non c'era più.

Quando raggiunsero la riva sani e salvi, Noah si abbassò e fece scivolare un braccio sotto le ginocchia di Josie, la tirò su e si avviò verso il sentiero. Lei non protestò. Aveva sia il corpo che la mente del tutto intorpiditi. L'unica cosa che riusciva a sentire era il tocco fantasma della mano di Amber un attimo prima che venisse risucchiata dalla furia nera di quell'ultima onda.

Oltre la spalla di Noah, Josie intravide Mettner, immobile, da solo, con le braccia abbandonate lungo i fianchi e la torcia elettrica che penzolava da una mano. Alzò lo sguardo. Josie vide il bianco dei suoi occhi alla luce della torcia.

«Mi dispiace, Mett.» disse con la gola secca e la voce strozzata. «Non immagini quanto.»

SETTE

Non ci volle molto perché il parcheggio si riempisse di veicoli di emergenza: un'unità di polizia contrassegnata, due ambulanze e il furgone della squadra di soccorso nautico con la sua barca di salvataggio a rimorchio. Josie riconobbe persino la Dodge Charger nera del capo Chitwood. I lampeggianti scacciavano la notte. Gretchen aveva fatto accomodare lei e Noah sui sedili anteriori del veicolo di Noah, con il riscaldamento acceso al massimo. Noah allungò un braccio verso il sedile posteriore e prese la coperta che usava quando il loro cane, Trout, si sporcava di fango durante una gita all'aperto e la avvolse intorno a Josie, che avrebbe voluto dirgli almeno di dividersela o proporgli di sfruttare il loro calore corporeo per scaldarsi l'un l'altra, ma i denti le battevano così forte che non riuscì a dire mezza parola. Guardò fuori dal finestrino: Gretchen stava parlando con la squadra di soccorritori e Mettner si era appoggiato alla fiancata del suo fuoristrada, con la testa penzoloni. Sentì un dolore al petto, familiare e fastidioso. Non riuscì a guardarlo un secondo di più; non poteva pensare a quei primi passi strazianti nel viaggio verso un'insondabile perdita che Mettner stava per compiere. Noah non la guardava. Dal modo in cui contraeva la mascella capiva benissimo che era arrabbiato.

Non gli capitava spesso di arrabbiarsi.

«Mi dispiace.» gracchiò, tirandosi la coperta attorno alle spalle. L'odore di cane bagnato non le dispiaceva dopo il tuffo nel fiume.

«Ah, ti dispiace?» chiese lui a mezza voce.

«Noah...»

«So che ho promesso che sarei sempre corso verso il pericolo con te, Josie, ma esiste il pericolo e poi esiste la morte certa.»

Il senso di colpa la punse di nuovo. «Sapevo di potercela fare.» tentò di giustificarsi.

«Come facevi a saperlo? Non potevi. Avresti potuto morirci in quel fiume. E ci è mancato davvero poco.»

«Dovevo provarci...» insistette Josie. «Era viva, Noah. Era ancora viva quando sono saltata dall'altra parte dello scivolo. Era ancora viva quando è stata travolta. E magari potrebbe ancora esserlo...»

«Ho parecchi dubbi che qualcuno sarebbe potuto sopravvivere a quel muro d'acqua, tutti quei massi, la corrente...» la interruppe lui. «Ma Josie, non sto parlando di Amber...»

Lei si preparò a lanciarsi in una tiritera sui pericoli del loro lavoro, su tutte le esperienze in cui avevano rischiato la vita in cui si erano ritrovati in passato e in cui erano riusciti a sopravvivere per un soffio, sul fatto che questo faceva parte del mestiere, che era ciò che era, che lui aveva sempre saputo che lei era fatta così e che questo non gli aveva mai dato fastidio prima, o almeno non l'aveva mai detto a voce alta; ma aveva completamento esaurito le energie. Sentì di nuovo le dita di Amber che stringevano il suo polso un attimo prima di scivolare via.

Trascorsero alcuni istanti con il solo rumore dell'aria calda che fuoriusciva dalle bocchette e riempiva il silenzio tra loro.

«Tutto quello che chiedo è di invecchiare con te, Josie.» disse Noah.

Lei scosse la testa, sentendo le lacrime pungerle il fondo degli occhi. Sebbene nei mesi successivi all'omicidio di sua nonna avesse imparato a non trattenere le lacrime, come se fosse un'abilità da affinare, non si sentiva ancora a suo agio nel farlo. E di certo non voleva mettersi a piangere nel bel mezzo della scena di un'indagine in corso.

«La prossima volta valuta meglio il rischio, se non ti dispiace.»

«Va bene.» concesse, ma già si stava chiedendo se aver tentato di salvare la vita ad Amber e non esserci riuscita non fosse davvero peggio di non provarci per niente.

In entrambi i casi il risultato era lo stesso. O forse no. Si stava forse illudendo a pensare che ci fosse anche la più remota possibilità che Amber fosse sopravvissuta? Che fosse riuscita a evitare i pietroni e fosse stata trascinata a riva?

Qualcuno bussò al finestrino, facendoli sobbalzare entrambi. Noah premette il pulsante sul suo lato per abbassare il vetro e Gretchen fece capolino nell'abitacolo. «Vi voglio entrambi nell'ambulanza più vicina. Fraley, sono sicura che stai bene, ma Josie è rimasta con i vestiti fradici per molto più tempo. Deve assolutamente essere visitata.»

«Si sa niente di Amber?» chiese Josie.

Gretchen distolse lo sguardo per un attimo, rivolgendo il viso verso il cielo notturno invernale. Si asciugò gli occhi prima di tornare a guardare Josie, ma la sua voce si incrinò lo stesso quando rispose. «La squadra di soccorso nautico rimarrà sul posto tutta la notte per cercarla. Per il momento la chiamano missione di salvataggio. Ma se non la troveranno su una delle isolette o lungo la riva prima di domattina, allora diventerà una missione di recupero. In quel caso, una volta che si sarà fatto giorno, vedremo se riusciremo a introdurre altre risorse.»

Al suo fianco, Josie sentì la mano di Noah scivolare nella sua. Amber non era un'agente di polizia, ma era una di loro. Avevano lavorato con lei quotidianamente per oltre un anno.

Era diventata parte della loro squadra e si era trovata bene, nonostante le resistenze che le avevano mostrato all'inizio.

«Mett come sta?» si informò Noah.

Gretchen fece un altro respiro profondo, cercando di ricomporsi. «Il capo si sta occupando di lui.» Aprì la portiera con uno strattone. «Coraggio. Sull'ambulanza. Subito.»

Josie sentiva di avere le gambe rigide e doloranti mentre si avvicinava ai portelloni aperti di una delle ambulanze. Noah camminava dietro di lei, tenendole una mano calda sulla schiena. «Ma porca...» disse quando raggiunsero l'abitacolo.

Josie guardò all'interno e vide Sawyer Hayes, con l'uniforme da paramedico della città di Denton, che stava riordinando le attrezzature di primo soccorso.

«Possiamo andare nell'altra ambulanza.» propose Noah.

«No.» disse lei. «Che sciocchezza. È lui che non mi rivolge la parola. Tu vai a prendere la nostra borsa d'emergenza dal bagagliaio. Dovrebbe esserci un cambio di vestiti per tutti e due.»

Gli sentì fare un verso di frustrazione prima di allontanarsi e rimase ad ascoltare i suoi passi sulla ghiaia diretti verso l'auto. Salì a bordo dell'ambulanza e aspettò al lato della barella opposto a quello dove stava Sawyer. Se lui fu sorpreso o deluso di vederla, non lo fece capire. Le indicò la barella, facendole cenno di sedersi e, senza degnarla di uno sguardo, disse: «La grande Josie Quinn...». Ma nella sua voce non c'era traccia di malizia o di rimprovero. Ciononostante, la fece trasalire. L'ultima volta che l'aveva chiamata così, il suo tono era grondante di amarezza e di rabbia. Prima che potesse rispondergli, Sawyer aggiunse: «Dovrai toglierti quei vestiti.»

«Cosa? Io...»

«Josie, ci congeli dentro se non te li togli. Ti garantisco che non guarderò. Se vuoi puoi lasciarti l'intimo. Abbiamo delle coperte.»

Si voltò dall'altra parte e rovistò in uno dei tanti scomparti lungo la fiancata, finché non trovò una coperta di pile grigia e gliela porse dandole le spalle. Lei la prese e cominciò a spogliarsi rimanendo in reggiseno e mutandine. «Butta pure i vestiti e le scarpe sul pavimento.» disse. «Li metterò in una borsa.»

Rimasta quasi completamente nuda, si sdraiò sulla barella e si coprì con la coperta. «Posso averne un'altra per le spalle?» gli chiese.

Sawyer trovò un'altra coperta e si girò verso di lei, avvolgendogliela con cura intorno alle spalle, assicurandosi di coprirla completamente, lasciando esposti solo il collo e il viso. Josie lo osservò. I suoi penetranti occhi azzurri. I capelli neri che gli ricadevano sulla fronte. La rassomiglianza con Eli Matson era tale che non mancava mai di sconcertarla. La donna che l'aveva rapita da neonata l'aveva portata a Denton e l'aveva spacciata per la figlia di Eli Matson, che era stato un padre meraviglioso, premuroso e devoto. Poi lui era morto, lasciando Josie nelle mani di quella donna la cui crudeltà non aveva conosciuto limiti. Lisette, che era la madre di Eli, aveva combattuto strenuamente per ottenere la custodia di Josie e alla fine aveva vinto, trasformando l'infernale vita che aveva condotto fino a quel momento in qualcosa di meraviglioso.

«Hai preso l'album delle foto?» gli chiese Josie.

«Sì, l'ho preso.» rispose lui con voce sommessa, assicurandosi di non incrociare il suo sguardo. Trovò un termometro e glielo infilò sotto la lingua, aspettando che emettesse un segnale acustico.

All'epoca nessuno di loro sapeva che Eli, prima di entrare nella vita di Josie, aveva avuto una breve relazione con un'altra donna, la quale poi era rimasta incinta di Sawyer e che, nonostante i trascorsi, lei aveva tenuto nascosta al figlio l'identità del padre per tutta la vita, rivelandogliela solo in punto di morte. E tanto meno aveva mai detto a Eli che avevano avuto un figlio.

«Mi fa piacere.» esclamò Josie.

Sawyer fece una risata secca. «Sono felice di averlo. È un ricordo di Lisette.»

Alla morte della madre, Sawyer aveva scoperto che l'unico parente ancora in vita da parte del padre biologico era Lisette, sua nonna. Era andato a trovarla e le aveva chiesto di sottoporsi al test del DNA, cosa che lei aveva prontamente accettato di fare. In breve tempo si erano avvicinati, recuperando il tempo perduto. Poi Lisette era stata uccisa e Sawyer aveva dato la colpa a Josie.

Le chiese un braccio per misurare la pressione sanguigna e controllare il polso e la saturazione di ossigeno.

«Perché non mi sorprende affatto che tu ti sia buttata nel fiume?» mormorò.

«In realtà non l'ho fatto.» puntualizzò Josie. «O almeno, non tecnicamente. Mi sono arrampicata sul muro per cercare di tirare fuori Amber dall'acqua. Lei...»

«È stata travolta.» concluse Sawyer. «Gretchen ha informato tutti. Per quello che vale, mi dispiace.»

Josie riportò il braccio tra le calde pieghe delle coperte. Sawyer si voltò di nuovo per annotare qualcosa su un computer e poi si mise a cercare qualcos'altro tra le attrezzature. Tornò con una pila di impacchi caldi. Uno per uno, li scosse per attivare il calore.

«La conoscevi?» gli chiese Josie. «Amber?»

«Non la conoscevo bene. La conoscevo quanto bastava per salutarla. La vedevo in giro. Perché si trovava nel fiume?»

«Non lo so.» disse Josie. «Mett non la sentiva da un paio di giorni e ha cominciato a preoccuparsi. Così è andato a casa sua. Le cose che abbiamo trovato ci hanno fatto pensare che potesse essere qui.»

Sawyer si fermò, con la fronte aggrottata e un'espressione torva sul viso. «Pensate che stesse cercando di farsi del male?»

«No.» disse Josie. «Pensiamo che dovesse incontrarsi con

qualcuno o che qualcuno l'abbia portata qui contro la sua volontà.»

Sawyer riuscì a metterle gli impacchi caldi sotto le ascelle senza scostare le coperte ed esporla al freddo. Passandogliene altre due, le disse: «Questi vanno all'inguine. Immagino che tu preferisca metterli da sola.»

Con il viso in fiamme, Josie li prese e li infilò nelle pieghe dell'interno coscia. Nonostante si sentisse a disagio a stare davanti a lui con indosso solo una coperta e una biancheria intima inconsistente, era così appagata da quel calore che non riusciva a pensare ad altro. Lui le mise altri due impacchi caldi sotto le ginocchia e poi uno dietro il collo, storcendo le labbra mentre lo faceva. Josie non lo conosceva molto bene, sembrava che si fossero strofinati contropelo a vicenda fin dal primo momento, ma sapeva che quella era una posa che Sawyer faceva quando nascondeva qualcosa. Le ci volle un attimo per capire come faceva a saperlo: anche suo padre, o per essere precisi, l'uomo che da bambina aveva creduto fosse suo padre, Eli, era solito farlo.

«Cosa c'è?» chiese.

«Niente, non è importante.» rispose lui.

«Dimmelo e ti dirò se ha importanza o meno.»

Sawyer, anziché rispondere, iniziò a raccogliere i vestiti e gli scarponi bagnati e a infilarli in una borsa con un'etichetta che su scritto: "Effetti del paziente".

«È una cosa che riguarda Amber? Ma un attimo fa hai detto che non la conoscevi tanto bene.»

«Infatti non la conosco... conoscevo.» disse lui. «Ma sapevo chi era, sapevo che usciva con Mettner. Lo ha accompagnato quando tu e Noah dovevate sposarvi.»

«Sawyer, perché non me lo dici e basta?»

«Niente, solo che un paio di settimane fa l'ho vista con un altro tizio.»

«Intendi un tizio che non era Mett?» chiese Josie.

«Esatto.»

«E li hai visti baciarsi? Avevano un atteggiamento intimo?»

Lui scosse la testa. «No, no. Niente del genere. Sembrava, piuttosto, che stessero discutendo. Lui le ha afferrato il braccio e lei si è liberata con uno strattone. Allora lui ha allungato di nuovo le mani e lei lo ha spinto.»

«Quando è successo?»

«Un paio di settimane fa, mi sembra.»

«Dove li hai visti?»

«Fuori da quella libreria nel quartiere con tutti quei negozi, in centro, a pochi isolati dalla stazione di polizia. In McAllister Street. Ma non so chi fosse o cosa facessero, io stavo solo passando di lì. E non ho idea di cosa si stessero dicendo. Però mi è parso che ci fosse tensione, soprattutto quando sono iniziati gli spintoni.»

Josie lo guardò perplessa. «E non ti sei fermato?»

Sawyer la guardò a sua volta con espressione perplessa. «Perché mi sarei dovuto fermare?»

«Per assicurarti che Amber stesse bene.»

La studiò per un lungo momento, con la fronte aggrottata. «Non mi sembrava che Josie Quinn fosse il tipo che crede alle donzelle in difficoltà.»

Lei alzò gli occhi al cielo. «Questo non ha niente a che vedere con ciò in cui credo. Non stavo dicendo che Amber fosse una donzella in difficoltà. Se vedessi due persone che si spintonano in mezzo alla strada, mi fermerei per assicurarmi che stiano bene, che la situazione non degeneri e che nessuno si faccia male.»

«Oh, su questo non ho dubbi...» mormorò lui, voltandosi. Prima che lei potesse formulare un'osservazione pungente di cui si sarebbe pentita subito dopo, lui aggiunse: «No. Non mi sono fermato. Ho guardato nello specchietto retrovisore e visto Amber da sola. Il tizio si stava allontanando. Ho pensato che qualsiasi cosa fosse successa tra loro era finita.»

I portelloni dell'ambulanza si aprirono e apparve Noah. Si era già cambiato mettendosi i vestiti di riserva: jeans, una maglietta grigio chiaro e un paio di scarpe da ginnastica. Le porse una borsa. «Qui ci sono i tuoi.»

Lanciando a Sawyer un'occhiataccia, Noah entrò e si sedette su una delle panche di vinile che fiancheggiavano il fianco dell'ambulanza. Sawyer si mise a distanza di sicurezza. Neanche tra loro due c'era grande simpatia. Anzi, una delle ultime volte che si erano visti erano venuti alle mani.

«Grazie.» disse lei. «Sawyer, racconta anche a Noah quello che mi hai appena detto.»

Con un sospiro, Sawyer incrociò le braccia sul petto e raccontò la storia per mettere Noah al corrente.

«Che aspetto aveva questo tizio?» gli chiese Noah quando ebbe concluso.

«Un uomo caucasico, alto. Più alto di te. Capelli scuri. Corporatura nella media. Indossava un lungo cappotto nero, un paio di jeans e scarpe da ginnastica nere. Non sono stato in grado di stimare la sua età perché ero lontano e stavo guidando. È tutto quello che posso dirti.»

Noah passò a Josie la borsa dei vestiti. «Perché non ti metti questi e andiamo a parlare con Mettner?»

OTTO

Sawyer e Noah lasciarono il retro dell'ambulanza per permettere a Josie di cambiarsi. Infilarsi i vestiti asciutti sulla pelle le diede una sensazione paradisiaca. L'unico problema era che non aveva né cappotto né guanti. Il suo telefono era nella tasca posteriore dei jeans, un miracolo che non le fosse caduto. Non era la prima volta che si bagnava e confidava che si sarebbe ripreso dal tuffo nel fiume. Prese la borsa per gli effetti personali del paziente in cui Sawyer aveva messo le sue cose e la sistemò nel bagagliaio dell'auto di Noah.

«Dov'è Mett?» chiese a Noah.

«È ancora sul posto. Nella sua auto.» le rispose lui.

Si avvicinarono al fuoristrada di Mettner. Teneva la fronte appoggiata alle mani intrecciate e gli occhi ben chiusi. A un'occhiata più attenta, si poteva vedere che muoveva le labbra. Stava pregando. E per quanto facesse freddo, non aveva ancora acceso il riscaldamento. Josie bussò al finestrino. Quando li vide che lo aspettavano, uscì.

«Sono stato sospeso.» annunciò. «Il capo Chitwood me lo ha appena comunicato. Però mi ha permesso di restare qui. Ha detto che posso rimanere finché non trovano... qualcosa, suppongo. Lo trovate giù, lungo la riva del fiume insieme a Gretchen.»

Josie sapeva che Chitwood gli aveva dato il permesso di rimanere lì per gli stessi motivi per cui lei lo aveva portato con sé: se fossero sussistiti dei dubbi sul coinvolgimento di Mettner in qualsiasi tipo di crimine fosse stato commesso, almeno sarebbero stati in grado di rendere conto di tutte le ore che aveva trascorso con loro. Dal momento che nessuno dei due parlò, Mettner aggiunse: «Voi state bene?»

«Sì, stiamo bene.» disse Josie.

Mettner guardò verso i gradini che portavano alla riva del fiume. La squadra di soccorso nautico aveva piazzato su una delle loro imbarcazioni un grande riflettore che di tanto in tanto, con la sua luce bianca e accecante, fendeva le fronde degli alberi e si estendeva fino al parcheggio. «Può darsi che ora abbiate modi di ottenere un mandato per ispezionare casa sua.» disse Mettner. «Ora che è...»

Non riuscì a finire la frase perché sopraggiunse un singhiozzo che lo scosse dalla testa ai piedi. Cercò di respingerlo, facendo diversi respiri profondi. Noah gli strinse una spalla. Josie incrociò il suo sguardo mentre Mettner cercava di riprendere il controllo delle proprie emozioni. Sul suo giovane collega vedeva riflesso lo stesso senso di impotenza che provava a sua volta e tanto lei quanto Noah sapevano per esperienza che non c'erano parole di conforto che qualcuno potesse offrirgli in quel momento. Non c'era conforto, non c'era attenuazione per il tipo di sofferenza a cui Mettner era sottoposto: l'unica cosa che poteva fare era imparare a conviverci, sopportandone il dolore e la tristezza, fino a quando, un giorno, non fosse diventato parte della sua normalità.

Voltandosi verso di loro, Mettner disse: «Un mandato. Adesso potete procurarvi un mandato per perquisire casa sua. Non è da escludere che qualcosa mi sia sfuggito. Magari potreste andarci stasera stessa e dare un'occhiata in giro.»

«Non possiamo farlo, Mettner.» disse Josie con tono morbido. «Come?»

«Non possiamo ottenere un mandato.» ripeté Noah, arretrando di un passo. «A meno che non identifichiamo il suo corpo con certezza e non ci siano prove di un crimine.»

Gli occhi di Mettner lampeggiarono. «Non credete che ci siano?»

«Certo che lo crediamo, Mett!» ribatté Noah. «Ma dobbiamo comunque lavorare nel rispetto delle regole. E lo sai bene. O almeno, io pensavo che lo sapessi.»

«Al diavolo queste regole...» cominciò Mettner, ma Josie lo interruppe, cercando di concentrarsi su quello che ormai era diventato un caso.

«Mett, tu sei più vicino ad Amber di tutti noi. Cosa puoi dirci della sua famiglia e dei suoi amici?»

«Ha perso i contatti con la sua famiglia perché, da quello che mi ha raccontato, avevano una pessima influenza. Non ha più parlato con nessuno di loro da quando è partita per l'università, dieci anni fa.»

«Ma ti non ha mai raccontato nulla su di loro?» gli chiese Josie. «Se i genitori sono ancora vivi? Se ha fratelli o sorelle?»

«Mi ha raccontato che i suoi genitori sono divorziati. Credo che siano ancora vivi. Sono abbastanza sicuro che abbia un fratello e una sorella, ma non ne sono certo al cento per cento.»

«Con chi trascorre le feste?» chiese Josie.

«Con un'amica del college.» rispose Mettner. «Almeno, prima che ci conoscessimo. Si chiama Grace Power. L'ho incontrata una volta. Potrei trovarvi i suoi contatti così potrete parlarci. Vive a Lewisburg.»

«E che ci dici di altre amicizie?» intervenne Noah. «Amici che vivono in zona?»

Mettner incrociò le braccia sul petto. «Ha un paio di amici dei tempi dell'università e con cui esce a bere ogni tanto... oh, e una segretaria che lavora al municipio... ma niente di più.»

«Ex fidanzati?» continuò Josie.

«Di questo non me ne ha mai parlato...»

Josie e Noah si guardarono. Gli ex partner di solito sono un argomento di conversazione tra persone che si sono impegnate l'una con l'altra, soprattutto se stanno pianificando un futuro insieme, come aveva detto Mettner.

«Tu le hai parlato delle tue ex?» gli domandò Noah.

«Beh, sì, non che ci fosse molto da dire.»

«Non le hai mai chiesto perché non voleva parlare delle sue vecchie relazioni?» chiese Josie.

«Non volevo saperlo.» ammise Mettner.

«Hai mai avuto una relazione seria prima d'ora?» gli chiese Noah.

Mettner scrollò le spalle. «No. Intendo dire che non sono mai stato innamorato prima di incontrare Amber. Sono uscito con qualche ragazza, certo, ma non mi sono mai sentito come... con lei.»

Tra le luci lampeggianti dei veicoli di emergenza, Josie vide brillare nei suoi occhi delle nuove lacrime. Amber era stata assunta dall'ufficio del sindaco come addetto stampa del Dipartimento di Polizia. Sarebbe stato abbastanza facile per la loro squadra contattare le Risorse Umane e scoprire chi avesse indicato come contatto di emergenza. Non era il caso di parlarne davanti a Mettner, specialmente in un posto e in un momento del genere, ma c'erano molte possibilità che dovessero contattare un parente prossimo di Amber perché venisse a identificare il corpo.

«Supponendo che Amber sia venuta qui per incontrare qualcuno o che qualcuno, cioè la persona che le ha lasciato il messaggio sul parabrezza, l'abbia costretta a seguirlo qui...» riprese Noah, «hai idea di chi possa essere questa persona?»

Mettner scosse lentamente la testa. «No, neanche mezza. Se l'avessi avuta, sarei andato subito da quella persona per farmi dire se sapeva dov'era Amber.»

«Non hai trovato nulla sul suo telefono?» continuò Noah.

«Noah...» lo ammonì Josie. «Non possiamo sfruttare nulla di ciò che Mettner ha trovato sul telefono di Amber. Si è introdotto in casa sua per accedervi!»

«Quindi non dovremmo chiederglielo?» ribatté Noah.

«Se Mettner ha trovato qualcosa quando si è introdotto illegalmente in casa di Amber e noi lo usiamo per costruirci una pista, questo qualcosa potrebbe trasformarsi in un incubo arrivati in tribunale: potrebbe essere considerato inammissibile o potrebbe causare problemi sia durante il processo che in appello.» Alzò le mani emettendo un verso di esasperazione. «Ma che vi prende oggi? Conoscete le regole tanto quanto me! Se qualcuno ha attirato Amber fin qui o ce l'ha portata, se le ha fatto del male e l'ha lasciata a morire tra quelle rocce, allora voglio catturare quella persona e fare in modo che sparisca dalla circolazione il più a lungo possibile. Questo significa che dobbiamo fare le cose secondo le regole.»

«Sono davvero delle belle parole...» commentò Mettner, «dette da una che è stata sospesa due volte per non aver agito secondo le regole.»

«Ehi!» lo avvertì Noah. «Sta' attento a quello che dici!»

Josie alzò una mano. «Lascia stare. Ha ragione. Però, Mett... sto cercando di imparare dai miei sbagli. Voglio fare le cose per bene.»

«Non c'era niente nel telefono.» sbottò lui.

Prima che Josie potesse dire un'altra parola, furono interrotti dal rumore di altri veicoli che entravano nel parcheggio sterrato: erano due furgoni della stazione televisiva locale, la WYEP, che si fermarono accanto alle ambulanze. Ne uscirono un cameraman, un paio di produttori e due reporter.

«Ci mancavano loro...» commentò Josie.

«Esatto.» convenne Noah. «Era proprio quello che ci voleva. Mett, torna in macchina e resta lì.»

Un giornalista piuttosto giovane, senza dubbio appena

uscito dal college, corse verso di loro, con il telefono in mano come se fosse un'offerta, ma Josie sapeva che si era già preparato a registrare la conversazione che eventualmente avrebbero fatto. «Detective Quinn, è lei! Detective Quinn! È vero che una donna è annegata nel fiume?»

Josie alzò le mani e fece cenno di allontanarsi. «Devo chiedervi di rimanere dietro le ambulanze, per favore.»

«Ma abbiamo sentito alla radio della polizia che è stata chiamata l'unità di soccorso marittimo. C'è stato qualche problema con la diga? È successo qualcosa a uno dei responsabili della diga? Chi altro si sarebbe potuto trovare nel fiume a quest'ora della notte?»

«Per favore...» intervenne Noah, avvicinandosi al giornalista e alla sua troupe, e facendo loro cenno di indietreggiare di qualche passo. «Dobbiamo tenere questa zona libera. Il personale di emergenza sta intervenendo per risolvere la situazione.»

Il giornalista fece una smorfia di disappunto. «La situazione? È così che la definisce? E non vuole aggiungere nient'altro? Ho ottenuto di più dalla radio. Va bene allora, se non intendete dichiarare niente, chiamerò la vostra addetta stampa. Ho il suo numero di cellulare. Sono sicuro che farà i salti di gioia a essere svegliata nel cuore della notte.»

Josie aveva in mente qualche parola per quel ragazzo, ma le trattenne. Noah si avvicinò di corsa a un'unità contrassegnata e chiese a uno degli agenti in uniforme di tenere i giornalisti dietro le ambulanze.

«Almeno ditemi se si tratta di una missione di salvataggio o di recupero.» riattaccò il giornalista.

Josie sentì un fruscio alle sue spalle, poi dei passi. «Quinn! Fraley!» abbaiò il capo Chitwood.

Josie e Noah si voltarono e videro il capo fermo in cima ai gradini che portavano alla riva del fiume. Nonostante li sovrastasse, era così magro che la grande giacca marrone che indossava sembrava inghiottirlo. Un cappellino di maglia di colore scuro gli copriva la testa quasi del tutto calva. Agitò una mano, facendo loro cenno di avvicinarsi. Mettner scese dal fuoristrada, ma il capo gli disse di slancio: «Non pensarci nemmeno.» Voltandosi verso Josie e Noah, disse: «Forza, voi due. Non ho tutta la notte.»

Erano a metà della scalinata, dietro il capo, alla luce del raggio della sua torcia, quando Noah chiese: «Che cosa avete trovato?»

«Una donna morta.» disse Chitwood al di sopra delle sue spalle, con un tono cupo.

Sul piano logico, Josie sapeva già che la notizia era imminente, ma le arrivò lo stesso come un colpo allo stomaco. «Oh, Amber...» sussurrò.

Chitwood si fermò e illuminò per un momento i volti di entrambi. «Non è Amber.» disse.

«Cosa sta dicendo?» chiese Josie.

«La donna che abbiamo appena tirato fuori dal fiume non è Amber Watts.» disse Chitwood.

«Ma noi l'abbiamo vista.» insistette Noah. «Sembravano proprio i suoi capelli...» si voltò a guardare Josie. «L'hai vista in faccia?»

«No.» ammise Josie. «Non l'ho vista in faccia. Ho solo pensato che fosse lei.»

«Beh, non lo è.» ripeté Chitwood. Si voltò e riprese a scendere le scale.

«Se quella non è lei, allora dove diavolo è finita Amber?» disse Noah.

NOVE

Amber arrancava con piedi incerti sul terreno roccioso, cercando di tenere il passo e di evitare che le venissero strappati i capelli. Il suo corpo si irrigidiva e rimaneva paralizzato tra le grinfie della paura che le attanagliava il cuore. Sbatté rapidamente le palpebre, cercando di mettere a fuoco una cosa qualsiasi che emergesse dall'oscurità. Come faceva quell'uomo a orientarsi? Poi le venne in mente che lui non aveva bisogno di vedere l'ambiente circostante, perché lo conosceva talmente bene che era in grado di prendere qualsiasi direzione anche al buio.

«Ti supplico, non farlo.» lo implorò.

Lui le spinse la testa di lato imprimendo al suo corpo una spinta che la fece andare a sbattere con la schiena contro il tronco d'un albero. L'urto le tolse il respiro. Mentre si accasciava a terra, cercò di riprendere aria, ma non ci riuscì.

Sopra il ruggito del panico che le consumava la mente, sentì le pietre, i ramoscelli e le foglie morte da tempo scricchiolare sotto i piedi dell'uomo. Lui la raggiunse, fermandosi di fronte a lei. La luna riemerse per un attimo da dietro le nuvole, proiettando una luce argentata che attraversò gli alberi spogli e si riflesse con un bagliore sulla canna della pistola.

«Sto facendo quello che deve essere fatto.» disse lui.

Lei aprì la bocca per rispondere, ma le uscì solo un rantolo. Si strinse la gola e il petto. Qualcosa di caldo e umido si diffuse sulla sua pelle. Sangue, si rese conto, da quando si era tagliata il palmo della mano.

«Dimmi quello che voglio sapere.» ringhiò lui. «Puoi porre fine a tutto quanto, in questo preciso istante, se solo me lo dici.»

Finalmente le parole le scivolarono fuori dalla gola. «Posso porre fine a tutto quanto? E come finirà? Quante persone hai intenzione di uccidere per coprire quello che è successo?»

I suoi movimenti frenetici si fermarono. «Pensi che si tratti di coprire, di nascondere qualcosa? Si tratta di proteggere la verità!»

Amber si tirò giù la manica della camicia, arrotolando il tessuto sulla mano strappata. Il suo corpo stava patendo troppo il freddo per percepire il dolore. «Proteggere la verità?» sbraitò. «Ma ti senti? Ti rendi conto di quello che stai facendo? Sei diventato pazzo! Se te lo dico non ci guadagna nessuno. Nessuno. Non posso dirtelo.»

Lo sentì incombere su di sé. Il suo respiro le scorse sulla nuca. «Devi dirmelo. Se non lo farai, morirai.»

DIECI

Non c'era alcun dubbio: quella donna non era Amber. Avevano raggiunto la riva, dove i membri della squadra di soccorso nautico e Gretchen li stavano aspettando, con le torce che pendevano dalle loro mani, riuniti in piedi intorno a un sacco per cadaveri di cui avevano lasciato aperto un angolo quanto bastava da permettere a loro due di vedere il volto della donna al suo interno. Gli stessi riccioli ramati che avevano visto poco prima sulle rocce le incorniciavano le guance pallide, ma i suoi lineamenti non erano delicati come quelli di Amber; la mascella era più squadrata, il naso più piatto e largo, gli occhi più ravvicinati. Comunque, era giovane, tra i venticinque e i trent'anni, e chiunque fosse, ora era morta. Josie sentì che un familiare senso di tristezza le dilagava nel petto. Adorava il suo lavoro. Adorava mettere dietro le sbarre persone pericolose, adorava cercare di raddrizzare i torti del mondo, ogni volta che era possibile. Ma non avrebbe mai potuto abituarsi a questo, a una vita stroncata tragicamente e senza motivo. Senza il cappotto com'era, cominciò a tremare e si strinse le braccia in vita, avvertendo il freddo per la prima volta da quando era scesa dall'ambulanza.

«Nessun documento di identità sul suo corpo?» chiese Noah.

Nemmeno lui aveva il cappotto, ma se aveva freddo quanto Josie, non lo dava a vedere.

«Niente.» rispose Gretchen. «C'è, però, una forte somiglianza. Amber ha una sorella?»

«Stando a quanto dice Mett, sì, ma Amber non parla con la sua famiglia da dieci anni.» riferì Noah.

Josie notò che la donna aveva una spaccatura sul labbro inferiore, lividi su una guancia e intorno a un occhio e un grosso bernoccolo viola vicino alla tempia sinistra. «Era già...?»

«Era già morta quando l'hanno tirata fuori dall'acqua.» disse Gretchen. «Non c'è stato niente da fare.»

«Qualcuno dovrebbe andare a dirlo a Mettner.» suggerì Noah.

«Qualcuno dovrà trattenere Mettner, per evitare che commetta un'altra effrazione a casa di Amber Watts in cerca di risposte.» puntualizzò Chitwood.

«Può stare da me.» si offrì Gretchen. «Siamo solo io, mia figlia Paula e un tiranno di gatto. Di spazio ce n'è in abbondanza...»

Chitwood spense la sua torcia. Uno degli agenti della squadra di soccorso nautico si accovacciò e chiuse la cerniera della sacca.

«Ho già chiamato la dottoressa Feist.» riprese Gretchen. «Ha detto che aspetterà all'ospedale; non ha ritenuto necessario darle un'occhiata sul luogo del ritrovamento, dato che l'abbiamo già tirata fuori dal fiume. E ha detto che se passiamo verso le nove e mezza o le dieci di domani mattina, dovrebbe già avere qualcosa.»

«Possiamo andarci io e Noah.» propose Josie.

«Vi conoscete tutti da prima che io assumessi la direzione di questo dipartimento.» intervenne il capo Chitwood. «Ho fatto avanzare Mettner tra i ranghi e l'ho promosso a detective perché è un eccellente investigatore. Se lo meritava, con il suo curriculum stellare. Ha tutte le carte in regola ed è un ragazzo serio. Ma me lo dovete dire se è coinvolto in quello che sta succedendo qui, qualunque cosa sia. Devo sapere subito se qualcuno di voi ha dei sospetti.»

Josie guardò Noah e poi Gretchen. Gli agenti della squadra di soccorso nautico caricarono il sacco con il corpo su una barella. Nessuno proferì parola.

«Quinn?» disse Chitwood.

«Non lo so, Signore. Voglio dire, conosciamo tutti Mett, ma non lo vediamo molto spesso fuori dal lavoro. Se penso che abbia fatto qualcosa ad Amber? In base a quello che so di lui, direi di no.»

«Ma quando ci si mettono di mezzo questioni di cuore le persone possono fare le cose più assurde.» intervenne Noah. Roteò la spalla destra. Era un movimento inconscio. Solo Josie si accorgeva che ogni tanto lo faceva. Una volta gli aveva sparato alla spalla destra. Non perché volesse farlo. In quel momento, aveva creduto di non avere scelta. Lo aveva fatto per proteggere una persona vulnerabile, qualcuno in grande difficoltà. Noah insisteva nel dire che lui l'aveva perdonata, ma lei non se l'era mai perdonato. Da quel giorno le era stato accanto, prima come amico, poi come amante e ora come marito. Lei gli aveva sparato e lui l'aveva sposata lo stesso. Cercò di mettersi nei panni di Mettner, tornando a prima che lei e Noah si sposassero, quando vivevano separati. Cosa sarebbe successo se Noah, di punto in bianco, fosse scomparso? Josie abbassò la testa pensando a quale finestra avrebbe dovuto sfondare per entrare in casa sua e assicurarsi che fosse vivo. E se non lo avesse trovato in casa? E se avesse trovato tutto ciò che possedeva, ma lui non ci fosse stato?

«E tu che dici, Palmer?» chiese Chitwood. «Ti sei fatta qualche idea?»

«Purtroppo no, Signore.» ammise Gretchen. «Il mio istinto

mi dice che Mett è completamente innocente, ma in questo lavoro chi diavolo può avere certezze?»

«È sempre il fidanzato...» mormorò Chitwood, quasi tra sé e sé.

«Che cos'ha detto?» chiese Josie.

Chitwood riportò lo sguardo su di lei. «Dal momento che Mettner è uno di noi, vogliamo credere che abbia semplicemente fatto una follia d'amore, animata solo da buone intenzioni, quando è entrato in casa di Amber. Ma se avessero litigato e lui le avesse fatto qualcosa, e tutto il resto non fosse altro che una messinscena? Potrebbe aver coperto le sue tracce al meglio, no?»

«Ma questo non spiega chi sia quest'altra donna o perché l'abbiamo trovata in questo impianto, né il messaggio lasciato sul parabrezza dell'auto di Amber.» sentenziò Noah.

«Vero.» convenne Chitwood emettendo un sospiro di esasperazione. «Va bene. Ecco cosa faremo: Mettner è sospeso per essersi introdotto in casa di Amber e visto che lei non è qui per decidere se sporgere o meno denuncia contro di lui, in questo momento non rappresenta un problema. Ma non voglio che si intrometta nelle indagini, né tantomeno che si avvicini a casa della Watts. Voglio scoprire tutto quello che sa, ma lo voglio fuori da questa storia. Dovete scoprire se è in grado di mettersi in contatto con la famiglia Watts, in modo da sapere se quella che abbiamo trovato stanotte è la sorella di Amber. Come ha detto Palmer, c'è una certa somiglianza.»

«Nessun problema, Signore.» disse Josie.

«E poi voglio anche che lo teniate d'occhio.» aggiunse Chitwood. «In modo che non ci combini altri casini mentre cerchiamo di capire cosa diavolo sta succedendo qui.»

«Ci penso io, Signore.» lo rassicurò Gretchen.

Chitwood alzò il cellulare, con lo schermo acceso. «Ho parlato con il direttore dell'impianto. Quando avremo finito qui, almeno uno di voi dovrà tornare dall'altra parte della diga e parlare con l'operatore di turno. Dobbiamo vedere cosa hanno ripreso le telecamere di sorveglianza. Vi aprirà il cancello quando arriverete.»

«Possiamo occuparcene io e Josie.» si offrì volontario Noah.

Chitwood fece segno agli agenti della squadra di soccorso nautico di aspettare, in modo che Josie e Noah li superassero di corsa e raggiungessero Mettner per dargli la notizia prima che vedesse il sacco con il cadavere che veniva portato via dal bosco. Scese dall'auto non appena li vide. «L'avete trovata...» disse con voce stridula. «È... è morta, vero?» chiese dirigendosi verso le scale. «Devo vederla. Devo vederla!»

Noah si frappose tra Mettner e le scale. «Non è lei, Mett.»

«Devo vederla.»

Josie gli si avvicinò e gli posò una mano su una spalla. «Mett, non è Amber.»

Ma Mettner non rinunciò a cercare di superare Noah. Alla luce delle torce che si agitavano, Josie poté vedere che sembrava un animale spaventato. Dovette gridargli contro per attirare la sua attenzione. Lui cessò ogni tentativo di aggirare Noah e la guardò, la vedeva, ma senza capire nulla di ciò che gli stava dicendo.

«La squadra di soccorso nautico ha trovato un corpo.» gli disse Josie in modo chiaro e forte. «Ma non è Amber.»

Mettner si voltò a guardare Noah, come se cercasse una spiegazione per le parole di Josie. Non riusciva a capire. Noah gli fece un cenno di conferma. «È così, Mett. Non è lei. Non è Amber.»

Mettner spinse Noah puntandogli entrambe le mani contro il petto. «Tu non puoi saperlo. Togliti di mezzo. Fatemela vedere.»

Josie si unì a Noah per bloccare a Mettner l'accesso alle scale, mantenendo la posizione ogni volta che Mettner si buttava contro di loro o cercava di passare. «Sappiamo che aspetto ha Amber.» gli disse. «Non è lei.»

«Le persone hanno un aspetto diverso quando muoiono. Lo sapete bene! Potrebbe essere lei. Non la conoscete come la conosco io. Non posso sbagliarmi. Capirò se è lei. La devo vedere.»

Noah afferrò il giovane collega per le braccia e lo tenne fermo. «Non la puoi vedere.» gli urlò.

Era difficile che Noah alzasse la voce contro qualcuno e, a pensarci bene, Josie non riusciva a ricordare una sola volta in cui l'avesse sentito urlare. Mettner rimase sbigottito quanto lei e dopo un lungo momento in cui si lasciò andare alle lacrime, disse: «Ha una cicatrice sulla schiena. Una cicatrice da ustione. Se l'è fatta quando era bambina. Era in campeggio ed è caduta all'indietro sul fuoco. È grande. Non potete sbagliarvi.»

Josie e Noah si scambiarono un'occhiata e lei gli disse: «Vado a controllare io, d'accordo Mett? Ma tu devi restare qui insieme a Noah.»

Non disse nulla. Josie si voltò e tornò di corsa giù per le scale e poi lungo il sentiero tortuoso, con il fascio di luce della sua torcia che sussultava in corrispondenza dei suoi movimenti. In fondo trovò i due agenti della squadra di soccorso nautico che stavano di guardia al cadavere, uno alla testa e l'altro ai piedi. La guardarono con un'espressione dura. Si intuiva che stavano congelando, proprio come lei, ed erano impazienti di lasciare la riva del fiume.

Chitwood disse: «Allora?»

Josie gli spiegò la richiesta di Mettner e Chitwood sospirò pesantemente scuotendo la testa, poi fece un gesto in direzione del sacco per cadaveri. «Va bene, ma sbrighiamoci.» disse.

I due agenti si accovacciarono e aprirono il sacco, maneggiando con cura il corpo della donna per girarla su un fianco e sollevarle il retro della maglietta fino a dove poteva arrivare. Josie, Chitwood e Gretchen puntarono le loro torce sul corpo. La pelle della donna era immacolata. «Grazie.» disse Chitwood.

Gli agenti richiusero il sacco. Josie corse indietro lungo il sentiero e poi sulle scale fino a raggiungere Mettner, in attesa accanto a Noah, che ancora gli impediva di passare, ma non di allungare il collo oltre la sua spalla con gli occhi spalancati e pieni di paura.

«Nessuna cicatrice.» gli disse non appena lo raggiunse. «Non è Amber.»

Mettner cadde sulle ginocchia e scoppiò di nuovo a piangere. Erano lacrime di sollievo, senza dubbio: significava che c'era ancora una possibilità che Amber fosse viva, ancora una possibilità che Mettner potesse riunirsi a lei, se solo fossero riusciti a trovarla.

UNDICI

Non riuscirono a impedire alla stampa di riprendere il corpo della donna mentre veniva caricato su una delle ambulanze. Il giovane giornalista lanciò domande a ciascuno di loro mentre salivano sui loro veicoli e si allontanavano. Josie lo guardò scrivere con dita frenetiche sullo schermo del telefono mentre se ne andavano. Probabilmente stava cercando di contattare Amber. Il nodo allo stomaco si fece più grande. Sebbene tra i membri della squadra ci fosse un palpabile senso di sollievo per aver avuto conferma che la donna trovata morta non era Amber, la paura che la prossima a morire potesse essere lei li aveva contagiati tutti. Gretchen accompagnò Mettner alla stazione di polizia, mentre Josie e Noah si diressero alla centrale idroelettrica per parlare con l'operatore di turno.

Quando si accostarono all'ingresso, il cancello si aprì emettendo un suono a malapena udibile, poco più che un basso ronzio. Noah lasciò la macchina accanto al furgone rosso. Mentre scendevano, una porta si aprì e si richiuse sul lato anteriore dell'edificio e un uomo emerse in quel fascio di luce. Era alto e snello, aveva i capelli arruffati e color sabbia e gli occhi che brillavano da sotto il berretto con visiera. «Siete quei poliziotti?»

Noah cercò nella tasca dei jeans il portafogli e gli mostrò il distintivo e il tesserino. Poi indicò Josie.

«Questa è la mia collega, la detective Josie Quinn.»

«Mi serve anche il suo documento.» disse l'operatore. «Devo sapere chi entra e chi esce da qui. Non siamo soggetti a regolamentazione del governo federale o altro; quindi, non è che ci sia roba segreta e classificata in questo posto, ma devo rispondere ai miei supervisori della società elettrica. Se qualcosa va storto, devo dare loro i nomi di tutti quelli che sono passati.»

Si stava coprendo le spalle, si rese conto Josie. Per fortuna, essendo la sua serata libera, aveva lasciato le sue credenziali in macchina e così erano rimaste indenni dal bagno nel fiume. Tirò fuori dalla tasca posteriore dei jeans documenti e distintivo e glieli porse. L'uomo li studiò e poi sospirò. «Bene, venite pure. A proposito, mi chiamo Will Wilson. Il direttore dello stabilimento ha parlato al telefono con il vostro capo.»

Wilson si incamminò verso l'edificio e li condusse alla porta da cui era uscito. La aprì ed entrarono in una grande stanza con soffitti più alti dei due piani della casa di Josie e Noah messi insieme. Il locale si presentava interamente di travi d'acciaio e finestre di vetro. La maggior parte dell'ambiente interno dell'edificio era occupata da generatori elettrici. Josie contò in totale tre di questi colossi dalla forma rotonda e ciascuno di questi era dotato di una serie di rampe e passerelle che conducevano e giravano intorno alla sommità di ognuno. Standoci sotto, si sentivano bene il fruscio delle turbine e il ronzio della corrente elettrica che vibravano sotto i loro piedi. Si sentiva bene anche una combinazione di diversi lubrificanti industriali mista a un leggero sentore di ozono.

All'interno la temperatura non era molto più alta rispetto all'esterno; almeno era un miglioramento, visto che né Josie né Noah avevano il cappotto. Seguirono Wilson scendendo una serie di gradini di acciaio grigio che portavano a un rettangolo di cemento che si trovava chiaramente sotto il livello del suolo. Verso l'estremità dell'edificio più vicina al fiume c'era una porta contrassegnata dalla scritta "Sala di Conteggio".

Lungo la parete di sinistra Josie vide altre porte con le scritte "Bagno" e "Sala ristoro". Lungo la parete alla loro destra c'era una serie di tavoli sui quali erano stati installati dei computer.

«Io sono l'operatore in servizio per il turno di notte.» spiegò Wilson. «Dopo che il vostro capo ha chiamato e ha parlato con il direttore dello stabilimento, sono tornato a controllare le registrazioni e ho trovato un sacco di video di tutti voi, fuori dal Centro di Controllo stasera, ma niente di più. Nessuno ha cercato di entrare nella stazione negli ultimi giorni. Solo i lavoratori abituali. Anche se in questo periodo dell'anno non c'è mai molta attività qui in zona. Di solito è tutto ghiacciato, compreso il fiume, ma anche se in inverno il livello dell'acqua cala, tutta questa pioggia è stata un problema.»

Si sedette sulla sedia, facendo scricchiolare lo schienale sotto il suo peso. Prese il mouse del computer più vicino al suo posto e diede vita allo schermo. Mostrava diversi piccoli riquadri grigi, che trasmettevano video da vari punti all'interno e intorno alla diga, compreso il cancello che avevano appena attraversato. La maggior parte delle telecamere circondava l'edificio, garantendo che nessun individuo non autorizzato violasse il perimetro della centrale idroelettrica. Qualche telecamera era posizionata nella piccola area di parcheggio da cui erano entrati. «Ho controllato le riprese degli ultimi due giorni, come ha chiesto il vostro capo, e come ho detto, non ho trovato nulla di insolito, non qui vicino alla centrale.»

«C'era qualcosa di insolito vicino al Centro di controllo?», si informò Josie.

Wilson fece qualche altro passaggio e i riquadri sullo schermo si riorganizzarono e poi ne spuntò uno al centro della schermata, ingrandito. Josie vide terra, alberi e, ai margini, una recinzione di catene, e capì che era quella che circondava il Centro di controllo. Il resto dell'immagine mostrava l'inizio del sentiero che attraversava la vegetazione su entrambi i lati, con il fango compattato dal traffico pedonale. Wilson tornò alle prime ore del mattino di lunedì. La luce del giorno era solo un accenno di grigio sullo schermo. L'ora indicata nel video segnava le 4:49. Qualcosa volava nell'inquadratura, si accasciava sul sentiero e rimaneva lì mentre i secondi scorrevano. Uno, due, tre, quattro.

«È lei.» disse Noah.

Non c'era alcun dubbio che fosse una donna, indossava abiti scuri e aveva lunghi capelli ondulati, ma teneva il viso rivolto nella direzione opposta alla telecamera, verso il fiume. Era sulle ginocchia, con la testa inclinata e a malapena visibile.

«Può riavvolgerlo?» gli chiese Josie.

Wilson mandò indietro il filmato e poi mise in riproduzione. Le prime luci del mattino si insinuavano nella porzione di sentiero che la telecamera del Centro di controllo riusciva a riprendere. Poi la donna entrava nell'inquadratura, incespicando e cadendo sulle ginocchia. Non si muoveva. Passavano diversi secondi. Poi una mano coperta da un guanto entrava nel campo della ripresa e afferrava la donna per un braccio, trascinandola fuori dall'occhio della telecamera. Ma anche così, la ripresa non offriva alcuna immagine del suo volto.

«Non penso che questo vi sia di grande aiuto.» commentò Wilson. «Anche a dicembre ci sono escursionisti, gente che porta il cane a passeggio, ogni genere di persona che si fa una girata. Io lo dico da un pezzo che dovremmo provare a recintare quel lato, ma nessuno ne vuole sapere. Questo però è un po' strano. La donna che qui si vede cadere non sembra in gran forma.»

Josie non disse nulla.

«È tutto quello che avete?» chiese Noah. «Da quel lato della diga, intendo.»

Wilson annuì, appoggiandosi allo schienale. La sua sedia scricchiolò di nuovo. «Sì. Non è un granché utile, vero? La telecamera non mostra il percorso completo, ma in realtà ce l'hanno messa solo per vedere se arriva qualcuno che cerca di entrare nel Centro di controllo, ecco perché non la spostano mai. Avete quello che vi serviva?»

«E questa è l'unica telecamera che dà su quel lato?» insistette Noah. «Non ce ne sono che riprendono le scale, il sentiero, l'argine o il parcheggio?»

Josie sapeva dove voleva andare a parare: voleva sapere se esistesse o meno un filmato dell'altra persona, magari di ritorno dalla riva del fiume. Oppure le riprese del veicolo che quella persona guidava.

Wilson aggrottò le sopracciglia. «Figliolo, non hai sentito quello che ho appena detto? Questo è tutto ciò che ho.»

«Possiamo averne una copia da portare via?» si informò Josie.

«Certo.» disse Wilson. «Datemi un minuto.»

Mentre chiudeva il file del filmato e lo copiava su una chiavetta, Josie chiese: «Nessuna di queste telecamere vi avvisa se arriva qualcuno?»

Wilson scosse la testa. «Su quel lato della diga? Solo se qualcuno viola il Comando di controllo. In qualsiasi altro caso, non è un sistema di quel tipo. Come ho detto, con un sistema del genere da quella parte del fiume ci sarebbero allarmi per tutto il giorno. Non abbiamo tempo per queste cose. Lo stesso vale su questo versante: riceviamo allarmi solo se uno dei punti di ingresso alla centrale viene superato.»

«Per quanto tempo il vostro sistema conserva i filmati?» domandò Noah.

«Una settimana.» rispose Wilson, porgendo a Josie la chiavetta.

«Grazie.» gli disse lei. «C'è qualcuno addetto al controllo regolare di queste telecamere?»

La sedia di Wilson scricchiolò quando la fece girare, gesticolando verso lo spazio intorno a loro. «Le sembra che ci sia la possibilità di avere qualcuno che controlla queste telecamere ventiquattr'ore su ventiquattro?»

«E il turno di giorno?» si informò Noah. «In orario d'ufficio.»

Wilson scosse la testa. «Io sto qui fino alle sette e nessuno controlla mentre ci sono io. Non credo che lo faccia nemmeno quello del turno di giorno, ma, anche se qualcuno monitorasse e potesse vedere quello che ha tra le mani, non sarebbe comunque un'emergenza. Avete un'idea di quanti escursionisti, canoisti e gente che porta il cane a fare una passeggiata inciampano in mezzo al bosco? Nessuno in questo stabilimento si allarmerebbe di fronte a una sciocchezza del genere.»

Josie provò un rapido lampo di rabbia, pensando alla donna che era rimasta intrappolata tra le rocce e poi era stata travolta dall'impeto del fiume. Ma Wilson non immaginava neanche lontanamente che cosa fosse successo nello scivolo di rilascio dell'acqua. E a parte questo, aveva ragione: non c'era nulla di particolarmente allarmante in quel video, a parte il fatto che la donna sembrava stordita. Anche la mano con il guanto non faceva suonare nessun campanello d'allarme. Era dicembre e, a pensarci bene, Josie avrebbe preferito non essersi liberata di guanti e cappotto gettandoli nel fiume.

«Facciamo così.» concesse Wilson. «Chiederò all'operatore in servizio durante il giorno, d'accordo? Che ne dite?»

«Sarebbe fantastico.» disse Josie. «Se potesse anche farci un elenco di tutti i dipendenti che erano di turno nelle ultime settantadue ore, gliene saremmo grati.»

Lui emise un pesante sospiro e scosse la testa, come se lei stesse tirando troppo la corda, ma poi si rimise dietro al computer, prese un blocco note e una penna e cominciò a scarabocchiare qualche nome.

DODICI

Rimettendosi in viaggio verso la centrale di polizia di Denton, Josie e Noah accesero il riscaldamento al massimo. Il grande edificio in pietra a tre piani incombeva su di loro quando entrarono nel parcheggio comunale sul retro. Nel buio della notte, la sagoma della centrale incuteva timore, ma Josie amava quel vecchio palazzo. Era stato trasformato da municipio a stazione di polizia quasi settant'anni prima. Con il suo campanile e le finestre bifore decorate, ricordava in tutto e per tutto un castello medioevale. L'interno avrebbe potuto essere ammodernato, ma dal momento che era iscritto nel registro storico della città e che il dipartimento sarebbe stato costretto a intraprendere una lunghissima procedura burocratica per iniziare i lavori, Josie sapeva che con tutta probabilità non avrebbero cambiato niente fino al giorno in cui lei sarebbe andata in pensione.

Entrarono insieme dalla porta sul retro e salirono le scale che portavano al secondo piano, dove si trovavano l'ufficio del capo e la sala grande, un ambiente privo di pareti divisorie e pieno di scrivanie e schedari dove si riunivano la squadra investigativa e gli agenti di pattuglia per sbrigare le interminabili e poco entusiasmanti pratiche burocratiche. Gretchen e Mettner erano già lì. Tra gli agenti di polizia, solo i membri della squadra investigativa avevano una scrivania fissa nell'ufficio comune. Le quattro scrivanie erano accostate a formare un grande rettangolo. Josie controllò l'ora sul telefono mentre si accomodava sulla sua sedia. Erano passate le tre del mattino e nel giro di poche ore sarebbe iniziato il suo turno. Avrebbe dovuto essere a letto, stretta al fianco del corpicino caldo e morbido di Trout, in attesa del ritorno di Noah. Almeno a casa loro c'era un sacco di gente con cui Trout poteva sentirsi coccolato, ed era sicura che Shannon o Trinity lo avrebbero portato fuori quando si sarebbero svegliate.

A parte loro, l'unica persona con una scrivania fissa era Amber. La sua era nell'angolo della stanza, meticolosamente organizzata e decorata in modo vivace, con tutto il necessario, dalla spillatrice al cestino della carta, in un motivo a strisce bianche e verde acqua. Aveva persino delle graziose puntine multicolori per la bacheca di sughero che aveva chiesto a Mettner di appendere alla parete accanto alla scrivania. Josie si avvicinò e studiò i documenti attaccati alla bacheca, tutti perfettamente allineati in una fila ordinata. C'erano dei promemoria interdipartimentali, un calendario degli eventi di sensibilizzazione pubblica organizzati dal Comune, un elenco del Dipartimento di Polizia con i nomi, i numeri di telefono e gli indirizzi di posta elettronica, un volantino stampato su carta verde brillante che annunciava la data e l'ora della festa di Natale. L'unico oggetto vagamente personale era una lavagnetta magnetica nera delle dimensioni di un foglio di carta circondata da una spessa cornice di legno e un insieme di lettere che recitavano: "Crea un presente che il tuo io futuro possa apprezzare".

Dall'altra parte della stanza c'era Mettner, accasciato sulla sedia, con le mani infilate nelle tasche della giacca. Chitwood era scomparso nel suo ufficio, ma Josie lo sentiva rispondere alle telefonate e, a giudicare dal tono delle conversazioni, stava parlando con la stampa. Gretchen scese nella saletta ristoro del primo piano per mettere su il caffè.

«Che ci sto a fare qui se sono sospeso?» chiese Mettner.

Noah si sedette e iniziò ad avviare il computer. Josie sapeva che ci sarebbero stati dei rapporti da scrivere. «Dobbiamo essere messi al corrente di quello che sai.»

«Vi ho già detto tutto quello che so. Ora non avete bisogno di me.»

Josie esaminò la superficie della scrivania di Amber, ma era la stessa di sempre. Un pacchetto di carta assorbente con sopra stampato il calendario, ma senza una sola annotazione. Josie sapeva, lavorando con Amber, che lei usava un'applicazione sul tablet e sul telefono per tenere traccia dei suoi impegni. Così disse: «Se ti diciamo che puoi andare a casa, ci torni davvero?»

Mettner girò la testa per guardarla negli occhi, ma non rispose. Gli tremolava una palpebra.

«Lo immaginavo.» disse Josie. «A proposito, resterai con Gretchen almeno per le prossime quarantotto ore.»

«Non potete costringermi a stare con Gretchen!» esclamò Mettner.

Josie iniziò ad aprire i cassetti della scrivania di Amber. I cassetti laterali contenevano solo materiale da ufficio: penne, nastro adesivo, fogli per la stampante, cartoncini, evidenziatori, un paio di auricolari. L'aveva vista indossare quegli auricolari, di tanto in tanto, mentre lavorava con il tablet. Amber se lo portava dietro ovunque andasse. Aprendo il cassetto centrale, Josie lo trovò racchiuso in una custodia morbida che si abbinava al resto del materiale da ufficio. Lo tirò fuori dal cassetto, aprì la cerniera e lo fece scivolare fuori.

«No.» rispose Noah rivolto a Mettner. «Non ti possiamo obbligare a stare con Gretchen. Ma possiamo consigliartelo caldamente. Sai che sei nelle sabbie mobili, Mett, vero?»

«Non me ne importa niente.» disse Mettner, alzando la voce quasi a gridare. «Non mi importa se sono nelle sabbie mobili o nella merda più nera o in qualsiasi altra roba. Non mi importa di quello che ho fatto. Non mi importa del mio lavoro. Quello che mi interessa è ritrovare Amber. Devo sapere che sta bene, non lo capite? Ma dai, qualcuno ha lasciato uno strano messaggio sulla sua auto riguardo alla diga di Russell Haven, andiamo lì, non troviamo lei, ma troviamo un'altra donna che le assomiglia molto e che adesso è morta! Amber è nei guai. Me lo sento.»

Josie alzò il tablet. «Perché questo è qui? Pensavo che Amber lo portasse sempre a casa con sé.»

Mettner le lanciò un'occhiata. «L'ha dimenticato quando è uscita dal lavoro venerdì. Ha detto che sarebbe tornata a prenderlo sabato mattina, ma poi abbiamo avuto una discussione, non l'ho più sentita e... beh, eccoci qui; è evidente che non è mai venuta a riprenderlo. Comunque, chi se ne frega del suo stupido tablet! Ve l'ho detto: è nei guai. Devo fare qualcosa. Devo aiutarla.»

Josie cercò di accendere il tablet, ma senza successo. Trovò un caricabatterie all'interno della custodia e lo collegò. «La aiuterai rispondendo alle nostre domande, ecco come la aiuterai. La aiuterai evitando di uscire di qui per andare a casa sua, aggiungendo un altro capo d'accusa per effrazione alla lista di decisioni del cazzo che hai preso nelle ultime ventiquattro ore.»

«Evita di farmi la predica da poliziotto.» disse Mettner con un'espressione agitata. «So come funziona.»

«Va bene, allora.» intervenne Noah. «Mettiamoci al lavoro. Abbiamo bisogno che tu riempia alcuni spazi vuoti per noi.»

Con le dita Josie percepì il sottile bordo di un altro oggetto sul fondo del cassetto centrale. Pizzicandolo con le unghie, lo tirò fuori. Era un biglietto di auguri. Un biglietto di auguri per un compleanno.

Mettner si mosse a disagio sulla sedia, con le mani ancora infilate nelle tasche della giacca. «Per esempio?»

Josie aprì il biglietto. Il messaggio era abbastanza generico, ma le parole che Mettner aveva scritto la fecero sentire una specie di guardona. *Voglio festeggiare ogni compleanno con te*, le aveva scritto. *Non smetterò mai di amarti.*

Josie lo infilò con delicatezza nel cassetto e lo richiuse. «Cominciamo con te e Amber.» disse. «Da quanto tempo vi frequentate?»

«Ma dai. Questo lo sapete. C'eravate tutti.»

«Sappiamo che vi frequentavate, sì.» disse Noah. «Ma non sappiamo nulla di più. Da quanto tempo?»

«Un anno. Abbiamo appena festeggiato un anno. Ma scusate eh, cosa c'entra con tutto il resto? Saperlo non vi aiuterà a trovarla. E dobbiamo trovarla!»

Josie controllò gli altri cassetti, poi sotto la scrivania stessa, compreso il contenuto del cestino adiacente, ma non trovò niente di interessante. Controllò il tablet, ma non aveva ancora abbastanza carica per avviarsi. Si assicurò che la spina fosse correttamente collegata alla presa, come in effetti era, e mentre si rialzava e si girava, il suo gomito andò a sbattere contro lo spigolo della lavagnetta con le lettere magnetiche, facendola cadere di faccia.

«Sta' un po' attenta.» disse Mettner. «Quelle sono le sue cose.»

«Non l'ho fatto apposta.» si scusò Josie. Raccolse la cornice. Prendendola sentì che era pesante. Insolitamente pesante. La rimise a posto, ma poi la prese di nuovo e la scosse. Dall'interno si sentì un sommesso ticchettio.

«Cosa stai facendo?» le chiese Mettner.

Poteva darsi che Amber tenesse le altre lettere nella parte posteriore della cornice e per questo fosse così spessa? Josie non l'aveva mai vista cambiare il messaggio sulla lavagna, ma d'altra parte non aveva mai prestato molta attenzione a ciò che Amber faceva alla sua scrivania. La appoggiò di nuovo sulla faccia e girò le piccole chiusure sul retro, sollevando la parte nera. Come sospettava, in un piccolo involucro c'erano diverse lettere bianche. Sotto il sacchetto c'era qualcos'altro. Un post-it giallo brillante, scritto con la calligrafia compulsivamente ordinata di Amber, che recitava: "Josie Q." Era attaccato a quello che sembrava il diario di una ragazzina. Si trattava di un libriccino con una semplice copertina in vinile rosa e una cinghia rotta che penzolava da un lato. C'era un lucchetto a forma di cuore ancora attaccato alla copertina: una misura di sicurezza piuttosto scarsa rispetto alla semplicità del gesto con cui la cinghia era stata strappata.

«Che cos'è?» chiese Noah.

«Non lo so.» disse Josie. Fece scorrere le dita sul post-it. Quante Josie Q. c'erano nel mondo? Nel mondo di Amber? Noah e Mettner le si affiancarono all'improvviso, fissando il quaderno tra le sue mani.

«È tuo?» chiese Mettner.

«No.» disse Josie. «Era chiuso dentro questa cornice.» «Aprilo.» disse Noah.

Mettner mise una mano sull'avambraccio di Josie. «Non farlo. E se fosse una cosa privata? L'avrà nascosto per un motivo, no?»

Josie lo guardò negli occhi. «Mett...» disse con tono pacato. «In questo momento nulla è privato se ci aiuta a ritrovarla.»

Josie percepì la sua esitazione nella pesantezza della sua mano prima di scostarla dal suo braccio, con l'espressione piena di conflitti e, con un pesante sospiro, disse: «Va bene, allora aprilo.»

TREDICI

Josie aprì la copertina del diario. Sulla prima pagina c'era una scatola disegnata in modo elaborato. Al suo interno, con un tratto sbiadito di matita, Amber aveva scritto il suo nome. Quando Josie girò un'altra pagina, il libricino per poco non si divise tra le sue mani e alcune pagine volarono sul pavimento che sia Noah che Mettner si affrettarono a raccoglierle. Le stesero sulla scrivania di Amber, girandole prima da un lato e poi dall'altro, ma erano tutte bianche. Josie posò il diario sul piano della scrivania e sfogliò con cura le poche pagine che erano rimaste al suo interno. I bordi frastagliati della carta spuntavano dal dorso. Una delle pagine mostrava l'impronta spettrale di parole che erano state scritte sulla pagina precedente, che era stata evidentemente strappata. Josie cercò di capire cosa ci fosse scritto, ma non ci riuscì. In una delle ultime pagine, Amber aveva fatto un elenco di numeri. Josie contò le righe. Erano undici in tutto.

625800049595
112786009
900017623343

07b-32-004-01-111
334689006
99-16-03
175821451
99-23-46
04c-00-321-32-009
09a-66-127-19-131
900016528173

Anche queste erano scritte a matita ed erano sbiadite e sbavate. «Questo è vecchio.» constatò Josie. «Deve risalire a quando era una bambina o una ragazzina.» Indicò l'elenco dei numeri. «Ti dicono qualcosa, Mett?»

Lui li fissò per un lungo momento. «No.»

Di nuovo, Noah prese ogni pagina che avevano sparso sulla scrivania e ne osservò ciascun lato. «Sono tutte in bianco.»

«Esatto, non c'è niente.» confermò Josie. «Sembra che le uniche su cui aveva scritto qualcosa siano state strappate. Tranne quella con i numeri.»

Noah sfiorò con le dita la cornice della lavagnetta magnetica aperta. «Ma perché avrebbe dovuto nasconderlo?»

Mettner si mise di traverso a Josie e girò la copertina in modo da vedere il post-it. «E perché c'è il tuo nome qui sopra?»

Josie disse: «Non ne ho idea.»

«Cosa significano questi numeri?» chiese Noah. «Li riconosci, Josie?»

«No.» rispose lei. «Non sono numeri di telefono, né codici postali, né numeri di previdenza sociale.»

«Potrebbero essere numeri di conto corrente?» suggerì Noah.

«Direi che non è da escludere.» convenne Josie. «Anche se in alcune sequenze ci sono delle lettere. Per caso alcune banche inseriscono delle lettere nei numeri di conto?»

«Non me ne intendo abbastanza.» ammise Noah.

«Potrebbero essere conti di banche diverse?» ipotizzò Josie. «O magari potrebbero essere qualcosa di completamente diverso. Non sappiamo nemmeno se questa lista abbia qualche rilevanza nella sua scomparsa.»

«Perché avrebbe voluto che tu avessi questo diario?» si chiese Mettner.

Perplessa, Josie continuò a fissare quelle serie di numeri. «Non so proprio che dire.»

Lei e Amber non erano particolarmente affiatate. Avevano un solido rapporto professionale, ma non si vedevano mai al di fuori del lavoro, fatta eccezione per i contesti sociali più ampi, come ai matrimoni o alle feste di Natale.

«Solo che Amber non ha dato questo diario a Josie.» gli fece notare Noah. «L'ha tenuto nascosto qui.»

«Allora perché l'avrà tenuto in ufficio?» borbottò Josie. «Se era una cosa che voleva tenere nascosta, perché non l'ha portato a casa? Amber vive da sola. Mett, l'hai mai vista con questo?»

Lui scosse la testa. «Se è capitato, non ci ho fatto caso.» Noah chiese: «Stai spesso a casa sua?»

«Qualche volta.» rispose Mettner. «Ma la maggior parte delle volte stiamo a casa mia.»

«E perché?» chiese Josie.

Mettner la fulminò con lo sguardo. «Che importanza ha?»

Josie si mise una mano sul fianco. «Se ha sempre insistito per stare a casa tua perché nascondeva qualcosa e questo qualcosa ha portato alla sua scomparsa, allora è rilevante per la nostra indagine.»

«Mett...» gli disse Noah. «Stiamo solo cercando di avere un quadro della sua vita, soprattutto nelle settimane precedenti a ieri. Avete litigato, lei è scomparsa, una persona che le assomiglia molto è stata trovata morta, c'è uno strano messaggio sulla sua auto e tu sei entrato in casa sua. Ora troviamo questo misterioso diario per bambini in bianco nascosto tra le cose sulla sua scrivania in ufficio, ma tu non l'hai mai visto prima. C'è un post-it con il nome di Josie, non di Amber. Abbiamo molte domande, Mett, e nessuna risposta. Nessuna buona, comunque. Stiamo solo cercando di capire in che razza di situazione è andata a cacciarsi.»

Mettner strinse i pugni sui fianchi. «Intendi dire che state cercando di capire se l'ho uccisa io e ne ho seppellito il corpo da qualche parte e ora sto facendo la commedia per far credere che sia scomparsa?»

«Mettner...» disse Josie, raccogliendo le pagine del diario e infilandole di nuovo dentro. «Nessuno dice questo.»

«Ma lo state pensando. Lo state pensando tutti. Io non le ho fatto niente!» esclamò alzando la voce fino a gridare e sbattendo un pugno sulla scrivania di Amber.

Josie chiuse il diario, se lo infilò sotto un braccio e, senza scomporsi, affrontò il suo sguardo. «Nessuno ha detto che le hai fatto qualcosa, Mett. Vogliamo solo parlare.»

Lui le puntò un dito contro. «Pensi che non mi renda conto di quello che stai facendo? So come operi. Ti ho visto decine di volte nella sala interrogatori. Mi stai manipolando.»

«Ti sto solo facendo delle domande.» disse Josie.

«Calmati, Mett.» disse Noah con voce bassa, ma intrisa di avvertimento. Fece un passo, posizionandosi tra Mettner e Josie. «Dopo la stronzata che hai combinato ieri, sei fortunato a non essere in una sala interrogatori, ma se vuoi possiamo fare così. È questo che vuoi?»

Passò un lungo momento di tensione. Josie ascoltò il ticchettio dell'orologio a muro sopra la porta delle scale. Finalmente la postura di Mettner si rilassò. Si voltò dall'altra parte e si diresse verso la sua sedia, mettendosi a sedere. Si infilò le mani in tasca. Josie portò il diario alla scrivania e si sedette. Con il suo telefono, scattò delle foto al diario e all'elenco dei numeri, mentre Mettner guardava da sopra la sua testa.

«Hai detto che voi due stavate progettando un futuro insieme.» ricordò Josie. «Che cosa intendevi dire?»

Seguì un altro momento di silenzio. Josie dubitava perfino che le avrebbe risposto. La lancetta dei secondi dell'orologio continuava a ticchettare. Mettner incrociò il suo sguardo abbastanza a lungo da storcere le labbra e lanciarle un'occhiataccia. Questa era un'altra delle sue tecniche: non dire nulla. Rimase rilassata, come se avesse tutto il tempo del mondo. Un silenzio perfetto, che la maggior parte delle persone si affannava per riempire. E Mettner lo sapeva, ma sapeva anche che Josie avrebbe aspettato tutto il tempo necessario.

«E va bene.» disse. «Le ho chiesto di venire a vivere con me. Lei ha detto di sì. È successo il mese scorso. Ma abbiamo dovuto aspettare perché la sua casa è in affitto e non poteva lasciarla prima della scadenza del contratto. Comunque, stavamo iniziando a riordinare le mie cose, a buttare via un po' di roba, a fare spazio per quando sarebbe arrivata. Non che si stesse portando dietro molto.»

«Volevate andare a vivere insieme, ma non hai le chiavi di casa sua.» precisò Noah. «E lei aveva le chiavi di casa tua?»

«Sì, le aveva... le ha. Io non ne ho una di casa sua perché, come ho detto, è in affitto e lei ha detto che il padrone di casa non lo permette.»

Josie avrebbe voluto puntualizzare che non c'era nulla che impedisse ad Amber di dare comunque una copia delle chiavi a Mettner, ma non ne fece parola. «Era emozionata all'idea di trasferirsi?»

Un accenno di sorriso si accese sul volto di Mettner. «Sì, lo eravamo entrambi. Lo siamo.»

«Ma hai detto che avete litigato. Una lite così pesante da farle smettere di rispondere alle tue telefonate.» disse Josie. «Che cosa è successo?»

La sua espressione si rabbuiò. Era l'unico modo in cui si poteva descriverlo. Si spense completamente. «È successo che abbiamo litigato. Come fanno tutte le coppie.»

«Ma per quale motivo?» chiese Noah.

Mettner non lo guardò. «Questioni private.»

«Mett!» lo incalzò Josie.

«Niente di rilevante.» argomentò lui. «Fidatevi di me. Non è importante. Non ha nulla a che fare con questa indagine.»

«Non puoi saperlo.» disse Noah.

Le mani di Mettner tornarono a stringere il bordo della scrivania finché le nocche non divennero bianche. «Sì, invece, lo so. Faccio anch'io questo lavoro, ricordi? Perché mi trattate come un idiota? Perché non riuscite a fidarvi di me? Niente di quello di cui abbiamo discusso ha a che fare con la scomparsa di Amber o con la donna nel fiume.»

La porta che dava sulle scale sbatté. Alzarono lo sguardo e videro Gretchen con un portabicchieri con quattro caffè fumanti tra le mani. Si accostò alle scrivanie e li squadrò uno per uno con sguardo interrogativo. Era evidente che aveva percepito la tensione nella stanza. «Che succede?» domandò, posando il portabicchieri sulla scrivania di Josie, ma nessuno le rispose.

«Ho capito...» disse Gretchen. Si girò verso Josie. «Gli avete chiesto della sorella?»

«Ci stavamo arrivando.» disse Noah.

«Di cosa state parlando?» sbottò Mettner.

Josie prese una tazza di caffè dal portabicchieri che teneva Gretchen e la porse a Mettner. Dopo aver lavorato insieme per così tanto tempo, Josie sapeva riconoscere dalla precisa tonalità del caffè a chi era destinata la tazza. Gretchen distribuì gli altri caffè.

«La donna nel fiume.» rispose Josie. «Pensiamo che possa essere la sorella di Amber.»

«Per via dei capelli?» chiese Mettner.

Gretchen si sedette alla scrivania e sorseggiò il suo caffè. «C'è una certa somiglianza, Mett. Cosa puoi dirci di sua sorella?»

«Niente.» rispose lui. «Amber non mi ha mai parlato della sua famiglia. Non so nemmeno come si chiama la sorella.»

Josie posò il caffè sulla scrivania e diede un colpetto al mouse, animando lo schermo del computer. «Non te ne ha mai parlato o si è rifiutata di parlartene?» gli chiese.

Mettner si prese un momento per riflettere e poi disse: «Si è rifiutata.»

Josie richiamò uno dei loro database e digitò il nome di Amber e il suo indirizzo. Trovò subito dei risultati, ma nessun contatto noto. «Non ti ha mai detto nemmeno il nome di nessuno?» chiese Josie. «Dei genitori? Di fratelli o sorelle? Nessuno?»

Mettner scosse la testa. «No.»

Il database mostrava una donna che aveva fatto il suo ingresso nel mondo all'età di diciotto anni, completamente sola. C'erano una patente di guida, diversi indirizzi, la maggior parte dei quali nella città in cui aveva frequentato l'università, le utenze intestate a suo nome, un'auto, i nomi di alcuni dei precedenti datori di lavoro. E questo era tutto. «È stata in affidamento?» si informò Josie.

«Non credo.» disse Mettner.

Josie cercò nel database sotto il cognome di Amber, Watts, ma c'erano troppi casi di omonimia nel Commonwealth della Pennsylvania perché il loro dipartimento potesse rintracciarli tutti, sempre che Amber non fosse cresciuta in un altro Stato.

«Ti ha mai raccontato qualcosa della sua infanzia?» continuò Noah.

«No. Non le piaceva parlare di queste cose. Mi ha raccontato soltanto che si trasferiva spesso.»

«Sai dov'è nata? Era della Pennsylvania?»

«Non lo so.» disse Mettner.

Con un sospiro, Josie chiuse il database. «Ho bisogno che tu ti metta in contatto con la sua amica. Ridimmi, come hai detto che si chiama?»

«Grace Power.»

«Giusto.» ricordò Josie. «Vai a casa con Gretchen. Fatti qualche ora di sonno e più tardi Gretchen cercherà di rintracciare questa Grace Power e andrà a parlare con lei. Nel frattempo, io e Noah ci incontreremo con la dottoressa Feist. Non può essere una coincidenza che abbiamo trovato sull'auto di Amber un messaggio che ci ha portati alla diga di Russell Haven e là abbiamo troviamo una donna quasi identica a lei. Se si tratta della sorella di Amber, qualcuno della loro famiglia dovrà identificare il corpo e reclamarlo.»

QUATTORDICI

Josie e Noah finirono di scrivere i loro rapporti e andarono a casa per cercare di farsi qualche ora di sonno, con grande gioia del loro cane. Fecero una doccia calda insieme e Noah si addormentò all'istante non appena appoggiò la testa sul cuscino. Invece, ogni volta che Josie era sul punto di addormentarsi, sentiva le dita della donna sul suo polso. Quella stretta finale. Quando finalmente si addormentò, sognò sua nonna. Aveva avuto incubi quasi ogni notte dall'omicidio di Lisette. Erano tutti uguali: una via di mezzo tra il sogno e il ricordo della notte in cui era morta e i tentativi falliti di salvarla. Questa volta Lisette era rimasta intrappolata tra i massi della diga di Russell Haven. Josie cercava di salvarla prima che l'ondata d'acqua calasse su di loro, ma non c'era alcuna possibilità. Si svegliò ansimando, con Trout che le leccava il viso e mugolava preoccupato.

Sapendo che non sarebbe riuscita a riaddormentarsi tranquillamente, scese al piano di sotto e accese il computer. Tirò fuori le foto dei numeri che Amber aveva scritto nel suo diario. Trout si mise a sonnecchiare ai suoi piedi, scegliendo di fare compagnia a lei piuttosto che rimanere a letto con Noah. Doveva aver percepito la sua agitazione, come capitava il più delle volte. Josie iniziò col cercare ciascun numero della lista su Internet, ma non ottenne nulla. Contò le cifre di ogni serie, realizzò elenchi e tabelle per cercare di individuare uno schema. Preparò una lista di possibili formati a cui i numeri potevano corrispondere. I conti bancari erano in cima alla lista, ma sarebbe stato impossibile chiedere a ogni banca del paese di cercare nei loro archivi ogni numero, e anche se fosse stata disposta a farlo, avrebbe dovuto prima ottenere un mandato e non c'erano abbastanza collegamenti tra i numeri misteriosi e la morte della donna sconosciuta o la scomparsa di Amber per ottenerne uno.

Quando Noah apparve in cucina, fresco di doccia, dalle finestre filtrava la luce del sole. «Ehi.» disse. «Non sei riuscita a dormire neanche un po'?»

«Solo un paio d'ore.» rispose con un sospiro, controllando l'orologio: nel giro di un'ora avrebbero dovuto incontrarsi con la dottoressa Feist all'obitorio della città.

Mezz'ora più tardi, stavano di nuovo salendo in macchina, diretti al Denton Memorial Hospital. Il grande edificio di mattoni era stato costruito in cima a una collina rocciosa che dominava la città. Mentre percorrevano la lunga strada che portava al parcheggio, Noah cambiò stazione radio più e più volte, ma tutte trasmettevano il notiziario del mattino e parlavano della donna non identificata che era stata recuperata dal fiume vicino alla diga di Russell Haven nel cuore della notte.

«La polizia la descrive come una donna caucasica intorno ai venticinque anni, alta circa un metro e sessantacinque centimetri, sui sessanta chili con capelli lunghi ramati e occhi azzurri. Se qualcuno ha informazioni, è pregato di contattare il Dipartimento di Polizia di Denton.»

Noah spense la radio. «Immagino che sia stato il capo a dare ai giornalisti la descrizione. Magari questo ci porterà a qualche segnalazione.»

Parcheggiarono e si avviarono verso l'interno. L'obitorio si trovava nel seminterrato del Denton Memorial Hospital: un ambiente con un corridoio senza finestre che conduceva a una serie di stanze presiedute dal medico legale. Il tempo aveva cambiato il colore delle pareti e delle piastrelle del pavimento che, da bianche, erano diventate del giallognolo malaticcio dell'itterizia. Come sempre, l'intero piano era pervaso da un silenzio inquietante. Trovarono la dottoressa Anya Feist in piedi davanti al bancone di acciaio inossidabile che fiancheggiava una delle pareti del laboratorio; indossava il suo solito camice blu e aveva infilato la sua chioma biondo argentato in una cuffia, e stava scrivendo al computer portatile. Lo stomaco di Josie si contorse all'odore misto di sostanze chimiche e di decomposizione. Era stata in quella stanza un'infinità di volte, ma quell'odore non mancava mai di farla star male. La dottoressa Feist alzò lo sguardo quando li vide entrare, accogliendoli con un sorriso debole. La pelle chiarissima sotto gli occhi era segnata dalle occhiaie. Noah si avvicinò e le porse un caffè che le fece allargare il sorriso. «Sappiamo che è stata sveglia tutta la notte.»

«Grazie.» rispose lei. «Ero già qui per seguire un altro caso dello sceriffo della contea. A quel punto ho pensato che non valesse la pena tornare a casa.»

Josie guardò i tavoli autoptici. Su uno dei due giaceva un cadavere, coperto da un lenzuolo bianco, da cui spuntavano dei riccioli ramati.

«Questa è la vostra donna misteriosa.» esordì la dottoressa Feist. Bevve un sorso di caffè e posò la tazza accanto al portatile, avvicinandosi al tavolo. «Avete idea di chi sia?»

«No.» disse Josie. «Pensiamo che possa essere la sorella di Amber, ma senza un parente stretto che la identifichi non possiamo dirlo con certezza.»

«Nessuna notizia di Amber?» chiese il medico legale.

«Ancora niente.» disse Noah.

Anya Feist sospirò e si infilò un paio di guanti di lattice prima di ripiegare il lenzuolo sulle spalle della donna senza nome. In quel posto, sotto la luce fredda e implacabile della sala autopsie, appariva molto più pallida: il colore della sua pelle era cereo e il grosso rigonfiamento sulla tempia era di un viola più intenso rispetto alla notte precedente.

«Quando è stata portata qui, questa donna indossava un paio di jeans, un reggiseno, un paio di mutandine e una maglietta di cotone a maniche lunghe senza segni particolari. Calzini semplici di cotone bianco. Una scarpa da ginnastica. Quasi sicuramente l'altra l'ha persa nel fiume. Niente cappotto, guanti o cappello per il freddo. Ho fatto venire l'agente Hummel della vostra Squadra di Raccolta delle Prove per prendere i vestiti come prova, ma non abbiamo trovato nulla che ci aiuti a identificarla. Apparentemente era una ventenne in buona salute. Nessuna patologia di base evidente all'esame o all'autopsia. Nessuna cicatrice, nessuna voglia, nessun tatuaggio. Nessun segno di violenza sessuale. La causa della morte è l'annegamento. In genere, la diagnosi di annegamento può essere fatta una volta esclusa ogni altra possibilità. Dal momento che questa donna è stata tirata fuori dall'acqua, e dal momento che mi è stato riferito che uno di voi ha confermato che era ancora viva un attimo prima che venisse travolta, ho ritenuto abbastanza scontato che sia morta per annegamento. Comunque, ho fatto un esame completo e un'autopsia e, come mi aspettavo, ho trovato della schiuma nelle vie aeree superiori e inferiori, del liquido nel seno sfenoidale e un enfisema acquoso.»

Noah chiese: «Che roba è?»

Glielo spiegò Josie: «Significa che aveva i polmoni ipergonfi e pieni d'acqua.»

«In pratica, sì.» confermò la Feist. «Come è tipico anche in certi casi di annegamento, c'erano delle rientranze delle costole sui polmoni e delle macchie di Paltauf, che sono emorragie sotto pleuriche sulla superficie e sui margini dei polmoni. Ho fatto un controllo per vedere se c'erano diatomee nel liquido trovato nei polmoni, ma per i risultati ci vorranno un paio di giorni.»

«Vuol dire che sta facendo dei test per vedere se ha ingerito delle alghe nel fiume?» chiese Noah.

«È una semplificazione eccessiva ma, per i nostri scopi, sì. Le diatomee sono un gruppo di alghe. Organismi unicellulari. Di solito si trovano nei tessuti o negli organi delle vittime che hanno aspirato acqua ricca di diatomee. È uno strumento molto efficace per determinare l'annegamento come causa di morte. Ho prelevato campioni di tessuto dal cervello, dal fegato e dai reni da inviare al laboratorio. Se questa donna era ancora viva quando ha aspirato, ci aspetteremmo di vedere le diatomee nei campioni di tessuto, perché sarebbero circolate nel suo corpo. Se era già morta quando l'acqua è entrata nei polmoni, le diatomee non saranno presenti nei campioni di tessuto, ma solo nel liquido polmonare. Ho anche inviato dei campioni per gli esami tossicologici, ma, come sapete, questi risultati richiedono settimane.»

«Siamo fiduciosi nella sua valutazione che questa donna sia annegata.» disse Josie. «Ha trovato qualcos'altro di cui dovremmo essere a conoscenza?»

«A dire il vero, sì, ci sono altri risultati significativi. Prima di tutto, sembra che fosse stata picchiata di recente. Ha lividi in via di guarigione sulle braccia, sulle gambe e sul busto. Come immagino saprete, i lividi si formano in seguito alla pressione. I piccoli vasi sanguigni si rompono e il sangue si raccoglie sotto la pelle. Nel primo giorno o due, il livido è rosso. Dopo uno o due giorni, il sangue inizia a perdere ossigeno e la pelle cambia colore diventando nera, blu o violacea. In seguito, poiché l'organismo produce biliverdina e bilirubina per scomporre l'emoglobina, il livido diventa verde o giallo. Questa fase si verifica tra i cinque e i dieci giorni dopo la lesione iniziale. Da dieci a quattordici giorni dopo la comparsa del primo livido, si può osservare una colorazione marrone chiaro o giallastra. Questa donna ha lividi che variano dal viola al giallo e al marrone sparsi su tutto il corpo.»

«Perciò, se sono in vari stadi di guarigione...» osservò Josie, «significa che è stata picchiata più di una volta nelle ultime due settimane.»

«Così credo.» disse la dottoressa Feist. «Il profilo dei maltrattamenti qui è coerente con il fatto che sia stata picchiata più di una volta negli ultimi giorni o nelle ultime settimane.»

«Ma non può dirlo con assoluta certezza, giusto?» chiese Noah.

La dottoressa si accigliò. «Non posso dire con certezza a quando risalgono queste lesioni perché i lividi, così come qualsiasi altra lesione, dipendono da molti fattori.»

«Per esempio?» la incalzò Noah.

«Il fattore di coagulazione del suo organismo, i fattori di salute, se era anemica o meno. Una combinazione di elementi, insomma.»

«E non si possono capire queste cose dall'autopsia?» si informò Noah.

«No, purtroppo. Pensatela in questo modo...» disse indicando uno spigolo del tavolo autoptico. «Di tanto in tanto, sia a me che al mio assistente, Ramon, ci capita di andare a sbattere con il fianco contro questo spigolo. A me vengono dei lividi. A lui, invece, no. È la stessa variazione che si riscontra nelle persone dopo una caduta. I bambini, per esempio. Un bambino può rotolare a terra quando scende giù per uno scivolo e comunque rialzarsi senza un graffio. Un altro bambino potrebbe fare la stessa identica caduta, ma riportare lesioni ben più gravi. Ogni persona è diversa. Come sapete, se mai dovessi testimoniare in tribunale sui risultati che ho ricavato da questa autopsia, non sarei in grado di attestare con certezza il momento in cui si sono formate queste contusioni.»

Noah emise un verso di frustrazione con la gola. «Ma lei ci ha appena fatto un riassunto delle fasi delle contusioni.»

«Certo.» disse la dottoressa Feist annuendo. «Quello che posso dirvi è che le lesioni sono compatibili con il fatto che si sia procurata questi lividi nelle ultime due settimane. A queste si aggiungono una costola rotta, che stava cominciando a guarire, e alcuni tagli, anche questi in via di guarigione, all'interno delle guance, riconducibili al ripetersi di schiaffi o di pugni in faccia. A tal proposito, questo zigomo...» indicò la guancia sinistra della donna, «presenta una frattura in via di ricomposizione, il che mi induce a credere che tutte le ferite siano state inflitte ante mortem.»

«Prima della morte?» chiese Noah. «Come si fa a sapere quanto tempo hanno?»

La dottoressa Feist fece loro cenno di avvicinarsi al lungo tavolo in acciaio inossidabile, dove si trovava il suo computer portatile. Tirò fuori una serie di radiografie rinominate con la dicitura "Donna Sconosciuta". La prima che ingrandì era la radiografia della gabbia toracica. «Qui.» disse, indicando quella che sembrava una sottile linea verticale che tagliava una delle costole. «Vedete? Sembra che ci sia una cosa simile a una nuvola intorno? Si chiama callo. Quando un osso si rompe, si scatena una forte infiammazione e di solito si forma un coagulo di sangue nel sito. Dopo una settimana circa, inizia a formarsi un callo che fa da ponte alla frattura. È costituito da tessuto fibroso e cartilagine. Talvolta lo si può osservare nelle radiografie già a distanza di una settimana dalla frattura, ma qualche volta no. Se si trattasse di una frattura più vecchia, mi aspetterei di vedere una maggiore calcificazione. Lo stesso vale per lo zigomo.» Chiuse la radiografia della gabbia toracica e ne aprì una che aveva fatto al viso della donna, esponendo i suoi risultati.

«Per quanto riguarda i tagli all'interno delle guance, ci sono tracce di coagulazione che non si sarebbero prodotte se fosse morta prima. Ho trovato alcuni tagli sul corpo e alcune fratture che sembrano essere avvenute post mortem, probabilmente come risultato del fatto che il suo corpo è stato trascinato a valle ed è entrato in contatto con rocce e altri detriti.»

«Il bernoccolo sulla tempia...» disse Josie, «può dire quanto tempo fa se lo è procurato?»

La dottoressa Feist si avvicinò al corpo e indicò la testa della donna senza nome. Josie apprezzò molto che il medico le avesse sistemato i capelli in modo che non potessero vedere la linea lasciata dalla sega nel punto in cui aveva asportato il cranio per esaminare il cervello. «Ancora una volta, non posso fornirvi un'ora esatta, ma il suo aspetto è proprio quello che mi aspetterei in presenza di una ferita avvenuta nelle ventiquattro ore precedenti al momento del decesso. So che l'urto che le ha procurato questa contusione non è avvenuto post mortem perché doveva essere viva affinché il sangue si depositasse in questo punto e provocasse la protuberanza. Internamente, aveva un ematoma subdurale acuto, il che spiegherebbe perché era in uno stato di debolezza e, presumo, di disorientamento quando l'avete trovata.»

«Ha idea di cosa può averlo causato?» domandò Josie.

«Sfortunatamente, no. Potrebbe essere caduta o potrebbe essere stata colpita con un oggetto contundente. Spesso, quando le vittime vengono colpite con un oggetto, si osservano delle lesioni a stampo, ovvero può succedere che l'oggetto che ha causato la lesione venga replicato sui tessuti. Tuttavia, in questo caso non ci sono segni abbastanza distinti da poter dire cosa abbia causato i lividi o l'ematoma. Questo non significa che non sia stata colpita con un oggetto contundente, ma soltanto che, se lo è stata, non abbiamo modo di risalire al tipo di oggetto. Ma c'è dell'altro...»

Con una pausa, la dottoressa si avvicinò all'altezza dei fianchi della donna e le scoprì con delicatezza un braccio. Josie vide subito uno dei particolari significativi che la dottoressa voleva che notassero: intorno al polso della sconosciuta c'era una serie di brutte abrasioni rosse e viola e, in alcuni punti, fenditure dove qualcosa di tagliente aveva inciso la carne con andamento lineare. Tagli rossi e nervosi in un letto di lividi violacei. «Sono molto freschi.» spiegò la dottoressa, «ma sovrapposti a quelli più vecchi, e quando dico più vecchi intendo di soli pochi giorni, o al massimo una o due settimane.»

«Intende dire che sono compatibili con le escoriazioni provocate qualche giorno fa, diciamo da una a due settimane fa?» chiarì Noah.

La dottoressa sorrise. «Ormai ci sta prendendo la mano.»

«Quindi è stata legata.» concluse Noah. «Cosa potrebbe aver causato questi tagli? Delle fascette?»

La dottoressa annuì. «Credo di sì.» Si spostò verso l'altro lato del tavolo e scoprì l'altro braccio della donna che si presentava ugualmente maltrattato. «È chiaro che aveva fatto di tutto per liberarsi non molto tempo prima di morire. Altrimenti non potremmo vedere così tanti danni ai tessuti. Alcune di queste lacerazioni sono piuttosto profonde. Inoltre, se guardate qui...» disse sollevando il braccio della giovane in modo che potessero vedere la parte esterna del polso, sul lato del mignolo, dove lunghe lacerazioni rosso vivo si estendevano dai segni lasciati dalle fascette quasi fino a raggiungere il gomito. «Sembra che abbia cercato di togliersele da sola sfregandole contro qualcosa. Ho trovato gli stessi segni anche sull'altro braccio.»

«Potrebbe aver tentato di raschiarle contro i massi?» domandò Josie. «Era incastrata tra due grossi macigni quando l'abbiamo trovata. Se fosse stata legata, questo spiegherebbe perché non si è semplicemente arrampicata per uscire.»

«Sì.» disse la dottoressa Feist. «Sono riuscita a prelevare un po' di terra e di detriti che le si sono conficcati nella pelle a causa di queste ferite. Sto inviando i campioni al laboratorio della Polizia di Stato per le analisi, ma conoscendo la zona non mi stupirei se i risultati dessero una corrispondenza con i campioni di terreno che Hummel preleverà dal fiume.»

Noah si spostò verso il fondo del tavolo e con la mano con

cui teneva la tazza di caffè fece un gesto in direzione dei piedi della donna. «Anche sulle gambe ci sono questi segni?»

La dottoressa Feist annuì e lo raggiunse in fondo al tavolo. Con grande delicatezza, piegò il lenzuolo fino alle ginocchia della donna misteriosa, mostrando diversi lividi e abrasioni sugli stinchi, ma non particolarmente gravi. Sulle caviglie, invece, si notavano diversi anelli rossi e irregolari in cui la pelle era stata raschiata via. Le unghie dei piedi erano smaltate di rosa acceso. «Queste non sembrano fresche come quelle sui polsi, e infatti salta all'occhio che il tipo di abrasioni riportate non è profondo quanto quelle che si vedono sui polsi. Si direbbe che si sia graffiata o che abbia sbattuto gli stinchi contro qualcosa nelle ore precedenti al decesso, ma non posso stabilire con certezza se anche i piedi fossero legati quando è stata immersa nell'acqua.»

«La corrente è forte, ma dubito che avrebbe potuto rompere le fascette che le tenevano legate le caviglie...» commentò Noah.

«Non sono sicura che ci sia un modo per saperlo.» disse Josie.

La dottoressa annuì. «Credo che tutto ciò che possiamo dire con certezza è che negli ultimi giorni o probabilmente nelle settimane precedenti al decesso, mani e piedi di questa donna sono stati legati con quelle che sembrerebbero delle fascette.»

Noah si accigliò. «Stava camminando sul sentiero che porta alla riva del fiume. L'abbiamo vista nei filmati della sicurezza. L'abbiamo vista cadere, ma non c'era alcun indizio che i suoi piedi fossero legati. Se non avesse avuto le gambe legate, avrebbe dovuto essere in grado di arrampicarsi sulle rocce.» osservò Noah. «Non crede?»

La dottoressa fece una smorfia. «Non ho visto le rocce di cui parla, quindi non lo so. Quello che posso dirvi è che è rimasta in quel fiume per molto tempo. Non avete notato le sue dita, vero?»

Josie e Noah scossero la testa. La dottoressa si avvicinò a

una delle mani della sconosciuta ancora esposte e la sollevò in modo che potessero vederla. Quando Josie si avvicinò, il colore rosa innaturale delle dita della donna morta le risultò evidente. Sembrava che avesse messo le dita in un contenitore d'acqua bollente fino alla seconda nocca.

«Congelamento.» disse Josie.

«Precisamente.» confermò la dottoressa Feist.

«Ieri era appena sotto zero.» osservò Noah. «È possibile un congelamento anche tra meno uno e meno cinque?»

«Con il vento che rende la temperatura esterna molto più bassa, è possibile. Dipende dalla velocità del vento e da quanto tempo è rimasta esposta a quelle condizioni. Se è rimasta all'aperto nei dintorni della diga per diverse ore cercando di liberarsi dalle fascette con una velocità del vento elevata e una temperatura "percepita" nettamente inferiore allo zero, allora sì, in questo caso il congelamento è certamente possibile.»

Josie ripercorse nella sua mente la ricostruzione dello scenario: quella donna era arrivata alla diga di Russell Haven poco prima delle cinque del mattino, forse per incontrare qualcuno ma, con molta più probabilità, perché qualcuno ce l'aveva portata. A quel punto il suo aggressore le aveva lasciato le mani legate e in qualche modo l'aveva abbandonata tra i macigni? In tal caso, avrebbe dovuto costringerla a raggiungere camminando il punto in cui si trovavano i macigni, ma era difficile immaginare che fosse stato in grado di trasportare una donna adulta, per quanto esile, attraverso lo scivolo fino a quei macigni e depositarla lì.

«Il congelamento non le avrebbe impedito di liberarsi.» disse Noah.

«No.» convenne il medico legale. «Ma se fosse rimasta all'aperto tutto il giorno a cercare di liberarsi, si sarebbe congelata.»

«Ma non era legata quando l'abbiamo raggiunta.» puntualizzò Josie. «Ha alzato una mano in aria. È così che ho capito che era viva. E anche se l'acqua la faceva galleggiare, è stato molto difficile liberarla dai macigni. È possibile che fosse intrappolata lì, che sia riuscita a togliersi le fascette ma che poi non sia riuscita a uscire dalle pietre?»

«Anche in questo caso, non posso formulare ipotesi senza aver visto il luogo in cui l'avete trovata, ma posso dire con certezza che la costola rotta avrebbe limitato gravemente la sua mobilità e il trauma cranico l'avrebbe resa debole e disorientata. È probabile che a un certo punto abbia perso conoscenza. Non posso affermare con sicurezza se questo è avvenuto prima che finisse tra le rocce o in un momento successivo. Tuttavia, è possibile che dopo il trauma cranico la capacità di coordinazione non fosse molto elevata, soprattutto quando l'ematoma subdurale ha iniziato a crescere, esercitando una pressione sul cervello.»

«Se non fosse annegata, il trauma cranico sarebbe bastato a ucciderla?» chiese Josie.

La dottoressa sfiorò il dorso della mano della donna senza nome e guardò il suo viso. «È difficile da dire. Lo ripeto, dipende dai suoi fattori personali.»

Josie pensò a quanto era sembrata stordita nel filmato della telecamera di sicurezza quando era caduta in mezzo al sentiero, a come quella mano l'avesse raggiunta da fuori campo per trascinarla via come se fosse una bambola di pezza. Possibile che fosse stordita a tal punto da non poter opporre neanche un minimo di resistenza? Il suo aggressore era stato in grado di farla marciare verso i macigni con così poca resistenza?

«Che può dirci sulle modalità di morte?» domandò Noah.

La dottoressa Feist tornò a guardarli. «Nella maggior parte dei casi di morte per annegamento, a meno che non ci siano prove molto solide che suggeriscano che sia stata un'altra persona a provocare l'annegamento della vittima, dobbiamo indicare la modalità della morte come accidentale.»

«Non pensa che sia un omicidio?» sbottò Josie. «È stata una persona a metterla in quello scivolo di rilascio dell'acqua, tra quei macigni, con l'intenzione che rimanesse incastrata lì quando l'acqua sarebbe stata rilasciata.»

«È roba da sadici.» aggiunse Noah. «Non si può credere che abbia vagato da sola verso quelle rocce, con quell'uovo d'oca in testa, una costola incrinata e tutti i lividi e le abrasioni che ha riportato. Sappiamo che c'era un'altra persona con lei. Abbiamo un video in cui si vede che questa persona la aiuta a rialzarsi, quando inciampa sul sentiero che porta alla riva del fiume.»

«Non si tratta di ciò che crediamo.» mormorò Josie. «Si tratta di ciò che possiamo dimostrare. Non possiamo provare che sia stata un'altra persona a farla scendere tra quelle rocce.»

La dottoressa alzò entrambe le mani per farli tacere. «Lasciatemi finire. Avete ragione: il problema qui riguarda ciò che possiamo dimostrare e ciò che ritengo possa resistere al controinterrogatorio di un avvocato difensore in tribunale, nel caso in cui troviate il responsabile e lo portiate in giudizio. In questo caso particolare, dato che ritengo che questa donna non sia stata fisicamente in grado di uscire dallo scivolo a causa delle ferite riportate ante mortem, lo riterrò un omicidio.»

Josie non poté fare a meno di pensare al terrore che doveva aver sopraffatto quella ragazza, sapendo che da un momento all'altro un muro d'acqua si sarebbe abbattuto su di lei, senza che potesse fuggire. «Grazie.» sussurrò.

La dottoressa Feist rimise il braccio della giovane sotto il lenzuolo. «Ora, perché non vi rimboccate tutti e due le maniche nella vostra parte di questa indagine e catturate la persona che ha torturato e ucciso questa ragazza?»

«Con piacere.» disse Noah. «Dottoressa, c'è qualcos'altro che può dirci che potrebbe aiutarci a capire chi è questa donna o chi ha cercato di ucciderla?»

«Vorrei che ci fosse. Hummel le ha preso le impronte digitali mentre era qui. Mi ha chiamato per dirmi che le ha passate nel Sistema di Identificazione delle Impronte ma non ha avuto riscontri. Finché non scoprirete chi è e non farete in modo che i parenti più vicini reclamino il suo corpo, resterà qui con me.»

«Cominciamo a lavorarci oggi stesso.» le assicurò Josie.

QUINDICI

Josie e Noah lasciarono la macchina nel parcheggio comunale dietro la centrale di polizia e si separarono: Noah salì, Josie si diresse verso il Komorrah's Koffee, che distava appena un isolato dalla stazione; non sarebbe mai riuscita ad arrivare alla fine di quella giornata senza abbondanti quantità di caffeina. Noah le aveva dato uno dei suoi vecchi cappotti più pesanti da indossare finché non ne avesse comprato uno nuovo per sé. Le stava largo e da sotto le saliva l'aria gelida di dicembre, congelandole il busto. Le diede un gran sollievo lasciarsi avvolgere completamente dall'aria calda quando entrò nel caffè e constatare che la fila non era molto lunga: c'erano solo due persone davanti a lei. L'aroma del caffè e il profumo dei pasticcini le riempirono il naso. Il suo stomaco emise un brontolio di entusiasmo. L'uomo davanti a lei si voltò e le rivolse un sorriso divertito da sotto il berretto da baseball. Josie sentì una scossa di familiarità, ma non avrebbe saputo dire con certezza scatenata da cosa; non lo conosceva. Era un uomo di una certa età, all'incirca sui sessant'anni, con una barba sale e pepe intorno alla mascella affilata e i ricci bianchi che spuntavano da sotto il berretto verde dei Philadelphia Eagles. «Mattinata difficile...» borbottò Josie.

Alzò lo sguardo verso il televisore appeso in un angolo della stanza; trasmetteva dal canale della WYEP il servizio sul corpo recuperato dal fiume di quel giornalista che avevano visto la notte precedente nel parcheggio della diga di Russell Haven. Concluso il servizio, la trasmissione passava al programma mattutino nazionale. Il volto di Thatcher Toland riempì lo schermo. Era seduto su una sedia di fronte a uno dei co-conduttori del programma del network. Con indosso un maglione blu sopra una polo, pantaloni marroni e scarpe eleganti marroni, appariva rilassato, a suo agio davanti alla tele-camera. I capelli grigi, folti e ondulati, gli ricadevano sulla fronte. Gli occhi azzurri scintillavano mentre parlava. Josie sapeva, grazie alla vasta campagna pubblicitaria che gli era stata dedicata, che aveva da poco passato i sessanta, ma le rughe intorno alla bocca e agli occhi servivano solo a farlo sembrare più affascinante.

«Il suo ministero è esploso nell'ultimo anno.» diceva il conduttore del notiziario. «Secondo lei, qual è l'aspetto del suo messaggio che ha suscitato l'interesse di così tante persone?»

Toland sorrideva. «È Dio! Devo al Signore tutto questo successo mondiale. Io sono soltanto il tramite con il quale il Signore diffonde il suo messaggio. Per rispondere alla sua domanda, quel messaggio è molto semplice: la fede è a disposi-zione di tutti noi, sta aspettando che apriamo gli occhi e la accogliamo.»

Il conduttore faceva un sorriso professionale. «Lei afferma spesso che una persona può cambiare la propria vita "risveglian-dosi" alla fede in Dio. Cosa intende dire?»

Toland assumeva un'espressione seria e si spostava legger-mente sul bordo della sedia, appoggiando i gomiti sulle ginoc-chia e fissando intensamente il conduttore. «Quando abbracci la fede in Dio, ti arrendi a Lui. È un gesto che ti toglie un grande peso. Aprire gli occhi a ciò che il Signore ti offre significa libe-rarsi del peso della nostra esistenza terrena. Quando ci si risveglia alla fede, si comincia a vedere il danno che si è fatto agli altri nel corso della vita.»

«Sì.» concordava il conduttore. «L'ho sentita spesso sostenere che la cosa più importante che una persona possa fare sia rimediare ai torti che ha commesso.»

«E ci credo con tutto il cuore. Quando inizieremo ad assumerci la responsabilità delle nostre azioni, a ritenerci responsabili dei peccati che abbiamo commesso, il Signore ci metterà sulla strada dell'espiazione. Non bisogna far altro che seguirlo. Anche i più malvagi tra di noi possono essere riformati agli occhi del Signore, se lo seguiamo.»

«Il prossimo!» chiamò la barista.

Josie distolse lo sguardo dalla televisione. L'uomo di fronte a lei si avvicinò al bancone e fece la sua ordinazione, e la barista la trascrisse sul tablet mentre lui andava avanti con l'ordine. Quando gli chiese il nome lui esitò. «Ehm, ehm, sono...» La sua incertezza le fece alzare lo sguardo su di lui. Lei lo fissò, poi guardò lo schermo del televisore e poi di nuovo lui.

«Oh mio Dio.» esclamò la barista. «Lei è quel famoso predicatore, vero?»

Lui agitò entrambe le mani in aria. «No, no.»

«Ma sì, è lei! È quello che c'è adesso in televisione!» esclamò indicando lo schermo dove Toland stava parlando di come sfruttare la fede per riformare la propria vita. «Mia madre ha letto il suo libro!»

Alle sue spalle, Josie poté vedere che la sua postura si irrigidiva sotto il giaccone marrone. «No.» disse. «Mi perdoni, ma si sta sbagliando. Il mio nome è John. Scriva questo come nome, per favore.»

Josie abbassò lo sguardo sui suoi piedi e vide degli stivaletti nuovi di zecca sopra i jeans stirati. Quello che aveva di fronte a sé era un uomo che cercava di mimetizzarsi e di passare da comune cittadino della Pennsylvania centrale. Dato il suo abbigliamento, poteva sembrare un cacciatore, un qualche tipo di operaio, un venditore specializzato o persino un camionista. Era vestito per stare al caldo, per stare comodo e per proteggersi i piedi dal rischio di bagnarsi o di ferirsi. Ma quella tenuta non gli era congeniale. Sembrava che indossasse i vestiti di qualcun altro.

«A me può dirlo.» disse la barista in tono cospiratorio.

Josie gli si avvicinò. «Sta parlando di Thatcher Toland, vero?»

«Proprio così!»

Josie alzò lo sguardo sul viso ormai rosso peperone dell'uomo di fronte a lei e, facendogli l'occhiolino, si voltò verso la barista. «Non è lui.»

La donna la guardò meravigliata. «Cosa? Ne è sicura?»

«Sicurissima. Cosa ci farebbe qui Thatcher Toland? È in televisione a rilasciare un'intervista.»

Sulla fronte della donna apparvero delle rughe. «Potrebbe essere un'intervista preregistrata, sa. Lo fanno in televisione.»

Josie le fece un gran sorriso. «Beh, mia sorella mi ha raccontato che questa mattina Toland ha fatto un'intervista con il programma mattutino della sua rete a New York, ed eccolo lì in televisione, quindi sono abbastanza sicura che sia in diretta.»

Distratta dalla menzione della sorella e della rete, la barista le chiese: «Lei è Josie Quinn, vero?»

«Tu devi essere nuova.» osservò Josie.

Fece un debole sorriso. «Mi dispiace non averla riconosciuta subito. Mi hanno lasciato un biglietto con quello che ordina di solito. Comunque, mi perdoni, Mr., ehm, John. Il suo ordine arriva subito.»

Lasciò il bancone per preparare il caffè. In un sussurro appena percettibile, Thatcher Toland si chinò e disse: «La ringrazio, Miss Quinn.»

«Detective Quinn.» precisò lei.

Lui fece un mezzo sorriso. «Detective? Impressionante.»

Josie alzò le spalle. «C'è un motivo per cui non vuole essere riconosciuto?»

La barista tornò con la sua ordinazione. Lui le porse un biglietto da cinquanta dollari. «Questi sono per il mio e per quello che prende la detective. Tenga pure il resto.»

Lei fissò la banconota per un attimo e poi lo guardò di nuovo. «È sicuro?»

«È un piacere.» rispose lui.

Guardò Josie in cerca di un cenno di assenso. Josie non voleva che Thatcher Toland le offrisse il caffè, non solo perché non lo conosceva nemmeno, ma anche perché, per quello che vedeva ogni giorno sul suo lavoro, diffidava degli atti di gentilezza spontanei, ma allo stesso tempo non voleva nemmeno piantare una scenata. «Certo.» disse alla barista.

«Torno subito.» e con questo, prese un foglietto di carta lasciato all'altro lato della cassa e andò a preparare le ordinazioni per la sua squadra.

Thatcher la studiò: «È una sciocchezza. Il motivo per cui preferisco non essere riconosciuto, intendo. Sua sorella è Trinity Payne, dico bene?»

«Sì.» disse Josie.

«Allora dovrebbe sapere con cosa ha a che fare. Il prezzo della fama.»

Prima che potesse fermarla, una risata le scoppiò dalla gola. «Trinity è una reporter. Una giornalista. Non è proprio lo stesso livello di fama. Avrò visto la sua faccia in televisione una mezza dozzina di volte solo nelle ultime ventiquattro ore e non per mia scelta. Compreso questo momento.»

Il suo sorriso garbato non vacillò. «Volevo solo un caffè macchiato alla vaniglia chiaro. Mia moglie, che sia benedetta, adora coordinare e orchestrare ogni apparizione pubblica, per quanto piccola. Rimarrebbe scandalizzata se qualcuno mi riconoscesse mentre ordino un caffellatte.»

«Suona come una soluzione restrittiva.»

Diede un sorso al suo caffellatte, emettendo un basso gemito di piacere. «Vivian è riuscita quasi da sola a trasformarmi da pastore di una chiesa con una congregazione di soli quaranta fedeli in una famosa figura pubblica con migliaia di persone al seguito. Più persone si uniscono a me nel mio viaggio verso il Signore, più possibilità ho di fare del bene in questo mondo. Quando mia moglie parla, io ascolto.»

Josie pensò all'affare multimilionario che i Toland avevano concluso per il vecchio palazzetto dell'hockey poco distante da lì e soppresse un'alzata di spalle.

«Lei pensa che sia solo una questione di soldi.» la incalzò lui.

«Non ho detto questo.»

«Però lo sta pensando.»

«John.» disse Josie, preferendo usare il suo nome fittizio. «A meno che lei non abbia ammazzato, rapito, aggredito o derubato un abitante della mia città, non sono davvero affari miei quello che fa o il motivo per cui lo fa.»

Lui scoppiò in una risata a pieni polmoni e, suo malgrado, Josie ne apprezzò il suono di autentica gioia. «Posso assicurarle che non ho fatto nessuna di queste cose.» le disse. «Lei sembra...» e si interruppe e il momento si allungò tra loro.

«Impaziente?» suggerì Josie. «Amareggiata? Sdegnata? Sfacciata? Brusca?»

Toland rise di nuovo con gusto. «Non si fa illusioni, eh? Mi piace, detective. Ma non è questo. Ciò che stavo per dire è che sembra che lei stia portando un grosso fardello.»

Ecco che attacca, pensò Josie. *Ora mi fa un pezzo per convincermi a entrare nella sua megachiesa.*

«Non è così per tutti?» disse.

«Suppongo di sì, ma alcuni fardelli sono più pesanti di altri. Il suo, per esempio, è fatto di sensi di colpa.»

In quell'istante Josie pensò a sua nonna: mesi di terapia non l'avevano dissuasa dall'idea che l'omicidio di Lisette fosse colpa sua. Thatcher Toland aveva ragione e lei capì dai suoi modi cordiali e semplici che non sarebbe stato affatto difficile parlare con lui. Non faceva fatica a capire come facessero tante persone a rivelargli i loro segreti più intimi. Quanto a lei, invece, custodiva i suoi segreti più profondi e oscuri con maggiore attenzione di quanto facesse la nazione con i codici nucleari, e l'ultima volta che aveva incontrato una persona altrettanto perspicace e carismatica come Thatcher Toland, si era rivelata essere a capo di una setta omicida con una schiera di seguaci assassini.

«Il mio ministero si basa sulla liberazione dalle responsabilità, capisce?» chiarì Thatcher. «Il senso di colpa è la cosa più pesante che può capitarci si sopportare. Anche più pesante del cordoglio, ritengo. Ma quando ci risvegliamo alla fede, siamo in grado di consegnare al Signore tutti i nostri fardelli e, così facendo, riusciamo a liberarci. Lei non vorrebbe essere liberata?»

«Voglio un caffè, John. Voglio solo un caffè.»

«Ecco a lei.» disse la barista con tono brillante. Spinse verso Josie un portabicchieri con quattro bicchieri di carta e un sacchetto di carta marrone pieno di pasticcini. Quattro ordini: uno per Josie, uno per Noah, uno per Gretchen e uno per Mettner. Solo che stavolta Mettner non seguiva le indagini perché era sospettato di essere responsabile della scomparsa della sua ragazza.

Con un sospiro, Josie prese il portabicchieri e lanciò un'ultima occhiata a Thatcher Toland. «Se oggi dovesse pregare, chieda a Dio di aiutarci a trovare l'assassino che stiamo cercando, d'accordo?»

SEDICI

Arrivata alla stazione di polizia, trovò Gretchen ingobbita a scrivere alla tastiera e Noah occupato a sfogliare una pila di scartoffie. Josie mise sulla scrivania i caffè e i pasticcini del Komorrah's Koffee e iniziò a distribuire le tazze. Gli occhiali da lettura di Gretchen penzolavano sul naso e, quando prese la tazza, Josie si accorse che aveva due pesanti borse sotto gli occhi.

«Sei riuscita a dormire almeno un po'?» le chiese Josie.

«Secondo te ho dormito?» le rispose Gretchen in tono piatto.

«Dov'è Mett?»

«A casa mia. Alla fine, è crollato. Paula è a casa, quindi lo terrà d'occhio lei e mi farà sapere se dovesse uscire. Non mi ha detto mezza parola, comunque.»

«Stai parlando della discussione che ha avuto con Amber?»

«Sì.» rispose Gretchen. «Mi rende nervosa starmene con le mani in mano, a chiedermi cosa stia nascondendo.»

«Noah ti ha detto dell'autopsia?» domandò Josie.

«Sì.» Bevve un sorso di caffè e riprese a scrivere. «Il capo Chitwood ha rilasciato alla stampa una descrizione della donna che abbiamo trovato alla diga. Spera che qualcuno si faccia avanti.»

«L'abbiamo sentito alla radio.» disse Josie. «E ho appena visto il servizio in televisione. Non vuole ancora rendere pubblica la scomparsa di Amber?»

Gretchen scosse la testa. «No. Rischieremmo di attirare tutta la copertura indesiderata che accompagna la scomparsa dell'addetto stampa della Polizia. Non è il momento buono. Soprattutto perché non possiamo collegare l'omicidio di quella donna alla scomparsa di Amber. Al momento ci ritroviamo con una manciata di ipotesi, nessuna prova concreta. Nessuna che possiamo presentare alla stampa, ad ogni modo. Il capo vuole che il messaggio con l'indicazione della diga di Russell Haven che abbiamo trovato sul parabrezza e la somiglianza della sconosciuta con Amber non vengano resi noti alla stampa, per evitare che i giornalisti facciano domande sull'esistenza di un collegamento tra queste due cose, finché non ne sapremo di più. Ha detto di tenere nascosta la questione di Amber per adesso e di concentrarci sulla scoperta di ciò che possiamo sulla nostra donna misteriosa. Ho anche messo due agenti di pattuglia a rintracciare tutti i dipendenti della centrale per eseguire dei controlli. Mi faranno sapere se troveranno qualche elemento che non quadra. Noah mi ha detto che sei rimasta sveglia tutta la notte per cercare di capire cosa significano i numeri del diario di Amber. Sei riuscita a tirarne fuori qualcosa?»

Josie si sedette sulla sedia alla scrivania. «Niente. Non riesco a capire a cosa servano, cosa significhino o perché siano scritti in un diario che Amber aveva da bambina. La cosa migliore che mi viene in mente è che ci sono buone probabilità che si tratti di numeri di conto corrente bancario.»

«Ma anche per accedere ai numeri dei conti bancari di Amber abbiamo bisogno di un mandato, che al momento non possiamo ottenere.» puntualizzò Gretchen. «A meno che non riusciamo in qualche modo a trovare un collegamento tra quei numeri e la sua scomparsa o l'omicidio di quella donna.»

«Non sappiamo nemmeno se siano rilevanti per uno dei due casi.» sospirò Noah. «Erano nascosti, il che è strano, ma faccio fatica a immaginare come si possa stabilire un collegamento tra quei numeri, o il suo diario d'infanzia se è per questo, e i due casi in questione.»

«Continuerò a cercare di tirarne fuori qualcosa.» disse Josie. «E invece tu, Gretchen? Hai avuto fortuna con quell'amica di Amber, Grace Power?»

Gretchen smise di scrivere. «A dire il vero, sì. Ho parlato con lei circa un'ora fa e mi ha detto che dovrebbe essere qui a breve. Sta arrivando da Lewisburg. E poi ho parlato con quelli delle Risorse Umane, per scoprire quale fosse il contatto d'emergenza di Amber, e mi hanno detto che più tardi ci aiuteranno ad accedere al suo tablet di lavoro. Non hanno potuto darmi la sua password perché l'ha impostata lei stessa, ma più tardi chiamerà qualcuno da lì per guidarci passo passo a resettarla in modo da poterlo sbloccare.»

«È fantastico.» disse Noah. «Chi è il contatto di emergenza?»

«Grace?» chiese Josie.

«Lo era fino a un mese fa.» disse Gretchen. «Poi Amber ha cambiato il suo contatto di emergenza da Grace Power a Finn Mettner.»

«Allora le cose stavano diventando serie come ha detto Mett.» osservò Noah.

«Però non gli ha dato le chiavi di casa sua.» aggiunse Josie. «Non credi alla storia del padrone di casa?» chiese Gretchen.

«A quella storiella che il suo padrone di casa non le ha permesso di dare la chiave a nessun altro?» ridacchiò Josie. «Anche se il proprietario l'avesse fatto, nulla le avrebbe impedito di fare una copia della chiave e darla a qualcuno. Non è che l'affittuario avrebbe potuto tenerla d'occhio ventiquattr'ore su ventiquattro.»

«Giusto.» osservò Noah. «Prima di comprare casa, vivevo in un appartamento a South Denton ed era la stessa cosa: il padrone mi aveva proibito di dare le chiavi ad altre persone, ma mia madre e la ragazza con cui stavo all'epoca ne avevano una copia a testa.»

«Chissà cosa nasconde...» si domandò Gretchen. «Cosa avrà nascosto a Mett? Stava progettando un futuro con lui, ma non gli ha dato le chiavi?»

Ma quella domanda non era destinata ad avere una risposta. Non lo sapevano. A questo punto dell'indagine tutto si riduceva a una supposizione. Josie guardò verso il piano della scrivania, dove si trovava il misterioso diario con la sua chiusura a cuore d'oro lucido, la cinghia rotta, le pagine mancanti e l'elenco di numeri misteriosi. Noah aggiunse qualche altra considerazione: «Se quella che abbiamo trovato è la sorella di Amber ed è lei ad essere andata alla diga di Russell Haven alle cinque del mattino di ieri, seguendo il messaggio sul veicolo di Amber...»

«Non è andata alla diga di sua spontanea volontà.» lo interruppe Josie. «Qualcuno ce l'ha portata con la forza.»

Noah annuì. «Se qualcuno l'ha portata alla diga, allora dov'è Amber e perché il messaggio è stato lasciato sulla sua auto? Come ha fatto a sparire da casa sua senza prendere l'auto o gli effetti personali e facendo in modo che nessuno vedesse un accidente di niente?»

«Le batterie della telecamera di sorveglianza della porta d'ingresso erano sparite.» ricordò Josie. «È quello che mi ha detto Mett. E, a parte questo, non sapremo se qualcuno ha visto qualcosa finché non avremo fatto il giro del vicinato nella sua strada.»

«Perché è una donna adulta e le donne adulte possono scomparire se decidono di farlo. Per di più, a casa sua non ci sono segni di violenza.» aggiunse Gretchen. «Almeno, da quello che possiamo vedere dall'esterno e da quello che ci ha detto Mett. Quindi non ci troviamo di fronte a un potenziale crimine.»

Noah scosse la testa. «La notte scorsa abbiamo tirato fuori dal fiume un corpo che assomigliava moltissimo ad Amber. Forse non riusciremo a entrare in casa sua per dare un'occhiata, ma non c'è motivo per cui non possiamo fare un sopralluogo. Soprattutto considerando che il messaggio che indirizzava alla diga di Russell Haven è stato lasciato sulla sua macchina, ed è alla diga che abbiamo trovato la nostra donna misteriosa. Quindi, penso anche che sia il caso di provare a ricavare le impronte dall'auto di Amber.»

Gretchen prese il cellulare. «Manderò una pattuglia a fare un sopralluogo e chiederò a Hummel di rilevare le impronte dall'auto.»

Un attimo dopo il telefono della sua scrivania squillò. Rispose, ascoltò e riagganciò. «Grace Power è arrivata. Lamay l'ha fatta accomodare nella sala conferenze del piano di sotto.»

«Andiamo.» disse Josie.

Scesero le scale e trovarono Grace Power seduta al lungo tavolo di legno lucido intorno al quale tenevano le riunioni. Era una donna di bassa statura, snella, con la pelle olivastra e i capelli scuri che le incorniciavano il viso in un elegante caschetto. Sullo schienale della sedia aveva appoggiato un grande cappotto imbottito. Indossava un paio di jeans, un maglione e una sciarpa fantasia che non si era ancora sfilata dal collo. Rivolse loro un debole sorriso mentre si presentavano e la ringraziavano per essere venuta con così poco preavviso. Josie le chiese se gradiva un caffè o un bicchiere d'acqua, ma lei rifiutò, stringendo le mani e appoggiandole sulla superficie del tavolo prima di dire: «Non avete ancora scoperto niente?»

«Niente, purtroppo, mi dispiace.» disse Josie.

Grace sciolse le dita e allungò la mano verso la borsetta, che aveva lasciato aperta sulla sedia accanto alla sua. Ne estrasse un fazzoletto di carta che usò per asciugarsi le lacrime che già le inumidivano gli occhi. «È la mia migliore amica. Non riesco a capacitarmi di questa situazione. Davvero non avete idea di dove sia andata? Pensate che sia stata rapita?»

«È quello che stiamo cercando di capire.» disse Noah. «Ms. Power, lei per caso ha una copia delle chiavi di casa di Amber?»

Grace strinse il fazzoletto e scosse la testa. «No. Vivo così lontano che non serviva a niente che me ne desse un paio. In ogni caso, Amber è in affitto, quindi il padrone di casa può entrare tranquillamente, se mai Amber dovesse avere dei problemi. E, quando dico problemi, intendo dire che rimanga chiusa fuori casa. Non avrei mai pensato che potesse...»

«Quando è stata l'ultima volta che ha parlato con Amber o che l'ha sentita in qualche modo?» si informò Josie.

«Un paio di settimane fa.» rispose Grace. Frugò nella borsa e tirò fuori un cellulare e dopo aver fatto alcuni passaggi, lo girò verso di loro e lo fece scivolare sul tavolo. Si chinarono tutti per leggere lo scambio di messaggi, ma Amber si scusava soltanto per non essere andata alla cena di Ringraziamento, raccontava di essersi divertita molto con la famiglia di Finn e nient'altro. Si erano raccontate delle loro vacanze e poi avevano concordato di incontrarsi per un pranzo o una cena prima di Natale. Nei messaggi non c'era nulla di minimamente minaccioso o allarmante. Josie restituì il telefono a Grace, che lo rimise in borsa.

Noah le chiese: «Da quanto tempo vi conoscete?»

«Da quasi dieci anni. Abbiamo frequentato l'università insieme. Eravamo compagne di stanza al terzo e all'ultimo anno. Ci siamo entrambe specializzate in comunicazione. Dopo l'università sono entrata subito nel mondo del non-profit e attualmente sono direttore della comunicazione del Centro di consulenza legale per le donne della Pennsylvania. Amber è passata da un lavoro all'altro, ma non è stata veramente felice finché non è arrivata qui. Mi ha parlato così bene di tutti voi e, naturalmente, di Finn...» a queste parole gli occhi di Grace brillarono di lacrime. «Davvero non avete idea di dove sia?»

«Mi dispiace, Grace.» disse Gretchen. «Ma non lo sappiamo. È per questo che le abbiamo chiesto di venire qui. Mett, cioè Finn, ci ha detto che Amber era solita trascorrere le vacanze con lei e la sua famiglia. È vero?»

Un sorriso incurvò le labbra di Grace. «Sì. Fin dai tempi dell'università, da quando mi sono accorta che ogni volta si fermava al campus durante le feste. È venuta da noi fino all'anno scorso, quando si è trasferita qui e ha incontrato Finn. Sentivamo la sua mancanza, ma ero felice perché sembrava che avesse trovato la sua... famiglia.»

«A proposito della famiglia...» si agganciò Josie, «cosa le ha detto della sua? Sicuramente ne avrete parlato.»

Grace annuì. «Sì, certamente. Abbiamo trascorso molte lunghe notti a bere all'università. Era l'unico momento in cui parlava davvero della sua famiglia, quando era ubriaca.»

«Che cosa le ha detto?» chiese Josie.

«Vediamo... mi ha raccontato che i suoi genitori erano divorziati e che non ha più parlato con nessuno dei suoi familiari da quando è partita per l'università, a diciotto anni. Mi ha detto che avevano una pessima influenza. Oh, e li ha definiti disfunzionali.»

Josie si rese conto che quelle erano le stesse parole che aveva usato quando aveva parlato con Mettner della sua famiglia. Pessima influenza.

Intanto, Grace continuò: «Diceva che stava meglio senza di loro. Le ho chiesto se questa lontananza l'avesse mai intristita e lei mi ha risposto di no, che era più felice da sola e che non si era mai pentita di essersi allontanata da quelle persone.»

«Le ha mai raccontato se erano violenti?» chiese Noah.

Una lacrima scivolò dall'angolo dell'occhio di Grace. «Io credo che lo fossero. Insomma, è possibile. Non lo so.»

«Cosa le fa pensare che lo fossero?» la incalzò Gretchen.

Grace si asciugò un'altra lacrima dalla guancia. «È solo che... beh, ha una cicatrice sulla schiena.»

«Lo sappiamo.» disse Josie. «Finn ci ha detto che se l'è procurata per un incidente in campeggio con la sua famiglia.»

Mestamente, Grace scosse la testa. «Oh, no. È questo che gli ha raccontato? Non so perché si vergognasse così tanto o... perché si sia sempre sentita in imbarazzo... o perché non abbia mai voluto parlarne. Non era stata colpa sua.»

Josie sentì come se la cicatrice che le correva dall'orecchio lungo la mascella fino al centro del mento fosse in fiamme. All'improvviso si ricordò del dolore lancinante quando la lama del coltello le aveva tagliato la pelle, la notte in cui la donna che l'aveva rapita ai Payne le aveva inferto quella ferita. L'infanzia di Josie era stata una particolare forma di inferno. Strappata alla sua famiglia naturale, era stata spacciata per la figlia di Eli Matson. Eli non aveva motivo per non crederci e l'aveva amata con tale intensità da farsi uccidere, lasciandola da sola con quel mostro. Gli anni successivi alla morte di Eli erano trascorsi in un susseguirsi di episodi di terrore, fino a quando Lisette non aveva finalmente ottenuto la custodia di Josie. In età adulta, Josie non aveva mai parlato di quella donna, a meno che non fosse assolutamente necessario. «A lei ha spiegato come si era procurata quella cicatrice?» riuscì a dire a fatica.

«Mi ha confessato che non era stato un incidente.» rispose Grace. «Che gliel'avevano procurata. Che era stato qualcuno della sua famiglia. Ci conoscevamo da poco quando mi ha raccontato la storia dell'incidente in campeggio. Eravamo compagne di stanza e una o due volte mi è capitato di vederla senza maglietta e alla fine ho trovato il coraggio di chiederle come se l'era fatta. Lei mi ha risposto che da bambina era andata in campeggio con la famiglia e che era caduta di schiena nel fuoco. Ma un paio di anni dopo, tornando a casa dopo una serata di bevute, ci siamo ritrovate a parlare... e Amber si è fatta molto triste, ha iniziato a piangere e alla fine mi ha raccontato tutto... che un membro della sua famiglia l'aveva spinta nel fuoco e poi l'avevano costretta a mentire su com'era successo quando l'avevano portata in ospedale.»

Josie fece del suo meglio per reprimere il brivido che si faceva strada in tutto il corpo, ricordando quando la donna che l'aveva rapita, una volta in ospedale, l'aveva afferrata per il mento e le aveva intimato di mentire su come si era procurata il taglio sul viso. Sotto il tavolo, Noah posò una mano calda sul ginocchio di Josie mentre chiedeva a Grace: «Non le disse chi era stato? La madre, il padre o uno dei fratelli?»

Grace scosse la testa. «Non ha voluto dirmelo, ma ho avuto la forte impressione che fossero tutti presenti, che sapessero tutti che cosa fosse successo veramente. Il che è davvero sconcertante...»

«Le ha mai detto i loro nomi?» si informò Gretchen. «I nomi dei membri della sua famiglia?»

«No.» rispose Grace scuotendo la testa. «Mi ha detto semplicemente "mio padre, mia madre, mia sorella e mio fratello". Oh, e mi ha parlato anche di una zia, da parte di padre, che era sempre a casa da loro. E, stando a quello che mi ha raccontato, non era da meno degli altri.»

Per quanto la stretta di Noah le fosse di conforto, Josie non riusciva a fermare l'angoscia che sentiva salire dentro. Per oltre un anno aveva lavorato con Amber e non immaginava minimamente che avesse vissuto qualcosa di così simile al suo passato traumatico. Non aveva mai cercato di informarsi perché era sempre stata presa dal suo lavoro. Persino suo marito, che fosse benedetto, doveva confrontarsi con la sua ossessione per il lavoro e il fatto che faceva lo stesso lavoro era d'aiuto.

«Pensa che sia stata la zia a buttarla nel fuoco?» chiese Noah.

Josie si alzò bruscamente, facendo sbattere la sedia contro il muro, attirandosi gli sguardi di tutti. Un rossore le salì sul collo.

«Mi dispiace.» disse. «Devo solo... mi serve... potete scusarmi un attimo? Torno subito.»

Noah e Gretchen continuarono a fissarla. Solo Grace fece un sorriso e disse: «Certo.»

Josie cercò di non correre per uscire dalla sala conferenze. Le parole che Grace disse dopo la accompagnarono fuori dalla porta. «Non so chi le abbia procurato la cicatrice... non ha mai...»

Josie si fermò in mezzo alla tromba delle scale e fece diversi respiri profondi. Appoggiandosi al muro, fece l'esercizio di respirazione e meditazione che le aveva insegnato la sua terapeuta, la dottoressa Paige Rosetti. All'inizio le era sembrata un'autentica scemenza e anche in quel momento le sembrava che lo fosse: cercare di respirare mentre l'ansia era al massimo era come cercare di lottare con un alligatore in una tazza da tè. Impossibile. Le emozioni erano troppo intense, il compito era troppo impegnativo. Ma ci provò lo stesso, perché l'alternativa era un crollo nervoso sul lavoro, nella tromba delle scale, nel bel mezzo di un'indagine in cui tra i suoi colleghi si contavano una persona scomparsa e una sospettata. Di solito era in grado di compartimentare come una campionessa, ma da quando era stata uccisa sua nonna, da quando aveva smesso di reprimere tutte le sue emozioni in terapia, era più difficile. «Queste stupide emozioni...» mormorò tra sé e sé, eseguendo l'esercizio di respirazione a denti stretti. Nella sua mente sentiva la dottoressa Rosetti che la istruiva pazientemente: "Rilassa la mascella, Josie. Rilassa i muscoli facciali".

L'unico modo in cui riusciva a riprendersi dall'orlo del baratro era immaginare la voce della dottoressa Rosetti. Non funzionava mai con la sua voce interna. Quella donna era troppo impegnata a urlare a squarciagola.

Quando la frequenza cardiaca tornò a un livello accettabile, risalì i gradini che portavano al secondo piano, due alla volta, e prese il diario di Amber dalla scrivania. Quando irruppe di nuovo nella sala conferenze, solo Grace alzò lo sguardo e le sorrise.

«Le ha mai raccontato dove è cresciuta?» le stava chiedendo Noah.

«Mi aveva detto che si spostavano un paio di volte all'anno, occasionalmente anche di più. Mi aveva dato l'impressione che fosse tutto molto instabile. Credo sia per questo che era così felice qui, soprattutto dopo aver iniziato a frequentare Finn. Per una volta poteva contare su una certa stabilità. Sembrava più felice di quanto fosse mai stata, il che mi faceva davvero molto piacere.»

«E di relazioni precedenti?» chiese Gretchen e Josie capì subito che stava pensando all'uomo con cui Sawyer aveva visto Amber alle prese per strada.

Grace agitò una mano in aria con aria di sufficienza. «Oh, non ce ne sono stati molti. La relazione più seria che ha avuto prima di Finn è durata solo sei mesi e sembrava tutto molto... privo di passione.»

Josie tenne il diario contro la pancia e si sedette.

«Non c'era nessuno che fosse davvero innamorato di lei?» chiese Noah. «Nessun vecchio fidanzato che, magari, era un po' ossessionato da lei e la perseguitava?»

Grace scosse la testa. «Oh, no. Non che io sappia.»

Josie si schiarì la voce, attirando l'attenzione di tutti. «Abbiamo trovato una cosa di Amber a cui speravamo potesse dare un'occhiata.»

Josie mise il diario sul tavolo e lo fece scivolare verso Grace che, con un sospiro, passò l'indice sulla copertina. «Ma tu pensa... il suo vecchio diario. Ce l'ha ancora.»

«È in bianco.» disse Josie.

«No. Non era in bianco. Era pieno. Sua zia strappò tutte le pagine quando Amber era una ragazzina.» spiegò Grace.

«Amber le ha mai spiegato perché lo fece?» chiese Noah.

«"Perché era una stronza". È quello che ha detto Amber.»

«Come mai l'avrà conservato per tutto questo tempo?» chiese Gretchen.

Grace toccò il fermaglio dorato a forma di cuore. «Non lo so. Magari per risentimento? O per ricordare a sé stessa com'erano davvero, in modo da non essere mai tentata di tornare indietro?»

Josie aprì la copertina e sfogliò il retro del diario fino all'elenco dei numeri. «Sa cosa significano questi numeri?»

Grace lo avvicinò e studiò l'elenco. Il suo viso si contorse in un'espressione di confusione. «No. Riconosco la calligrafia di Amber, ma non so a cosa servano o cosa significhino.»

«Aveva già visto il contenuto di questo diario?» chiese Gretchen. «Aveva mai visto questi numeri?»

«No. L'unica volta che Amber mi ha mostrato questo diario, l'ha sfogliato molto velocemente. Sono riuscita a vedere solo pagine bianche e queste...» disse toccando i lembi di carta frastagliati dove le pagine erano state strappate.

«Perché la zia di Amber avrebbe solo strappato delle pagine invece di distruggere tutto?» chiese Noah. «Amber ha mai fatto ipotesi?»

Grace sospirò. «Non ne sono sicura.»

Josie sapeva il perché, così come sapeva perché Amber aveva tenuto il diario per tutti quegli anni, anche con le pagine in bianco rimaste e la cinghia rotta. Un diario, soprattutto quello di una ragazzina, è una cosa intima, privata, e anche se con tutta probabilità non contiene nulla di cui quella stessa ragazzina si interesserà una volta adulta, è comunque una cosa preziosa, un luogo in cui custodire i propri pensieri più intimi e i propri segreti. Strappare le pagine di un diario segreto era già di per sé un atto di crudeltà, ma lasciarlo in gran parte intatto e in possesso di Amber era semplicemente un dispetto. Ogni volta che Amber avesse guardato quel diario, le sarebbero tornati in mente quell'atto di pura crudeltà e la crudeltà con cui il suo mondo interiore era stato violato e profanato.

Josie pensò a tutte le volte in cui la donna che l'aveva rapita le aveva fatto credere di avere il controllo o le aveva permesso di custodire qualche oggetto che le piaceva, solo per poi distruggerlo completamente. Josie sarebbe stata pronta a scommettere che conservare il diario era il modo in cui Amber si aggrappava a brandelli della propria identità, anche se questo non dava una spiegazione dell'elenco di numeri. Questa volta Josie riuscì a reprimere un brivido. Amber era cresciuta in mezzo alla crudeltà, ma questo aveva qualcosa a che fare con la sua scomparsa?

«Sa il nome della zia?» le domandò Josie. «O sa se è ancora viva?»

Grace scosse la testa. «Non lo so. Amber non mi ha mai detto il suo nome, ma suppongo che sia ancora viva, perché immagino che Amber l'avrebbe menzionato se fosse morta. Credo che si sarebbe sentita sollevata.»

Josie chiuse il diario. «Ha detto che Amber diceva di avere una sorella. L'ha mai incontrata?»

«Oh, no. Non ho mai incontrato nessuno della sua famiglia. Non diceva tanto per dire quando mi spiegava che non avevano contatti.»

«La diga di Russell Haven ha un significato per lei?» si informò Gretchen. «Ha un valore particolare?»

Con aria perplessa, Grace scosse lentamente la testa. «No. Perché? Dovrebbe?»

«Amber ne ha mai parlato?» continuò Noah.

«No, non che io ricordi.»

«Oltre alla sua famiglia, Amber aveva mai avuto problemi con altre persone in passato?» chiese Josie. «Magari con un vicino di casa, un collega o qualche conoscente? Le viene in mente se c'è qualcuno che potrebbe averle voluto nuocere in qualche modo?»

Grace scosse di nuovo lentamente la testa. «No. Decisamente no. Non ricordo che abbia mai avuto problemi con qualcuno. Anzi, direi il contrario. Amber mi è sempre sembrata molto solitaria. Non l'avrebbe mai ammesso, ma era sempre sola, sapete? Deve essere stato deprimente, certe volte.»

Gretchen fece scorrere un biglietto da visita sul tavolo verso Grace. «Se le viene in mente qualcos'altro, qualsiasi cosa, ci contatti immediatamente. Per ora la ringraziamo per averci incontrato oggi.»

Grace prese il biglietto e lo infilò nella borsa. «Per favore, fatemi sapere appena sapete qualcosa.» li implorò. «Sono molto preoccupata per Amber. Ho paura che le sia successo qualcosa di brutto.»

Si accordarono per farle avere notizie, ma tutto ciò che Josie riusciva a pensare era che con tutta probabilità ad Amber era già successo qualcosa di brutto.

Sentì il cellulare suonare e vibrare contro il suo fianco nella tasca. Lo tirò fuori e scorse per rispondere quando vide il nome della dottoressa Feist sullo schermo.

«Josie? Credo che sia meglio che veniate qui all'obitorio. C'è una donna che sostiene che la donna sconosciuta sia sua figlia.»

DICIASSETTE

Josie si aspettava di vedere qualcuno nello squallido corridoio fuori dalle porte dell'obitorio, ma non c'era nessuno. Noah era andato a controllare Mettner, mentre Josie e Gretchen erano andate all'obitorio per incontrare la donna che sosteneva di essere la madre della giovane trovata alla diga. Nel laboratorio c'era solo Ramon, l'assistente della dottoressa Feist, che puliva gli strumenti e metteva in ordine. Quando entrarono, alzò lo sguardo e fece un cenno di saluto. «La dottoressa è nel suo ufficio con la nostra ospite.» le avvertì. «Solo un minuto.»

Le lasciò in piedi al centro della stanza. Questa volta, avevano trasferito il cadavere della giovane dal tavolo autoptico a un sacco per cadaveri su una barella che era stata spostata in un angolo della stanza. La porta che conduceva dalla sala visite allo studiolo privato del medico si aprì. La dottoressa Feist uscì, seguita da una donna minuta e leggera, i cui riccioli castani, che le arrivavano fino alle spalle, erano attraversati da un filo grigio. Indossava un tailleur doppiopetto pesante, color caffelatte, che la faceva sembrare l'austera direttrice di una scuola privata. Solo gli stivaletti marroni di Gucci, all'altezza della caviglia, addolcivano il suo aspetto. Anche con i tacchi, era più bassa di Josie. Dalla spalla le pendeva una borsa di Hermès in pelle di coccodrillo marrone. Aveva un portamento autorevole, entrando nella stanza come se fosse un dignitario straniero in visita. Alle dita portava grandi anelli con diamanti, al collo portava un ciondolo di diamanti, ai lobi delle orecchie scintillava un paio di orecchini, a loro volta di diamanti.

Rimase perfettamente immobile davanti a loro, in attesa che qualcuno parlasse. Josie ne studiò il volto. La somiglianza con Amber e con la ragazza ancora non identificata era impercettibile, sicuramente non eclatante.

«Detective...» disse la dottoressa Feist. «Vi presento Lydia Norris.»

Lydia non accennò al minimo gesto per porgere la mano. Invece disse: «Un tempo mi chiamavo Watts.»

Gretchen chiese: «Lei è la madre di Amber Watts?»

Un sorriso sforzato le attraversò il viso. «Sì, sono la madre di Amber.» Fece un gesto verso il corpo sulla barella. «Sono venuta perché ho sentito al notiziario che la polizia ha recuperato dal fiume un corpo che corrisponde alla descrizione di mia figlia.»

«Amber?» chiarì Josie.

«Sì, Amber.»

«Mrs. Norris...» disse Gretchen, «non è Amber quella recuperata dal fiume ieri sera.»

La preoccupazione formò una linea verticale tra le sopracciglia della donna. «E lei conosce bene Amber? Abbastanza da identificarla? L'ho messa al mondo io.»

Josie guardò Gretchen e poi di nuovo Mrs. Norris. «Abbiamo lavorato con Amber tutti i giorni nell'ultimo anno o giù di lì. Uno dei nostri colleghi e Amber, come dire... sappiamo che questa non è Amber, ma ci è stato detto che Amber aveva una sorella.»

I lineamenti immobili di Lydia vacillarono per un attimo per assumere un'espressione corrucciata. «Non... cosa... ho un'altra figlia, ma non è lei che stava qui. Amber stava qui. Viveva qui, lavorava qui. Deve essere lei. Ne sono certa.»

Josie incrociò lo sguardo della dottoressa Feist e fece un piccolo cenno. Lydia seguì la dottoressa mentre si avvicinava alla sacca per i cadaveri e la apriva con cura, separandola in modo che fosse visibile solo il volto della donna. Lydia si portò la mano alla bocca. «Oh...» sussultò. Un tremito le percorse tutto il corpo. «Questa è... questa è la mia... la mia Eden.»

«Eden?» ripeté Gretchen. «È il nome dell'altra figlia?»

Mrs. Norris si allungò in avanti, come se stesse per toccare la ragazza, ma poi si fermò. Fermò la mano a mezz'aria, tremante, prima di allontanarla dal sacco, premendosela sul petto. «Sì.» sussurrò. «Eden Watts. Questa è mia figlia. Lei... non capisco. Che cosa è successo?»

«Speravamo che lei potesse aiutarci a capirlo.» disse Josie. «Amber è scomparsa da tre giorni. Abbiamo trovato un messaggio fuori da casa sua che indicava che avrebbe dovuto incontrare qualcuno alla diga di Russell Haven. Ma quella che abbiamo trovato è Eden, incastrata tra le rocce vicino allo scivolo di rilascio dell'acqua. Era stata torturata e immobilizzata nei giorni precedenti. Era ancora viva, nonostante fosse gravemente ferita. Abbiamo cercato di salvarla, ma è annegata.»

Gretchen aggiunse: «Qualcuno l'aveva intrappolata tra due rocce. Chiunque sia il responsabile lo ha fatto con il preciso intento di farla annegare.»

Mrs. Norris strinse la mano destra a pugno e se la premette sulla bocca. Chiuse gli occhi. La dottoressa Feist richiuse la cerniera del sacco e prese Mrs. Norris per un gomito per allontanarla dal corpo della figlia.

«Vuole sedersi, Mrs. Norris?» le chiese Josie.

La donna scosse la testa, ma tenne gli occhi chiusi ancora per un attimo, cercando di ricomporsi.

Gretchen aspettò che li riaprisse per chiederle: «Quando è stata l'ultima volta che si è incontrata o ha parlato con Amber?»

«Sono passati anni.» disse Lydia. «Ho divorziato dal padre quando i nostri figli erano già ragazzi e loro non la presero bene, non vollero più avere a che fare con me. Ho cercato comunque di tenermi in contatto con loro... è così che sono venuta a sapere che Amber si era trasferita qui a Denton, ma non ci parlavamo spesso.»

«Sta dicendo che non parla e non ha avuto contatti con sua figlia da anni?» riformulò Josie.

Mrs. Norris scosse rapidamente la testa. «Sì. No. Cioè, sicuramente ci siamo parlate qualche volta negli ultimi... non lo so. Forse è da quando si è trasferita qui. Non riesco proprio a ricordarmelo. Come ho detto, non era felice con me o con suo padre. Nessuno dei nostri figli lo era.»

«Nessuno dei vostri figli.» ripeté Gretchen. «Intende dire Amber, Eden e un altro figlio?»

«Gabriel, sì. Non lo vedo e non gli parlo da quasi sei anni. Da quando si è unito a quella chiesa. Avete presente quella che stanno costruendo... quel Thatcher qualcosa che si vede sempre in televisione?»

«Thatcher Toland?» chiese Josie. «Sta costruendo una di quelle megachiese qui nei paraggi.»

Mrs. Norris schioccò le dita. «Esatto, la Chiesa della Purificazione. Strano nome, non vi pare? Ma credo che, se si fonda una chiesa interconfessionale, la si può chiamare come si vuole. Comunque, una volta che Gabriel si è unito a quella chiesa, ha smesso del tutto di parlarmi.»

«Gabriel ha fatto qualcosa per cui sente di doversi purificare?» si informò Josie. «È per questo che si è unito alla Chiesa della Purificazione?»

Lydia fece una risata imbarazzata. I suoi occhi si fissarono su qualsiasi cosa tranne che su Josie. «No, no.» disse. «Non credo. A meno che non ci sia stato qualcosa dopo la mia partenza.»

«E per quanto riguarda Eden?» chiese Josie. «Quando è stata l'ultima volta che si è messa in contatto con lei?»

Lydia lanciò un'occhiata al di sopra delle sue spalle, dove riposava il corpo della figlia. Il suo tono si fece triste, malinconico, persino. «Di solito ci parlavo al telefono un paio di volte all'anno. Non voleva vedermi. Non la vedevo di persona da quasi dieci anni, ma era comunque la più indulgente fra tutti i miei figli. Non parlavo con lei dall'estate scorsa, però. Era benvoluta da tutti... Come ha fatto Eden a...? Non capisco cosa sia successo. Viveva a Philadelphia. Perché mai sarebbe venuta qui?»

«Magari per vedere la sorella?» suggerì Gretchen.

Lydia scosse la testa. «No, no. Amber non voleva avere niente a che fare con nessuno di noi. Non riesco proprio a spiegarmelo.»

Gretchen e Josie si lanciarono un'occhiata, scambiandosi un parere silenzioso. Alla fine, Gretchen disse: «Mrs. Norris, è una questione molto delicata e so che questo è un momento terribile per lei, ma ci è stato fatto notare che Amber, sulla schiena, ha una grossa cicatrice che si è fatta ustionandosi.»

Lydia annuì. «Sì, è vero.»

Josie riprese con le sue domande. «Una sua amica ci ha detto che, anche se di solito Amber sosteneva di essersela procurata con un incidente, in realtà quella cicatrice se l'era fatta perché qualcuno l'aveva spinta nel fuoco. Di proposito. Lei ne sa qualcosa?»

A Lydia brillarono gli occhi per le lacrime. Di nuovo, scosse la testa lentamente da una parte all'altra. «Volete la verità?»

Josie e Gretchen annuirono.

«Credo che sia stata mia cognata a farle questo, ma non sono mai riuscita ad averne conferma.»

«Sua cognata.» disse Josie. «La zia di Amber?»

«Sì, Nadine. I genitori del mio ex marito, Hugo, morirono quando lui era bambino. Gli era rimasta soltanto Nadine. Lei aveva dodici anni più di lui e il loro rapporto era più simile a quello tra un genitore e un figlio che a quello tra una sorella e un fratello. Nadine doveva avere il controllo assoluto su tutto, su ogni aspetto della nostra vita e, come potrete immaginare, questo non mi andava a genio, specialmente quando ci andavano di mezzo i nostri figli. Prima che le cose precipitassero definitivamente, ci furono dei periodi nei quali io e Hugo preferivamo allontanarci l'uno dall'altra. E in quei periodi, il più delle volte, lui lasciava i bambini a casa di Nadine piuttosto che fargli da genitore lui stesso.»

La voce le si stava scuotendo per la frustrazione, il labbro inferiore prese a tremarle e strinse una mano a pugno. «Dio gliene scampasse di comportarsi come un padre. Comunque, una di quelle volte che eravamo lontani, i bambini si trovavano a casa di Nadine, e all'improvviso ricevetti una telefonata dall'ospedale di Towanda in cui mi dicevano che Amber aveva avuto un incidente.»

«Towanda...» disse Josie. «È a nord, vicino al confine di Stato.»

«Esatto, appena a sud dello Stato di New York. Nadine ha una casa piuttosto grande nella contea di Sullivan. L'ospedale più vicino era a Towanda. Era là che avevano portato Amber. Andai a trovarla per riprendere tutti i bambini, ma lei era in condizioni terribili. Mi raccontò che stavano facendo un falò e lei ci era caduta dentro all'indietro. Non le ho mai creduto, ma non sono mai riuscita a farmi dire la verità. Amber aveva troppa paura di Nadine. Ne avevamo tutti.»

«Perché?» chiese Gretchen. «Lei era una donna adulta, era la loro madre. Perché avrebbe dovuto avere paura di Nadine?»

Lydia rabbrividì. «Trovava il modo di rendere le nostre vite un inferno. In modi insidiosi e folli. Non c'era possibilità di sfuggirle. Hugo provava una certa lealtà nei suoi confronti che non ha mai dimostrato a me o ai nostri figli. Questo fu uno dei motivi principali per cui me ne andai. Hugo si rifiutava di allontanarci da lei.»

«Amber teneva un diario da ragazzina.» disse Josie. «Ha detto alla sua migliore amica che Nadine ne aveva strappato la maggior parte delle pagine. Lei lo sapeva?»

Mrs. Norris aggrottò la fronte. «No, non lo sapevo. Ma non mi sorprende. Mi sembra perfettamente in linea con quello che farebbe Nadine.»

Josie tirò fuori il suo telefono e selezionò la foto della pagina del diario con l'elenco dei numeri per mostrarla a Mrs. Norris. «Sa cosa significano questi numeri? Amber li aveva scritti nel suo diario.»

Lydia prese il telefono dalle mani di Josie e guardò le serie di numeri per un lungo momento. «Non ne ho idea.» disse poi. «Cosa sono? Numeri di conti bancari?»

«È quello che stiamo cercando di capire.» disse Gretchen. «Lei non ha proprio idea di cosa possano essere o cosa possano significare?»

Mrs. Norris restituì il telefono a Josie con un'espressione piena di sofferenza. «No. Vorrei averla. Pensate che abbiano a che fare con quello che è successo a Eden o con la scomparsa di Amber?»

«A questo punto non ne siamo sicuri.» disse Josie. «Quando è stata l'ultima volta che ha visto Nadine?»

«A occhio e croce quindici anni fa. Una volta lasciato Hugo, per l'ultima volta, non mi sono più voltata indietro.»

«I suoi figli non vollero venire con lei?» chiese Gretchen.

Con i pollici Mrs. Norris si sfregò le fasce degli anelli all'interno dei palmi delle mani, muovendo gli anelli leggermente lungo le dita che, riflettendo la luce, proiettarono mille piccole scintille sul soffitto.

«Gabriel era già grande, ormai. Le ragazze avevano quasi finito le superiori. Ci eravamo trasferiti spesso in quegli ultimi tempi e credo che non volessero stravolgere la loro esistenza quando mancavano solo uno o due anni alla fine della scuola. Oltretutto, diedero la colpa a me per l'intera faccenda.»

«L'intera faccenda?» le fece eco Josie.

Lydia scrollò le spalle. «Tutta la vita, credo. Tutte le cose brutte che erano successe nella loro infanzia, e ora questo... Dio mio, è tremendo...»

Intuendo che Mrs. Norris stava per perdere ogni controllo, Josie le chiese: «Dove abita, Mrs. Norris?»

«Oh, a circa un'ora da qui. Guardate, posso mostrarvi i miei documenti...» Si frugò nelle tasche della giacca e poi tirò fuori un portafogli sottile da cui estrasse una patente di guida. Josie la studiò, constatando che viveva a Danville. «Con tutto il rispetto, Mrs. Norris...» si intromise la dottoressa Feist, «ma se non vede sua figlia Eden di persona da diversi anni, come fa a essere sicura che si tratti di lei?»

«Lo so e basta.» tagliò corto Mrs. Norris con voce rauca. «Una madre lo sa.»

Josie sapeva che la dottoressa Feist avrebbe avuto bisogno di qualcosa di più di questa semplice spiegazione per consegnare il corpo di Eden alla donna che le stava di fronte. «Magari potrebbe fornirci qualche altra informazione...» disse la dottoressa Feist. «Le chiederò di compilare alcuni moduli, così potrò fare personalmente qualche controllo per confermare l'identità di Eden. Se sa dove viveva, potremmo rintracciare il suo dentista e avere una conferma attraverso le impronte dentali. Così potrò consegnarla a lei.»

«Ma certo, beninteso.» rispose Mrs. Norris. «Immagino che dovrò anche cominciare a organizzare il funerale, non è così?»

«Ha tempo per quello.» disse Gretchen con delicatezza. «Sono sicura che la dottoressa Feist le concederà un giorno o due. Nel frattempo, io e la detective Quinn possiamo accompagnarla ovunque voglia andare. In albergo, magari?»

«Oh, sono venuta in macchina.» disse Mrs. Norris. «Penso che per il momento resterò a casa di Amber.»

«Come le abbiamo detto, Mrs. Norris...» le ricordò Josie, «Amber non torna a casa sua da almeno due giorni, magari anche tre. È scomparsa.»

La madre di Amber sorrise, con un effetto forzato, tanto da dare l'impressione che stesse sfoderando i denti. «Ma ho la chiave. Amber mi aveva detto che potevo entrare quando volevo anche se lei non era in casa.»

Josie poteva praticamente sentire i pensieri di Gretchen e vedere tutte le immaginarie bandiere rosse alzarsi nella sua mente. «Quando le ha dato la chiave?» chiese a Mrs. Norris, che si massaggiò la tempia e rispose: «Oh, non saprei. Quando si è trasferita, suppongo. Comunque, ora compilo quei moduli e poi vado a casa sua.»

La dottoressa Feist sparì nel suo ufficio per preparare la documentazione.

«Saprebbe dirci dove può essere andata Amber?» le chiese Gretchen. «O sa dove potrebbe trovarsi in questo momento?»

Mrs. Norris scosse la testa. «Oh, no. Non lo so proprio. Pensavo che fosse lei... pensavo fosse morta. L'ho visto al notiziario e mi sono preoccupata. Per questo sono venuta. Sapevo che nessuno sarebbe venuto a reclamare il suo corpo. Ma mi sbagliavo. Non è Amber. Sono sicura che si farà viva tra un giorno o due. Fino ad allora, aspetterò a casa sua e prenderò accordi per organizzare il funerale di Eden.»

«Mrs. Norris.» disse Josie. «Non siamo affatto sicuri che Amber tornerà. Abbiamo motivo di credere che possa essere in pericolo. Visto che le ha dato la chiave di casa sua, ci permetterebbe di dare un'occhiata in giro?»

Josie osservò attentamente il suo volto alla ricerca di segni di sorpresa o esitazione, ma non c'era nulla. Solo un sorriso educato. «Certo.» disse lei. «Nessun problema.»

DICIOTTO

Amber non ricordava assolutamente niente da quando lui
l'aveva colpita con il calcio della pistola nell'oscurità del bosco.
Si risvegliò in un'altra oscurità, solo che stavolta si trovava in un
luogo chiuso. Il pavimento era di cemento freddo e duro. L'aria
intorno a lei era pervasa dal tanfo della muffa, ma anche così era
meglio del vento gelido che le sferzava addosso. Mentalmente,
fece un inventario dei dolori che sentiva in tutto il corpo, flet-
tendo con attenzione ogni arto mentre si metteva a sedere. Lo
squarcio sul palmo della mano le dava delle fitte tremende e la
testa le pulsava così tanto che faticava a stare eretta. C'erano
altri punti del corpo che le facevano male, ma si sforzò di superare il dolore e si mise a quattro zampe. Con una lentezza infi-
nita, strisciò da un capo all'altro della stanza, procedendo a
tentoni sul pavimento e lungo le pareti per cercare di farsi
un'idea di dove fosse stata portata. Non c'erano mobili. Per la
precisione, sembrava che non ci fosse nulla in quella stanza, a
parte lei. In un angolo c'era una serie di tubi che uscivano dal
pavimento e salivano verso il soffitto. Erano freddi al tatto e
silenziosi. Sembrava che l'avesse portata in una cantina o un

ambiente analogo. Esausta, si accasciò contro una delle pareti, lasciando crollare la testa sul petto. Il sonno arrivò rapidamente. Non aveva idea di quanto tempo fosse trascorso, ma quando riaprì gli occhi, una luce intensa pervadeva la stanza. Il clangore del metallo che cozzava contro altro metallo precedette la sua comparsa: era solo, teneva la pistola in una mano, proprio come quando era arrivato a casa sua per portarla via.

«Ti sei ricreduta?» le chiese.

Amber si mise in piedi e si guardò intorno per osservare la stanza vuota. Era proprio come sospettava: una stanza in cemento pitturata di blu ardesia. Le tubature che aveva sentito salivano dal pavimento e passavano attraverso il soffitto. Non c'era nient'altro, oltre a lei e alle ragnatele.

«Dove siamo?» gli chiese.

«Siamo nel posto in cui resterai finché non mi dirai quello che ho bisogno di sapere.»

«Oppure mi ucciderai?»

Lui distolse lo sguardo. «Farò quello che devo fare.»

Amber fece alcuni rapidi calcoli nella sua testa. «Se tu avessi voluto uccidermi, l'avresti già fatto. Quindi, non puoi farlo. Se mi elimini, il segreto muore con me.»

Lui picchiettò la canna della pistola contro la coscia. «No. Se ti uccido, sarà molto più difficile scoprire la verità.»

«Lo renderà impossibile.» lo corresse Amber.

Le si avvicinò di un passo. Sotto la bassa luce a soffitto gli si vedeva pulsare una vena sulla tempia.

«Chiudi il becco!»

Alzò la pistola lentamente verso l'alto, puntandole la bocca della canna dritta in faccia. Tremando, Amber fece un passo avanti e premette la fronte contro il freddo acciaio della pistola. Poi chiuse gli occhi. La calma nella sua voce sorprese persino lei. D'altra parte, sapeva che stava facendo la cosa giusta. Poteva morire in pace. Aveva sempre cercato di fare la cosa giusta.

«Non te lo dico.» disse a bassa voce. «Se hai intenzione di uccidermi, chiudiamola qui.»

I secondi scivolarono via. Uno, due, tre, quattro... «Aspetta!» gridò lei. «Ti prego. Finn...»

Aprì gli occhi appena in tempo per vedere il suo dito premere il grilletto.

DICIANNOVE

Josie e Gretchen si fermarono nel parcheggio nell'attesa che Lydia Norris compilasse la documentazione richiesta dalla dottoressa Feist. Gretchen si sedette al volante mentre Josie usò il terminale di dati mobile per cercare le informazioni personali sulla sorella di Amber: Eden Watts aveva ventisei anni e aveva vissuto in diversi appartamenti nella parte sudorientale della Pennsylvania, la maggior parte dei quali a Philadelphia. Come aveva detto sua madre, la sua attuale patente di guida la indicava come residente a Philadelphia, il che significava che era a due ore da casa quando era stata ritrovata alla diga di Russell Haven alle cinque del mattino. Aveva un'auto registrata a suo nome: una Mini Cooper rossa del 2016, che non era stata trovata nei pressi della diga, ma ormai non c'era alcun dubbio che fosse stata prima trattenuta contro la sua volontà e poi portata alla diga. Avrebbero dovuto mettersi in contatto con il Dipartimento di Polizia di Philadelphia per sapere se l'auto fosse rimasta a casa sua, o se Eden aveva guidato fino a Denton e poi era stata rapita, e per avere risposte a molte altre domande. Per il momento, Josie scattò una foto della patente di Eden e la inviò a Noah, incaricandolo di mostrarla agli hotel della zona per verificare se si fosse registrata di recente a Denton. Poi continuò a cercare. A differenza di Amber, Eden aveva dei contatti elencati nel database del TLO XP, tra cui Gabriel e Hugo Watts. Vivevano tutti e due in Pennsylvania, Hugo nella zona di Williamsport e Gabriel in una cittadina a mezz'ora da Denton chiamata Woodling Grove. Josie confrontò le patenti delle due sorelle e vide che Eden e Amber avevano preso dal padre i loro folti capelli ramati e il loro aspetto sorprendente. Gabriel, con i suoi capelli castano scuro e il viso largo, assomigliava di più alla madre. Josie inviò a Sawyer una schermata con le foto di padre e figlio chiedendogli se uno dei due fosse l'uomo che aveva visto spingere Amber per strada qualche settimana prima. Il suo messaggio di risposta arrivò nel giro di una manciata di secondi. *Il tizio più giovane, forse. Ma non posso dirlo con certezza. Erano troppo lontani.*

Josie scrisse un rapido *grazie* e mostrò a Gretchen lo scambio di messaggi.

«Fantastico.» sospirò Gretchen. «C'è una possibilità che suo fratello sia stato qui a Denton nelle ultime due settimane e che abbia avuto contatti con lei.»

«Potremmo rintracciarlo.» suggerì Josie. «E chiederglielo di persona.»

«Sì, dovremmo.» concordò Gretchen. «Woodling Grove ha un proprio Dipartimento di polizia?»

«No.» disse Josie. «Lo sceriffo della contea si occupa delle questioni minori e la Polizia di Stato dei crimini più gravi. Magari, per il momento, possiamo chiedere a qualcuno dell'ufficio dello sceriffo della contea di andare laggiù e vedere se riescono a convincerlo a farsi seguire alla loro stazione nel capoluogo di contea e noi possiamo raggiungerli a Woodling Grove in un secondo momento, così nel frattempo noi possiamo finire qui.»

«Va bene.» disse Gretchen allungandosi e scattando una foto della patente di Eden Watts. «Intanto io invio questa al mio vecchio collega della polizia di Philadelphia per vedere se riesce a scoprire qualcosa su Eden mentre noi lavoriamo al caso qui.»

«Buona idea.» disse Josie mentre le dita di Gretchen scorrevano sullo schermo del telefono. «Assicurati che cerchi la sua auto. Se non la trova, richiederò un mandato di ricerca.»

«Agli ordini.» disse Gretchen.

Josie chiamò Judy Tiercar, il suo contatto all'ufficio dello sceriffo della contea di Alcott, per spiegarle la situazione e lei promise di richiamarla se e quando fosse riuscita a mettersi in contatto con Gabriel Watts. Dopo aver riattaccato, Josie cercò con il telefono gli account di Eden Watts sui social media. Non aveva un profilo Facebook, però aveva un account Twitter e uno Instagram. I post che aveva pubblicato riguardavano soprattutto diversi tipi di caffè e vari locali di Philadelphia, tra cui discoteche, una palestra di yoga e un negozio di ceramiche. In un paio di post risalenti all'estate aveva pubblicato una foto dei suoi piedi con le unghie smaltate di blu in contrasto con la sabbia, di fronte all'oceano. Gli hashtag recitavano #newjersey, #gitafuoriporta e #vistaoceano. A parte questo, non c'era nulla di personale. Con un sospiro, Josie chiuse le applicazioni.

Gretchen teneva d'occhio le porte dell'ingresso dell'ospedale, aspettando Lydia Norris. «Cosa ci sarà in tutta questa storia che mi puzza da morire?» mormorò tra sé e sé.

Josie inserì il nome di Lydia nel database del TLO XP. «Tutto.» disse. «Tutto quanto. La versione dei fatti che Amber ha dato a Grace Power, la sua più vecchia amica, che la sua famiglia era nociva e disfunzionale e che non parlava con nessuno di loro dai tempi del liceo, è la stessa che ha dato a Mett. E ora salta fuori che sua madre ha le chiavi di casa sua.»

I risultati relativi a Lydia Norris erano quasi altrettanto scarni di quelli che Josie aveva trovato su Amber. A Danville risultava un unico indirizzo a suo nome nei dodici anni precedenti, ma niente di più. Aveva la patente di guida aggiornata e pagava puntualmente le utenze.

«Secondo te ha veramente la chiave o stava bluffando?»

Josie pensò all'espressione di Lydia quando aveva chiesto di poter dare un'occhiata alla casa di Amber. «Non sembrava che stesse mentendo, anche perché sarebbe stato insensato dirci di andare a perlustrare la casa con lei se non avesse davvero la chiave.»

«Pensi che Amber non abbia dato la chiave a Mett perché l'aveva data a sua madre e non voleva rischiare che si imbattessero accidentalmente l'uno nell'altra?» chiese Gretchen.

«Difficile a dirsi.» disse Josie digitando il nome "Nadine Watts" senza però ottenere alcun risultato. Era presumibile che la zia di Amber fosse sposata o lo fosse stata in passato. Josie si annotò mentalmente di chiedere a Lydia Norris il cognome di Nadine.

«Sembrava molto sorpresa di vedere l'altra figlia in quel sacco per cadaveri.» osservò Gretchen.

«Credo che chiunque sarebbe sorpreso di trovare il proprio figlio in un sacco per cadaveri...» borbottò Josie.

«Sai cosa intendo.» brontolò Gretchen. «E non so se hai notato gli anelli che porta. Credo che uno fosse un Harry Winston e uno un Blue Nile. Roba costosa. Sto parlando di decine di migliaia di dollari per anello e non escluderei che sia un'approssimazione per difetto.»

Josie la guardò. «Non ti facevo un'esperta di diamanti.»

Gretchen scrollò le spalle. «Prima di venire qui, quando lavoravo ancora a Philadelphia, ho seguito un grosso caso di omicidio con violazione di domicilio. Intendo la villa di una coppia ricca e la moglie aveva una collezione piuttosto consistente di gioielli estremamente costosi. Mi sono fatta un corso intensivo.»

«Stai dicendo che Lydia Norris è una persona facoltosa?»

«Sto dicendo che una di noi potrebbe andare in pensione anche solo con quello che indossa alle dita. Eccola che arriva!»

Josie alzò lo sguardo e vide Lydia Norris uscire dall'ingresso dell'ospedale, aggiustandosi la tracolla della borsa sulla spalla. Gretchen le fece un colpo di clacson e lei rispose con un cenno con la mano. Aveva acconsentito che la seguissero fino a casa di Amber, in modo da poter dare un'occhiata sommaria in giro. Salì su una Mercedes-Benz nera e partì. Josie si collegò di nuovo al terminale per fare un controllo e vide che in effetti la Mercedes-Benz classe S nera era registrata a suo nome allo stesso indirizzo indicato sulla sua patente di guida. «Avevi ragione sul fatto che è ricca...» disse Josie. «Guida un'auto che costa più di centomila dollari.»

Gretchen seguì Lydia che si aggirava per le strade di Denton, ogni tanto obbligata a tornare indietro e a prendere un'altra direzione.

«Non sa da che parte andare.» disse Josie. «Non sa nemmeno dove abita!»

Ma dopo una ventina di minuti Lydia svoltò e imboccò la strada dove abitava Amber. Si fermò dietro l'auto della figlia e parcheggiò. Gretchen si arrestò proprio dietro di lei. Mentre scendevano, Lydia Norris si avvicinò al muso della macchina di Amber e fissò il parabrezza.

Anche Gretchen e Josie si avvicinarono.

Lydia si chinò di più sul vetro. «Sono solo segni di dita o c'è scritto qualcosa?»

Le rispose Gretchen: «Russell Haven, cinque del mattino. Ma non è Amber quella che abbiamo trovato alla diga alle cinque del mattino. È Eden.»

«Russell Haven significa qualcosa per lei?» le domandò Josie.

Lydia scosse la testa.

«Non ha alcun significato per Amber o Eden o nessun altro della vostra famiglia?» la incalzò Gretchen.

«No, assolutamente.» disse Lydia. Tirò un respiro tremolante e fece loro un sorriso sofferto. «Entriamo?»

La seguirono lungo il vialetto. Alla luce del giorno, Josie si accorse di un gancio appendi-vasi in ferro battuto nero sulla sinistra del vialetto, proprio accanto alla casa, dal quale non pendeva alcuna pianta in vaso; al contrario, Amber aveva creato per le feste una decorazione di fiocchi rossi e argentati e l'aveva fissata all'estremità del gancio. Lydia Norris salì l'unico gradino che portava alla porta d'ingresso, facendo tintinnare le chiavi tra le mani. Raggiunse la porta d'ingresso. Josie contò cinque chiavi, oltre a quella della macchina. Una per una, le inserì nella serratura e provò a girare, ma nessuna aprì la porta.

«Mrs. Norris, lei una copia delle chiavi non ce l'ha, dico bene?» la incalzò Gretchen.

Mrs. Norris non si voltò verso di loro, ma fece un cenno con la testa. «Ma certo che ho una copia delle chiavi. Ho solo portato con me il mazzo sbagliato.» Si accasciò e sospirò. «Dovrò tornare a Danville per prenderlo.» Girandosi, il suo sguardo si posò sul gancio porta-vasi. «Oppure posso usare la chiave di riserva che Amber tiene qui fuori in caso di emergenza.»

«Quale chiave di riserva?» chiese Josie.

Senza preoccuparsi di rispondere, la madre di Amber rimise le chiavi nella borsa, che posò accanto alla porta d'ingresso, si avviò sul prato e strinse il gancio porta-vasi con entrambe le mani.

«Mrs. Norris?» chiamò Gretchen.

La video strattonare il gancio avanti e indietro, tirando e spingendo finché non ne staccò la base dal terreno ghiacciato. Quando finalmente venne via, Mrs. Norris era paonazza in volto. Mentre lo sollevava dalla terra, videro che dallo spuntone penzolava un sacchetto di plastica legato con uno spago. Lydia afferrò il sacchetto e lo staccò, spezzando lo spago con un movimento rapido. Infilò nuovamente il gancio porta-vasi nel terreno, che rimase inclinato verso destra così che uno dei nastri cadde a terra. Dall'interno del sacchetto, una chiave scivolò nel suo palmo.

«Quando i miei figli erano piccoli, facevo così con le chiavi.

Nel caso in cui non potessi tornare a casa prima di loro. Alcune persone usano quei sassi finti con l'intero cavo oppure mettono la chiave sotto lo zerbino o sotto un vaso. Ma è troppo scontato. Io avevo ideato questo sistema: mettere una decorazione da giardino qualsiasi con la chiave sepolta nel terreno. A chi mai verrebbe in mente di guardarci?» Sorridendo, si spazzolò la gonna e tornò alla porta. La chiave scivolò senza alcun problema nella serratura, Lydia la girò e la porta si aprì con uno scatto. Prima di entrare raccolse la borsa.

«È stata Amber a dirle che la sua chiave di riserva si trovava lì sotto?»

«Certo.» rispose Lydia varcando la soglia di casa. Dall'occhiata che si scambiarono, Josie intuì che Gretchen stava pensando la stessa cosa a cui stava pensando lei: Lydia Norris aveva mentito spudoratamente per entrare in casa di Amber.

Nonostante ciò, la seguirono all'interno.

VENTI

La porta d'ingresso si apriva direttamente su un soggiorno arredato solo con pochi mobili: un divano, una sedia, un tavolino da caffè e un tavolino lato divano. Josie seguì Lydia e Gretchen nel resto della casa. Era piccola, contava un solo piano, ed era poco arredata, ma curata nei minimi dettagli. Ciascuna stanza era coordinata per colore. Sembrava che fosse stata allestita per un servizio fotografico, come quelli che fanno gli agenti immobiliari quando mettono in vendita le proprietà. Amber era pulita e ordinata, ma Josie sentiva che qualcosa in quella casa non quadrava. Nonostante la combinazione dei colori, niente di tutto ciò rifletteva la sua personalità o, se per questo, una personalità di qualsiasi genere. Come aveva detto Mettner, nulla sembrava fuori posto.

Seguirono Lydia Norris nel suo girovagare tra il soggiorno, la sala da pranzo e la cucina. Josie si chiese di nuovo se quella fosse la prima volta che entrava in casa della figlia.

Davanti alla cucina, Lydia si fermò e appoggiò le mani sui fianchi, guardandosi intorno. Josie studiò la stanza da sopra le sue spalle. Credenze e cassetti bianchi con maniglie e pomelli neri. Un tostapane e una caffettiera sul ripiano del bancone in finto marmo nero. Un frigorifero senza magneti. Josie pensò al frigorifero a casa sua, che aveva lo sportello così tappezzato di disegni di Harris e della nipotina di Noah, per non parlare delle foto che li ritraevano insieme, con la famiglia e gli amici, e degli inviti alle feste e ad altri eventi, che a malapena rimaneva un centimetro visibile. Pensò a quello che aveva detto Grace sul fatto che Amber viveva un'esistenza solitaria. Il tavolo bianco della cucina era piccolo e funzionale, con sotto infilate due sedie nere. Sul piano c'erano un cellulare, una borsa e un mazzo di chiavi, tutti allineati uno accanto all'altro. Sullo schienale di una delle sedie era appeso il cappotto pesante di Amber.

Oltre la fine del tavolo c'era la porta che dava sul retro, con una lastra di vetro mancante e rattoppata con un pezzo di cartone. Era da lì che Mettner doveva aver fatto irruzione, rompendo il vetro e poi infilando la mano per aprire la porta. Aveva ripulito e rattoppato la finestra, proprio come le aveva detto. Se la madre di Amber si fosse accorta di questa minuscola irregolarità, non lo avrebbe dato a vedere, anche perché era impegnata a esaminare la cucina con un'attenta panoramica delle file di pensili e cassetti. Si avvicinò al piano del bancone e aprì il cassetto immediatamente sottostante e mentre si metteva a rovistare tra gli strofinacci e le presine, disse: «Vi offrirei qualcosa, ma dovrei prima dare un'occhiata in giro... non riesco a ricordare dove Amber tiene le tazzine e il caffè.»

«Non è necessario.» le disse Gretchen.

Ma nonostante i complimenti di Gretchen, Lydia continuò a frugare nei cassetti e negli armadietti della cucina. «Beh...» sospirò quando ebbe finito, rivolgendosi a loro con un sorriso imbarazzato. «Tanto qui non sembra esserci caffè.»

«Va bene così.» le assicurò Gretchen. «Davvero.»

Josie si avvicinò al telefono di Amber e lo fissò. Ora che avevano scoperto che la donna senza identità era la sorella di Amber, avrebbero potuto procurarsi un mandato di perquisizione per la casa, come pure un mandato per accedere al telefono e ai dati finanziari. Sfortunatamente, tutte queste procedure avrebbero richiesto parecchio tempo. Tempo che Amber avrebbe potuto non avere. Lydia Norris avrebbe potuto dare loro il permesso di guardare il contenuto del telefono immediatamente. I mandati sarebbero comunque stati necessari per ottenere la documentazione vera e propria, compreso tutto ciò che Amber o chiunque altro potesse aver cancellato dal telefono. Quantomeno, per il momento, sapevano che Mettner aveva detto la verità: lì non c'era nulla. Josie indicò il telefono. «Le dispiace se do un'occhiata al cellulare di Amber?»

«Niente affatto, se pensate che possa aiutarvi a localizzarla.» rispose Lydia Norris senza mostrare la minima esitazione. «Se pensate davvero che sia in grave pericolo, non bisogna risparmiare nessuna risorsa per trovarla.»

Josie tirò fuori da una tasca un paio di guanti di lattice e li indossò prima di prendere in mano il cellulare. La schermata di blocco mostrava un selfie di Amber e Mettner, in una posa guancia a guancia e con sorrisi raggianti. Amber indossava un cappellino di maglia e avevano entrambi le guance arrossate. A giudicare dalle tinte tra il giallo e l'arancione del fogliame che si vedeva sullo sfondo si capiva che quella foto doveva essere stata scattata tra settembre e ottobre, quando le foglie degli alberi di Denton cambiavano colore. Josie scorse il dito per accedere ai contenuti del telefono, ma sulla schermata comparve il tastierino per inserire il codice di sicurezza. Mettner le aveva detto di aver controllato il telefono di Amber, il che significava che, pur non avendo la chiave di casa sua, conosceva quel codice. «Mrs. Norris, conosce per caso il codice di accesso del cellulare?»

«Oh, no. Mi dispiace, non lo conosco. A dire il vero, ero convinta che la polizia disponesse di qualche programma speciale per entrare nei telefoni delle persone.»

Ignorando quel commento, Josie disse: «Le dispiace se lo prendiamo in consegna per esaminarlo? Glielo riporteremo più tardi?»

«Nessun problema.»

Josie infilò in tasca il telefono. «Dovremmo fare lo stesso con il contenuto della sua borsa. Prepareremo anche un mandato per esaminare i conti correnti di Amber per vedere se sono stati utilizzati di recente.»

«Certamente.» disse Lydia.

«E vorremmo dare un'occhiata alle camere da letto, se non le dispiace.» aggiunse Gretchen.

«Fate pure.» disse Lydia. Le seguì lungo il corridoio che portava al bagno e alle camere da letto. Nel bagno c'era un cesto con un asciugamano stropicciato che giaceva sul fondo. Sul ripiano erano allineati alcuni prodotti per l'igiene personale, ma Josie non vide nulla fuori posto o di insolito. In una delle camere da letto c'era solo un tapis roulant, mentre un'altra camera era arredata con un letto matrimoniale, un comodino e una cassettiera abbinata. Come le aveva detto Mettner, il letto non era stato rifatto. A parte questo, la stanza non sembrava molto più utilizzata del resto della casa. Sul comodino c'erano solo una lampada, una sveglia e un caricabatterie per il telefono.

Josie ispezionò la stanza. Non c'erano tocchi personali visibili. Aprendo l'armadio, si sentì stranamente sollevata nel constatare che Amber abitava davvero in quella casa: dalle grucce pendevano diversi capi di abbigliamento e sul fondo c'erano svariate paia di scarpe. Il ripiano sopra l'appendiabiti ospitava coperte e asciugamani da bagno ripiegati. Non c'era niente di allarmante, ma nemmeno niente di utile per capire cosa fosse successo ad Amber. Gretchen aprì uno per uno i cassetti della cassettiera e Josie capì dal pesante sospiro che le uscì dalle labbra quando ebbe finito di cercare che anche lei non aveva trovato nulla.

Josie aprì il cassetto del comodino, ma conteneva un solo oggetto: un libro intitolato *"Risvegliatevi alla Fede"*, di Thatcher Toland. Lo prese e guardò l'immagine del volto di Toland sulla copertina che, affascinante, seppur segnato dall'età, la fissava di rimando, rivolgendole un sorriso guardingo. Nella foto, i suoi occhi azzurri sembravano molto più vecchi dei suoi sessant'anni. Quando l'aveva visto quella mattina, fuori dal suo ambiente, le era sembrato più giovane.

Il sottotitolo recitava: *"Il mio viaggio dall'Autodistruzione alla Speranza e alla Nuova Vita"*. Josie scosse la testa mentre lo sfogliava; non aveva mai avuto l'impressione che Amber fosse una persona particolarmente religiosa, ma da mesi la stella di Toland era in ascesa a livello nazionale e ovunque uno andasse si imbatteva in persone che leggevano il suo libro. Aveva anche partecipato a quasi tutti i programmi immaginabili per promuoverlo e ora, con l'apertura della sua imponente chiesa nelle vicinanze, la sua persona era sicuramente destinata a continuare a comparire in televisione per molte settimane a venire.

Lydia entrò nella stanza dopo di loro, camminando lentamente, come se avesse paura di svegliare qualcuno. Quando si avvicinò a Josie e notò il libro, disse: «L'ha trovato qui? In casa di Amber?»

Lei indicò con una mano il cassetto aperto dove l'aveva trovato. «Proprio lì.»

Lydia scosse la testa. «Non è certo da Amber. Lei non ha mai... fatto questo genere di cose.»

«La religione?» chiese Gretchen dall'altra parte della stanza: era in ginocchio e stava guardando sotto il letto.

«No.» disse Lydia. «Telepredicatori e simili. Ha sempre pensato che fossero degli impostori.»

Considerato ciò che Lydia Norris aveva raccontato su Gabriel Watts, che si era unito alla Chiesa della Purificazione, Josie si chiese quante probabilità c'erano che fosse stato Gabriel a dare il libro ad Amber. Se era lui la persona che Sawyer aveva visto avvicinarla per strada un paio di settimane prima, magari Gabriel pensava che ci fosse qualcosa per la quale sua sorella doveva purificarsi. Mentre Josie sfogliava altre pagine, qualcosa cadde dal libro e volò sul pavimento. Lydia si chinò per raccoglierlo e lo fissò. Un piccolo sussulto le sfuggì dalle labbra. La mano libera si chiuse sulla bocca. Josie allungò il collo per vedere cosa fosse, ma non riuscì a vedere bene. Sembrava la stampata di una specie di notizia da un giornale.

«Mrs. Norris?» chiese Josie. «C'è qualcosa che non va?»

In risposta scosse la testa, allontanando la mano dalla bocca. Josie non riusciva a seguire le emozioni che le balenavano sul viso: sorpresa, sgomento, paura, poi sollievo. Lydia passò il foglio a Josie. Il titolo recitava: *Contea di Sullivan: donna del posto uccisa per annegamento apparente*. Era un brevissimo articolo, ma qualcuno aveva scritto qualcosa sopra il testo con un pennarello indelebile nero e spesso: *DING DONG! LA STREGA È MORTA!*

Josie cercò di leggere la storia sotto il pennarello, ma tutto ciò che riuscì a ricavare dal testo scomposto fu che Nadine Fiore, precedentemente Nadine Watts, era stata uccisa nella sua abitazione. Non c'era la data e non c'erano nemmeno informazioni sulla testata da cui proveniva la notizia. Lydia Norris si portò le mani al petto, come se cercasse di evitare che il cuore le scoppiasse fuori dal corpo.

Josie prese tra le mani l'articolo. «Lei lo sapeva?»

Mrs. Norris scosse la testa.

«Ha idea di chi possa averlo dato ad Amber, o di chi glielo abbia inviato?»

«No. Nessuna.»

«Non potrebbe essere stato suo figlio?» le chiese Gretchen avvicinandosi e prendendo l'articolo dalle mani di Josie per studiarlo.

«Non lo so. Ne dubito. Gabriel e Amber non sono mai andati d'accordo. Può darsi che sia stata Eden... Nadine era più crudele con le mie ragazze.»

«Eden era un membro della chiesa di Thatcher Toland?»

«Oh, no. Assolutamente no. Odiava...» Lydia si interruppe.

Dall'altra parte del letto, Gretchen si alzò in piedi.

Entrambe fissarono Mrs. Norris, che sembrava annaspare nel tentativo di concludere la frase.

«Odiava Thatcher Toland?» disse per lei Josie. «La sua chiesa?»

«I movimenti religiosi.» disse infine Lydia con foga. «Eden non avrebbe mai letto una cosa del genere. Mai.»

«Pensa che Gabriel potrebbe aver dato ad Amber questo libro con dentro il ritaglio di giornale? Com'era il suo rapporto con Nadine?»

Lydia strinse le labbra in una linea sottile. Poi disse: «Non era un granché. Non credo che Nadine gli abbia mai fatto qualcosa, fisicamente, ma lo odiava come odiava le mie figlie. Ma quella scritta: "La strega è morta", sembra qualcosa che avrebbe potuto scrivere più Eden che Gabriel.»

Naturalmente era plausibile che Amber avesse comprato il libro di sua iniziativa e che qualcuno le avesse inviato il ritaglio e lei lo avesse infilato tra le pagine del libro. Oppure poteva aver ricevuto il libro da Gabriel e l'articolo da Eden. Non c'era modo di saperlo con certezza, non in quel momento.

«Possiamo tenerlo?» domando Josie.

«Ma sì, certo...» acconsentì senza esitazione Lydia.

Josie infilò il ritaglio all'interno della copertina del libro. «C'è un numero di telefono a cui possiamo contattarla se avessimo altre domande?»

«Il mio cellulare.» disse Mrs. Norris. Mentre glielo dettava, Josie lo digitò sul telefono e lo salvò.

«Mrs. Norris, non la disturbiamo oltre, per adesso.» disse Gretchen. «Le lascio il mio biglietto da visita, nel caso avesse bisogno di contattarmi. Solo un'ultima cosa. Le dispiace se prendiamo la telecamera di sorveglianza di Amber dalla porta d'ingresso? La restituiremo con il telefono e gli altri oggetti non appena avremo finito.»

Lydia rispose con un sorriso di circostanza. «Certo. Prendete tutto quello che vi serve.»

VENTUNO

Gretchen si infilò un paio di guanti di lattice per rimuovere la telecamera esterna dal suo alloggiamento e la infilò in un sacchetto per le prove. «Chiederò a Hummel di venire a prenderla per rilevare le impronte.» disse a Josie. Consegnò a Mrs. Norris il verbale di sequestro con l'elenco di quanto prelevato in casa di Amber: il telefono, la borsa, la telecamera, l'articolo di giornale e il libro di Thatcher Toland; poi lei e Josie si avviarono per tornare alla centrale. Una volta girato l'angolo della strada, Gretchen emise un basso fischio. «Non riesco a capire cosa diavolo stia succedendo qui.»

«Nemmeno io.» disse Josie, guardando le strade di Denton che passavano in fretta. «Quello che posso dire è che in quella casa non è stato commesso alcun crimine. A parte l'effrazione di Mett. Se Amber è stata portata via da casa sua, non ha opposto resistenza, il che mi suggerisce che o conosceva e si fidava di quella persona oppure è stata presa sotto la minaccia di una pistola. Immagino che sia la seconda ipotesi, dal momento che non si è portata niente con sé.»

«Sono d'accordo.» convenne Gretchen. «Ma tutto questo

non ha alcun senso. È come avere i pezzi di due puzzle diversi e cercare di farli combaciare.»

«In che senso?»

«È come se stessimo lavorando a due casi distinti: l'omicidio di Eden e la scomparsa di Amber, e gli unici elementi che li collegano sono la diga e il fatto che sono sorelle, se non consideriamo che Amber non era in contatto con Eden, almeno stando a tutti quelli con cui abbiamo parlato finora. Se non si parlavano da dieci anni, allora come avranno fatto a rimanere tutte e due coinvolte in una situazione che ha portato una delle due alla morte e l'altra...»

«A essere sequestrata?» completò Josie. «Ci sfugge un collegamento più importante. Secondo tutti i resoconti che ci hanno fornito, anche quelli della madre, Amber non era in contatto con nessun membro della sua famiglia tossica, tranne, forse, suo fratello.»

«Cosa di cui non abbiamo conferma.» le ricordò Gretchen. «Però, se era lui l'uomo con il quale Sawyer l'ha vista, significa che ha avuto un alterco fisico con Amber prima della sua scomparsa.»

«Mando un messaggio al mio contatto all'ufficio dello sceriffo per vedere se l'ha già rintracciato.» disse Josie, inviando un messaggio all'agente Judy Tiercar. «Ma credo che stiamo arrivando a una svolta. Abbiamo due, se non anche tre membri della famiglia – cioè, i tre figli – tutti coinvolti in qualche modo.»

«Sul serio?» disse Gretchen. «Cosa vuoi dire?»

«Voglio dire che l'unica cosa che sappiamo con assoluta certezza è che Nadine Fiore e Eden Watts sono state uccise in due giurisdizioni diverse e che Amber è scomparsa. Non sappiamo effettivamente chi è l'uomo con chi si è scontrata il giorno in cui Sawyer l'ha vista. Non voglio indagare troppo da vicino sulla famiglia e lasciarmi sfuggire qualcos'altro. Al mondo ci sono molte persone che hanno una famiglia di merda, ma la maggior parte di loro non finisce ammazzata o rapita dai suddetti familiari di merda.»

Il telefono di Josie emise la notifica di un messaggio. Guardandolo, sospirò. «È l'agente Tiercar. Gabriel Watts non è in casa. Tornerà tra un paio d'ore per vedere se riesce a trovarlo. Ad ogni modo, secondo te, che cosa non abbiamo esaminato che meriterebbe un esame più approfondito?»

«Mett.» disse Gretchen. «Stavano per andare a vivere insieme e lei non gli ha mai detto di aver incontrato suo fratello. Quali motivi aveva per non farlo?»

«Non voleva rispondere a tutte le domande che sarebbero scaturite da quella conversazione.» rispose Josie. «Andiamo, Gretchen... ha avuto un'infanzia da far venire i brividi. Sappiamo entrambe cosa vuol dire. Non voleva parlarne, tutto qui.»

«Non mi sembra la giusta spiegazione.» disse Gretchen. «Amber non ne ha mai fatto parola con Mettner e Sawyer l'ha vista per strada con un altro uomo. E se anche Mettner l'avesse vista con lui e avesse pensato che lo stava tradendo? E se lei lo avesse effettivamente tradito?»

Josie fece per respingere immediatamente la teoria di Gretchen, ma poi pensò a come Mettner aveva ipotizzato senza esitazioni che Russell Haven fosse una persona. Ne era preoccupato. «Non c'era nulla sul suo telefono che indicasse che stava tradendo Mett... beh, questo secondo lui, però. E a parte questo, non credi che lui glielo avrebbe semplicemente fatto ammettere? Non pensi che sarebbe andato da lei e le avrebbe chiesto apertamente se lo stava tradendo?»

«Dici che lo farebbe?» ribatté Gretchen. «A me sembra che si sia preso una bella cotta per lei. Direi che rasenta l'ossessione. Quanto lo conosciamo davvero? Possiamo davvero dire, con un certo grado di sicurezza, che sappiamo com'è fatto a porte chiuse?»

Josie ripensò al biglietto di auguri che aveva trovato nella scrivania di Amber e le balenarono in mente le parole scritte a mano da Mettner: *Non smetterò mai di amarti.* Un simile sentimento poteva essere deliziosamente dolce, ma anche oscuramente minaccioso, a seconda del contesto.

«A questo proposito...» continuò Gretchen, «non possiamo escludere con assoluta certezza che Amber non lo stesse davvero tradendo. Come hai detto tu, al momento sappiamo solo che non c'era nulla di particolare nel suo telefono, ma solo sulla base di quello che ci ha detto Mettner. Dobbiamo tenere conto della fonte. Mettner potrebbe aver cancellato tutte le prove dell'infedeltà di Amber dal suo telefono. Avrebbe avuto un'idea abbastanza precisa di come farlo, visto che è un membro delle forze dell'ordine.»

«Ci sono dei sistemi per trovare quelle cose, anche se sono state cancellate.» sottolineò Josie. «Nemmeno Mettner sarebbe riuscito a superarli.»

Gretchen scosse la testa. «Non per nessuno della polizia di Denton. È un lavoro forense per cui non siamo attrezzati.»

«E allora? Lo manderemmo a un dipartimento che ha quelle capacità.» argomentò Josie. «E anche Mettner lo sa. Di cosa stiamo parlando, Gretchen? Pensi che Mettner abbia fatto qualcosa ad Amber? E cosa c'entrerebbe Eden?»

«Può darsi che abbia fatto qualcosa anche a lei. Può darsi che si sia presentata nel posto sbagliato al momento sbagliato e lui ha dovuto far fuori anche lei, e poi si è ritrovato a dover escogitare una montatura per architettare le cose in modo da dare l'impressione che stesse succedendo qualcos'altro.»

«No.» obiettò Josie.

«Non è da escludere del tutto.» disse Gretchen. «Mettner è uno di noi. Saprebbe cosa fare per confonderci e depistarci.»

Josie pensò alla sua reazione nel parcheggio della diga, quando in un primo momento avevano pensato che fosse Amber a essere annegata e quando poi gli avevano detto che non era lei: quanto aveva desiderato vedere il corpo di persona.

«Non lo so.» disse Josie. «Sembra sincero.»

«È entrato in casa sua, Boss...» le ricordò Gretchen.

Josie sospirò e rivolse lo sguardo al finestrino, oltre il quale le strade di Denton passavano in modo confuso. Il sole era uscito, ma non c'era calore. Anche con i suoi raggi che si riversavano sulla città, ogni cosa aveva un aspetto freddo e grigio. Opprimente. Josie non voleva pensare il peggio di Mettner, ma conosceva il prezzo da pagare quando si lascia che agenti di polizia corrotti la facciano franca. Un brivido le percorse la spina dorsale. «Non sopporto tutto questo.» disse. «Ma dobbiamo guardare la cosa con obiettività. Come se non si trattasse di Mettner.»

«È quello che sto dicendo.» disse Gretchen. «Vediamola così. Il fidanzato litiga con la fidanzata. Due giorni dopo, il fidanzato dice di non aver avuto più sue notizie. Irrompe in casa sua. Non manca nulla all'interno, né ci sono danni materiali...»

«Le uniche cose sospette sono che tutti gli effetti personali sono ancora in casa, le luci sono accese e la telecamera di sorveglianza sembra essere stata manomessa.» aggiunse Josie.

«Esatto.»

«Qualcuno ha scritto "Russell Haven 5M" nella brina che si era formata sul parabrezza della sua auto, che non è proprio un modo efficace per lasciare un messaggio a un'altra persona.» continuò Gretchen.

«Sappiamo di quel messaggio solo perché il fidanzato lo ha portato alla nostra attenzione.» specificò Josie.

«L'ha portato all'attenzione di un'amica.» puntualizzò Gretchen. «Tu non sei andata con lui in veste ufficiale di detective, Josie. Lui è venuto a casa tua e nessuno di voi due era in servizio. È stata una tua idea andare a Russell Haven.» le ricordò Gretchen.

«Vero.» concordò Josie. «Il messaggio ci ha portati alla diga, dove abbiamo trovato la sorella della fidanzata, dopo che era stata aggredita, immobilizzata e abbandonata tra le rocce ad annegare. La fidanzata, invece, risulta ancora introvabile.»

«La perquisizione della scrivania della fidanzata ha portato alla luce un diario nascosto risalente alla sua infanzia, al cui interno c'è una lista di numeri misteriosi.»

«La migliore amica della fidanzata conferma che il diario risale a quando la fidanzata era una ragazzina.» disse Josie. «Ma ho qualche dubbio che sia rilevante.»

«È rilevante che l'abbia nascosto al fidanzato.» le fece presente Gretchen. «È rilevante che abbia messo il tuo nome su un post-it attaccato al diario, soprattutto visto che il suo fidanzato è un detective della polizia.»

«Sì, è strano...» convenne Josie, «ma, ancora una volta, non sono sicura che questo abbia a che fare con l'omicidio di Eden e con la scomparsa di Amber. Subito dopo, si presenta la madre che conferma sostanzialmente tutto ciò che il fidanzato e l'amica della fidanzata ci hanno già detto, ovvero che la ragazza è cresciuta in un ambiente "tossico".»

«La madre sapeva dov'era la chiave di riserva.» le fece notare Gretchen. «Mettner non lo sapeva.»

«Ho l'impressione che tu stia cercando in tutti i modi di dare la colpa a Mett.» puntualizzò Josie.

Gretchen aveva la mascella serrata. «Per quanto ne sappiamo, Mettner è stato l'ultimo a vederla viva. È stato l'ultimo a entrare in casa sua. L'ultimo a toccare il suo telefono. Avrebbe potuto nascondere qualsiasi informazione incriminante. Abbiamo lasciato che ci indirizzasse fin dall'inizio di questa indagine. Pensaci un po'.»

Josie aveva capito dove stava andando a parare Gretchen, e cioè che nell'ultimo caso importante a cui avevano lavorato, l'assassino aveva indirizzato subito l'indagine verso di sé e, in questo modo, era stato in grado di controllare quale direzione prendesse l'indagine per quasi tutto il tempo. Era stata un'enorme svista da parte di Josie. E da parte della sua squadra.

«Porca miseria...» disse Josie. «Non ci ha nemmeno detto il motivo del loro litigio.»

«Questo non promette nulla di buono...» concordò Gretchen. «Dobbiamo fare un po' più di pressione su di lui. Dobbiamo considerarlo come una delle tante persone nella vita di Amber: come il suo fidanzato, non come il nostro collega. Perlomeno, dobbiamo escluderlo, in modo da poter indirizzare le nostre risorse altrove.»

La centrale di polizia di Denton apparve davanti a loro. Josie si sentì stringere lo stomaco. «Ho già detto che odio tutta questa storia?»

VENTIDUE

Noah era seduto alla sua scrivania, con il telefono premuto contro l'orecchio e il tablet di Amber piazzato di fronte, con lo schermo illuminato che richiedeva il codice di accesso. Dalla conversazione al telefono, Josie capì che stava parlando con l'assistenza tecnica, nel tentativo di entrare nel tablet. Coprendo il ricevitore con una mano, le informò: «Tutti i dipendenti della centrale idroelettrica sono stati controllati. Trovate i rapporti sulla vostra scrivania. Mettner è giù in sala conferenze, se volete parlare con lui. Sono andato a trovarlo da Gretchen e gli ho chiesto di seguirmi qui.»

Gretchen, con le borse per le prove contenenti la telecamera di sicurezza, la borsa e il libro di Thatcher Toland, completo di articolo di giornale, seguì Josie giù per le scale fino al primo piano. Mettner sedeva sulla stessa sedia che Grace Power aveva occupato poche ore prima, ma teneva le braccia sul tavolo e vi nascondeva il viso. Quando Josie e Gretchen entrarono, lui alzò lo sguardo. Qualche ciuffo dei suoi capelli castani rimase dritto in aria e una macchia rosa gli segnava la guancia dove era stata appoggiata alla manica della camicia.

«Avete scoperto qualcosa?» chiese.

Josie prese la sedia accanto alla sua. Si tolse il cappotto, lo sistemò sullo schienale e si mise a sedere. «Ti va un caffè?»

Mettner la fissò per un lungo momento, mentre la nebbia si allontanava dai suoi occhi assonnati. «No. Non voglio il caffè. Voglio sapere cosa sta succedendo.»

Josie diede uno strattone al bracciolo della sua sedia affinché lui si girasse verso di lei. Il telefono di Amber apparve nella sua mano. «Ti ha dato il suo codice di accesso?»

Un rossore si insinuò sulle guance di Mettner, tanto da nascondere la macchia di sonno sul suo viso.

Dall'altro lato del tavolo, Gretchen disse: «Gesù Cristo, Mettner!»

Lui tenne gli occhi puntati su Josie. «L'ho vista inserirlo un paio di volte.»

«Non avevi il permesso di guardare il suo telefono?»

«Non era in casa! Lei era sparita e io ero preoccupato. Sono preoccupato. Perché mi state chiedendo del suo telefono?»

Gretchen attraversò il tavolo e lo prese. «Dovrei riuscire a ottenere un mandato per accedervi.»

Prese le buste delle prove e lasciò la stanza.

«Oggi la madre di Amber si è presentata all'obitorio per reclamare il corpo perché ha visto il servizio del notiziario.» spiegò Josie. «Le abbiamo detto che non era Amber. Non ci ha creduto. Quando le abbiamo mostrato la donna che abbiamo trovato alla diga, ci ha detto che era la sorella di Amber, Eden.»

«Cosa? Come faceva quella donna a sapere di dover venire? Sei sicura che sia davvero la madre di Amber?»

«Mett, per quale altra ragione una persona dovrebbe presentarsi all'obitorio per reclamare un corpo? Costa migliaia di dollari la deposizione. Perché quella donna avrebbe dovuto spacciarsi per la madre di Amber e Eden?»

Mettner non disse nulla.

«Mrs. Norris sapeva dove Amber teneva la sua chiave di riserva.»

Lui sbatté lentamente le palpebre. «Cosa? No. Non ha una chiave di riserva.»

«Ce l'ha e Mrs. Norris sapeva dove trovarla e ci ha permesso di dare un'occhiata alla casa di Amber. Mett, non c'era nulla di strano.»

«Ti sbagli.» disse lui. «La chiave... è un abbaglio. C'è qualcosa che non va. Non me l'avrebbe mai tenuto nascosto. Perché avrebbe dovuto?»

«Non so darti una spiegazione.» disse Josie. «C'è qualche motivo per cui avrebbe dovuto nasconderti delle cose?»

Tra loro calò un attimo di silenzio. Poi lui le puntò un dito contro. «Non farlo. Non provarci nemmeno. Pensi che io... stai pensando che lei mi abbia tenuto nascosto qualcosa perché aveva paura di me?» La sua voce si abbassò sulla parola "paura", come se fosse un pensiero troppo orribile da esprimere.

Josie voleva alzarsi e lasciare la stanza. Ogni fibra del suo essere si opponeva a quello che stava facendo. Mett era un collega e un amico. Ma questo era il suo lavoro. «Aveva paura di te, Mett?» riuscì a dire.

Lui scosse la testa, appoggiandosi alla sedia e piegando le braccia sul petto. «Certo che no. Non dire assurdità. No, non aveva paura di me. Non ci sarebbe mai stato alcun motivo per cui avrebbe dovuto avere paura di me. Tutto quello che vi ho raccontato è la pura verità. Abbiamo litigato. Non l'ho vista né sentita per un paio di giorni e mi sono preoccupato. Sono andato a controllare a casa sua. Sì, sono entrato in casa e sì, ho guardato nel suo telefono anche senza permesso, ma questo è tutto. Ti sbagli a credere che non ci fosse niente di strano in quella casa. Ti dico che c'era. È molto rigida nel suo modo di fare. Ha una routine. Il letto era disfatto! Le luci erano accese! Tutte le sue cose sono lì, ma lei è scomparsa!»

«Dov'eri lunedì mattina alle cinque?»

Il colore del suo viso svanì. «Mi stai prendendo in giro?

Pensi che abbia fatto qualcosa alla sorella di Amber? Non sapevo nemmeno che Russell Haven fosse un luogo!»

Josie sentiva la voce di Gretchen in fondo alla testa che faceva l'avvocato del diavolo. Davvero non sapeva della diga di Russell Haven o era tutta una finzione? C'era lui dietro all'omicidio di Eden e alla scomparsa di Amber? Se sì, fin dove si era spinto? Di nuovo, sentì il dolore del disagio in tutto il corpo. Tutta quella faccenda le appariva surreale, eppure sapeva che era necessario e si sforzò di andare avanti.

«Dobbiamo perquisire casa tua. Ci procureremo un mandato per farlo se non sei d'accordo, ma credo che sarebbe meglio per tutti se ci dessi il permesso di procedere.»

Mettner serrò la mascella e, a denti stretti, disse: «Perquisite casa mia, allora. Perquisite tutto.» Tirò fuori dalla tasca dei pantaloni le chiavi e il telefono e glieli gettò in grembo. «Sai dove abito. Starò con Gretchen finché non avrete finito. Non voglio che la mia famiglia sappia che sono sospettato di aver fatto sparire la donna che amo, o di omicidio, perdio. Perquisite il mio fuoristrada. È nel parcheggio. La chiave è lì. Sequestratelo, se volete. Guardate anche nel mio telefono. È il prossimo della lista. Il codice di accesso è 5231. Potete controllare tutto da lì: la casella della posta elettronica e i profili dei social media. Ma niente di tutto questo vi aiuterà a trovare Amber. Josie, devo sapere cosa le è successo.»

«Per cosa avete litigato?» chiese Josie.

«Te l'ho già detto. È una cosa privata e del tutto irrilevante. Non ti aiuterà a trovarla.»

«Non devi sentirti in imbarazzo se si tratta di qualcosa...»

Mettner sbatté una mano sul tavolo. «Non è niente di imbarazzante. È solo una cosa privata e voglio che rimanga tale. Ora vai, fai tutto quello che devi fare per escludermi dai sospettati, e così potrai concentrarti sulla ricerca di Amber e di chi ha ucciso sua sorella.»

Josie prese il telefono e le chiavi e tornò al piano di sopra, nella sala grande. Noah era ancora al telefono, stava digitando un codice sbagliato dopo l'altro sul tablet di Amber. Gretchen digitava alla tastiera e stava preparando il mandato per il telefono di Amber.

C'era anche Hummel, il capo della Squadra di Raccolta delle Prove, che stava compilando un modulo per la catena di custodia per la telecamera di sorveglianza, l'articolo di giornale e il libro di Thatcher Toland prima di portarli via. «Volete solo le impronte, giusto?» chiese.

«Sì.» disse Gretchen. «Anzi, prima guarda se riesci a estrarre qualcosa dalla videocamera, anche se dubito fortemente che i dati siano archiviati in memoria. Credo che vadano direttamente sul cloud.»

Hummel aprì uno dei sacchetti di carta marrone per le prove e vi sbirciò dentro. «No, infatti, non ci ricavo nulla da questa. Funziona con un'applicazione. Ma se entri nel suo telefono, dovresti trovarla ed essere così in grado di vedere tutti i video che ha catturato e che non ha cancellato. A proposito, ho preso le impronte dall'esterno della sua auto. Ho trovato le impronte di Amber, quelle di Mettner e una mezza dozzina di impronte che non possiamo associare a nessuno nel sistema.»

«Un vicolo cieco...» sospirò Gretchen.

Josie estrasse una chiave dal portachiavi di Mettner e la porse a Hummel. «Questa è del fuoristrada di Mettner. È parcheggiato qui fuori. Puoi darci un'occhiata tu?»

Hummel la fissò come se le fosse appena spuntata un'altra testa.

«Per favore...» insistette Josie.

«Certo.» borbottò lui prima di andarsene.

Gretchen guardò l'orologio appeso alla parete. «Vado a consegnare questo mandato al giudice per farlo firmare. Poi avrei anche bisogno di mangiare.» annunciò. «Voi due?»

Noah le rivolse un pollice in su.

«Sì, adesso ci vuole.» disse Josie.

Una volta che Gretchen se ne fu andata, Josie si sforzò a malapena di sistemare la scrivania. Guardò di nuovo il diario e i numeri all'interno. Li fissò per diversi minuti, scervellandosi ancora una volta per capire cosa potessero significare. Sospirando per la frustrazione, li mise di nuovo da parte e selezionò dal cellulare la foto del ritaglio di giornale su Thatcher Toland che aveva trovato nel libro di Amber. A un colpo del mouse, lo schermo del computer prese vita. Le ci vollero meno di cinque minuti per trovare la versione online dell'articolo del *Sullivan County Review*. Era datato due settimane prima.

Giovedì mattina, il corpo di Nadine Fiore, magnate del settore immobiliare, è stato trovato nello stagno situato nella sua tenuta di oltre trecento ettari a Eagles Mere. Il tuttofare locale, Christopher Wills, era arrivato quella mattina per un appuntamento con la donna. Quando lei non ha risposto né alla porta né al telefono, ha fatto un giro per la proprietà. «Mi aveva chiesto di appendere dei quadri. Pensavo che fosse in uno degli altri edifici. Poi l'ho vista nel laghetto. Mi sono tuffato e l'ho tirata fuori, ma era troppo tardi. Ho chiamato i soccorsi, ma neanche loro hanno potuto fare nulla. È davvero una tragedia.»

Quando è diventato chiaro ai primi soccorritori che la morte di Nadine Fiore era frutto di un crimine, hanno chiamato la Polizia di Stato. La detective della Polizia di Stato Heather Loughlin ha dichiarato che Nadine Fiore aveva riportato ferite da difesa sul corpo e che il medico legale avrebbe probabilmente stabilito la modalità della morte come omicidio. «Sfortunatamente, Ms. Fiore viveva da sola e non aveva telecamere di sorveglianza in questa parte della sua proprietà. Nei prossimi giorni analizzeremo la scena del crimine e la residenza di Ms. Fiore alla ricerca di ulteriori prove.»

*Chiunque abbia informazioni è pregato di contattare la
Polizia di Stato.*

Josie stampò l'articolo. Lei e la sua squadra avevano lavorato
con la detective Heather Loughlin su diversi casi in passato: era
un'investigatrice di grande esperienza e brava a giocare di squadra. Riprendendo il telefono, Josie compose il numero di cellulare di Heather Loughlin che, dopo cinque squilli, le rispose.
«Josie Quinn. Cosa posso fare per lei?»

Una delle cose che Josie apprezzava maggiormente di
Heather era che andava dritta al punto, perciò le chiese: «Cosa
può dirmi di Nadine Fiore?»

«Settantenne. Era stata sposata una volta, ma era vedova.
Viveva da sola in una casa da due milioni di dollari proprio ai
margini del World's End State Park. Sto parlando di una
proprietà enorme.»

«Abbastanza grande da dover trovare persone addette alla
manutenzione? Giardinieri? Addetti alle pulizie? Spazzaneve?
Tecnici?»

«So dove vuole arrivare. La risposta è sì, ci vogliono molte
persone per mantenere una proprietà così grande. Ciononostante, solo un numero ristretto di persone entrava e usciva
abitualmente dalla struttura. Tenga presente che siamo nella
contea di Sullivan. Un solo semaforo in tutta la contea. Non si
può dire che ci fosse una gran folla di persone che aspettavano
di lavorare per questa signora. Gli abitanti della zona non la
sopportavano e lei, a sua volta, non sopportava loro, anche dopo
aver mantenuto una casa lì per oltre vent'anni. Ad ogni modo,
tutte le persone che lavoravano per lei si sono dimesse,
compreso Christopher Wills.»

«L'uomo che l'ha trovata morta?»

«Esatto.» confermò Heather.

«Mi parli del corpo.» disse Josie. «Il giornale dice che aveva
delle ferite da difesa.»

«Lividi intorno ai polsi, pelle sotto le unghie. Alcuni lividi sugli avambracci. Lividi a forma di mano intorno alla gola.» elencò Heather. «Il suo assassino l'ha tenuta con la testa sotto l'acqua. Avremo un profilo del DNA dalla pelle sotto le unghie, ma sa come vanno le cose.»

«Ci vorranno settimane, se non mesi, per avere un riscontro e per abbinarlo a qualcuno.» finì per lei Josie. «E il riscontro avverrà solo se il colpevole è già presente nel sistema per un arresto o una condanna.»

Heather sospirò. «Proprio così.»

«È stata legata?» chiese Josie, pensando alle abrasioni intorno ai polsi e alle caviglie di Eden.

«No. Sembra che l'assassino le abbia afferrato i polsi, abbia lottato con lei, l'abbia spinta in acqua e l'abbia tenuta lì finché non è annegata. L'autopsia l'ha confermato.»

«Le telecamere hanno ripreso qualcosa?» chiese Josie.

«Aveva telecamere solo intorno alla casa, che l'hanno ripresa mentre usciva dal portico sul retro verso l'una del pomeriggio prima che Chris Wills la trovasse.» rispose Heather e come se avesse già intuito le domande successive continuò: «Non c'è molto di elettronico, il che non sorprende visto che internet e il servizio telefonico lassù sono ancora all'età della pietra. Non siamo riusciti a trovare alcuna prova che qualcuno la stesse sorvegliando o che fosse in conflitto con lei. Era solo un'anziana signora eccentrica che viveva in mezzo al nulla e si godeva le sue montagne di soldi. Evidentemente aveva un bel portafoglio di investimenti immobiliari. Il parente più vicino è suo fratello, Hugo Watts. Vive a Williamsport. È stato avvisato il giorno dopo il ritrovamento. E ha un alibi.»

Josie sospirò. La contea di Sullivan era estremamente rurale e remota. Arrivarci, specialmente in inverno, rischiava di essere problematico. Molte delle case più isolate potevano essere difficili da trovare. Chiunque avesse ucciso Nadine Fiore l'aveva presa di mira.

«È annegata nel suo stagno.» disse Josie. «Non era ghiacciato?»

«No.» rispose Heather. «Abbiamo avuto un caldo fuori stagione. La neve è arrivata solo la settimana scorsa. Sono abbastanza sicura che adesso sia ghiacciato. Fa un freddo cane da quelle parti.»

«Lo immagino.» disse Josie. A Denton avevano avuto lo stesso clima.

«Ha qualcosa per me?» chiese Heather.

«Non lo so...» rispose Josie, cominciando a riassumere i casi a cui stavano lavorando.

Heather emise un basso fischio. «Magari si tratta di una questione di famiglia rimasta in sospeso.»

«Comincia a sembrarlo.» disse Josie. «Stiamo rintracciando gli altri Watts, Gabriel e Hugo.»

«Mi terrete informata? Gabriel Watts non è sul mio radar, ma se risulta coinvolto nei vostri casi, fatemelo sapere.»

«Certamente.» disse Josie. «Ehi, Heather. Ha detto che la gente del posto non sopportava Nadine Fiore. Cosa gli\elo fa pensare?»

«Beh...» disse Heather. «Tutte le persone del posto con cui ho parlato hanno detto la stessa cosa su Nadine Fiore, e cito: "Era una stronza".»

VENTITRÉ

Gretchen tornò con una cena anticipata e un caffè per tutti. Noah non aveva ancora ottenuto l'accesso al tablet di Amber, ma stava aspettando una chiamata dall'assistenza tecnica. Josie mandò un messaggio all'agente dello sceriffo della contea di Alcott, Judy Tiercar, che le rispose di essersi fermata ancora una volta a casa di Gabriel Watts a Woodling Grove, ma lui non c'era ancora. Guardò di nuovo le serie di numeri del diario, cercando di trovare uno schema, qualcosa che potesse aiutarla a comprenderne il significato. Eppure, non le veniva in mente niente, se non un moto di frustrazione. Spazzolarono tutta la cena mentre Josie e Gretchen aggiornavano Noah su tutto ciò che avevano appreso da Lydia Norris e su ciò che avevano trovato a casa di Amber; poi Josie raccontò a entrambi dell'omicidio di Nadine Fiore e usò il loro database per trovare i numeri di cellulare di Hugo e Gabriel Watts, ma dal momento che nessuno dei due rispose, lasciò a entrambi dei messaggi vocali nella segreteria telefonica. Il cellulare di Gretchen squillò in quell'istante.

«È il mio vecchio partner a Philadelphia.» disse prima di rispondere; ascoltò per un lungo momento, annuendo anche se lui non poteva vederla, e alla fine disse: «Sì, d'accordo, ci vediamo lì.» e riattaccò, guardando Josie e Noah.

«Ha informazioni su Eden Watts. Lo incontrerò a metà strada tra qui e Philadelphia. Ha un video in cui si vede la sua Mini Cooper che entra in autostrada dieci giorni fa.»

«Eden Watts ha lasciato Philadelphia dieci giorni fa con il suo veicolo e in qualche strano modo è finita tra le rocce della diga di Russell Haven? Dov'è la macchina?» disse Noah.

«Diramiamo subito una segnalazione a livello statale.» propose Josie.

Gretchen si infilò il cappotto. «Sarebbe utile. Se il tuo contatto nell'ufficio dello sceriffo non l'ha trovato per quando torno, andremo a fare una visita a Gabriel Watts.»

Josie utilizzò il database del Centro informazioni sul crimine della Pennsylvania per emettere un mandato di ricerca per la Mini Cooper di Eden Watts. L'avviso sarebbe stato diffuso in ogni angolo dello Stato, in modo che le forze dell'ordine di altri distretti sapessero che il Dipartimento di Polizia di Denton stava cercando di localizzarla. Una volta terminato, passò al database del Centro informazioni sul crimine della Pennsylvania per segnalare la targa della Mini Cooper, in modo che qualsiasi agente delle forze dell'ordine che si fosse imbattuto nella vettura sapesse di doverla fermare e trattenere per la procedura. Facendo una ricerca sui sistemi di navigazione, scoprì che le Mini Cooper avevano un'applicazione specifica, chiamata Mini Connected. Il problema è che era disponibile solo per i modelli dal 2019 in poi, il che significava che il veicolo di Eden Watts non ne era dotato. Josie telefonò comunque a diverse società di sistemi di navigazione per scoprire se qualcuno avesse una traccia di Eden Watts o della sua Mini Cooper. Alcuni le diedero le informazioni per telefono: nessun riscontro né su Eden né sulla sua Mini Cooper. Altri richiesero dei mandati, che Josie preparò. Sfidò di nuovo il freddo per farli firmare da un giudice e, quando tornò, li inviò via e-mail alle rispettive società di sistemi di navigazione. Se fossero riusciti a localizzare l'auto di Eden, avrebbero potuto sapere molto di più su dove era stata e forse anche su chi aveva frequentato tra la partenza da casa sua a Philadelphia e la morte nel fiume Susquehanna a Denton, dieci giorni dopo. Noah era di nuovo al telefono con l'assistenza tecnica, teneva lo schermo del tablet di Amber illuminato davanti a sé e stava chiedendo di nuovo un codice di accesso che nessuno di loro aveva. Aspettando che lui terminasse la chiamata, finì con l'addormentarsi. Erano tutti praticamente senza sonno e ora, con la pancia piena e una sedia comoda, Josie riusciva a malapena a tenere gli occhi aperti. Nel suo stato di dormiveglia, Josie sentì di nuovo le dita di Amber contro il suo polso. *Non Amber*, le ricordò una voce in fondo alla testa. *Eden*. Cercava di resistere. Cercava di rimanere viva.

Mentre Josie scivolava dentro e fuori dal sogno, sentì l'impeto dell'acqua abbattersi su di loro e si svegliò di soprassalto. Si tirò su a sedere, stringendo con le mani i braccioli della sedia. Il sudore le imperlava la fronte. Dalla sua sedia di fronte a lei, dove stava scrivendo sul tablet di Amber, Noah alzò lo sguardo. «Un incubo?» le chiese.

Josie annuì e bevve un sorso del caffè che Gretchen le aveva lasciato.

«Lisette?»

«No. Eden Watts. Continuo a sentirla scivolare via.»

«È quando ti senti impotente che li prendi, sai...» le disse.

«Cosa vuoi dire?» chiese Josie, bevendo un altro sorso di caffè bollente che le bruciò all'interno della bocca.

«I tuoi incubi. Ti vengono quando ti senti più indifesa. Lisette, Eden. Non avevi modo di salvarle. Eri impotente. È la tua paura peggiore.»

A Josie si formò un groppo in gola. Cercò di deglutire, ma finì per tossire. Non era abbastanza sveglia per sostenere quella conversazione.

«La tua infanzia.» continuò Noah. «Eri da sola, in balia di

tutti quegli adulti. Solo Eli e Lisette avevano a cuore il tuo benessere e anche loro ti hanno delusa in molti modi. E non per non averci provato.»

Aveva ragione, Josie se ne rese conto. Cercare di salvarla dalla donna che l'aveva strappata alla sua vera famiglia era costato la vita a Eli Matson. Lisette aveva speso anni e decine di migliaia di dollari per cercare di ottenere la custodia di Josie.

«Da allora gli stai dando la caccia.» le disse Noah, che continuava a guardare lo schermo del tablet, sfogliando e scorrendo.

Josie si schiarì di nuovo la gola. «Dando la caccia a che cosa?»

«Al potere di cambiare le cose.» disse con fermezza. «Senti il bisogno di agire. Ma è da un pezzo che ce l'hai. Da quando Lisette ha ottenuto la tua custodia quando avevi quattordici anni. È solo che quando si perde qualcuno...» a queste parole la guardò negli occhi, «pur senza alcuna responsabilità, ti senti in colpa perché non hai potuto impedirlo.»

«Hai parlato con la mia terapista?» gli chiese Josie, cercando di sfoderare un sorriso. La mano le tremò quando portò di nuovo la tazza di caffè alle labbra.

Noah sorrise. Prese il tablet, si avvicinò alla sua scrivania e, inginocchiandosi accanto a lei, lo posò sul piano. «No, certo che no. Ma di queste cose ne dovresti parlare con la dottoressa Rosetti. Non si può risolvere tutto, Josie. Con alcune cose bisogna solo convivere. Anche se ti danno fastidio. Guarda. L'assistenza tecnica mi ha finalmente aiutato a resettare la password e ad accedere al tablet.» Indicò lo schermo luminoso. Josie si sporse in avanti per vedere cosa aveva tirato fuori. Era un'e-mail inviata all'account di lavoro di Amber una settimana prima che trovassero Eden. Proveniva da lydwanor@spurmobile.com. L'oggetto era vuoto. Il testo dell'e-mail diceva: *Ho ricevuto questo per posta oggi. Dobbiamo parlare.*

«C'è un allegato?» chiese Josie.

«Ce ne sono due.» Noah cliccò sul primo file jpeg e sullo

schermo apparve la foto di una cartolina su un tavolo di legno lucido. La fotografia mostrava una vista dall'alto della diga di Russell Haven. Noah cliccò sull'altro jpeg e apparve sullo schermo il retro della cartolina, sul quale non c'era scritto nulla, tranne il nome e l'indirizzo di Lydia Norris, che era stato scritto al computer ed era stato stampato su un'etichetta adesiva. Il timbro postale riportava la stessa data dell'e-mail e recitava "Harrisburg", il che però non era utile perché tutta la posta della Pennsylvania centrale passava per l'ufficio postale centrale di Harrisburg.

«Ancora Russell Haven.» mormorò Noah. «Qual è il collegamento?»

«Bella domanda.» disse Josie. Indicò l'indirizzo e-mail. «Lydwanor? Lydia Watts Norris. Lydia ha mandato questa e-mail ad Amber. Ma per quale motivo?»

«Quando Lydia Norris ha parlato con te e Gretchen non ha menzionato questa e-mail, giusto?» chiese Noah.

«No, appunto.» disse Josie. «È stata molto vaga sull'ultima volta che aveva sentito la figlia. Senza contare che ha detto chiaramente che Russell Haven non aveva alcun significato per lei.»

«Ha mentito.»

«Non c'è dubbio.»

«Nessuno sa quale sia il significato di questa diga.» commentò Noah. «Grace Power non ne aveva idea. Mett non sapeva nemmeno che fosse una diga. Ma guarda questa e-mail. Cosa intende con: "Dobbiamo parlare."?»

«Dovremo chiederlo a Mrs. Norris.» concluse Josie. «Amber aveva risposto alla madre?»

Il volto di Noah si illuminò. «L'ha fatto, ed è stata ancora più criptica.» Cliccò ancora un paio di volte e poi la risposta di Amber a Lydia apparve sullo schermo. Era stata inviata pochi istanti dopo che Amber aveva ricevuto l'e-mail della madre con la foto allegata. Diceva semplicemente: *Non dobbiamo parlare.*

Non parlare con nessuno. Qualunque cosa accada, non dire una parola. Non contattarmi più.

«Qualunque cosa accada...» mormorò Josie. «Suona minaccioso, vero?» osservò Noah.

Josie strinse il ponte del naso tra il pollice e l'indice, sentendo un mal di testa in arrivo che pulsava ai margini del suo stato di coscienza. «Se Amber non voleva che la contattasse di nuovo, perché Lydia ha insistito per andare a casa di Amber dopo che abbiamo lasciato l'ospedale? Cosa sperava di trovarci?»

«Dovremo chiederglielo la prossima volta che le parleremo.» disse Noah.

«C'è qualcos'altro lì sopra?»

Con gli occhi puntati sullo schermo del tablet, Noah digitava con dita svolazzanti sulla tastiera. «Non vedo nulla che possa far pensare a qualcosa di strano.»

«Nella cronologia delle ricerche?» insistette Josie.

Gli occhi di Noah scorrevano sullo schermo. «Vedo un sacco di cose di lavoro. Poi ha consultato alcuni annunci immobiliari su un sito web, che ha visitato diverse settimane fa, ma nessuna di queste proprietà si trova qui a Denton. Ci sono Philadelphia, Coatesville, Harrisburg, Doylestown, Ardmore, Collegeville, Pittsburgh, Villanova, Edgeworth, New Hope, State College, Pocono Springs, Newtown... e l'elenco continua.»

«Può essere che stesse pensando di trasferirsi?» suggerì Josie.

Lui scosse la testa. «Non con il suo stipendio. Tutte queste case costano più di un milione di dollari.»

«Davvero?» disse Josie. «E tra quelle ce n'è qualcuna di proprietà di Nadine Fiore?»

Noah fece qualche altro passaggio e disse: «Alcune di queste proprietà si trovano in contee che pubblicano online i loro registri immobiliari, ma tra queste, non ne vedo nessuna che sia attualmente di proprietà di Nadine Fiore. Le altre si trovano in contee che non consentono la consultazione online dei loro registri, quindi per entrarci, dovrei chiedere direttamente al dipartimento dei registri di ogni singola contea.»

Josie sospirò. «Aspettiamo di parlarne in un altro momento. Non sono sicura che sia rilevante, soprattutto se ha visitato il sito settimane fa.»

Noah spense il tablet e la guardò negli occhi.

«E se fosse morta, Noah?» sussurrò Josie. «In qualsiasi cosa fosse coinvolta, era una di noi. Mett è innamorato di lei.»

Gli occhi di Noah si oscurarono per la preoccupazione: stava facendo la stessa cosa che stavano facendo Josie e Gretchen, cioè allontanare tutte quelle domande e tutte le emozioni che ne derivavano per poter risolvere il caso e ritrovare Amber. Ma per Josie la realtà continuava a riaffacciarsi.

«E se non riuscissimo a venire a capo di questa situazione?» disse ancora a bassa voce, sfiorando con le dita il diario rosa sulla scrivania.

Noah le si avvicinò e le prese la nuca con una mano. Le posò un bacio sulle labbra. «Ci riusciremo.» le disse. «Perché ci riusciamo sempre, e qualsiasi cosa accada, la affronteremo insieme. Andiamo a parlare con Lydia Norris di quelle e-mail e del motivo per cui ha deciso di andare a casa di Amber. Poi, se ci resta tempo, facciamo un giro a casa di Gabriel Watts e vediamo se abbiamo più fortuna dell'agente Tiercar.»

Josie guardò il telefono di Mettner e le chiavi di casa sull'angolo della scrivania. «Dobbiamo ancora andare a perquisire la casa di Mett. Mi ha dato anche il codice di accesso al suo telefono.»

«Aggiungilo alla lista. Guido io.» disse Noah. «Puoi controllare il suo telefono in macchina. Andiamo a casa di Amber.»

VENTIQUATTRO

Lydia Norris non era a casa di Amber. Non c'erano luci accese e l'auto di Lydia non c'era più. Al suo posto c'era una delle auto della polizia di Denton, vuota. Josie sapeva che era dell'agente che Gretchen aveva incaricato di ispezionare la strada. Evidentemente era stato di pattuglia per buona parte della giornata, visto che ormai era quasi sera. Josie riusciva a scorgere il gancio porta-vaso nel giardino di Amber. La decorazione di nastri era caduta su un fianco, spargendo i fiocchi natalizi sul prato. Mentre Noah girava intorno alla casa scrutando attraverso le finestre con una torcia che aveva recuperato dalla loro auto, Josie provò a chiamare Lydia al numero che aveva fornito loro, ma partì subito la segreteria telefonica. Il messaggio in uscita era una voce robotica che le diceva di aver chiamato il numero che aveva appena composto e la invitava a lasciare un messaggio, cosa che fece. Nutriva poche speranze che Lydia Norris la richiamasse.

Noah la raggiunse dal vialetto che costeggiava la casa. «Non vedo niente di strano.» disse. «Non che ci sia molto da vedere. La maggior parte delle tende delle finestre sono quasi completamente tirate.» aggiunse indicando la strada. «Guarda.» disse. «È uno dei nostri agenti di pattuglia che sta facendo un giro di perlustrazione.»

Josie si voltò e vide un agente in uniforme con un blocco note in mano che usciva dalla casa di fronte a quella di Amber. Josie e Noah tornarono alla loro auto e gli fecero cenno di avvicinarsi. Sulla targhetta appuntata si leggeva il suo nome: Daugherty.

Josie lo salutò e indicò la sua auto. «Hai per caso visto una Mercedes-Benz nera parcheggiata in qualche punto della strada quando hai accostato?»

Daugherty scosse la testa. «No.»

«Da quanto tempo sei qui fuori?» gli chiese Noah.

«Qualche ora. In realtà sono tornato per parlare con uno dei vicini...» indicò la casa da cui era appena arrivato. «Perché aveva visto un uomo in questa residenza un paio di volte nell'ultima settimana. Ho chiamato la detective Palmer per chiederle se avesse qualche foto che voleva gli mostrassi.»

«E che ti ha detto?» chiese Josie.

Daugherty tirò fuori il telefono e glielo mostrò. «Una del detective Mettner, ma il vicino ha detto che non era lui, sapeva che Mettner era il ragazzo di Amber. Ha detto che quello che ha visto era un tizio diverso. Così gli ho mostrato questa.» Passò alla foto successiva tra quelle che Gretchen gli aveva inviato. Josie riconobbe subito la foto della patente del fratello di Amber, Gabriel Watts. «Ha detto che potrebbe essere questo il tizio che ha visto, ma non può esserne certo.»

«E quante volte lo ha visto questo tizio?» gli chiese Noah.

Daugherty mise via il telefono e tornò a guardare i suoi appunti.

«Tre volte. La prima volta circa un paio di settimane fa e poi due volte nell'ultima settimana. Stava appostato. Ecco perché l'ha notato. Dice che continuava a stazionare sul marciapiede come se stesse aspettando che Amber uscisse di casa o qualcosa del genere.»

«E lo ha fatto?»

«No. Non mentre il tizio era lì. Almeno, per quello che ha visto il vicino.»

«E i vestiti che indossava?» chiese Josie.

Daugherty consultò di nuovo i suoi appunti. «Cappotto nero lungo e scarpe da ginnastica. È tutto quello che è riuscito a dirmi.»

Si sarebbe detto che fosse lo stesso uomo con cui Amber aveva avuto un alterco fisico in McAllister Street il giorno in cui Sawyer li aveva visti.

«E negli ultimi tre giorni?» chiese Josie. «Ha visto qualcun altro?»

Daugherty scosse la testa. «No. Ha detto di aver visto solo Mettner da queste parti e poi lei e il detective Palmer con una signora oggi. Tutto qui. Oh, un momento. Ha detto che dopo che lei e la detective Palmer ve ne siete andate, è arrivato un altro tizio che ha bussato alla porta. La signora è uscita, hanno parlato per un po' e poi lui se n'è andato. Un paio d'ore dopo, è uscita anche lei, è salita in macchina e se n'è andata.»

«Ma non era lo stesso uomo che aveva visto in agguato?» gli chiese Josie.

«No. Ha detto che quest'altro tizio era più vecchio e indossava...» Daugherty sfogliò un'altra pagina del suo taccuino. «Un giubbotto di Carhartt, un paio di jeans, degli scarponi da lavoro e un berretto verde.»

«Ne sei sicuro?» disse Josie.

Daugherty alzò lo sguardo. «Sì. È quello che ha detto.»

Noah la guardò con aria perplessa. «Che ti prende?»

«Thatcher Toland...» disse Josie. «Il predicatore. È stato qui. A casa di Amber.»

VENTICINQUE

«Come fai a essere sicura che quello che hai visto al Komorrah's Koffee era Thatcher Toland?» le chiese Noah una volta che furono tornati in macchina. Azionò il riscaldamento al massimo e alzò la voce per farsi sentire sopra il rumore della ventola. «Era lui. Fidati di me. Ne sono sicura.»

«Cosa ci faceva a Denton?» chiese Noah mentre si allontanava dalla casa di Amber.

«A questa domanda non ha risposto.» disse Josie. «Ho pensato che fosse venuto a controllare lo stadio di hockey.»

Noah fece un cenno con la testa. «Giusto, ma come mai è stato a casa di Amber?»

«È quello che ho intenzione di scoprire.» dichiarò Josie, che già si era messa al terminale della macchina per cercare di ottenere il suo numero di telefono. C'era una dozzina di numeri associati sia a quel nome che a quello della moglie, Vivian. Mentre Noah si avviava verso la casa di Mettner, lei li chiamò tutti: alcuni erano stati disconnessi. Per gli altri c'era la segreteria telefonica. Josie lasciò dei messaggi.

«Non riuscirai mai a metterti in contatto con lui.» la avvertì

Noah. «Ormai è una celebrità. Probabilmente c'è un esercito di persone tra lui e il pubblico.»

«Io non sono il pubblico.» ribatté Josie.

«È meglio cercare di capire dove si troverà e presentarsi lì.»

«Immagino che tu abbia ragione.» sospirò Josie. «Andiamo subito allo stadio di hockey.»

Ci fu un attimo di silenzio. «Sono quasi le sei di sera. Siamo sicuri che a quest'ora ci sia anima viva allo stadio, per non parlare di Thatcher Toland?»

«Hanno una fretta pazzesca di aprire quel posto per la Vigilia di Natale. Non mancano molti giorni. Qualcuno ci sarà, fidati, e anche se non troveremo Thatcher Toland in persona, il fatto che la polizia si presenti sul posto di lavoro farà scattare qualche campanello d'allarme.»

Noah si fermò sul ciglio della strada e fece un'inversione a U per tornare a East Denton e alla nuova megachiesa di Thatcher Toland. Man mano che si avvicinavano apparivano dei blocchi stradali. I lavori di costruzione che si stavano svolgendo sia all'interno del vecchio palazzetto dell'hockey sia all'esterno, nel parcheggio e nella proprietà circostante, erano così estesi che era stato necessario chiudere diverse strade della zona per consentire l'ingresso e l'uscita di macchinari pesanti e grandi camion. Noah costeggiò l'area finché non trovò un ingresso al cantiere, poi svoltò, seguendo un grosso autocarro a cassone che scendeva per una lunga strada. Di fronte a loro, l'enorme edificio circolare si ergeva con una facciata in mattoni a vista al primo livello e nuovi pannelli di vetro scintillanti al secondo che, da quello che Josie ricordava, era uno dei vecchi corridoi dello stadio. Grandi insegne al neon recitavano: *CHIESA DELLA PURIFICAZIONE: TUTTI SONO BENVENUTI* e *MINISTERO THATCHER TOLAND.*

Il camion davanti a loro svoltò e si diresse verso il retro dell'edificio, dove diversi altri automezzi e camion più piccoli si erano fermati proprio di fronte all'entrata. Le luci esterne brillavano, illuminando la notte di dicembre. Noah trovò uno spazio vuoto dove lasciarono la macchina e scesero tutti e due. L'ingresso dell'edificio era delimitato da una serie di porte a vetro. Si avvicinarono alla prima coppia che era stata lasciata aperta con un bidone della spazzatura cromato e luccicante. Quando Josie e Noah entrarono, il calore che raggiunse il loro viso fu come un balsamo gradito all'aria pungente della notte. Laddove un tempo c'era stato un pavimento di cemento punteggiato di macchie di cibo e di birra, adesso c'era una moquette morbida di tonalità rosso vino. Furono accolti da un'altra serie di porte. Tirando la maniglia, Josie si sentì sollevata che non fossero chiuse a chiave. Il corridoio era inondato dal rilassante bagliore di una tenue luce dorata che fuoriusciva dalle applique disposte a intervalli regolari lungo le pareti. Josie aveva l'impressione che i suoi piedi affondassero ancora di più nella moquette rosso scuro, o forse era solo la lussureggiante luminosità della stanza a darle quella sensazione. Quello che un tempo era stato l'atrio del piano terra si snodava ancora intorno al sancta sanctorum dell'edificio, ma non ospitava più i banconi di bevande e alimenti e nemmeno le bancarelle di articoli per l'hockey. Le pareti in cemento erano state rivestite da una carta da parati decorata con il disegno di viti dorate che si snodavano su e giù su uno sfondo giallo più pallido. Panchine imbottite, dello stesso colore della moquette, erano state installate ogni pochi metri e tra queste c'erano piccoli tavoli in teak su cui erano stati disposti diversi opuscoli. Josie si fermò davanti a uno dei tavolini e li osservò; su ognuno era stampato il volto brillante di Thatcher Toland, anche se in tutte le foto era vestito in modo diverso a seconda dell'argomento dell'opuscolo: un programma per i giovani, un programma di sensibilizzazione della comunità, un campo estivo, vari gruppi di sostegno e persino l'offerta di celebrare matrimoni e altri "eventi importanti della vita" presso la chiesa della Purificazione. Mentre percorrevano l'ingresso, Josie notò un abbondante schieramento di croci e fotografie di Toland allineate alle pareti. C'erano anche vetrine con scatti incorniciati, articoli di giornale e premi che celebravano il percorso e il successo di Toland come pastore.

«Posso aiutarvi?» disse una voce maschile.

Josie e Noah si voltarono e videro un uomo che indossava pantaloni neri stirati e una polo marrone con la scritta "Ministero di Toland" ricamata a lettere d'oro sul lato sinistro del torace. Josie stimò che avesse circa trentacinque anni. Aveva i capelli biondi, che portava pettinati all'indietro, mettendo così in risalto un viso piuttosto ampio. In una mano teneva una cartellina e nell'altra un cellulare che brandiva come se fosse un'arma. Josie poteva vedere nel bagliore dello schermo, coperto dal pollice in bilico, quello che aveva tutta l'aria di essere il comando di avvio chiamata; si chiese se avesse preparato la telefonata alla polizia, nel caso in cui si fossero trovati lì per creare problemi.

Noah gli si avvicinò, sfoderando quel sorriso affascinante che praticamente in ogni occasione metteva le persone a proprio agio, e gli mostrò il suo distintivo e il tesserino della polizia.

«Salve. Sono il tenente Noah Fraley e questa è la mia collega, la detective Josie Quinn.»

Josie gli si avvicinò e gli mostrò a sua volta le sue credenziali.

«Siamo del Dipartimento di Polizia di Denton.» continuò Noah. «Vorremmo parlare con Mr. Toland.»

L'uomo rimase immobile e anche quando lo schermo del suo telefono si oscurò, non accennò al minimo movimento per riaccenderlo. Con circospezione, chiese: «C'è qualche problema?»

«Niente affatto.» disse Josie. «Abbiamo solo qualche domanda da fargli.»

«Su cosa?»

«Non siamo autorizzati a dirlo.» rispose Josie.

L'uomo si infilò la cartellina sotto il braccio, prese il telefono con entrambe le mani e con rapidi movimenti riportò in vita lo schermo. «Sono spiacente, ma Mr. Toland non è qui in questo momento, però posso prendere i vostri numeri, se mi dite di cosa si tratta.»

Bel tentativo, pensò Josie.

«Gli abbiamo già lasciato dei messaggi.» disse Noah. Pensavamo di riuscire a incontrarlo.»

«Beh, come ho detto, non è qui adesso. Posso chiedergli di chiamarvi se mi dite di cosa...»

La voce di una donna lo interruppe. «Paul? Dove sei? Ti stavo chiamando. Ci sono ancora delle sedie che devono essere sostituite...» Quando lo raggiunse, arrivandogli alle spalle, vide Josie e Noah e interruppe il discorso. Josie la riconobbe subito: era Vivian Toland. Anche se preferiva lasciare che fosse il marito ad avere i riflettori puntati addosso, aveva fatto un po' di pubblicità insieme a lui. Era alla soglia dei sessant'anni, una donna alta, snella ma imponente, con i capelli corti color sabbia che di solito teneva lunghi non più di cinque centimetri, arricciati da una permanente fissata con la lacca. Quel giorno le ricadevano in onde corte, pettinate all'indietro, tenute con una fascia nera. Al posto del solito tailleur istituzionale, indossava jeans, stivali, una camicia nera a maniche lunghe e un gilet di piumino. Dal vivo, con un abbigliamento meno formale, dimostrava molti meno anni di quanti ne aveva in realtà.

Tendendo una mano a Josie per prima, sorrise presentandosi: «Vivian Toland. Lei ha un aspetto familiare. Ci conosciamo?»

Josie le strinse la mano. «No, non ci conosciamo. Vengo spesso ripresa al notiziario. Detective Josie Quinn della Polizia di Denton. Forse ha presente la mia gemella, Trinity Payne. È una giornalista.»

Uno sguardo di sorpresa e di piacere le illuminò i lineamenti. «Ma non mi dica! Sono una grandissima ammiratrice di Miss Payne! Ho visto l'anteprima del suo nuovo programma l'altra sera in televisione. Beh, è un grande piacere conoscerla...»

e rivolgendosi a Noah, ripeté: «Vivian Toland.»

Anche lui le strinse la mano. Sia Noah che Josie mostrarono a Vivian le loro credenziali, mentre Paul rimaneva in piedi dietro di lei, spostando il peso da un piede all'altro e guardandoli con aria di disappunto, aspettando che le presentazioni terminassero per dire: «Non hanno voluto dirmi il motivo per cui sono qui.»

Vivian si voltò verso di lui. «Forse non sei tu la persona con cui devono parlare, Paul. Me ne occupo io. Potresti andare dentro e dare un'occhiata alla prima fila di sedie del settore duecentonove? Credo proprio che vadano sostituite.»

Il suo cipiglio si allentò solo leggermente. Per un lungo momento si limitò a fissarla. Poi girò sui tacchi e se ne andò. Voltandosi di nuovo verso Noah e Josie, Vivian alzò gli occhi al cielo. «Sono davvero costernata! Quello è il nostro Paul. Lavora con noi da quando non eravamo che una piccola congregazione di Collegeville. È una grande risorsa per la nostra organizzazione, ma certe volte può diventare molto sospettoso con i nuovi arrivati.» e a questa battuta di mise a ridere. «Vi immaginate? Siamo una chiesa! Gli ho chiesto non so quante volte di provare a essere più accogliente. In ogni modo, mi scuso. Cosa posso fare per voi, detective?»

«Dobbiamo parlare con Mr. Toland.» le rispose Josie.

Il sorriso cordiale di Vivian non vacillò. «Sarei davvero lieta di potervi portare da lui, ma questa sera Thatcher parlerà a Philadelphia a un evento di beneficenza di Natale per i bambini. Tornerà in tarda serata. Ma posso provvedere a farvi richiamare domattina presto. A meno che, naturalmente, non ci sia un modo in cui possa esservi d'aiuto io.»

«All'inizio della giornata, il testimone di un'indagine in corso ha visto Mr. Toland bussare alla porta della casa di una donna di nome Amber Watts.» le spiegò Noah. «La conosce?»

Vivian scosse la testa. «Amber Watts, ha detto? Non è la vostra addetta stampa? L'ho vista in televisione. Fa un lavoro favoloso. Mi piacerebbe avere una persona come lei che si occupi di pubbliche relazioni per noi. Ha detto che Thatcher è andato a parlarle? Potrebbe essere questo il motivo...»

«A casa sua?» chiese Josie.

Vivian alzò le spalle. «Chi lo sa? Thatcher fa quello che Thatcher vuole fare.»

«Sul serio?» chiese Josie. «Perché questa mattina l'ho incontrato in una caffetteria ed era travestito. Ha detto che lei si sarebbe arrabbiata molto se avesse scoperto che aveva fatto un'apparizione non programmata in pubblico.»

A queste parole Vivian batté le mani e rise. «Oh, cielo!» esclamò. «Gli piace tanto fare il drammatico. Io gestisco la sua agenda e, sì, posso essere molto severa quando ci sono eventi in programma, ma solo perché è uno che si distrae facilmente. Molta gente aspetta a lungo per vederlo e io voglio assicurarmi che sia puntuale. Pensa che io voglia assillarlo, ma in realtà mi preoccupo soltanto di farlo arrivare per tempo. Stando a quanto dice lui, io sarei un tiranno autoritario, ma fa solo la commedia. Adora fare tanto rumore per nulla. Lasciatemi indovinare: indossava un paio di scarponi da lavoro che non hanno mai toccato un briciolo di terra e un giubbotto di Carhartt che sembra avere ancora l'etichetta.»

Josie la guardò sorpresa. «Sapeva che era uscito?»

Vivian agitò una mano in aria con fare distaccato. «Non sapevo che fosse uscito, no, ma il suo piccolo "travestimento" non è un segreto per me. Anzi, lo usa spesso. Di quando in quando gli piace uscire senza essere riconosciuto, senza dover firmare autografi o essere "in scena". Credo che per lui sia più conveniente dire che sono io a impedirgli di stare in pubblico, piuttosto che ammettere che un uomo ha bisogno di prendersi una pausa di tanto in tanto.»

Dal centro di quella che era l'area di gioco si udì un rumore metallico. Vivian si voltò in direzione del rumore e scosse la testa. Poi fece un cenno con la mano per invitarli ad avanzare.

«Entrate a vedere l'interno mentre parliamo.»

La seguirono fino a una serie di doppie porte che lei spalancò. Dall'altra parte c'era un breve corridoio tappezzato di broccato di seta dorata. Portava al piano inferiore della chiesa. File su file di poltrone imbottite di colore marrone circondavano un grande palco dove prima c'era la pista di ghiaccio. Josie e Noah si guardarono intorno in quello spazio sproporzionato. C'erano tre livelli di file per i posti a sedere più quelli a terra che circondavano il palco, sopra al quale diversi uomini vestiti in modo simile a Paul lavoravano trascinando cavi da una parte all'altra, armeggiando con le luci e provando i microfoni. Davanti al palco c'era un muro di pietra rettangolare. Quando si avvicinarono, superando il livello inferiore e arrivando al pavimento della chiesa, Josie vide che era pieno d'acqua, quasi come una piscina interrata. Dal suo centro si ergeva una grande vasca circolare in pietra che riversava l'acqua nella piscina.

Gli occhi di Vivian brillavano di eccitazione. «È il nostro fonte battesimale. Non è stupendo? È la parte che preferisco della nuova casa. Avvicinatevi.»

L'odore di cloro punse le narici di Josie a mano a mano che si avvicinavano al fonte battesimale.

«Questo posto è semplicemente meraviglioso.» continuò Vivian. «Thatcher pensava che fossi impazzita a voler comprare e ristrutturare un palazzetto dell'hockey, ma solo perché non riusciva a immaginare la mia visione.»

«Quando l'ho incontrato questa mattina, mi ha detto che quando lei parla, lui la ascolta.» riferì Josie, seguendola al fianco di Noah; mentre Vivian faceva il giro della vasca, scoppiò a ridere prima di rispondere: «Come se fosse tanto facile! Thatcher ha una mente tutta sua ed è a dir poco testardo, ma questa volta mi ha dato ascolto. Ho lavorato nel settore immobiliare, sapete, prima di diventare la moglie di un telepredicatore.»

Josie cercò di ricordare se l'avesse sentito nelle numerose interviste che aveva visto in televisione negli ultimi mesi, ma non vi aveva mai prestato molta attenzione. «Nell'immobiliare?» ripeté. «Conosce per caso Nadine Fiore?»

Vivian si fermò di colpo e si appollaiò sul bordo del muro premendosi un dito sul mento. «No, non mi sembra.»

«Una volta si chiamava Nadine Watts.» spiegò Josie.

«Oh!» disse Vivian. «Oh, cielo. È parente della vostra addetta stampa? Amber Watts?»

«Era sua zia.» rispose Josie.

Vivian scosse lentamente la testa. «Mi dispiace, ma non mi dice nulla. Dove si trovava il suo ufficio?»

«Nella contea di Sullivan.» disse Josie.

Di nuovo Vivian scosse la testa. «Per la maggior parte della mia vita ho lavorato nella contea di Montgomery che, come sicuramente saprete, è molto lontana dalla contea di Sullivan. Non ricordo di averla mai incontrata. Però, posso chiederlo a Thatcher, magari lui la conosce.»

«Mrs. Toland...» intervenne Noah, «per caso le vengono in mente altri motivi per cui suo marito sarebbe andato a casa di Amber Watts, oltre a reclutarla per le pubbliche relazioni della vostra chiesa?»

Vivian Toland si voltò leggermente e guardò verso l'alto. Sopra le loro teste c'era Paul, nel settore duecento, che si era messo in piedi su una sedia che aveva preso dalla prima fila e stava segnando qualcosa sulla sua cartellina.

Tornando a rivolgersi a loro, Vivian disse: «Non lo so davvero, agenti...»

«Detective.» la corresse Josie.

«Detective.» Le fece eco Vivian con un sorriso accomodante. «Ma potete certamente chiederglielo di persona domani. Mi lasci indovinare: quando vi siete incontrati al caffè, Thatcher ha cercato di convertirla? Le ha chiesto di frequentare la chiesa? Glielo dico sempre di non insistere troppo, di lasciare che le persone trovino da sole la loro strada per arrivare a noi. Ma lui fa così, ogni volta, non può proprio farne a meno. Il sacerdozio non è solo una cosa che fa, è ciò che è.»

«È molto persuasivo.» concordò Josie.

«Mrs. Toland, Amber Watts è scomparsa da tre giorni.» disse Noah. «Abbiamo motivo di ritenere che possa essere stato commesso un crimine. E, in aggiunta alla sua scomparsa, sua sorella, Eden Watts, è stata trovata uccisa. I tempi della scomparsa e dell'omicidio combaciano.»

I lineamenti di Vivian si abbassarono. «Oh, cielo. Mi dispiace tanto. Io sto qui a blaterare di mio marito e della chiesa e voi due state cercando di risolvere un vero e proprio crimine. Vi chiedo scusa. Quello che posso dirvi è che, a parte aver visto Amber Watts in televisione, non conoscevo né lei né sua sorella... come avete detto che si chiamava?»

«Eden.» disse Josie.

Vivian annuì con aria solenne e giunse le mani sotto il mento come in preghiera. «Eden...» disse sottovoce. «Pregherò per lei e per Amber questa sera.»

«Mi sorprende che lei non abbia mai sentito parlare di loro.» disse Noah, «Il loro fratello Gabriel è un membro molto fedele della Chiesa della Purificazione.»

Vivian sgranò gli occhi. «Sul serio? Che meraviglia! Dovrò chiedere a Paul di rintracciarlo per noi. Avrà sicuramente bisogno dell'aiuto di Thatcher dopo aver subito una tale perdita.»

«Non lo conosce personalmente?» si informò Josie.

Vivian inclinò la testa verso sinistra e si accigliò. «Mi dispiace molto, ma non lo conosco. La nostra congregazione è così numerosa che mi sarebbe impossibile conoscere personalmente ogni singolo membro. Mi piacerebbe molto poterlo fare, ma come potete vedere...» disse agitando una mano intorno al grande spazio che li circondava, «la portata di ciò che stiamo facendo con la Chiesa della Purificazione significa che una certa attenzione personalizzata non c'è più. Ci auguriamo di rimediare con i nostri programmi speciali e facendo sì che i nostri pastori più giovani e gli associati assumano più incarichi.»

«E suo marito?» chiese Noah. «È possibile che conosca personalmente Gabriel Watts?»

«Non me ne ha mai fatto parola, ma suppongo che sia possibile. E se Thatcher non lo conosce ancora, lo conoscerà presto. Vorrà offrire a Mr. Watts tutto il sostegno di cui ha bisogno in questo momento. Santo cielo. Immaginate di perdere una sorella proprio prima delle vacanze di Natale.»

Josie allungò un biglietto da visita. «La prego di farci contattare da suo marito il prima possibile.»

Vivian prese il biglietto e lo infilò in una tasca del gilet. «Lo farò senz'altro, grazie. So che non è questo il motivo per cui siete qui, ma vorrei invitarvi alla nostra inaugurazione. Alla Vigilia di Natale celebreremo una funzione e l'invito è esteso a tutta la città. Detective Quinn, lei è molto conosciuta in questa comunità ed è sicuramente benvoluta, e se i suoi concittadini sapessero che lei si trova a suo agio nella Chiesa della Purificazione, potrebbero sentirsi più inclini a frequentarla a loro volta.»

Josie le rivolse un sorriso a denti stretti. «Vedremo. Per il momento, chieda a suo marito di chiamarci.»

VENTISEI

Quando si allontanarono dall'edificio della chiesa della Purificazione, mancava poco alle sette e mezza di sera. A Josie faceva male tutto il corpo e le bruciavano gli occhi per la stanchezza. Sapeva che avrebbero dovuto andare a casa a riposare, ma non riusciva a pensare ad altro che ad Amber: e se fosse stata ancora viva e tenuta prigioniera da qualche parte, come lo era stata sua sorella? Ogni minuto era importante. Anche se sapeva che a un certo punto avrebbero dovuto dormire, Josie non era pronta a chiudere la giornata. Mentre Noah si destreggiava tra i vari blocchi stradali, Josie disse: «Andiamo a casa di Mettner.»

«Buona idea.» disse Noah. «E a proposito di Mettner, niente nel suo telefono? Ci hai trovato qualcosa?»

«Aspetta...» disse lei, cercando nelle tasche del cappotto il cellulare del loro giovane collega. Lo consultò mentre Noah guidava. Usava molto di rado le piattaforme dei social media, i suoi profili sembravano esistere solo per poter mettere "mi piace" e commentare i post delle mogli dei suoi fratelli, a giudicare dal numero di foto dei suoi nipoti a cui aveva messo un pollice in su e un commento per tenersi al corrente di quello che facevano. In una fotografia si vedevano due bambini, tra i sette e i dieci anni, durante una battuta di pesca con uno dei fratelli di Mettner in una bella giornata d'estate: ognuno di loro teneva in mano una trota e i loro visi erano illuminati da sorrisi smaglianti.

Mettner aveva commentato: *Stanno diventando così grandi! Una giornata produttiva! Digli che lo zio Finn li porterà a pescare sul ghiaccio in inverno!* Sotto, il fratello aveva risposto con l'emoji del pollice in su seguita da un'emoji sorridente e dalle parole: *Non vedono l'ora di rivederti. Dovrai portarceli per tutto l'inverno, ah ah ah.* Poi la madre, a giudicare dal nome, aveva commentato: *Questa mamma orso tiene i suoi cuccioli tutto l'anno! Ma sentono tanto la tua mancanza, zio Finn!* E aveva concluso con un'emoji a forma di cuore.

Sulla sua pagina c'era soltanto una manciata di foto che Mettner si era scattato con Amber, ma lui non pubblicava quasi mai, quindi Josie non ne fu sorpresa. Tuttavia, nella galleria del suo telefono c'erano centinaia di foto di Amber e di loro due insieme. Josie le scorse per paginate intere. Amber al Komorrah's Koffee; Amber nel parco pubblico; Amber a casa di Mettner: una in salotto, una in cucina, una in camera da letto, persino una foto mentre si lavava i denti con indosso uno striminzito pigiama di seta. Nella foto del bagno, si vedeva anche Mettner che stava in piedi dietro di lei, a torso nudo, entrambi riflessi nello specchio. Amber gli sorrideva con fare ammiccante anche in un momento privato come quello. Josie scorse rapidamente alla foto successiva, sentendosi sempre di più una guardona. Seguivano altre immagini di cose che avevano fatto insieme: erano andati a qualche battuta di pesca, in escursione, avevano partecipato a un festival autunnale, a un concerto, al matrimonio di Josie e Noah. C'erano foto di loro a casa della famiglia Mettner durante le feste di Natale dell'anno precedente e al Ringraziamento di quell'anno.

«Non credo che tu abbia mai avuto così tante foto di me nella tua galleria.» rifletté Josie.

Noah le lanciò un'occhiata, sorridendo. «Sono ossessionato

da te da quando avevo quattordici anni, Josie. Qualche foto ce l'ho...»

Lei rise e gli diede una pacca sulla spalla. «Non essere inquietante. Sto parlando sul serio: qual è il limite oltre il quale si passa dall'amore a... all'ossessione?»

«Ossessione malsana?» specificò Noah.

«Non lo so.» sospirò Josie, continuando a scorrere. «È assurdo perché non c'è una foto in cui sembri infelice...»

«Magari Amber ha altrettante foto di Mettner nella sua galleria. Non siamo ancora riusciti a darci un'occhiata.»

«O magari sorrideva solo per le foto e stava pensando di lasciarlo. Può darsi che abbiano litigato per questo, che lui non l'abbia presa bene e che sia successo qualcosa di brutto...»

Noah non rispose.

Josie chiuse l'applicazione della galleria fotografica e aprì la casella della posta elettronica di Mettner. La maggior parte era relativa al lavoro. Le uniche e-mail personali erano quelle dei suoi fratelli che parlavano dell'acquisto di un regalo di Natale comune per i loro genitori. Poi c'erano settimane di messaggi di testo tra Amber e Mettner, per la maggior parte sdolcinati, addirittura smielati. Alcuni erano allusivi. Altri riguardavano la scelta della casa nella quale avrebbero trascorso la serata o il ristorante in cui avrebbero mangiato. Alla fine, da domenica mattina a lunedì pomeriggio, c'erano stati numerosi messaggi da Mettner ad Amber, ma erano rimasti tutti senza risposta. Niente di allarmante. Niente di utile. Con un altro sospiro, Josie chiuse l'applicazione di messaggistica e rimise il telefono in tasca. «Non c'è niente.» disse.

«Dovresti esserne contenta.» le fece notare Noah. «Non credo che nessuno di noi voglia che Mett si riveli una specie di...»

Sapeva che non sarebbe riuscito a dire assassino. «Mostro.» completò lei.

«Esattamente.»

Di nuovo, sentì la voce di Gretchen in fondo alla testa: *e se avesse cancellato qualsiasi informazione compromettente dal telefono prima di dartelo?*

«Ci siamo.» disse Noah.

Si fermarono davanti alla casa di Mettner. Ci erano già stati tutti e due, sia per andare a prenderlo per un turno di lavoro, sia per un barbecue occasionale o per altri incontri. Viveva ai margini della città, su una strada rurale. L'ampio vialetto di accesso conduceva a una modesta casa con tre camere da letto, con i rivestimenti grigi e le imposte marroni. Il portico era spazioso e pieno di mobili da esterni in legno. Mettner possedeva anche alcuni ettari del terreno dietro la casa, una parte dei quali era alberata. Non c'era un garage, ma lui aveva costruito una tettoia sotto la quale teneva una quattro ruote e una piccola barca, coperte da teloni per l'inverno, che vennero illuminati dai fari dell'auto di Noah quando fermarono la macchina accanto alla casa.

Josie aprì la porta ed entrò seguita da Noah, accendendo le luci mentre passavano da una stanza all'altra. Non riusciva ancora a liberarsi dalla sensazione di invadere la vita privata del suo collega. Nonostante lui le avesse dato la sua autorizzazione, le sembrava comunque sbagliato. Dovette ricordarsi che era tutto al servizio dell'indagine volta a scoprire che cosa fosse successo ad Amber e, auspicabilmente, anche a sua sorella; così allontanò ogni senso di colpa e si guardò intorno, alla ricerca di qualche dettaglio che risvegliasse dei sospetti.

La casa di Mettner era tutto l'opposto di quella di Amber. ogni stanza sembrava sovraffollata di mobili. Una coperta di pile tutta appallottolata giaceva in un angolo del divano imbottito di pelle marrone. Sotto il tavolino da caffè c'era un paio di pantofole da uomo. Trovò anche un paio di pantofole da donna, che però erano infilate ordinatamente nell'armadio del piano di sotto. Foto incorniciate della famiglia Mettner adornavano tutte le pareti. In un angolo della cucina c'era una serie di canne da pesca appoggiate al muro. Nel soggiorno e nella sala da pranzo, alle pareti erano appese semplici croci di legno.

C'erano prove del passaggio di Amber dappertutto: nello scolapiatti c'era una tazza da viaggio per il caffè che si abbinava al suo corredo da scrivania. Su una delle poltrone del soggiorno era stata lasciata una vestaglia rosa. Sul tavolino del salotto c'erano due numeri della rivista *Cosmopolitan*. Sullo schienale di una delle sedie della sala da pranzo era appeso un maglione che Josie le aveva visto indossare più volte in ufficio. Al piano superiore, i pensili del bagno erano ingombri di articoli da toilette appartenenti, senza ombra di dubbio, a una donna. Nell'armadietto del bagno c'erano prodotti per l'igiene femminile accanto a un cestino contenente un asciugacapelli, una piastra e una spazzola rotonda con ciocche di capelli ramati tra le setole.

«Si direbbe che si sia già trasferita qui...» commentò Noah.

Una delle camere da letto secondarie era stata adibita a camera degli ospiti, con un letto ben rifatto che sembrava non essere stato toccato da mesi. L'altra camera degli ospiti era piena di oggetti per la pesca e la caccia, compresa una cassaforte per le armi, che era chiusa con il lucchetto. Nella camera principale c'era un letto matrimoniale, lasciato completamente in disordine con le coperte appallottolate sul fondo e i cuscini sbilenchi.

Josie poteva capire dai comodini su quale lato dormisse Mettner e su quale Amber. Sul comodino di lui c'era una foto incorniciata di lei accanto alla sveglia e alla lampada. Sul comodino di lei c'erano un paio di orecchini a cerchio, un barattolo di crema per le mani, un caricabatterie e una pila di libri, ed erano tutti romanzi rosa: *Moonlight Over Muddleford Cove* di Kim Nash, *If Only* di Angela Marsons, *The Man I Loved Before* di Anna Mansell e *Happily Never After* di Emma Robinson. Un tipo di lettura piuttosto diverso dal libro di Thatcher Toland che avevano trovato a casa di Amber.

Noah aprì il grande guardaroba, rivelando che una metà era

stata sgomberata per lasciare spazio alle cose di Amber, suppose Josie, ma non era ancora stata riempita. Iniziò a frugare all'interno della cassettiera. Un lato dei cassetti era vuoto, tranne quello superiore che conteneva biancheria intima da donna e reggiseni. Josie tastò il fondo del cassetto e sotto gli indumenti intimi, ma non c'era altro. Si spostò sull'altro lato della cassettiera, dove i cassetti erano pieni dei vestiti di Mettner. Nel cassetto più in alto c'erano gli indumenti intimi. Come aveva fatto con quelli di Amber, Josie tastò il fondo del cassetto e sotto i vestiti. Questa volta le sue dita si imbatterono in qualcosa che non sembrava un paio di mutande. Tirò fuori un piccolo sacchetto grigio con un cordoncino. Al suo interno c'era una scatolina nera con il logo di una gioielleria locale.

«Che cos'è?» chiese Noah, guardando da sopra le spalle di Josie.

Dalla scatola nera ne fece scivolare un'altra: questa era leggermente più piccola e di colore blu navy. Si schiuse come un fiore e i lati si aprirono per rivelare un letto di velluto. Un grande anello di diamanti splendenti ammiccò verso di loro. «Un anello di fidanzamento.» disse Josie. «Il più grande che abbia mai visto.»

Noah si avvicinò e la scrutò. «Questo mi fa fare brutta figura...» scherzò.

Josie ripose la scatola con l'anello sulla cassettiera e prese il sacchetto con il cordoncino, rovistando dentro finché non trovò un piccolo fascio di fogli piegati. Spianandoli sul ripiano, vide la certificazione che i diamanti erano veri, una polizza assicurativa e una ricevuta che attestava quanto Mettner aveva pagato per l'anello e la data dell'acquisto.

«L'ha comprato quando si frequentavano da appena tre mesi...» osservò Josie.

Noah si chinò e diede un'occhiata allo scontrino. «E allora?»

«Sembra un po'...» si interruppe mentre cercava la parola giusta.

«Romantico?» suggerì Noah.

«Spaventoso.»

«Non le ha chiesto di sposarlo dopo tre mesi. Ha solo comprato un anello.»

«Perché aveva intenzione di chiederle di sposarlo.»

«Josie, devono andare a vivere insieme. Sono sicuro che Amber si aspetti che prima o poi lui le faccia una proposta di matrimonio.»

Con un sospiro, rimise a posto l'anello così come l'aveva trovato. Scavando più a fondo nel cassetto, trovò diversi opuscoli luccicanti. Li tirò fuori e riconobbe immediatamente il volto di Thatcher Toland. Erano identici a quelli che aveva visto nella megachiesa: uno per il loro programma di sensibilizzazione della comunità e un altro che invitava i fedeli a celebrare i loro matrimoni nella loro chiesa, officiati dallo stesso Thatcher Toland.

«Che strano.» osservò Noah. «Non pensavo che Mettner fosse il tipo a cui piacciono queste cose.»

«Frequentava quella chiesa della Comunità in fondo alla strada della centrale.» gli ricordò Josie. «Immagino che la campagna online che Thatcher Toland ha portato avanti su tutti i media per chiamare a raccolta più seguaci abbia funzionato.»

Rimise gli opuscoli e l'anello sotto la biancheria di Mettner. Seguendo Noah al piano di sotto, disse: «Non vedo nulla che mi faccia pensare che qui sia successo qualcosa di violento.»

«Stavo per dire la stessa cosa.» disse Noah. «Ma Mettner è uno dei nostri. Saprebbe come eliminare qualsiasi traccia se avesse commesso qualcosa di brutto. Perché non facciamo venire Hummel a fare una passata con il luminol in alcuni punti specifici per vedere se ci sono macchie di sangue che non riusciamo a vedere? Salteranno fuori, anche se sono state pulite.»

«Mi sembra una buona idea.» concordò Josie. Tirò fuori il telefono e chiamò Hummel per chiedergli di farsi accompagnare da un altro membro della Squadra di Raccolta delle Prove a casa di Mettner per cercare tracce di sangue.

«Sarò da voi tra una ventina di minuti.» le rispose. «A proposito di Mettner, mentre analizzavamo il suo fuoristrada sono saltate fuori delle tracce di sangue nel cassone.» aggiunse. «Ma era sangue di animale, non di essere umano.»

«Mett è un cacciatore.» disse Josie. «Questo basta a spiegarlo. Ci vediamo quando arrivi.»

Josie e Noah aspettarono l'arrivo degli agenti Hummel e Chan. Poi uscirono ad aspettare vicino alla macchina mentre i due lavoravano dentro la casa, alla ricerca di prove che non si potevano vedere a occhio nudo. Dopo qualche ora, non avendo trovato nulla di significativo, in particolare che potesse essere ragionevolmente collegato a un crimine di qualsiasi natura, Hummel iniziò a rimettere a posto l'attrezzatura. Quando Josie e Noah rimontarono in macchina e si rimisero in strada, squillò il telefono di Josie. Era il loro sergente, Dan Lamay. «Che succede?» gli chiese portandosi il telefono all'orecchio.

«Boss!» disse. «So che sono passate le dieci di sera, ma Hugo Watts è appena arrivato in centrale. Devo dirgli di tornare domani mattina?»

Josie lanciò un'occhiata a Noah. «No.» disse. «Digli che saremo lì tra quindici minuti.»

VENTISETTE

Tornati alla stazione di polizia, Josie entrò per prima nella sala conferenze e fu subito colpita dal sorriso di Hugo Watts: era lo stesso sorriso di Amber. In effetti, di persona, Josie poteva notare una forte somiglianza; gli stessi tratti delicati che rendevano Amber così splendida rendevano suo padre affascinante e bello. Era molto più alto di Amber, naturalmente, e i suoi capelli erano di un colore ramato più scuro. Indossava un abito nero senza cravatta sotto un giaccone impermeabile grigio con un cappuccio di pelliccia sintetica che teneva con la cerniera aperta.

Josie fece le presentazioni e lo invitò a sedersi. Hugo Watts si tolse il giaccone e lo gettò su una delle sedie vuote, prese posto a sedere e giunse le mani davanti a sé, quasi in preghiera, con la fronte segnata da rughe di preoccupazione. Josie si sedette accanto a lui e Noah dall'altra parte del tavolo.

«Ho visto il notiziario questa mattina, prima della sua chiamata. Parlavano di una donna che è stata recuperata dal fiume. Dopo la sua telefonata, sono tornato di nuovo a guardare il notiziario e... la descrizione...»

Josie gli toccò il braccio e mantenne un tono calmo e il più possibile rassicurante; non c'era un modo migliore di un altro per dare questo genere di notizie e lei preferiva sempre farlo in fretta. «Mi dispiace molto, Mr. Watts, ma la donna che abbiamo tirato fuori dal fiume è sua figlia, Eden.»

Rimase a bocca spalancata, si passò una mano sulla bocca, trascinandola fino al mento. «Oh no...» disse. «Oh, no. No, no, no.»

«Siamo davvero molto dispiaciuti per la sua perdita.» le fece eco Noah. «E ci rendiamo conto che questo è il momento peggiore per una cosa come questa, ma abbiamo davvero bisogno che risponda ad alcune domande.»

Lentamente, Mr. Watts alzò lo sguardo. «Co-come ha detto?» balbettò.

«Qualcuno ha massacrato Eden per poi lasciarla morire annegata nel fiume. Alla diga. Più precisamente allo scivolo di rilascio dell'acqua. Crediamo che sia stata tenuta prigioniera per qualche giorno prima di essere uccisa.»

Mr. Watts deglutì a fatica, facendo sobbalzare il pomo d'Adamo. La sua voce era appena udibile quando disse: «E Amber?»

«Amber è scomparsa da circa quattro giorni.» disse Noah.

Hugo Watts si nascose la testa tra le mani e appoggiò la fronte sulle dita intrecciate. «Non mi capacito di cosa stia succedendo...» disse con la voce ridotta a un sussurro. «Niente di tutto questo ha senso.»

«Quando è stata l'ultima volta che si è messo in contatto con Eden?» gli chiese Noah.

Hugo sorrise e poi, come se si fosse ricordato all'improvviso che sua figlia non c'era più, le lacrime gli sgorgarono dagli occhi e il sorriso si trasformò in una smorfia. La sua voce si incrinò quando riuscì a parlare. «Eden era la mia dolce bambina. Era l'unica che perdonava e dimenticava. I miei figli hanno sempre avuto l'idea che la loro infanzia fosse stata un susseguirsi di orrori.»

«Quali motivi avevano per pensare di aver avuto un'infanzia tanto terribile?» chiese Josie.

Lui scosse la testa. «Non ne ho idea. Perché abbiamo divorziato, forse. Perché ci siamo trasferiti spesso. Chi può dirlo? Il punto è che tutti e tre avevano questa idea distorta che le cose fossero insopportabili per loro. Quando ha compiuto diciotto anni, Amber non ha più voluto avere niente a che fare né con me né con Lydia. Gabriel ha smesso di parlarmi del tutto dopo essere entrato in quella chiesa folle, ma Eden... aveva un cuore così grande. Non eravamo molto uniti, ma ci sentivamo al telefono almeno una volta al mese. Cercavo di vederla una o due volte l'anno, se me lo permetteva.»

«E glielo permetteva?» chiese Noah.

Josie spinse una scatola di fazzoletti verso Mr. Watts e lui ne prese uno per asciugarsi gli occhi. «Sì, lo faceva. Di solito ci incontravamo da qualche parte tra Philadelphia e Williamsport. Pranzavamo e cercavamo di fare qualcosa per la giornata. L'ultima volta l'ho vista a luglio. Per il quattro di luglio.»

«E l'ultima volta che avete parlato?» disse Josie.

«Il giorno del Ringraziamento. L'ho chiamata per farle gli auguri quel giorno. Abbiamo parlato per qualche minuto. Se poi mi chiedete di Amber, la risposta è che non la vedo e non le parlo da circa dieci anni.»

Questo significava che Amber aveva detto la verità sul suo rapporto con la famiglia.

«E la sua ex moglie?»

Scosse la testa. «Non parlo con Lydia da quasi dodici anni. Ci ha lasciati. Ci ha abbandonati. Da allora non abbiamo più avuto nulla da dirci.»

«Mrs. Norris ha detto che voi due avete divorziato e che i vostri figli erano arrabbiati con la sua ex moglie e hanno scelto di stare con lei.»

Mr. Watts rise amaramente. «Abbiamo divorziato perché lei se n'è andata! I bambini non avevano altra scelta che stare con me. La madre era scomparsa! Senza alcun avvertimento. Si è lasciata tutto alle spalle, persino i suoi figli.»

Scosse la testa. «Non so perché. Le mie figlie sono sempre state inclini a reagire con un eccesso di drammaticità. Ho fatto del mio meglio con loro, ma non era mai abbastanza.»

Josie non aveva mai avuto l'impressione che Amber fosse un tipo particolarmente drammatico. Capitava che fosse stressata per le esigenze del lavoro, ma c'era da aspettarselo; per il resto, era sempre professionale, equilibrata e molto capace. «Potrebbe dipendere da sua sorella?» si informò Josie.

Lui alzò lo sguardo, accigliandosi. «Ancora questa storia. È un peccato che abbiate parlato prima con Lydia. C'è solo una cosa di cui si può essere sicuri con Lydia, sapete?»

«E quale?» chiese Josie.

«Mente.»

VENTOTTO

Senza fare una piega, Josie studiò Hugo Watts per un lungo momento. Così a lungo da sentire il ticchettio dell'orologio a muro. Nemmeno Noah riempì quel silenzio: stavano aspettando tutti e due che fosse Mr. Watts a farlo. Noah usò l'indice per far scorrere una penna avanti e indietro sul tavolo, come se fosse annoiato. A suo merito, Hugo rimase a lungo senza scomporsi. Josie iniziò a contare i ticchettii dell'orologio. Quando arrivò al centosessantasette, Mr. Watts sciolse le dita, si strofinò le mani come se avesse freddo e poi le intrecciò di nuovo. Al centonovantatré si schiarì la gola. A duecentocinque secondi, disse: «Cosa vi ha detto Lydia di mia sorella?»

Josie spostò il peso sulla sedia. «Non ha molta importanza, non è vero? Soprattutto perché, come dice lei, ha mentito.»

Noah lasciò che la penna rotolasse lontano da lui e con il palmo di una mano la fissò al suo posto. Le spalle di Hugo sussultarono per la sorpresa. Noah gli rivolse un sorriso brillante. «Perché non ci racconta cosa successe veramente?»

Il padre di Amber deglutì. «Cosa successe veramente riguardo a cosa?»

«Cominciamo con quello che accadde tanto da portare

Amber a decidere di non voler più avere niente a che fare con nessuno di voi.» disse Josie.

Hugo Watts si portò le mani giunte alla fronte e strofinò le nocche dei pollici sulle linee delle sopracciglia. Abbassandole, disse: «Non lo so il perché, d'accordo? Come ho detto, entrambe le mie figlie erano delle pesti. Non c'era modo di renderle felici. Quando Amber compì diciotto anni, disse che aveva finito di far parte della famiglia. E dato che era appena entrata all'università, disse che se ne sarebbe andata e che non voleva più avere contatti con noi. Non voleva nemmeno che io o Lydia le pagassimo gli studi. Tutto quello che voleva era un taglio netto. All'inizio pensavo che se le avessimo dato un po' di spazio sarebbe tornata, ma nel frattempo gli anni passavano e non chiamava, né cercava di mettersi in contatto in nessun altro modo.»

«E non ci fu nessun evento scatenante per questo "taglio netto"?» gli domandò Josie.

«No, no. Era infelice da molto tempo, fin dal divorzio, in realtà, e credo che partire per l'università le fosse sembrato un momento naturale per prendere le distanze.»

Qualcosa in quella spiegazione non convinceva Josie: se la rottura di Amber con la sua famiglia era stata graduale e il risultato di un contrasto sorto in seguito al divorzio dei suoi genitori, perché non avrebbe dovuto dare alla gente semplicemente questa spiegazione? Perché rifiutarsi di parlare della propria famiglia, anche con la sua migliore amica e con l'uomo con il quale stava per andare a convivere?

«Sta dicendo che non c'erano problemi con sua sorella, Nadine?» disse Josie.

«La mia ex moglie mi lasciò al verde con tre figli. Ero un giovane avvocato, non ancora affermato. Mia sorella ci ospitò finché non mi rimisi in piedi e non trovai una casa tutta per noi. A differenza della madre, Nadine dava loro un'impostazione, delle regole, una routine. E a nessuno dei tre piaceva. Preferivano la libertà assoluta che Lydia aveva sempre permesso.»

Due storie diametralmente opposte. Josie si chiese se ci fosse del vero in quello che dicevano entrambi. «Amber si procurò una bruciatura sulla schiena quando era bambina. Cosa può dirci in proposito?»

Mr. Watts rise, ma quando si rese conto che stavano aspettando una risposta, sul suo volto balenò un'espressione di disappunto. «Questo che attinenza ha con le cose di cui stiamo discutendo adesso? Pensate che scoprire in che modo Amber si è procurata una bruciatura sulla schiena quando era bambina vi aiuterà a ritrovarla? O a capire chi è stato a uccidere Eden?»

Gli rispose Josie: «Qualche volta esaminare la natura dei rapporti di una famiglia ci permette di conoscere meglio le vittime e ci aiuta a capire perché sono successe loro certe cose.»

«Quindi pensate davvero che scoprire in che modo Amber si è procurata una bruciatura sulla schiena quando era bambina vi aiuterà a capire perché è scomparsa?»

Anziché rispondere alla sua domanda, Josie disse: «Parliamo della sua famiglia, allora. Abbiamo sentito la versione di Lydia. Qual è la sua versione?»

Mr. Watts tirò un sospiro. «Cosa volete sapere?»

Noah scrollò le spalle. «Cominci dall'inizio. Da lei e Lydia.»

«Io e Lydia eravamo giovani quando ci siamo messi insieme. Io frequentavo un'altra persona. Ero un giovane avvocato e vivevo da solo. Non avendo una famiglia da mantenere, avevo delle entrate da sfruttare. Io e la mia ragazza decidemmo di comprare un camper. Lydia ce ne vendette uno. La mia relazione con quella ragazza durò esattamente un viaggio in campeggio. Tornai da Lydia per vedere se si sarebbe ripresa il camper e lei me ne vendette uno più grande. Con quello ci abbiamo girato tutti gli Stati Uniti. Lydia rimase incinta di Gabriel. Poi di Amber. A quel punto ci sposammo. E, alla fine, è arrivata Eden. Ma poi Lydia era diventata...»

Si interruppe.

«Lydia era diventata cosa?» lo incalzò Noah.

Mr. Watts aprì le mani e se le mise in grembo. Si appoggiò allo schienale della sedia. «Credo che le responsabilità della maternità fossero eccessive per lei.»

«Cosa glielo lo fa pensare?» chiese Josie.

«Altrimenti per quale motivo se ne sarebbe andata?» rispose Mr. Watts. «Non so perché se ne andò la prima volta, quando i bambini erano piccoli, ma lo fece. All'inizio continuava a prendersi cura di loro quando poteva, anche se loro vivevano con me.»

«E quando non poté più occuparsi di loro?» chiese Noah.

«Quando il suo nuovo marito le disse che non voleva ragazzini tra i piedi.» disse Hugo. «Ed erano diversi quelli che la pensavano così.»

«"Diversi" mariti?» chiese Josie. «Quante volte è stata sposata?»

«Oltre che con me?» disse Mr. Watts. «Cinque. Ci sposammo di nuovo quando lei era tra il quarto e il quinto marito, ma è durata solo qualche mese.»

«Lei ci ha detto che avete divorziato perché sua moglie se n'era andata.» riprese Noah.

Hugo scosse la testa. «È una semplificazione eccessiva. Eravamo già divorziati da diversi anni e lei era andata avanti, sposandosi altre tre volte, poi eravamo tornati insieme. Prima che se ne andasse definitivamente. Stavamo sistemando le cose. O almeno così credevo.»

«Quanti anni avevano i vostri figli la prima volta che avete divorziato?» chiese Josie.

«Erano molto piccoli. Eden aveva appena iniziato a camminare. Amber era una bambina. Gabriel aveva appena iniziato ad andare a scuola.»

«E quanti anni avevano quando vi siete risposati?» chiese Noah.

«Erano già tutti adolescenti, ma come ho detto, la seconda

volta durò solo qualche settimana e poi Lydia se ne andò di nuovo, questa volta per sposare il marito numero cinque.»

«Gli altri matrimoni sono finiti con un divorzio?» chiese Josie.

Mr. Watts annuì. «L'ultimo, Mr. Norris, è morto, se non sbaglio. Non so se gli altri siano ancora vivi. Sono passati anni. Potreste cercarli, anche se non vedo come possa essere utile in questa situazione.»

«Si ricorda qualcuno dei loro nomi?» gli domandò Noah.

«I cognomi, sì. Vediamo. C'erano Kleymann, Vawser, Purdue e... fatemi pensare... Chasko, mi sembra.»

«Amber ha raccontato di essersi trasferita spesso durante la sua infanzia.» disse Noah. «Era perché i mariti di Lydia vivevano in posti diversi?»

«Sì. Cercai di tenere i bambini vicino a Lydia in ogni modo perché, anche se non voleva vederli, volevo che i bambini avessero la possibilità di stare insieme a lei.»

Josie disse: «Sua moglie l'aveva lasciata, come ha detto lei, "al verde con tre figli", e lei la seguiva in giro per lo Stato ogni volta che si trasferiva?»

Mr. Watts annuì, con le labbra serrate. «Lo so, può sembrare assurdo, ma all'epoca pensavo che fosse la cosa migliore per i miei figli. Come ho detto, la prima volta che Lydia se n'era andata, eravamo rimasti da mia sorella, ma a loro non piacevano le regole che aveva fissato quindi, una volta rimesso in piedi, feci in modo che i miei figli avessero sempre modo di vedere la loro madre. Col senno di poi, può darsi che abbia fatto più danni che altro, ma volevo che i bambini avessero un vero rapporto con lei, anche se lei era sposata con un altro uomo. Se avessimo vissuto nella stessa città ci sarebbero stati sempre più possibilità che trovasse il tempo di venire a trovarli. Probabilmente è stato sciocco da parte mia, soprattutto perché alla fine è scomparsa, ma ero un padre e ho fatto del mio meglio.»

«Mr. Watts.» disse Josie, cambiando argomento. «La diga di

Russell Haven ha qualche significato per lei o per la sua famiglia?»

«No. Per niente. Non ne so nulla, a parte il fatto che mia figlia ci è appena morta. Detective, ho avuto una lunga giornata e ho davvero bisogno di un po' di tempo per elaborare la notizia, soprattutto per quanto riguarda la mia cara e dolce Eden. Vorrei occuparmi dei preparativi per il funerale.»

«È una questione tra lei, Lydia e l'ospedale.» disse Noah. «Se contattate l'obitorio, sono sicuro che saranno felici di aiutarvi. E mi permetta di farle nuovamente le nostre condoglianze per la sua perdita.»

«Avete un numero di telefono di Lydia?» chiese Hugo Watts.

Josie tirò fuori il suo telefono e trovò il numero. Lui prese un paio di occhiali da lettura dalla tasca della camicia e lo studiò prima di inserirlo nel proprio telefono.

«Se la trova...» disse Josie, «le dica che abbiamo bisogno di parlare di nuovo con lei.»

«Lo farò.» garantì il padre di Amber alzandosi e cominciando a infilarsi il giaccone. «Penso che mi sistemerò qui in un albergo per qualche giorno.»

«Prima che se ne vada, sono sicuro che capirà che dobbiamo chiederle dove si trovava lunedì mattina tra le quattro e mezza e le cinque.» aggiunse Noah.

«Certo, certo.» disse Mr. Watts sospirando. «Avete bisogno del mio alibi, giusto? Naturale, questa è un'indagine di polizia. Beh, ero in Florida per un torneo di golf con alcuni amici. Sono partito una settimana fa e sono tornato questo pomeriggio. Il mio volo di ritorno era stato cancellato e ho deciso di fermarmi un altro paio di giorni.»

«Può fornirci una prova di tutto questo?» chiese Josie.

Mr. Watts recuperò il cellulare dalla tasca del giaccone e mostrò loro diverse e-mail contenenti le ricevute dell'hotel, della compagnia aerea e del golf club. «Ve le posso inoltrare se ne avete bisogno.»

Noah gli dettò la sua e-mail e Mr. Watts la registrò nel suo telefono. Poi infilò il telefono in tasca e richiuse la cerniera del giaccone.

«Mr. Watts...» disse Josie, «non crede che sia strano che sua sorella sia stata uccisa due settimane fa e che ora sia stata uccisa anche sua figlia Eden? E che, nello stesso periodo, sia scomparsa anche la seconda delle sue figlie?»

Lui la guardò negli occhi. «Non ho capito bene cosa vuole che le risponda...»

«C'è qualche motivo per il quale un assassino potrebbe prendere di mira tutte le donne della sua famiglia, supponendo che questi crimini siano tutti collegati?» si spiegò Josie.

«No, non mi viene in mente nessun motivo.» disse lui.

«Quando è stata l'ultima volta che ha parlato con suo figlio?» gli chiese Noah.

«Gabriel? Non gli parlo da anni. Ve l'ho detto, ha smesso di rivolgermi la parola da quando si è unito a quella maledetta chiesa. È diventato un fanatico. È come una setta. Continuava a dire che non avremmo potuto avere alcun rapporto a meno che non mi fossi "liberato" e avessi cercato di "purificare" i miei errori. No, i miei "peccati". È così che li chiamava.»

«La Chiesa della Purificazione?» disse Josie. «Quella gestita da Thatcher Toland?»

«Proprio quella!» confermò Mr. Watts. «Gabriel è cambiato da quando si è unito a loro. Da allora non è più lo stesso.»

Lydia aveva detto la stessa cosa; forse era l'unico fatto su cui lei e il suo ex-marito erano davvero d'accordo.

«Lei ha qualche motivo per credere che Gabriel vorrebbe fare del male a sua zia e alle sue sorelle?» gli chiese Noah.

Mr. Watts prese un paio di guanti dall'altra tasca del giaccone e li indossò, tenendo gli occhi puntati sul tavolo. «No. Non riesco a pensare a nessun motivo. Non può essere lui. È cambiato, ma non riesco a immaginarlo capace di fare del male alla sua stessa famiglia, anche se per lui siamo un branco di peccatori. Adesso, però, sul serio detective... oggi ho subito un bello shock. Vorrei andare ora.»

Lo guardarono avvicinarsi alla porta e Josie aggiunse: «Se le viene in mente qualcosa che potrebbe essere rilevante per la nostra indagine, non esiti a contattarci.»

Senza dire una parola, Mr. Watts fece un ultimo cenno e se ne andò.

Noah aspettò che la porta si chiudesse alle sue spalle per chiedere: «Cosa ne pensi?»

Josie scosse la testa. Tirò fuori il telefono e trovò un messaggio di Gretchen: si stava ancora consultando con il suo ex collega della polizia di Philadelphia. Josie sapeva che, oltre a parlare del caso Watts, avevano molto da recuperare e probabilmente Gretchen sarebbe rimasta fuori per buona parte della serata. «Penso che abbiamo bisogno di dormire un po' per poter pensare più chiaramente.»

Noah le si avvicinò e le tese una mano, che lei prese. Tirandola su e tra le braccia, la baciò. «Chiudiamo la serata.»

Esausti, Josie e Noah tornarono a casa. La famiglia di Josie stava già dormendo nelle stanze degli ospiti. Andarono insieme a portare Trout a fare una passeggiata serale e poi crollarono a letto e il sonno arrivò così veloce e impietoso che Josie ci cadde dentro e, per fortuna, non sognò né l'omicidio della nonna né la mano di Eden Watts che le scivolava tra le dita.

Noah la svegliò alcune ore dopo, scuotendole delicatamente la spalla. Lo sentì chiamare il suo nome come se provenisse da un'altra stanza, ma quando aprì gli occhi, lo vide che era sopra di lei, in piedi al lato del letto, a torso nudo e con indosso solo i boxer. I suoi capelli castani erano scompigliati e con una mano teneva il cellulare che squillava. Dovette socchiudere gli occhi alla forte luce dello schermo del telefono che lampeggiava per una chiamata in arrivo. Non riconobbe il numero. «Il tuo telefono sta impazzendo, ma non riconosco questo numero.»

La suoneria si interruppe. Josie diede un'altra occhiata al numero prima che lo schermo si oscurasse. Era un numero locale. «Non lo riconosco nemmeno io.» disse. «Ma una chiamata alle quattro del mattino non può portare buone notizie.»

Noah si avvicinò al comodino e accese la lampada. Sotto le coperte, Trout continuava a russare, incurante. Il telefono ricominciò a squillare. Era lo stesso numero.

Josie scorse il dito su Risposta. «Josie Quinn.»

«Parlo con la detective?» disse una voce maschile. «Uno di quei detective che erano qui fuori l'altra sera?»

«Dove sarebbe "qui fuori", signore?» chiese Josie, sbattendo le palpebre per abituare gli occhi.

«Oh, giusto. La diga di Russell Haven. Sono Will Wilson. L'operatore notturno. Non volevo chiamare la polizia perché non voglio che la stampa venga di nuovo qui a curiosare dappertutto e nemmeno il mio supervisore, ma ho un problema.»

Gli occhi di Noah si ridussero a due fessure quando sentì queste parole.

«Che tipo di problema, Mr. Wilson?» chiese Josie.

«Beh, mi dispiace dirglielo ma qui fuori c'è un altro cadavere.»

VENTINOVE

Quarantacinque minuti più tardi, Josie, Noah, Gretchen e il capo Chitwood avevano raggiunto l'interno della centrale idroelettrica e guardavano Will Wilson che stava davanti alla porta del piano inferiore, quella con la scritta "Sala di Conteggio".

«Questo è davvero inquietante.» li avvertì quando furono tutti riuniti. Josie capì dal pallore del suo viso che ciò che stava per mostrare era davvero sconvolgente, ma tutto ciò a cui riusciva a pensare erano le parole che la sua mente aveva iniziato a ripetere a ciclo continuo dal momento in cui aveva ricevuto la sua chiamata: *ti prego, fa' che non sia Amber. Ti prego, fa' che non sia Amber. Ti prego, fa' che non sia Amber.*

Il capo Chitwood rivolse all'uomo della sicurezza un'alzata delle sue folte sopracciglia. «Ha fatto alzare tutta la mia squadra nel cuore della notte per venire qui. È meglio che ci sia qualcosa di inquietante dietro quella porta.»

Wilson si sfilò il berretto dalla testa prendendolo dalla visiera e se lo rimise. «Non ho chiamato tutta la sua squadra, solo quella lì.» spiegò indicando Josie.

«Non importa.» disse Gretchen irritata. «Ci faccia vedere.»

«Un attimo.» disse Wilson. «Sapete tutti cos'è una Sala di Conteggio?»

Josie capì dall'espressione tormentata di Gretchen che anche lei temeva che il guardiano stesse per mostrare il cadavere di Amber. Gretchen aprì la bocca e urlò: «Mr. Wilson!» ma Noah la fermò, mettendole una mano sull'avambraccio. Lei gli rivolse un'occhiata e Josie lesse quella conversazione silenziosa da dove si trovava: Gretchen aveva bisogno di farla finita; se il corpo di cui Wilson aveva parlato fosse stato quello di Amber, avrebbero avuto tutti bisogno che la cosa finisse il prima possibile.

«Va tutto bene.» le sussurrò Noah. Lei scosse la testa e si voltò. Josie la vide asciugarsi gli occhi.

Rivolgendosi a Wilson, Noah disse: «È la sala in cui in primavera ci si siede e si conta il numero di *alosa sapidissima* che passano attraverso l'impianto di risalita, in modo da tenere traccia della loro migrazione.»

Wilson sembrò sorpreso. «Sì, figliolo. Esatto.»

Il capo Chitwood ringhiò e cercò di superare Wilson, che però gli ostruì il passaggio. «Sono serio, capo. Quando ho fatto entrare qui il mio direttore di stabilimento, è quasi svenuto. Sto cercando di mettervi in guardia.»

«Ne ho viste tante in vita mia.» gli rispose il capo Chitwood a denti stretti.

Josie ingoiò la sua apprensione e stette al gioco. «Come si fa a contare i pesci che passano dall'ascensore? Questa stanza ci si affaccia sopra, per caso?»

«No.» rispose Wilson. «Abbiamo una finestra in questa stanza. Quando l'ascensore sale da valle e supera la diga, è pieno d'acqua e di pesci, e c'è una grande finestra che guarda nella vasca, un po' come se ci si trovasse in un acquario. C'è una luce lì dentro che ci permette di vedere la fase di rilascio dell'acqua a monte e quindi anche i pesci che nuotano.»

Josie era contenta che non si fossero fermati per un caffè:

aveva già intuito dove Wilson voleva arrivare e questo le faceva rivoltare lo stomaco.

Con pazienza, Noah disse: «Mr. Wilson, apprezzo la sua premura, ma prima vediamo quello per cui ci ha chiamato, prima possiamo iniziare la nostra indagine. Le posso garantire che nessuno di noi sverrà.»

Josie sapeva che avrebbero retto, erano tutti temprati dall'esperienza. Tuttavia, se dietro quella porta ci fosse stata davvero Amber, nessuno di loro avrebbe potuto essere certo di non perdere il controllo.

Wilson scosse la testa come se non ci credesse, ma si voltò verso la porta, aprendola lentamente. La stanza era piccola e scarsamente illuminata, con le caratteristiche pareti di blocchi di cemento che contraddistinguevano l'impianto. Sopra una scrivania a forma di L che occupava un angolo della stanza, fissata alla parete, c'era un grande riquadro cromato con vari pulsanti che, a rigor di logica, dovevano controllare alcuni meccanismi dell'ascensore per i pesci. Accanto a questo pannello, proprio come descritto da Wilson, c'era un'enorme e spessa finestra, esattamente come quelle che si vedono negli acquari. Da qualche parte, dall'altra parte, proveniva una debole luce che la illuminava per intero di marrone e verde torbido.

Là, sospesa dall'altra parte del vetro come una specie di esemplare di laboratorio a grandezza naturale, c'era Lydia Norris.

Tutti e quattro rimasero a fissarla. Indossava ancora il vestito da maestrina che indossava il giorno precedente quando Gretchen e Josie l'avevano incontrata all'obitorio. La gonna ondeggiava nell'acqua. I diamanti le scintillavano sulle dita e il ciondolo che portava si allontanava dal petto, come sospeso. Ai piedi portava ancora gli stivali di Gucci. I capelli le galleggiavano intorno alla testa, fluttuando delicatamente nell'acqua. Gli occhi e la bocca erano spalancati. Una delle sue mani galleggiava vicino al fianco, mentre l'altra sembrava che si stesse alzando per raggiungere la testa.

Qualcuno si schiarì la gola. Nessuno di loro si mosse. Alla fine, Wilson disse: «Io ho provato ad avvertirvi che era davvero inquietante.»

Noah parlò per primo. «A che ora l'ha trovata?»

«Sarà stata un'ora prima di chiamare la vostra detective, perché prima ho dovuto svegliare il mio direttore di stabilimento e allora lui è dovuto venire a dare un'occhiata. Poi ho chiamato quella signora lì.» Indicò Josie. «Comunque, uno degli allarmi dell'impianto è scattato. Ho controllato le telecamere. C'era qualcuno là fuori.»

«Fuori dove?» chiese Josie.

«Fuori, dove c'è l'ascensore per i pesci.» Fece un sospiro frustrato e si avvicinò a un portapenne vicino, prendendo una manciata di penne. Dall'altro lato della tastiera prese un blocchetto per gli appunti. «Questo è il fiume...» disse indicando il blocco. «Va bene?»

Tutti annuirono. Pose una penna in orizzontale sulla scrivania, metà della quale sopra il blocco di fogli: il fiume, in quel modellino improvvisato. «Questa penna è l'edificio in cui vi trovate, la centrale elettrica. Si estende in parte nel fiume.» Prese il tappo di una delle altre penne e lo mise sopra al blocco note accanto alla penna. «Poi c'è una passerella d'acciaio che esce e gira intorno all'impianto di risalita dei pesci.» Mise un'altra penna in posizione perpendicolare al tappo della penna. «L'impianto di risalita dei pesci scende a valle in questo modo.» Infine, posizionò una terza penna sull'altro lato del cappuccio, in senso orizzontale, facendola arrivare fino al blocco per gli appunti. «Poi c'è il canale di scarico, che attraversa tutto il fiume.» Indicò la penna perpendicolare che rappresentava l'ascensore per i pesci. «L'impianto di risalita dei pesci ha un portello superiore che si può raggiungere dalla passerella. Ed è proprio là fuori che c'era qualcuno.»

«Fuori dove?» domandò il capo Chitwood. «Vicino all'impianto di risalita dei pesci?»

Wilson fece un cenno di assenso con la testa. Con un dito toccò la penna che rappresentava l'ascensore per i pesci. «Precisamente. Sulla passerella. La telecamera l'ha ripreso mentre saliva sulla passerella dal fiume e gettava il corpo di quella donna nella botola.»

Noah disse: «Pensavo che l'unico accesso al sistema di sollevamento dei pesci fosse da qui, attraverso l'impianto, che è recintato.»

«Sì, è così.» confermò Wilson. «Ma vi dico che questa persona non è passata di qui. È arrivata dal fiume.»

Gretchen finalmente riuscì a parlare. «Come avrebbe fatto a venire dal fiume e ad accedere all'ascensore?»

La voce di Wilson si tinse di una nota di impazienza, come se stesse parlando a degli scolaretti che non avevano capito nulla di quello che stava cercando di insegnare e cominciò a martellare con un dito sul blocchetto per gli appunti. «Perché l'impianto di risalita dei pesci è nel fiume. Veniva da valle, non da qui. Non da questo edificio o dalla passerella di accesso.»

«Com'è possibile?» chiese il capo.

«Con il kayak.» disse Josie.

Si voltarono tutti a fissarla.

Gretchen disse: «Non credo sia possibile.»

Wilson fece una scrollata di spalle. «In realtà, ha ragione. Probabilmente è l'unico modo per arrivarci dal fiume. L'ascensore non è in funzione durante l'inverno. Solo in primavera, quando le *alose sapidissime* migrano. Rimane lì, fermo. Chiunque potrebbe accedere al portello superiore arrivandoci a nuoto.»

«Trascinandosi dietro un corpo?» puntualizzò Gretchen.

«È possibile.» disse Noah. «Se il corpo non era troppo pesante e se quello che ce l'ha portata era un canoista esperto.»

«Anche con la corrente che li trascinava verso valle?» chiese il capo Chitwood.

«La centrale elettrica blocca la maggior parte dell'acqua tra la riva e l'impianto di sollevamento dei pesci.» spiegò Wilson. «Crea un bacino proprio lì. Non c'è corrente. Senza contare che questo è un luogo molto frequentato dai canoisti. Lo è sempre stato. Cerchiamo di tenerli sull'altra sponda del fiume, ma a loro piace quello scivolo di rilascio dell'acqua laggiù, perché crea per loro le rapide, e allora noi li facciamo salire e scendere dalla diga. Sono dei rompiscatole, ecco cosa sono. Un paio di loro sono morti là fuori.»

«Quanto è profondo quel punto?» chiese Josie. «Il bacino?»

«In questo periodo...» disse Wilson. «Diavolo, non lo so.»

«Ci mostri il video.» disse Josie. «Poi andremo fuori a guardare.»

Pochi minuti dopo, si riunirono dietro a Wilson che sedeva alla sua scrivania, lavorando alla tastiera finché non trovò il filmato che stava cercando. Quando lo avviò, apparvero le immagini grigie e fuori fuoco di una passerella d'acciaio. La telecamera la mostrava dall'alto, incastrata tra la centrale elettrica e il canale di scarico. Si estendeva a valle, formando un lungo rettangolo. Sotto di essa, in linea con la sua forma, il cemento si ergeva da sotto il fiume, inscatolando una parte del corso d'acqua. Nell'insieme formavano una specie di pontile in acciaio e cemento. L'area più vicina alla diga ospitava un congegno metallico grande quasi come una piccola casa, con vari cavi, gabbie e quello che sembrava un ascensore molto sofisticato. Wilson indicò il punto più a valle, dove la visuale della telecamera si perdeva nell'oscurità. «Il portello superiore si trova qui, in basso.»

«Non vedo nessun portello.» disse Noah.

«Certo.» disse Wilson. «È troppo buio. Ma fidatevi, è lì. Guardate, vedete questa linea qui?» chiese tracciando con un dito il bordo del muro di cemento.

«Sì.» disse Noah.

«Questo è il muro. Dall'altra parte c'è il fiume, ma in questo punto particolare c'è un affioramento.»

«Che tipo di affioramento?» chiese Gretchen.

«Una secca. Come un'isoletta che si tocca con la fine dell'ascensore.» disse Wilson.

Il capo Chitwood disse: «Perciò, Quinn aveva ragione. Una persona potrebbe andare in kayak dalla riva, attraverso il bacino, fino a quell'isolotto con un corpo sulla propria imbarcazione o trainarlo con un secondo kayak, trascinare il corpo fino alla parete e gettarlo oltre la cima? Direttamente nella botola?»

«Ci ha preso, capo.» disse Wilson. Premette un tasto e il video partì. Attesero alcuni istanti. Gli occhi di Josie erano talmente concentrati sulla linea che delimitava il muro dal fiume, o sul piccolo affioramento dall'altra parte, che sobbalzò quando una figura spuntò come una creatura di un film dell'orrore. Un braccio e una gamba si avvicinarono per primi, poi una persona, non altro che la sagoma nera e sbiadita di un essere umano, si mise a cavalcioni del muro allungando l'altra gamba. Si accucciò e pochi secondi dopo apparvero due ombre ai suoi lati.

«Quelli sono gli sportelli del portellone.» disse Wilson. «Ora guardate.»

La persona scompariva dall'altra parte del muro per diversi minuti. Poi risaliva sul muro. Per diversi minuti rimaneva inginocchiata lì; le riprese erano troppo sfocate per capire cosa stesse succedendo di preciso, finché non apparve un grande oggetto lungo la parte superiore della parete. Non un oggetto, si rese conto Josie, mentre la figura lo trascinava verso le porte del portello. Il corpo di Lydia Norris. Dopo aver scaricato il corpo senza vita nella botola, chiudeva il portellone e spariva un'ultima volta oltre la parete.

«Ecco.» disse Wilson. «L'ho visto, sono corso là fuori, ma a quel punto chiunque fosse se n'era andato. Non riuscivo a vedere nulla né lungo il fiume né sull'isolotto. All'inizio non sapevo cosa ci avessero buttato. Ho chiamato il mio responsabile e lui è arrivato. Abbiamo azionato l'ascensore e una volta arrivati qui nella sala di conteggio, beh, è stato allora che l'abbiamo vista.»

Il capo Chitwood sospirò. «Molto bene, detective. Iniziamo a fare qualche telefonata.»

TRENTA

Amber aveva perso la cognizione del tempo. La avvolgeva un freddo infinito. Lui teneva la stanza al buio, tranne quando tornava per fare il suo gioco malato della roulette russa. Quello di cui Amber non aveva perso il conto era di quante volte lui le avesse puntato la pistola alla testa e avesse premuto il grilletto.

Tre.

Per tre volte le aveva fatto credere di essere sul punto di morire. Per tre volte la pistola aveva sparato a vuoto, lasciandole le membra deboli e la vescica allentata. Per tre volte le aveva urlato contro, intimandole di dirgli quello che voleva sapere e di porre fine a tutta quella storia. Di qualunque cosa "questo" si trattasse - il suo gioco da psicopatico, la sua ricerca di informazioni che lei aveva giurato di portare nella tomba. Fino a quel momento era andata bene. Ma Amber aveva iniziato a pensare che non sarebbe mai finita. Le ore si erano allungate di fronte a lei. Tutto ciò che conosceva ormai erano il freddo, il buio, la fame, la sete e l'odore rancido dei suoi vestiti sporchi. Una parte di lei avrebbe voluto che lui la facesse finita una volta per tutte.

Ma così lui non avrebbe ottenuto quello che voleva.

La porta si spalancò di colpo e la luce la accecò. Rimase

dov'era, raggomitolata vicino ai tubi nell'angolo della stanza, che un paio di volte al giorno si scaldavano. Era l'unica fonte da cui riceveva un po' di calore.

Alzò di scatto un avambraccio per coprirsi gli occhi. Sentì i suoi passi pesanti attraversare con lentezza la stanza. Sobbalzò quando qualcosa le toccò la pelle, si dimenò e urlò finché non capì che le aveva messo addosso una coperta. Avvolgendosela intorno, il suo corpo tremò di sollievo.

«Devo scusarmi.» le disse lui.

Lei alzò lo sguardo, ma lui era solo una sagoma nera contro la luce che entrava dalla porta. La calma della sua voce la fece rabbrividire, nonostante la coperta.

«Mi dispiace per il modo in cui ti ho trattata.»

«Hai cercato di uccidermi.» ribatté lei con voce tremante. «Tre volte! Non puoi scusarti per una cosa del genere e far finta che tutto vada bene. Mi stai tenendo prigioniera.»

Si inginocchiò davanti a lei, fissandola intensamente. «Mi dispiace. Voglio che tu sappia che non ho scelta.»

«Di cosa stai parlando?» chiese lei. «Certo che hai scelta. Puoi scegliere di lasciarmi andare. Possiamo dimenticare tutto questo. Non ti denuncerò. Sai che non lo farò. Non voglio che nessuno faccia domande sul perché mi hai rapita.»

Dalla gola gli uscì un sospiro. «Non posso lasciarti andare. Non per questo motivo, lo so che sai mantenere i segreti. Non posso lasciarti andare perché ho bisogno delle informazioni che possiedi. Non posso lasciarti andare finché non me lo dirai. Ma voglio che tu sappia che non ci provo gusto a farlo.»

Amber si strinse la coperta intorno alle spalle. «Ma non posso dirtelo.» gli rispose con voce stridula.

Lui non disse una parola per un lungo tempo. Amber tremava sotto il suo sguardo intenso. Alla fine, le chiese: «Preferiresti morire piuttosto che svelare il tuo segreto?»

«So che non puoi capire, ma è così.»

TRENTUNO

Josie non sentiva più le dita, né il viso, né le gambe sotto i jeans. Si trovava sulla riva del fiume, a diversi metri di distanza dalla recinzione di sicurezza della centrale elettrica. Proprio come la sera precedente, il vento soffiava sul fiume, punendo chiunque fosse abbastanza stupido da rimanere sul suo percorso. Le luci dell'ambulanza e delle volanti della polizia lampeggiavano dal parcheggio dell'impianto. Non era stata assegnata alla squadra che aveva estratto il corpo di Lydia Norris dall'ascensore per pesci e di questo era grata. Guardando il cielo vide che era di un grigio sporco. La squadra di soccorso nautico della Polizia di Denton era stata chiamata per trasportare i membri della Squadra di Raccolta delle Prove dalla riva all'isolotto che costeggiava l'impianto di risalita dei pesci. Anche se di certo era generoso definirlo un'isola, pensò Josie. Piuttosto, era una lastra di roccia estremamente grande e frastagliata che sporgeva appena dal pelo dell'acqua. Tuttavia, era abbastanza grande da permettere a diversi membri della Squadra di Raccolta delle Prove di salirci sopra nelle loro tute in Tyvek, per studiare ogni minimo particolare alla ricerca di qualche traccia.

Noah le si avvicinò. «Stanno portando Lydia Norris all'obitorio, così la dottoressa Feist inizierà subito con l'autopsia. Non abbiamo ancora trovato la sua auto, ma ora che sta facendo giorno il capo ha mandato alcune pattuglie a perlustrare questa zona nel caso remoto in cui Lydia abbia incontrato qualcuno nelle vicinanze, visto che è stata vista uscire da casa di Amber da sola.»

Josie annuì e infilò le mani nelle ampie tasche del cappotto che Noah le aveva dato. Aveva davvero bisogno di un nuovo paio di guanti.

«Cosa ne pensi?» le chiese Noah.

«Penso che chiunque sia il responsabile stia cercando di dare una dimostrazione di sé. Siamo a dicembre. Si gela. Con molta probabilità se non ci fosse stato un autunno così caldo, questo lago sarebbe ghiacciato adesso. Gli ci devono essere voluti una forza notevole e una bella pianificazione per trasportare il corpo di Lydia Norris fino a lì e scaricarlo nell'impianto di risalita dei pesci. E ci saranno volute anche un bel paio di palle. La cosa più logica è che abbia parcheggiato proprio su questa riva. Si può arrivare proprio qui, dalla strada di accesso, prima ancora di avvicinarsi all'ingresso della centrale. Qui siamo abbastanza lontani dall'impianto da non essere visti. Durante la notte non ci sarebbe stato nessuno. È probabile che sia arrivato in kayak, abbia scaricato il corpo e sia tornato indietro. Sarebbe stato abbastanza buio qui per poterlo fare. Qui di notte c'è solo Wilson e non vengono a dargli il cambio di turno prima delle sette. La sfida più grande, oltre a quella di tirarsi dietro un cadavere, deve essere stata quella di tornare alla macchina con un kayak, se non due, prima che Wilson arrivasse alla scala dei pesci dopo che l'allarme perimetrale era scattato. Doveva sapere che sarebbe stato ripreso dalle telecamere di sorveglianza.»

«Per forza.» convenne Noah. «Ma la telecamera rileva un'ombra, niente di più. Non si può ricavare nulla di identificabile da quel filmato. Per altro, avrebbe dovuto essere a conoscenza dell'ascensore, non ti sembra?»

«Certo, ma come hai detto anche tu, tutti i funzionari dell'impianto sono stati sottoposti a controlli. In più, in primavera vengono organizzate delle visite guidate, non all'interno dell'impianto, ma all'ascensore per i pesci e le visite sono aperte a chiunque voglia parteciparvi. Questo significa che ogni primavera portano qui scolaresche di ragazzi delle superiori per una dimostrazione. Ma non credo che troveremo l'assassino in questo modo.» concluse Josie.

«Allora come facciamo a trovarlo?»

«Scoprendo per quale motivo la diga di Russell Haven è tanto importante: ci sono migliaia di posti dove scaricare un corpo in pieno dicembre e sarebbero tutti più semplici da raggiungere di un impianto di risalita per pesci. Perciò è evidente che questo posto ha un significato per l'assassino. Inoltre, dobbiamo capire perché sono stati presi di mira i familiari di Amber Watts, perché ormai non c'è dubbio che ci siano loro sulla lista dell'assassino.»

«Finora nessuno dei Watts è stato particolarmente disponibile e adesso stiamo esaurendo i membri della famiglia da interrogare.» obiettò Noah. «La tua fonte all'ufficio dello sceriffo è andata più volte a casa di Gabriel ieri, ma non l'ha trovato.»

Josie pensò ad Amber e si chiese di nuovo dove si trovasse e se fosse ancora viva. «Lo so. Le chiederò di passare un paio di volte in giornata, finché non potremo andarci di persona. Vorrei anche mettere due unità su entrambe le sponde del fiume per tenere gli occhi aperti nel caso che l'assassino ritorni.»

Noah tirò fuori il telefono e iniziò a mandare qualche messaggio e Josie fece lo stesso. Alle loro spalle sentirono la ghiaia scricchiolare e Josie si voltò: era Gretchen che arrancava verso di loro, con il cappuccio del giaccone calato sopra la testa e legato stretto, lasciando esposta solo la forma ovale del viso. «Una pattuglia ha trovato l'auto di Lydia Norris.»

«Dove?» chiese Josie.

Gretchen indicò il fiume. «Dall'altra parte della diga. Nel parcheggio vicino ai gradini e al sentiero che portano allo scivolo di rilascio dell'acqua.»

«Dove eravamo l'altra sera quando abbiamo trovato Eden?» chiese Noah.

«Esatto. Andiamo, il capo Chitwood vuole che lo seguiamo laggiù.»

TRENTADUE

Raggiunsero in carovana l'altra sponda del fiume. Il sole spuntava all'orizzonte quando entrarono nel parcheggio. La Mercedes-Benz nera era stata parcheggiata di fronte alle scale. Scesi dall'auto, Noah e Gretchen si incamminarono a piedi lungo il perimetro del parcheggio. Josie si diresse verso l'auto.

«Quinn!» gridò il capo. «Non toccare nulla. Non voglio che qualche traccia venga contaminata finché Hummel non avrà avuto modo di analizzare la scena. Voglio che porti l'auto al deposito.»

Lei gli rispose con un cenno di intesa quando raggiunse l'auto. Facendo attenzione a non toccare nulla, si chinò e guardò attraverso i finestrini. Le chiavi erano nel quadro. La borsa Hermès di Lydia era sul sedile del passeggero anteriore. Presumibilmente, dentro c'erano il telefono e il portafoglio. Alzò lo sguardo per vedere il capo avvicinarsi. «Deve essere venuta in questo posto per incontrare qualcuno.» dedusse lei.

«Rimarrò qui, per assicurarmi che nessuno si avvicini alla scena fino a quando la Squadra di Raccolta delle Prove non sarà arrivata da questa parte.» annunciò Chitwood. «Non è escluso che possiamo ricavare qualche impronta dall'auto. Li manderò a perlustrare il sentiero e l'argine del fiume, per sicurezza. Tu portati Fraley e Palmer alla centrale; riorganizzatevi. Questo caso diventa più grande ogni minuto che passa e con Mettner sospeso siamo già a corto di un uomo.»

Josie non se lo fece ripetere due volte. Chiamò Gretchen e Noah e tornarono alle loro auto. Nel giro di una mezz'ora erano dietro le loro scrivanie nella sala grande della centrale, con una tazza fumante del Komorrah's Koffee davanti a ciascuno. Josie sentiva ancora le dita intorpidite mentre alzava la cornetta del telefono fisso e componeva prima il numero di Hugo e poi quello di Gabriel Watts. Era ancora presto, ma non è mai un buon momento per dare il tipo di notizie che doveva dare. Nessuno dei due le rispose, così lasciò a entrambi dei messaggi in segreteria chiedendo che la ricontattassero. Appoggiandosi allo schienale della sedia con le mani strette intorno alla tazza di caffè, chiese a Gretchen: «Cosa hai scoperto su Eden Watts?»

Gretchen aveva ancora il cappotto addosso. Da una tasca estrasse un paio di occhiali da lettura e li indossò. Poi aprì il suo taccuino e cominciò a sfogliare pagine di appunti. «Eden Watts faceva la barista in una caffetteria a pochi isolati dal suo appartamento. Era amichevole con il personale. Tant'è che una sua collega, Karishma Sinha, ha sostenuto di essere la sua "migliore" amica, anche se non sapeva quasi niente del modo in cui Eden era cresciuta, se non che i coniugi Watts erano divorziati e si erano spostati spesso quando lei era piccola.»

Dalla sua sedia, Noah disse: «Quindi Eden parlava del suo passato in toni vaghi, proprio come Amber, senza però dire che veniva da una famiglia tossica o disfunzionale?»

«Così sembrerebbe.» concordò Gretchen. «Devo dire che Karishma era visibilmente distrutta quando ha scoperto cosa è successo a Eden.»

«Per quanto tempo hanno lavorato insieme?» chiese Josie.

«Per due anni. Apparentemente Karishma sapeva molto della vita privata di Eden Watts, anche se non aveva molto da dire. Nessun fidanzato e nessun problema di carattere personale. Nessun contatto insolito nei giorni e nelle settimane precedenti la partenza da Philadelphia. L'unica cosa che l'aveva colpita è che il mese scorso, un paio di volte nel pomeriggio, un uomo di una certa età era entrato nella caffetteria alla fine del turno di Eden e si era seduto a un tavolo d'angolo a parlare per ore. All'inizio Karishma pensava che fosse, e cito, "quel predicatore che si vede in televisione".»

Josie si sedette più dritta sulla sedia. «Thatcher Toland?»

«Esatto.» disse Gretchen. «Ma quando Karishma le aveva chiesto chi fosse, Eden le aveva risposto che lo conosceva da quando era una ragazzina e che stavano solo facendo due chiacchiere. Allora Karishma aveva chiesto a bruciapelo a Eden se quel tipo fosse Toland e Eden aveva riso dicendole di non essere ridicola, aggiungendo che era soltanto un vecchio vicino di casa.»

«Nessun video di sorveglianza della caffetteria?» chiese Josie.

Gretchen emise un lungo sospiro e sfogliò una pagina del suo taccuino. «Già cancellati. Vengono eliminati una volta ogni sette giorni. Eden viveva in un appartamento con una sola camera da letto, con un gatto di cui ora si prende cura Karishma; prendeva lezioni di ceramica tra venerdì e domenica; faceva yoga due giorni alla settimana e di solito loro due uscivano a bere qualcosa tutti i fine settimana. Eden sembrava molto allegra, senza una preoccupazione al mondo. Aveva programmato quattordici giorni di vacanza, quelli che aveva a disposizione. A quanto pare, non prendeva mai le ferie e faceva sempre degli straordinari quando era necessario.»

«Perché era al verde?» chiese Noah. «O perché lo doveva fare per forza?»

«Questo non lo so proprio.» disse Gretchen.

Josie pensò al modo in cui la migliore amica di Amber aveva descritto la sua esistenza come solitaria fino a quando non aveva iniziato a lavorare con la polizia di Denton e aveva incontrato, nelle parole di Grace Power, la "sua famiglia". Che bella famiglia, pensò Josie cupamente, che non sapeva nemmeno del suo passato e ora, forse, non avrebbe mai scoperto cosa le era successo veramente.

«Aveva preso le ferie.» disse Josie. «È per questo che non è stata denunciata la sua scomparsa? O la sua amica ha sporto denuncia?»

Gretchen sfogliò un'altra pagina del suo taccuino. «Karishma ha sporto denuncia, anche se non sembra che le indagini della polizia di Philadelphia abbiano portato da qualche parte. Eden doveva tornare tre giorni fa. Aveva dato a Karishma la chiave del suo appartamento in modo che potesse dare da mangiare al suo gatto. Karishma ha detto che Eden aveva smesso di rispondere alle chiamate e ai messaggi quasi subito dopo essere partita.»

«Eden le aveva detto dove sarebbe andata?» chiese Noah.

«Solo che sarebbe andata in montagna. Tutto qui.»

«A dicembre?» disse Josie.

Gretchen alzò le spalle. «È esattamente quello che le ha detto Karishma: "Perché vai in montagna in pieno dicembre?". Eden era stata vaga per un po', ma poi alla fine aveva ammesso che stava andando a trovare alcune persone che non vedeva da tanto tempo perché aveva bisogno di espiare degli errori che aveva commesso in passato.»

Noah chiese: «Che tipo di errori?»

«Non aveva voluto dirlo. Quando Karishma aveva insistito sulla questione, Eden le aveva detto che aveva guardato online i video di Thatcher Toland e che il modo in cui parlava di come non fosse mai troppo tardi per rimediare ai propri errori l'aveva davvero impressionata. Le aveva fatto capire che non avrebbe mai potuto vivere una vita piena finché non avesse espiato per alcune cose che aveva fatto da adolescente. Karishma ha detto che era tutto molto strano. Eden le aveva detto che le avrebbe mandato il link di uno dei video, ma non l'ha mai fatto.»

«Guardava i suoi video.» ripeté Josie. «Il "vecchio vicino" che Eden aveva incontrato, quello che Karishma pensava fosse effettivamente Toland, te lo ha descritto?»

Gretchen guardò i suoi appunti. «Jeans, cappello dei Philadelphia Eagles, scarponi, giaccone marrone.»

«Potrebbe essere lui...» disse Noah.

«Lo penso anch'io.» concordò Josie. «Se è così, Eden lo ha incontrato prima di partire per il suo viaggio. Il tuo vecchio collega ti ha detto se c'era una copia del libro di Toland nell'appartamento di Eden?»

Gretchen scosse la testa. «Non ne ha fatto cenno, no. Quando Karishma lo ha fatto entrare nell'appartamento di Eden, ha scattato delle foto che poi mi ha mandato e non si vede da nessuna parte. In compenso, ha prelevato il portatile di Eden e per fortuna possiamo accedervi perché Karishma conosceva la password.»

Gretchen indicò una busta di carta per le prove all'angolo della scrivania.

«Ci hai guardato?» chiese Josie.

«No, ancora no.» disse Gretchen. «Lo accendo adesso, così puoi darci un'occhiata.»

«D'accordo.» disse Noah. «Ricapitoliamo: presumibilmente Eden si è incontrata con Thatcher Toland e ha sicuramente confessato alla sua migliore amica di aver guardato almeno uno dei suoi video e poi è partita per una specie di viaggio per espiare i suoi peccati. Abbiamo idea di dove fosse diretta?»

Gretchen passò il portatile aperto di Eden a Josie e tornò al suo taccuino. «Abbiamo un filmato che riprende la sua Mini Cooper mentre si immette sulla Northeast Extension a Plymouth Meeting, alle porte di Philadelphia e prende l'uscita 95.»

«Dopodiché è entrata sulla Route 80.» disse Noah.

Josie iniziò dando una rapida occhiata alle foto e ai documenti archiviati sul portatile di Eden, ma non trovò niente di interessante. Poi aprì il browser Internet. Molte persone tengono accesso alla posta elettronica e agli account dei social media sui loro computer personali, ma non era il caso di Eden. Josie andò dritta alla cronologia del browser.

«Non ne abbiamo idea.» disse Gretchen. «Se fosse andata a trovare qualcuno dei suoi parenti, è probabile che avrebbe preso la Route 80 per arrivarci, ma in realtà non possiamo dire con certezza se l'abbia mai imboccata davvero. La polizia di Philadelphia è riuscita a filmarla mentre si fermava alla stazione di servizio e al minimarket della Wawa a quell'uscita, proprio di fronte alla rampa d'ingresso della Route 80, ma niente di più. Ha preso un caffè e una barretta.»

«Ed è tutto qui?» chiese Noah. «Da allora è scomparsa fino a quando non l'abbiamo trovata alla diga?»

«Sembra di sì.» disse Gretchen. Nelle settimane precedenti alla sua partenza da Philadelphia, Eden Watts aveva guardato centoquarantadue video di Thatcher Toland su YouTube. Aveva visitato diversi siti di shopping online, da Amazon a un sito dove si poteva acquistare cibo per gatti e farselo consegnare a casa. Aveva cercato "come preparare un tè freddo Long Island", "come capire se il tuo gatto soffre di allergie", "a che ora apre il Midnight City Rooftop Lounge", "il miglior mascara a lunga tenuta" e una serie di altre cose banali che Josie si sarebbe aspettata da una ventiscienne single e amante dei gatti. Aveva anche consultato alcuni annunci immobiliari. L'ultimo elemento che Josie trovò nella cronologia del browser fu l'articolo sulla morte di Nadine Fiore: Eden aveva aperto il link ventidue volte. Josie girò il portatile per mostrarlo a Noah e Gretchen. «Guardate questo. Si direbbe che ci siano parecchie possibilità che sia stata Eden a mandare ad Amber l'articolo sull'omicidio della zia.»

Noah e Gretchen si allungarono sulle loro scrivanie e

diedero una rapida occhiata e Gretchen disse: «Dalle foto che ho visto del suo appartamento, sembra che avesse una stampante. Per di più, Lydia Norris credeva che se qualcuno lo avesse inviato, avrebbe dovuta essere stata Eden.»

Josie rigirò di nuovo il portatile verso di sé e tornò a studiare gli annunci immobiliari che Eden aveva consultato.

«E il telefono di Eden?» chiese Noah a Gretchen.

«Devo chiedere un mandato per le registrazioni e per sapere dove si trova l'ultima antenna alla quale si è agganciato. Lo faccio subito e lo porto a firmare a un giudice così posso inviarlo, ma ci vorranno ancora un paio di giorni, se non addirittura una settimana, prima di ottenere qualcosa dal gestore.»

Uno dopo l'altro, Josie richiamò tutti gli annunci che Eden aveva visitato, finché non ebbe più di una dozzina di finestre aperte.

«Dovremo ottenere anche i tabulati telefonici di Lydia Norris.» fece notare Noah. «Ora che è stata uccisa.»

«Ci sto lavorando.» disse Gretchen.

Noah disse: «Scriverò un mandato per poter perquisire la sua proprietà a Danville e vedere se salta fuori qualcosa. È evidente che queste persone avevano in mente qualcosa.»

«A proposito.» disse Gretchen. «La dottoressa Feist ha lasciato un messaggio. Ci chiamerà non appena avrà i risultati dell'autopsia di Lydia Norris. E voi due? Cosa avete scoperto ieri?»

Noah ripercorse gli eventi della giornata, dall'incontro di Josie con Thatcher Toland al Komorrah's Koffee a quello che avevano scoperto dalla vicina di Amber, che aveva visto un uomo che corrispondeva alla descrizione di Thatcher Toland parlare con Lydia Norris, fino all'incontro con Vivian Toland. «Ma Thatcher non ha ancora chiamato.» concluse.

«Se è vero, se era lui l'uomo a casa di Amber...» disse Gretchen, «significa che è stato l'ultima persona a vedere Lydia Norris viva.»

Quando Josie disse: «Mi serve il tablet con cui Amber lavora...», Noah e Gretchen la fissarono.

«Per favore.» disse lei. «Potete farmi accedere? Noah?»

«Certo.» rispose lui. Tirò fuori il tablet da sotto alcune scartoffie sulla scrivania e lo accese. Quando glielo porse, lei lo mise accanto al portatile di Eden per poter confrontare gli annunci. Dopo qualche minuto, disse: «Guardate qui. Entrambe le sorelle hanno selezionato alcuni annunci praticamente nello stesso periodo.»

«Di che cosa stai parlando?» chiese Gretchen, alzandosi e avvicinandosi per poter vedere gli schermi del computer e del tablet. Noah avvicinò la sedia in modo da poter vedere anche lui le ricerche.

«Guardate un po'. Un paio di settimane prima di scomparire, Amber ha cercato queste proprietà in varie contee dello Stato, tutte di valore superiore al milione di dollari. Qualche settimana prima, quando Eden ha intrapreso il suo viaggio misterioso, anche lei ha cercato molte delle stesse proprietà.»

«Quante corrispondenze ci sono?» chiese Noah.

Josie fece le stesse operazioni da un dispositivo all'altro cercando di confrontarli. Un paio di volte chiuse accidentalmente le schede. Noah le mise una mano sull'avambraccio. «Lascia fare a me. Li stamperò tutti e li confronterò. Volevi vedere se c'è la diga di Russell Haven, vero?»

«Sì.» disse Josie, sollevata.

«Tu pensa a quello.» le disse Noah. «Io mi occupo di questo. Ho già fatto delle ricerche per vedere se trovavo un collegamento con Nadine Fiore. Intanto faccio un elenco degli altri così poi comincerò a chiamare gli Archivi della segretaria comunale di ciascuna contea per ottenere i documenti effettivi associati a queste proprietà per vedere se ci sono collegamenti che non saltano all'occhio a un primo confronto.»

«Ho una tonnellata di rapporti da finire.» disse Gretchen.

«Sei riuscita a scoprire qualcosa sui numeri del vecchio diario di Amber?»

Josie scosse la testa. Mentre Noah prendeva il portatile e il tablet, per portarli sulla sua scrivania, Josie trovò il diario e lo porse a Gretchen. «Sono completamente disorientata, ma se vuoi provarci tu, accomodati pure.»

«E scartoffie siano.» sospirò Gretchen, prendendo il diario. «Finché non chiama Thatcher Toland.»

Noah grugnì. «Non restare con il fiato sospeso.»

TRENTATRÉ

Si prepararono a una lunga e penosa mattinata di lavoro d'ufficio. Josie scrisse i rapporti sulla macabra scoperta di poche ore prima e poi iniziò a fare ricerche sulla diga di Russell Haven. Cominciò con Google, aggiungendo le parole "Denton, Pennsylvania" ai termini di ricerca. Vennero fuori migliaia di risultati. Scorse le centinaia di testi sull'ampliamento della centrale idroelettrica alla diga esistente, poi diversi articoli sulla possibilità di aggiungere un parco per il rafting alla diga idroelettrica. Poi vennero fuori le storie dei canoisti che erano morti nello stesso scivolo in cui Josie non era riuscita a salvare Eden Watts. Questi decessi avevano messo la parola fine al progetto di installare il parco per il rafting. A diverse pagine a ritroso nei risultati della ricerca dal sito internet della WYEP aveva trovato una storia risalente a tredici anni prima. La foto di copertina mostrava Trinity, con il microfono in mano e la maglietta dell'emittente, proprio di fronte alla diga di Russell Haven. Josie pescò degli auricolari da uno dei cassetti della scrivania e li attaccò al computer. Cliccò sul link e il video si avviò. Una scritta in sovraimpressione annunciava: *Rinomato psicologo muore suicida.*

Trinity, dall'aspetto straordinariamente giovane, si trovava nel luogo in cui sarebbe stato costruito l'enorme edificio della centrale idroelettrica. A quel tempo, era solo un terreno fangoso che si affacciava su un notevole dislivello. Alle sue spalle, l'acqua del fiume Susquehanna scorreva sopra il canale di scarico, sollevandosi in creste bianche che si schiantavano sul letto del fiume.

Josie controllò la data e l'ora. All'epoca era di pattuglia, inesperta e relegata agli arresti per reati stradali. Non se lo ricordava, ma ogni anno a Denton si verificavano migliaia di incidenti, crimini e altri episodi simili. Sarebbe stato impossibile ricordarli tutti. Alzò il volume per poter ascoltare il servizio di Trinity.

«All'inizio di questa settimana, le autorità hanno recuperato dalle acque del fiume Susquehanna il corpo del noto psicologo di Harrisburg, Jeremy Rafferty. È in questo punto, presso la diga di Russell Haven, che il suo corpo è stato rinvenuto da alcuni canoisti dopo che la famiglia ne aveva denunciato la scomparsa. Si ritiene che il dottor Rafferty sia morto per suicidio. La sua auto è stata ritrovata dalla polizia a un paio di chilometri a monte del fiume. Le autorità ipotizzano che si sia buttato in acqua, togliendosi la vita, e che il suo corpo sia stato trascinato a valle della diga. Come i nostri telespettatori ricorderanno, il dottor Rafferty è stato più volte ospite del nostro programma sia a livello locale che nazionale. Era specializzato in terapia di coppia e familiare. Aveva uno studio privato, insegnava al prestigioso Preston Hill College, aveva scritto diversi libri ed era in trattativa con una rete via cavo per sviluppare un suo programma. Sebbene alcuni colleghi e pazienti avessero notato che negli ultimi tempi il dottore non era più lo stesso, nessuno si aspettava che si potesse verificare una simile tragedia, tanto che la sua famiglia ha riferito che, nonostante il dottor Rafferty sembrasse accusare una forma moderata di depressione, non pensavano che potesse tentare di farsi del male. Per quanto riguarda il motivo per cui ha scelto Denton come luogo in cui togliersi la vita, alcuni suoi amici ipotizzano che sia perché è cresciuto da queste parti prima di trasferirsi definitivamente quando è entrato all'università.»

La ripresa tornava sui conduttori seduti alla postazione della WYEP, entrambi con l'aria adeguatamente rattristata e sconcertata, che facevano alcune domande a Trinity. Poi, prima che il video si concludesse, sullo schermo appariva il numero di una linea telefonica di assistenza per chi aveva tendenze suicide. Josie iniziò una nuova ricerca sul dottor Jeremy Rafferty che portò a centinaia di articoli sulla sua morte e a migliaia di risultati sui suoi libri e sulle sue apparizioni televisive. Aveva quasi cinquant'anni quando era morto. Josie fece alcuni calcoli, rendendosi conto che i figli dei Watts dovevano essere adolescenti al momento della sua morte. All'epoca Amber doveva avere più o meno quindici o sedici anni e Eden ne doveva avere tredici o quattordici.

C'era un collegamento? Amber e la sua famiglia "tossica" si erano rivolti a lui per una consulenza? Vivevano nella zona di Harrisburg al momento della sua morte? Uno degli annunci immobiliari presenti sia sul tablet di Amber che sul portatile di Eden corrispondeva proprio a Harrisburg. Per rispondere a queste domande sarebbero state necessarie altre ricerche, ma per il momento Josie sapeva che una delle migliori fonti di informazioni su ciò che la WYEP non aveva incluso nella sua storia era sua sorella. Si tolse gli auricolari e prese le chiavi della macchina. Gretchen e Noah erano andati a farsi firmare i mandati, poi sarebbero andati dalla dottoressa Feist per i risultati dell'autopsia. Il capo Chitwood non era ancora tornato dalla diga di Russell Haven.

Dieci minuti dopo, Josie stava entrando nel suo vialetto. L'auto dei suoi genitori non c'era più, ma quella presa a noleggio da Trinity era ancora lì. Entrata in casa, diede a Trout un po' di attenzione, lo fece uscire e gli riempì la ciotola di croccantini.

Poi salì al piano di sopra, dove trovò Trinity che stava ancora dormendo profondamente in una delle camere per gli ospiti. Trinity era distesa sul letto con un pigiama lungo di flanella e teneva il cellulare in una mano. Probabilmente stava aspettando che Drake la chiamasse quando si era addormentata. Sorridendo, Josie le diede un colpetto sulla spalla finché non si svegliò. Trinity la fissò, senza vedere, per un lungo momento, poi guardò il telefono. Gemette quando vide che erano quasi le undici del mattino. «Perché mi hai svegliata? Non riesco mai a dormire fino a quest'ora. Mai.»

Josie salì sul letto e si sedette accanto a lei. «Mi dispiace. Ho bisogno di parlarti.»

«Non ti vedo da giorni. Sono ospite a casa tua e non dire che dovevi lavorare. Devi sempre lavorare.»

Josie alzò gli occhi al cielo. «Come se tu non dovessi sempre lavorare... Vuoi davvero affrontare questo argomento prima di aver preso il primo caffè della giornata?»

Accigliandosi, Trinity si mise a sedere e si ravvivò i capelli sulla testa. Non importava in che stato fosse, in qualche modo riusciva sempre ad avere un aspetto affascinante. Il fatto che fossero gemelle sfidava qualsiasi logica. Josie non riusciva mai a ottenere un effetto così lucido sui suoi capelli, soprattutto dopo averci dormito sopra per diverse ore.

«Potevi portarmelo tu il caffè...» disse Trinity.

«Mi farò perdonare.»

Trinity rise. «Sì, certo, come no... Perché abbiamo entrambe il tempo per questo. Forza, chiedi pure. Cosa c'è?»

«Quando lavoravi per la WYEP...»

«Nell'età della pietra...» la interruppe Trinity.

«Ascoltami un attimo. Ti eri occupata di un servizio sul dottor Jeremy Rafferty, che era morto suicida.»

Ci vollero alcuni secondi, ma poi Trinity fece cenno di sì con la testa quando gli tornò in mente. «Sì, il famoso psicologo. Fu terribilmente tragico. Tra tutte le persone che si penserebbe sappiano come chiedere aiuto... proprio uno psicologo. Perché chiedi a me di lui?»

«Il suo corpo era stato recuperato alla diga di Russell Haven.»

«Ah, giusto, e ora stai lavorando a un caso in cui una donna è stata appena uccisa in quello stesso posto.»

«Due donne, da ieri sera.»

Trinity spalancò gli occhi. «Cosa? Sul serio? Omicidi?»

Josie annuì. «Perché dopo la prima vittima non mi hai detto che ci avevi fatto un servizio?»

Trinity le diede una leggera gomitata. «Dovresti davvero provare a tornare a casa a un'ora ragionevole. Come ho detto, non ti vedo da giorni. Sei praticamente sparita da quando Mettner è venuto qui l'altra sera. Non ho avuto il tempo di parlarti di altre cose, figuriamoci di questo. Pensi che ci sia un collegamento tra il suicidio di Rafferty e le tue due vittime di omicidio?»

«È appunto quello che sto cercando di capire.» disse Josie. «Cosa ricordi di quella vicenda? Dimmi tutto ciò che non è finito nel tuo servizio televisivo di trenta secondi.»

Trinity sbadigliò e posò il telefono sul comodino. Strizzò gli occhi mentre scavava tra i suoi ricordi. «Mi ricordo solo che erano tutti quanti sorpresi, cioè tutti quelli che lo conoscevano. Ma d'altra parte erano appunto tutti quelli che lo conoscevano a dire che soffriva di depressione. Nessuno era riuscito a capire da quanto tempo ne soffrisse o per quale motivo. Solo che non sembrava più in sé. È strano, vero? Tutte queste persone che di giorno in giorno lo vedevano diventare sempre più depresso e non ce n'era una che pensasse che alla fine avrebbe potuto farsi del male. Forse, proprio perché era uno psicologo, la gente pensava che non l'avrebbe mai fatto. Comunque, solo la figlia, che era già grande, pensava che non si fosse suicidato.»

«Cosa glielo faceva sospettare?»

Trinity rispose con una scrollata di spalle. «Questo non me

lo ricordo. È passato davvero molto tempo, Josie. Ricordo soltanto che il mio produttore non la volle interpellare perché non voleva introdurre questa teoria alternativa quando la polizia aveva già chiuso l'intero caso.»

«Il dottore aveva lasciato un biglietto?» chiese Josie.

«Lasciò un documento Word aperto sul suo computer su cui aveva scritto "Mi dispiace". La figlia continuava a dire che una cosa del genere avrebbe potuto farla chiunque.»

«Perciò, pensava che suo padre fosse stato ucciso?»

«O che qualcuno lo avesse spinto a togliersi la vita.» aggiunse Trinity.

«Per quale ragione lo pensava?»

Trinity si accasciò sul letto, affondando la testa nel cuscino, e chiuse gli occhi. «Non me lo ricordo proprio. Potresti chiederlo a lei, però. Sono sicura che vive ancora in Pennsylvania. Era una professoressa universitaria, come suo padre, anche se in un'altra facoltà e con una specializzazione diversa. Insegnava kinesiologia e questo me lo ricordo solo perché mi suonava veramente particolare.»

«Kinesiologia?» ripeté Josie. «È qualcosa che ha a che fare con la terapia muscolare?»

«È lo studio di come si muove il corpo umano. La sua meccanica e cose del genere. Non lo so. Era tutto molto vago, ed è successo molto tempo fa. Comunque, il suo nome era... oh, cavolo. Inizia con la D... Devon... sì, Devon ne sono sicura. Me lo ricordo perché era molto simile a Denton. Stesso cognome del padre. Non so se fosse sposata o meno. Anche se mi sembra che fosse sposata in quel periodo, perché mi disse che stava facendo dei trattamenti per la fertilità dopo aver avuto tanti aborti spontanei. Ebbe un altro aborto dopo il suicidio del padre, causato dallo stress. Una tristezza assoluta. Una delle storie più tristi che abbia mai affrontato. Sua madre era morta quando lei era piccola. Le era rimasto solo il padre. Comunque, aveva un dottorato di ricerca e credo che abbia mantenuto il cognome del padre. Dottoressa Rafferty.»

«Grazie.» disse Josie. «Rimettiti pure a dormire.»

Trinity si tirò di nuovo le coperte fino al collo. «Con piacere.»

Tornata al piano di sotto, Josie usò il suo portatile per rintracciare Devon Rafferty. Con sua grande sorpresa, vide che viveva a Denton e insegnava kinesiologia all'università. Non ci mise niente a rintracciare l'indirizzo di casa della dottoressa e lo inserì subito nel sistema GPS del telefono. Avrebbe provato prima a casa e, se non l'avesse trovata lì, avrebbe provato all'università. Sperava davvero che Devon fosse in casa, perché non le piaceva l'idea di girare nei meandri infiniti del campus cercando di trovare l'edificio giusto.

Risalita in macchina, sentiva gli occhi bruciare per la stanchezza, ma un turbine di domande le vorticava nella mente. Thatcher Toland si era appena guadagnato il primo posto tra i diversi indiziati. Subito sotto c'era Gabriel Watts, che probabilmente era stato visto avvicinarsi ad Amber prima della sua morte, a cui si aggiungeva il fatto che da due giorni non era rintracciabile. L'agente dello sceriffo, Judy Tiercar, aveva tenuto d'occhio la sua casa regolarmente durante il giorno e non l'aveva ancora incontrato. Poi c'era da considerare l'altra tragedia alla diga di Russell Haven. Poteva anche non esserci il minimo collegamento, e con i tasselli più disparati del puzzle di cui già disponevano, sembrava che fosse proprio così, ma Josie non riusciva a togliersi di dosso la sensazione che l'assassino avesse scelto la diga di Russell Haven perché aveva un grande significato per lui. Sebbene avessero diverse piste da seguire, non erano affatto vicini a trovare Amber, perciò le dovevano seguire tutte, anche quelle che sembravano poco chiare. Mandò un messaggio a Noah e Gretchen per informarli su dove si stava dirigendo: o verso l'ennesimo vicolo cieco o verso una pista che avrebbe potuto aiutarli a trovare Amber e un assassino.

TRENTAQUATTRO

La casa di Devon Rafferty si trovava sulle colline sopra il campus universitario. Era una bella costruzione in pietra con il tetto di stagno rosso brillante che ricopriva sia la casa che l'annesso garage per tre auto, costruita su un terreno a poco meno di un ettaro di distanza dalla strada ed era completamente circondata da alberi. Josie immaginava che fornissero un'ombra abbondante durante i mesi primaverili ed estivi. Sul lato opposto del garage c'era un patio completo di sedie Adirondack intorno a un focolare. Contro uno dei portelloni chiusi del garage erano appoggiate due biciclette. Josie percorse il lungo vialetto. Una piccola berlina Toyota color crema era parcheggiata dietro una Land Rover argentata. Josie parcheggiò accanto alla Land Rover e si avviò lungo il sentiero di pietra verso la porta d'ingresso. Suonò il campanello e aspettò; un attimo dopo, la pesante porta si aprì e si ritrovò a essere fissata da una ragazzina sugli undici o dodici anni. Portava i capelli tagliati a caschetto e la sua esile corporatura era avvolta da una felpa troppo grande, con sul petto il logo della Marina degli Stati Uniti abbinata a dei leggings blu navy. Completava l'insieme un paio di stivaletti UGG marroni. Scrutò Josie con occhi ridotti a due fessure. Poi si girò leggermente e chiamò alle sue spalle: «Mamma! Papà! C'è quella poliziotta che è sempre in televisione!» Poi, tornando a guardare Josie, disse: «Hai mai sparato a qualcuno?»

Da qualche parte dietro la ragazzina, la voce di un uomo esclamò con tono di avvertimento: «Lilly!» e subito dopo: «Un momento!»

Josie disse: «E tu?»

Lilly sorrise leggermente e ripiegò le braccia sul petto. «No. Non ancora.»

«La gente finisce in prigione per questo genere di cose.» le disse Josie.

«Non tutti. Mio padre ha sparato a delle persone. Cioè, dice che non può dire se l'ha fatto, ma è un Navy Seal; quindi, è molto probabile che l'abbia fatto, ma non può dirtelo.»

Un uomo alto e corpulento, in jeans e maglia in pile, apparve alle spalle di Lilly, portando con sé un borsone. Aveva una folta chioma di capelli rossi, una barba ben curata e un sorriso contagioso. Al collo portava una piccola croce d'oro. «Lilly!» Lasciò cadere il borsone a terra, fece cenno alla figlia di allontanarsi e tese una mano a Josie. «Mi scusi tanto per mia figlia. È un po' precoce. Io sono Bob. Mi sono ritirato...» guardò con attenzione la figlia, «dalla Marina. Questa è mia figlia, Lilly. In cosa possiamo aiutarla?»

Josie gli strinse la mano. «Detective Josie Quinn.»

Lilly alzò lo sguardo verso il padre. «Magari è qui per arrestarci.»

Bob risc e le passò un braccio intorno alle spalle. Guardandola dall'alto in basso, disse: «Arrestano le ragazzine perché fanno domande sconvenienti agli sconosciuti?»

«Le faccio solo perché ho un'anima curiosa...» disse Lilly, «è così che dice la mamma.»

Il padre la baciò sulla fronte. «L'hai presa da tua madre. Perché non vai a chiamarla? Vorrà parlare con la detective Quinn.»

Lilly corse via, entrando in casa, e Bob fece cenno a Josie di accomodarsi. Un lungo corridoio rivestito di piastrelle conduceva a quella che doveva essere la cucina sul retro della casa. Da un lato dell'atrio c'era un soggiorno e dall'altro sembrava esserci uno studiolo. Le stanze erano piene di piante da appartamento, mobili eclettici dai colori brillanti e tele astratte dipinte in modo vivace. Ovunque lo sguardo di Josie si posasse c'era qualcosa di colorato. Di vitale. Era un ambiente ospitale e confortevole. Accanto alla porta d'ingresso c'era una collezione di scarpe. Soprattutto scarpe da ginnastica. Un paio piccolo e un paio leggermente più grande. Niente scarpe da uomo.

«È un piacere conoscerla.» disse Bob. «La mia ex moglie ne sarà...» esitò e il suo sorriso brillante si trasformò in una smorfia. «Felice.»

Josie non riusciva a immaginare perché qualcuno dovesse essere felice di vederla comparire sulla soglia di casa in qualità di investigatore della polizia, ma iniziò a scomporre la frase dal principio. «La sua ex moglie?»

Bob scalciò leggermente il borsone. «Abbiamo avuto una figlia incredibile, ma non siamo riusciti a tenere in piedi la relazione. Sono venuto per accompagnare Lily, perché questa mattina aveva un appuntamento dal dentista. Starà con Devon per una settimana. Poi tornerà da me. Una settimana sì e una no. È così che facciamo.»

«Lei vive qui a Denton?»

«Sì. A circa dieci minuti di distanza.»

Dalla cucina uscì una donna: era alta, sulla quarantina, dal fisico atletico, indossava un paio di pantaloni da yoga, una felpa e dei calzini alla caviglia senza scarpe. Sembrava appena uscita dalla palestra. Aveva i capelli scuri, tra i quali si vedevano delle ciocche grigie che partivano alle tempie, e li portava tirati indietro in una coda di cavallo legata alta. I suoi occhi marroni si allargarono quando si avvicinò. «È qui!» esclamò.

Sebbene Josie fosse abituata a essere riconosciuta a Denton

grazie alla sua notorietà, la sensazione che Devon Rafferty la stesse in un certo senso aspettando era sconcertante. Allungò una mano. «Dottoressa Rafferty... sono una detective della polizia di Denton...»

«So chi è lei.» disse Devon stringendole la mano. «L'ho vista in televisione. So che sua sorella è Trinity Payne. È per questo che è qui? Ho visto il suo nuovo programma un paio di giorni fa. Si intitola "Casi irrisolti", se non sbaglio. Si era occupata della morte di mio padre quando lavorava come giornalista qui a Denton. Lo sapeva?»

«Sì.» disse Josie. «Io...»

«Devon...» disse Bob, «devo scappare.»

«Oh, certo.» gli rispose l'ex moglie distrattamente. «Lily è in camera sua, le ho detto che poteva stare al tablet un po' di più.»

Bob alzò gli occhi al cielo. «Così ti starà fuori dai piedi per almeno un'ora, dunque. Piacere di averla conosciuta, detective.»

Baciò la guancia della sua ex moglie e se ne andò.

Nel momento in cui la porta si chiuse alle sue spalle, Devon si concentrò su Josie come un falco che studia una preda. «È per Trinity che è venuta? Mi aveva promesso che se avesse reperito informazioni sulla morte di mio padre che riteneva utili, me le avrebbe comunicate. Stavo pensando che, ora che ho visto il suo programma, potrebbe fare un episodio su di lui. Qualcosa come "cosa è successo davvero al dottor Jeremy Rafferty" in cui presentare delle teorie. Io ne ho un paio. Si accomodi pure. Il mio studio è proprio qui. Oggi non ho lezione. Ho una riunione di facoltà nel tardo pomeriggio, ma niente di più.»

Josie la seguì nello studiolo di casa. Al posto della scrivania, c'era un lungo tavolo realizzato con vari tipi di legno, che gli conferiva un aspetto mal assortito e deteriorato. C'erano piante da appartamento su ogni superficie: sul tavolo, sugli scaffali, sugli schedari. Il pavimento era in parquet lucido, con un tappeto colorato al centro su cui si trovava un piccolo tavolino rotondo con ai lati due poltrone imbottite di tessuto marrone. Al centro del tavolino c'era il libro di Thatcher Toland. Josie trattenne un sospiro. A dispetto del fatto che se lo ritrovasse letteralmente davanti in qualunque posto andasse, riuscire a ottenere un incontro con lui si stava rivelando un'impresa ardua.

«Si sieda.» disse Devon, facendole cenno di sedersi su una delle poltroncine. Accorgendosi che Josie fissava il libro, sorrise. «L'ha letto?»

Josie si tolse il cappotto e lo tenne in grembo mentre si appollaiava sul bordo di una delle due poltroncine. «No, non l'ho letto.»

«Oh, dovrebbe!» disse Devon. «Anzi, perché non si prende la mia copia quando se ne va?»

«Preferirei davvero...» iniziò a dire Josie, ma Devon si era già chinata in avanti, aveva preso il libro che glielo stava porgendo. «È favoloso. Dico davvero, e io non sono nemmeno appassionata di... cose di chiesa. Sa del nuovo posto che stanno costruendo nel vecchio palazzetto dell'hockey?» e senza aspettare una risposta aggiunse: «L'inaugurazione è alla Vigilia di Natale. Avevo intenzione di andarci. Finora ho visto solo i suoi video online, ma sarà presente di persona. Dovrebbe leggere questo libro e poi venire alla funzione della Vigilia di Natale. Forse potremmo...» si interruppe, la luce nei suoi occhi si affievolì. Smorzando il tono, disse: «Mi scusi tanto. Non importa. Non è per questo che è qui. Aspetti un attimo che cerco una cosa.»

Devon si avvicinò a uno dei suoi scaffali e cominciò a cercare. «Insisto comunque perché prenda con sé quel libro.» disse da sopra una spalla.

Cercando di riportare la conversazione sull'argomento che le premeva, Josie disse: «Trinity mi ha accennato che lei nutre dei dubbi sul fatto che suo padre sia davvero morto suicida.»

Ci fu un attimo di silenzio. Poi Devon disse: «Ne avevo, sì, e in parte ne ho ancora. Non ne sono sicura. Quello che so è che, se è stato un suicidio, qualcuno lo ha spinto a farlo.» Trovò un grosso raccoglitore nero e lo prese da uno degli scaffali. Invece di sedersi sulla poltrona di fronte a Josie, si sedette sul pavimento, piegando le gambe sotto di sé e aprendo il raccoglitore. «Sapeva che nei sei mesi precedenti alla sua morte, mio padre aveva prelevato oltre cinquantamila dollari da vari conti bancari che possedeva?»

«No.» disse Josie. «Io non... Trinity non ne ha parlato.»

«All'epoca non lo sapevo.» disse Devon, trovando una scheda verde e passando a quella sezione del raccoglitore. Poi girò le pagine verso Josie, indicando quella che sembrava una raccolta di estratti conto bancari. «Non l'ho saputo finché non sono andata a chiudere le pratiche per la sua eredità, settimane più tardi. Mia madre è morta prima di lui, quindi mi era rimasto solo mio padre. A quel punto io avevo già lasciato casa dei miei da molto tempo ed ero sposata con Bob. Non avevo bisogno di nulla dal suo patrimonio, ma è stato comunque scioccante.»

«Ha parlato con qualcuno della sua banca?» chiese Josie, studiando il primo estratto conto in cui Devon aveva evidenziato tre prelievi. «Di sicuro suo padre non sarebbe stato in grado di prelevare grandi somme in una volta sola senza suscitare qualche segnale d'allarme.»

«L'ho fatto. Si trattava di tre banche diverse, diversi piccoli prelievi nel corso di un mese. Il prelievo più consistente da ogni singola banca è stato di cinquemila dollari.» Sfogliò gli estratti conto, mostrando a Josie ogni prelievo che aveva evidenziato, insieme alle date.

«Che cosa ne ha fatto del denaro?»

«Non lo so. È quello che ho sempre voluto scoprire. Ero andata alla polizia, ma mi avevano detto che, essendo morto suicida e avendo il diritto di prelevare i propri soldi dalla banca, non potevano fare nulla. Speravo che sua sorella, con questo nuovo programma, potesse suscitare l'interesse del pubblico nel suo caso.»

«Non so se sia possibile.» disse Josie. «Ma posso chiederglielo.»

«Lo apprezzerei molto.»

«Dottoressa Rafferty...»

«Devon, la prego.»

«Devon, c'è qualcos'altro che ha trovato strano nella morte di suo padre? Oltre ai soldi?»

Tornò a sfogliare una sezione precedente del raccoglitore. «Visto che dovevo chiudere il suo studio, avevo controllato le sue cartelle, per restituirle ai pazienti, e ne avevo trovata una sulla sua scrivania.» Da un inserto di plastica estrasse una vecchia cartellina a tre falde.

«Usava documenti cartacei?» disse Josie.

«Sì, appunti scritti a mano. Mio padre era molto vecchio stampo e temeva che se li avesse tenuti su un computer, avrebbero potuto in qualche modo essere violati. Prendeva molto sul serio la privacy dei pazienti. Era molto famoso. Pensava che questo lo rendesse ancora più vulnerabile a chiunque volesse curiosare, mettere le mani sulla sua documentazione e minacciare di renderla pubblica. Ne sarebbe stato rovinato.»

Cercando di mantenere l'attenzione sull'argomento, Josie disse: «Ha detto che ha controllato i documenti. Ha trovato qualcosa di insolito?»

«Questo.» rispose porgendo a Josie la cartellina. Josie la aprì, ma dentro non c'era nulla. Sulla linguetta c'era un nome scritto a mano da qualcuno: *Ella Purdue*. «Era sulla sua scrivania, accanto al computer su cui c'era scritto il suo biglietto d'addio.» Pronunciò le parole "biglietto d'addio" in parte con disgusto e in parte con incredulità. «Come può vedere, è vuota.»

Josie provò un piccolo sussulto alla vista di quel nome. La sua mente esausta ripercorse a ritroso il caso. Non era molto che aveva sentito il cognome Purdue, ma dove?

«Lei è sicura che non si trattasse di una nuova paziente che non si era presentata?» chiese Josie.

«Ci ho pensato, ma se fosse così, avrei dovuto trovare un messaggio o un appunto che la registrava da qualche parte nel suo studio. Da qualsiasi parte. Era solito annotare i messaggi telefonici in un'agenda apposita che teneva sulla scrivania. Ma non c'era niente lì dentro. Ho anche cercato di rintracciare questa Ella Purdue in tutta la Pennsylvania, ma non ci sono riuscita. Sapeva che ci sono ottantasette persone con il cognome Purdue in tutto lo Stato della Pennsylvania? Mi ci sono voluti tre anni, ma alla fine sono riuscita a contattarle una per una. Ma nessuna di loro conosceva una donna di nome Ella o aveva una parente con quel nome.»

Josie non sapeva se ammirare la tenacia di quella donna o rattristarsi per l'effetto che le faceva, ma in quel momento capì cosa avesse voluto dire il marito di Devon dicendo che sarebbe stata felice di vederla. «Cosa sta cercando di dire?»

«Sto cercando di dire che forse qualcuno che fingeva di chiamarsi Ella Purdue gli ha fregato cinquantamila dollari e lo ha spinto a suicidarsi.»

Purdue. Quel cognome riecheggiava nell'anticamera della sua mente. Ripensò a tutti gli interrogatori che avevano fatto negli ultimi giorni. «E come avrebbe fatto?» le chiese Josie.

Devon emise un pesante sospiro e riprese la cartella, infilandola di nuovo nell'inserto di plastica. «Magari lo sapessi. Lo vorrei davvero. Non mi viene in mente nessun modo in cui avrebbero potuto farla franca. Mio padre era estremamente intelligente. La gente lo amava. Ha aiutato tantissime persone. Non aveva segreti. A un certo punto ho iniziato a pensare: e se qualcuno lo avesse ricattato? Ma per cosa, allora? Non ne avevo la più pallida idea. Ho passato un anno di dubbi. È così che lo chiamo. Il mio "anno dei dubbi", in cui mi sono chiesta se mio padre era davvero il grande uomo che avevo sempre creduto che fosse o se, invece, nascondeva qualche orribile segreto che qualcuno aveva usato contro di lui per ricattarlo! Riesce a immaginarselo?»

Fissò Josie con serietà e Josie provò un'ondata di compassione per quella donna. Sapeva cosa significava subire una perdita che mandava completamente in frantumi la propria vita. Sapeva cosa significava convivere con un dolore così forte che certi giorni potevano essere vissuti solo minuto per minuto. Sapeva cosa significava essere consumati dal ricordo della persona amata perduta e diventare ossessionati da tutto ciò che aveva preceduto la sua morte, come se un'analisi approfondita di quegli ultimi minuti, di quelle ultime ore o, in alcuni casi, di quelle ultime settimane e degli ultimi mesi, potesse in qualche modo contribuire a dare un senso al fatto che quella persona se n'era andata. Quando in realtà, per quanto si potesse cercare di ricostruire e analizzare, non si poteva mai cambiare il risultato. Questo era l'aspetto che faceva più male: saperlo non aveva impedito che accadesse. Chiunque, compresa Josie, avrebbe fatto di tutto per alleviare il dolore delle lacerazioni dell'anima che non potevano essere riparate.

«Devon...» disse Josie, cercando di mantenere la voce ferma. «Parlerò con mia sorella per inserire il caso di suo padre nel suo programma. Per ora, può dirmi se la diga di Russell Haven aveva qualche significato per suo padre?»

«Oh, la ringrazio! Ehm, no. Nessun significato. Denton sì, perché è qui che era nato. A voler essere sinceri, è per questo che mi sono trasferita in questa città. Dato che era questo il posto in cui era venuto a stare nel momento peggiore, alla fine della sua vita, era qui che volevo stare.»

«Mi dispiace molto per la sua perdita.» disse Josie. «Non so se gliel'ho già detto, ma lo dico con tutto il cuore.»

«La ringrazio.» disse Devon in tono solenne. «Lo apprezzo molto. E la ringrazio per avermi ascoltato. Aspetti, è per questo che è venuta, vero? Perché sua sorella le ha parlato del caso?»

«Vorrei che fosse questo il motivo, ma la verità è che questa settimana abbiamo recuperato due corpi dalla diga di Russell Haven.»

«Oh santo cielo.» sussultò Devon. Abbassò la voce, come se temesse che qualcuno potesse sentire e Josie lanciò un'occhiata alla porta, ma di Lilly non c'era traccia. «Ne ho sentito parlare al notiziario, ma hanno solo detto che si sospettava un omicidio. Si tratta di suicidio?»

«No.» disse Josie. «Di omicidi.»

Il volto di Devon perse colore. «Non posso crederci.»

Josie stava per chiedere a Devon delle altre cartelle sui pazienti del padre, quando le venne in mente che Hugo Watts aveva menzionato il nome Purdue quando aveva elencato i nomi degli ex mariti di Lydia Norris.

«Gli altri matrimoni sono finiti con un divorzio?» chiese Josie.

Mr. Watts annuì. «L'ultimo, Mr. Norris, è morto, se non sbaglio. Non so se gli altri siano ancora tutti vivi. Sono passati anni. Potreste cercarli, anche se non vedo come possa essere utile in questa situazione.»

«Si ricorda qualcuno dei loro nomi?» gli domandò Noah.

«I cognomi, sì. Vediamo. C'erano Kleymann, Vawser, Purdue e... fatemi pensare... Chasko, mi sembra.»

«Detective Quinn? Sta bene?» disse Devon.

Josie sbatté le palpebre e le sorrise. «Sì, mi dispiace. Ho solo qualche altra domanda. Tra le cartelle dei pazienti di suo padre è mai emerso il cognome Watts? Pazienti, familiari o amici di pazienti?»

Devon si alzò e andò al suo portatile. «Posso controllare. Ho trascritto tutti i nomi e gli indirizzi dei pazienti di mio padre in un foglio Excel, tranne quello di Ella Purdue, che sembra non esistere. Fare questo elenco mi è stato molto utile quando ho dovuto archiviare le sue cartelle cliniche e spedire le copie ai pazienti.» Tornò al tavolino e si sedette sul pavimento. Aprì il portatile e fece qualche passaggio finché non girò lo schermo verso Josie. «Nessuno di nome Watts.»

Josie si chinò in avanti e studiò i nomi nel foglio elettronico.

Erano organizzati in ordine alfabetico. Scorse tutti i cognomi che iniziavano con la W. «Le dispiace se cerco un paio di altri nomi? Fiore e Norris.»

«Faccia pure.» disse Devon. «Posso mandarle una copia via e-mail, se vuole.»

«Sarebbe fantastico.» rispose Josie.

Nessuno dei due nomi era presente nel database. Sospirando, Josie spostò di nuovo il computer nella direzione di Devon. «Devon, conosce qualcuno con questi cognomi?»

Devon scosse lentamente la testa. «No, non mi sembra. Voglio dire, il cognome Watts mi suona familiare, ma non conosco nessuno di persona. Non c'è qualcuno nel dipartimento di polizia con quel cognome? Che è sempre in televisione?»

«È la nostra addetta stampa.» disse Josie.

«Ah ecco...» disse Devon e, toccandosi la coda di cavallo, chiese: «Ha i capelli ramati, non è vero?»

«Sì è lei.» disse Josie, con un sorriso tirato. Tirò fuori il telefono e scorse l'elenco degli annunci immobiliari che Noah aveva preparato per tutti loro e che comprendeva le proprietà che sia Eden che Amber avevano consultato. Quando trovò quello che cercava, girò il telefono verso Devon. «Suo padre viveva a Harrisburg. Questa era la sua casa? Ci ha mai vissuto?»

Devon aggrottò le sopracciglia mentre studiava l'indirizzo e la foto della casa. «No.» disse. «Abbiamo sempre vissuto in una sola casa e i suoi studi erano sul retro, nella rimessa. Guardi, le faccio vedere.»

Avvicinò il portatile e dopo qualche minuto trovò l'annuncio. Rivolgendo il computer a Josie, disse: «Questa era la nostra casa. Fin da quando ero bambina.»

Josie annotò mentalmente l'indirizzo, ma sapeva già che non era una delle case che né Amber né Eden Watts avevano cercato. «Grazie.» disse Josie.

Devon chiuse il portatile e si sporse verso Josie, con un'espressione seria. «Pensa che il caso a cui sta lavorando ora abbia qualcosa a che fare con la morte di mio padre? Perché, se così fosse, magari potreste riaprire il suo caso. Tutto ciò che chiedo, tutto ciò che ho sempre chiesto, è che qualcuno esamini di nuovo le circostanze della sua scomparsa. Per favore.»

A Josie si strinse il cuore alla nota di supplica nella voce di Devon. Il collegamento con Ella Purdue era a dir poco tenue e non era escluso che quella pista conducesse a un vicolo cieco, in fin dei conti.

«Farò del mio meglio.» le promise.

Devon continuò: «I serial killer non hanno un periodo di inattività o qualcosa del genere? E se questo assassino uccidesse delle persone e gettasse i corpi nella diga? Voglio dire, so che la morte di mio padre è avvenuta molto tempo fa, ma ricordo di aver sentito che i serial killer hanno dei periodi di inattività, in cui smettono di uccidere.»

Josie si sforzò di sorridere.

Devon, arrossendo, distolse lo sguardo. «Mi perdoni. Guardo troppi programmi su crimini e investigazione in televisione. È solo che lei non può rendersi conto di cosa significhi vivere con una cosa del genere.» Toccò il raccoglitore, accarezzandolo con le dita come se fosse qualcosa di prezioso e Josie capiva che, in un certo senso, per lei lo era: era un legame con lui, rappresentava l'ultimo briciolo di speranza che una figlia aveva di non essere stata abbandonata dal padre.

«Mio padre non ha mai conosciuto Lilly.» disse Devon, quasi tra sé e sé. «Io e Bob avevamo cercato di avere dei figli per anni, prima che mio padre morisse. Continuavo ad avere aborti spontanei. In realtà ero incinta quando mio padre... quando è successo.»

«Trinity me lo ha detto.» disse Josie con delicatezza. «Mi dispiace tanto.»

Devon tenne gli occhi sul raccoglitore. Le sue dita accarezzavano la copertina consumata. «Avevo portato la gravidanza più avanti di quanto fossi riuscita a fare fino ad allora e pensavo che quella sarebbe stata la volta buona, capisce? Ma lo stress di perdere mio padre in quel modo, così all'improvviso e in un modo tanto orribile... il mio corpo non è stato in grado di sopportarlo. La cosa peggiore è che era stato lui a farmi superare tutti gli aborti precedenti.»

Devon sorrise e incrociò lo sguardo di Josie, scoppiando in lacrime. «Era davvero un ottimo psicologo.»

Josie si avvicinò e posò un palmo sulla mano di Devon, come se facesse un voto solenne sul raccoglitore stesso. «Darò un'altra occhiata alla documentazione di suo padre quando il mio caso attuale sarà concluso, d'accordo? Parlerò anche con mia sorella.»

Lasciò la presa e Devon si asciugò rapidamente le lacrime. «Grazie. Significherebbe molto per me.»

Josie le porse un biglietto da visita. «Mi farò sentire.» disse. Ripose il libro di Thatcher Toland sul tavolino, ma Devon lo prese e glielo porse di nuovo. Con riluttanza, Josie se ne andò con il libro.

Per una volta gradì tornare all'aria fredda, tanto che, quando salì in macchina, non si preoccupò nemmeno di accendere il riscaldamento. Invece, gettò il libro sul sedile del passeggero e controllò il telefono, ignorando il tremolio delle dita: trovò una miriade di messaggi persi sia da parte di Gretchen che di Noah, che poi l'aveva anche chiamata. Scorse i messaggi con gli aggiornamenti: tutti i mandati che avevano preparato erano stati emessi e stavano solo aspettando che arrivassero i documenti. Noah aveva fatto diverse richieste agli archivi della segretaria comunale delle varie contee per avere maggiori informazioni sulle proprietà che Amber e Eden avevano cercato. Ancora nessuna notizia da Thatcher Toland. Noah si era fermato di nuovo alla megachiesa, ma stando a quanto diceva Paul, non c'erano né Thatcher né Vivian. Gretchen non aveva ottenuto nulla con i numeri del misterioso diario e li aveva lasciati al capo perché li esaminasse.

Sebbene Hummel avesse estratto alcune serie di impronte dal libro di Toland e dall'articolo di giornale che Josie aveva trovato nella camera di Amber, nessuna di esse era presente nel Sistema Automatizzato di Identificazione delle Impronte. La cosa più interessante era che Hummel aveva ricavato tre serie di impronte dalla telecamera di sorveglianza di Amber. Tra le prime due, una apparteneva ad Amber e una a Mettner. Le loro impronte erano registrate perché entrambi lavoravano per il dipartimento di polizia. La terza serie di impronte apparteneva a Gabriel Watts. Le sue erano archiviate perché era stato condannato per aver emesso assegni a vuoto diversi anni prima. L'ultimo messaggio era di Noah. *Pensiamo che Gabriel Watts sia a casa. Incontriamoci a Woodling Grove appena hai finito.*

TRENTACINQUE

Woodling Grove non era molto più di un gruppo di case lungo una tortuosa strada di montagna a nord-ovest di Denton. In fondo a quella strada, si stendeva un'unica via principale con un ufficio postale, un negozio di alimentari, un negozio di ferramenta, un bar e tre chiese lungo un ampio torrente che si era ghiacciato quando il tempo aveva deciso che era veramente arrivata la stagione invernale. A Josie si tapparono le orecchie quando passò oltre gli edifici della strada principale e salì verso le montagne per individuare la casa di Gabriel. Girò la manopola del riscaldamento, alzandolo al massimo. L'aria calda le arrivò dritta in faccia. La vicinanza a Devon Rafferty e al suo dolore, che Josie riconosceva e conosceva fin troppo bene, aveva fatto sì che il freddo le penetrasse fin nelle ossa.

Vide l'auto di Gretchen accostata sul ciglio della strada davanti a una casa a un piano solo con le pareti di cartongesso un tempo bianche, ormai ingrigite dalle intemperie. Il giardino anteriore era invaso da erbacce morte e un cartello che annunciava: *TROVA LA TUA FEDE. UNISCITI ALLA CHIESA DELLA PURIFICAZIONE. INVIA UN MESSAGGIO DI RISVEGLIO AL 33489.* Gli alberi si stringevano intorno alla minuscola casa, con i loro rami spogli che si protendevano verso il basso come se volessero prenderla tra di loro. In cima a un palo di legno consumato c'era una cassetta delle lettere inclinata su un lato. A lettere e numeri neri sbiaditi si leggeva: "Watts 35".

Josie fermò la macchina dietro a quella di Noah e scese. Gretchen e Noah la raggiunsero, fermandosi alla fine del vialetto di ghiaia. All'altra estremità c'era un garage indipendente, in pessime condizioni, dipinto di uno sgradevole verde pallido. Le porte erano chiuse. Cercando informazioni su Gabriel Watts, Josie aveva scoperto che a quell'indirizzo era registrata una vecchia Ford Bronco, ma se davvero Gabriel era in casa, non l'aveva lasciata fuori. Josie aggiornò rapidamente Noah e Gretchen sulla sua conversazione con Devon Rafferty prima di passare a parlare di come gestire Gabriel Watts.

«È in casa.» annunciò Gretchen. «O almeno così crediamo. Da quando abbiamo parcheggiato qui, le tende delle finestre ai lati della porta d'ingresso si sono mosse una quindicina di volte.»

Josie si guardò intorno. Non c'erano vicini, non a portata di mano. «Quanti ettari di terreno conta la proprietà?»

Gretchen tirò fuori il suo taccuino e sfogliò alcune pagine. «Solo mezzo ettaro, dietro casa. Su questo lato c'è una riserva di caccia statale, mentre l'altro lato appartiene a un vicino che ha una casa a poco più di mezzo chilometro di distanza da qui.»

Noah percepì la preoccupazione di Josie. «Credi che tenterà di fare qualche mossa?»

«Difficile da prevedere.» disse Josie. «Non sappiamo nulla di questo tizio.»

«Siamo qui soltanto per parlargli.» disse Gretchen. «Dovrebbe saperlo a questo punto. Quanti messaggi vocali gli avrai mandato per avvertirlo? Una mezza dozzina?»

Josie annuì. A parte le forti probabilità che Gabriel Watts avesse manomesso la telecamera di sorveglianza a casa di Amber e che avesse avuto un alterco con lei in mezzo alla strada due settimane prima, non c'era motivo di pensare che avrebbe cercato di reagire con la forza; non avevano motivo di credere che fosse armato o pericoloso, e affrontare tre agenti di polizia armati sarebbe stato per lui di un'idiozia monumentale. Tuttavia, non riuscì a placare il senso di terrore che le saliva dallo stomaco.

«Facciamolo e basta.» disse Josie.

Con Gretchen in testa, si avviarono verso la porta d'ingresso. Il gradino frontale, costituito da una lastra di cemento rotta, era sbilenco. Il respiro di Josie la precedeva in una nuvola. Si strinse il cappotto intorno alle spalle mentre Noah bussava alla porta di casa. Aspettarono, con le nuvole del loro respiro che si mescolavano. Dall'interno non giunse alcun suono. Noah diede un altro paio di colpi e chiamò: «Gabriel Watts!»

Con la coda dell'occhio, Josie vide un movimento alla finestra alla loro sinistra. Le tende ondeggiarono. Si allungò in avanti e bussò a sua volta. «Gabriel Watts.» chiamò ancora. «Sono la detective Josie Quinn del dipartimento di polizia di Denton. Ti ho lasciato diversi messaggi. Sono qui con i miei colleghi. Abbiamo bisogno di parlare con te.»

Nessuna risposta.

Anche Gretchen bussò alla porta e lo chiamò per nome e neanche lei ottenne risposta. Josie ripeté ancora una volta il suo discorsetto, ma questa volta aggiunse: «Dobbiamo parlarti della sua famiglia.»

Un attimo dopo, nella porta si aprì uno spiraglio e un viso pallido fece capolino; a ricambiare il loro sguardo con diffidenza c'era un paio di occhi scuri. «Non voglio parlare.» disse Gabriel Watts.

Noah, Gretchen e Josie esposero i loro distintivi e tesserini, ma lui non li degnò di uno sguardo. «Per favore, andate via adesso.» disse. «Non voglio parlare.»

«Gabriel...» disse Josie, «è una questione molto importante. Riguarda la tua famiglia.»

«La mia famiglia è la chiesa.»

«Gabriel, sappiamo che hai avuto contatti con tua sorella Amber nelle ultime due settimane.» disse Gretchen. «E sappiamo che hai manomesso la telecamera di sorveglianza che Amber teneva fuori dalla porta di casa sua.»

Calò un lungo silenzio. Il suo sguardo si spostò su ciascuno di loro e poi verso l'alto, come se stesse decidendo che cosa dire. «Sì, l'ho incontrata. Ora, per favore, andatevene.»

Fece per chiudere la porta, ma Josie alzò la voce: «Dobbiamo sapere dove si trova, Gabriel!»

Gabriel si fermò, lasciando visibile solo un occhio. «Non posso aiutarvi.»

«Allora dicci di cosa avete parlato.» intervenne Noah. «Amber ha detto ad alcune persone a lei vicine che non parlava con nessun membro della vostra famiglia da dieci anni e che non voleva avere niente a che fare con nessuno di voi. Allora perché sei andato a trovarla? Perché hai manomesso il sistema di sorveglianza di casa sua?»

Gabriel aprì lentamente la porta, mostrandosi per intero in jeans, maglietta nera a maniche lunghe e scarpe da ginnastica nere. I suoi capelli castani ondulati erano tutti in disordine e appiattiti su un lato, come se ci avesse dormito sopra.

«Sei sveglia?» chiese.

Josie lo fissò. «Cosa?»

Uscì, chiudendosi parzialmente la porta alle spalle. Il suo sguardo bruciava di intensità mentre si rivolgeva direttamente a lei. «Sei sveglia? Stai vivendo nella fede? Hai trovato la tua fede?»

«Di fede possiamo parlare un'altra volta, Gabriel.» disse Gretchen. «In questo momento stiamo affrontando una situazione molto grave che coinvolge la tua famiglia.»

Noah disse: «Stiamo cercando tua sorella, Amber Watts.»

Gabriel posò lo sguardo su Noah. «Vi ho detto che non posso aiutarvi.»

«Di cosa avete parlato tu e Amber?» gli chiese Josie.

Gabriel girò la testa di nuovo verso Josie. «Amber non aveva trovato la fede. Non era sveglia. C'erano cose che doveva espiare e io la incoraggiavo a farlo. Volevo che si svegliasse alla fede, come predica il grande pastore, e che facesse la cosa giusta.»

Per Josie era difficile conciliare il discepolo dagli occhi selvaggi che avevano di fronte con l'uomo affascinante e disinvolto alla guida spirituale della Chiesa della Purificazione. Vivian Toland doveva aver detto la verità sul fatto che Thatcher non conosceva personalmente Gabriel e dubitava che avrebbe voluto conoscerlo, se mai lo avesse incontrato.

«Qual è la cosa giusta?» chiese Noah.

«È una cosa che riguarda Amber e il Signore.»

«È una cosa molto seria.» gli fece notare Gretchen. «Se sai dove si trova Amber, devi dircelo o portarci da lei.»

Il suo sguardo penetrante trafisse Gretchen. «Vi ho già detto che non posso aiutarvi.»

«Perciò, un giorno, dopo dieci anni, hai deciso che Amber aveva bisogno di "svegliarsi"?» riformulò Noah. «È così che funziona?»

«Faccio quello che il Signore mi guida a fare.» spiegò Gabriel. «Se volete parlare della vostra fede, possiamo continuare. Altrimenti, devo pregarvi di andarvene.» Mise una mano sulla maniglia della porta.

«Quando è stata l'ultima volta che hai visto tua sorella Eden?» si affrettò a chiedergli Josie.

«Non lo so.» rispose Gabriel.

«E vostra madre?» proseguì Gretchen.

A questo Gabriel non rispose.

«Dove ti trovavi lunedì tra le quattro e le cinque di mattina?» intervenne Noah.

Per la prima volta, l'espressione stranamente calma di Gabriel vacillò, un'ombra di confusione gli attraversò il viso. «Ero qui.» rispose. «Dormivo.»

«Da solo?» chiese Gretchen.

«Sì, da solo.»

«Qualcuno può confermarlo?» disse Noah.

«No. Perché sarebbe necessario che qualcuno lo confermasse?» «Perché...» disse Josie, «è più o meno a quell'ora che tua sorella, Eden, veniva trascinata verso la morte alla diga di Russell Haven.»

Una breve serie di rapidi battiti di ciglia si impadronì dei suoi occhi. «Cosa vuol dire? Verso la morte? Cosa state dicendo?»

«Non lo sai?» gli domandò Noah. «Tua sorella, Eden, è morta. È stata ammazzata.»

Lo sguardo gli cadde ai piedi. Le parole gli uscirono dalla bocca con un tono così basso che all'inizio Josie non riuscì a distinguerle. Poi capì che stava pregando. «Gabriel...» disse lei. «Per favore, cerca di ricordare quand'è stata l'ultima volta che hai parlato con Eden.»

«Eden stava cercando di trovare la sua fede.» mormorò. «Ci stava provando davvero, ma non sono sicuro che né lei né tantomeno Amber sarebbero mai in grado di correggere gli errori che hanno fatto. Il pastore Toland ci insegna a portare i nostri peccati alla luce e ad ammetterli, e poi a fare tutto ciò che è in nostro potere per rimediare. Ma alcuni sbagli non possono essere riparati. Mi dispiace per quello che è successo alle mie sorelle, ma dovete capire che ci sono dei peccati che non si possono espiare.»

Josie e Noah si scambiarono uno sguardo sconcertato.

«Quali peccati?» domandò Noah. «Quali peccati hanno commesso le tue sorelle da cui non possono tornare indietro?»

«È una cosa che riguarda le mie sorelle e il Signore. Tutto ciò che il resto di noi può fare è cercare di guidare gli altri nella giusta direzione. Dobbiamo aiutare il prossimo a risvegliare la sua fede.»

«E tu hai aiutato Eden?» gli domandò Josie, chiedendosi se lasciare Eden nella diga fosse una specie di battesimo perverso.

«Posso aiutare solo chi vuole essere aiutato.» spiegò e riprese a borbottare le sue preghiere.

«E tua madre?» chiese Gretchen. «Voleva essere aiutata?»

Lui terminò la sua preghiera e rispose: «Mia madre ha abbandonato le sue abitudini peccaminose molto tempo fa. Deve solo redimersi. Quando sarà pronta, la aiuterò.»

Josie guardò prima Gretchen e poi Noah. Con tono morbido, disse: «Gabriel, mi dispiace molto doverti dire che tua madre è stata uccisa ieri sera.»

L'aria si fece così immobile che Josie poté sentire una colomba del lutto che tubava da qualche parte sopra le loro teste. Vedendo che Gabriel non proferiva parola, Noah aggiunse: «È stata uccisa alla diga di Russell Haven. Sai darci una spiegazione del perché tua madre e tua sorella sono state uccise proprio là? Quel luogo ha un significato per la vostra famiglia?»

Le sue palpebre ricominciarono a battere rapidamente, ma ancora non disse una parola.

«E il dottor Jeremy Rafferty?» aggiunse Josie. «Questo nome ti dice qualcosa?»

Lui non rispose, non mosse un muscolo.

«Non so quanto spesso parli con gli altri membri della tua famiglia...» disse Gretchen, «ma qualche settimana fa tua zia Nadine è morta annegata in uno stagno della sua proprietà. Gabriel, siamo qui perché sembra che i membri della tua famiglia vengano uccisi uno dopo l'altro e tua sorella, Amber, è scomparsa. Sappiamo che l'hai avvicinata prima che sparisse. Sappiamo che hai disattivato l'impianto di sorveglianza di casa sua. Penso che sarebbe meglio per tutti se venissi con noi a fare quattro chiacchiere alla stazione di polizia. La strada per Denton è breve. Possiamo accompagnarti noi.»

Gabriel si premette una mano sulla testa e sbatté le palpebre più volte. «Io... io... lasciatemi prendere il cappotto.»

Scomparve in casa, lasciando la porta socchiusa. Lo sentirono muoversi all'interno.

«Non può essere così facile...» commentò Gretchen.

«Non lo è, infatti.» disse Josie. Lasciò il portico e si fece strada tra le sterpaglie secche e morte del cortile, costeggiando la casa. Aveva appena girato l'angolo che dava sul retro della casa quando vide Gabriel uscire dalla porta posteriore. Si era infatti messo il cappotto. Lei lo guardò mentre chiudeva con cura e in silenzio la porta dietro di sé.

«Gabriel!» chiamò. «Vai da qualche parte senza di noi?»

Lui girò di scatto la testa nella sua direzione.

Josie aprì la fondina.

Gabriel Watts se la diede a gambe.

TRENTASEI

Josie chiamò Gretchen e Noah prima di lanciarsi all'inseguimento di Gabriel Watts. Foglie secche e ramoscelli scricchiolavano sotto i suoi scarponi man mano che si addentrava tra gli alberi densi e fitti della foresta del terreno di caccia statale dietro la casa. Lo perse di vista quasi subito. Sembrava che Gabriel sapesse esattamente quale fosse la sua destinazione e lei si chiese se avesse pianificato tutto. Aveva forse previsto che un giorno gli sarebbe servita una via di fuga? Si accorse a malapena dei passi che correvano veloci alle sue spalle. A giudicare dal suono pesante, appartenevano a Noah.

Il terreno cominciò a scendere, prima gradualmente e poi più bruscamente. Stava inseguendo un uomo lungo il fianco di una montagna e non aveva idea di cosa ci fosse in fondo. L'aria fredda le bruciava le narici e le seccava la gola. Le sembrava di aver perso la sensibilità delle guance. Aumentò la velocità via via che il terreno diventava più ripido, inciampando e aggrappandosi ai tronchi d'albero per non cadere. Più avanti sentì dei rami spezzarsi. Gabriel stava ancora correndo. Quando lo rivide, aveva il respiro affannoso e i polmoni in fiamme. Lui era più in basso di lei, correva lungo un crinale, saltando da una grande roccia all'altra. Josie rimase parallela a lui, in attesa di un'apertura. Un attimo dopo, la sfruttò. Lui saltò giù da una grossa pietra e si tuffò nel fango. Lei si tuffò dall'alto, sulla sua schiena, e lo placcò a terra. Insieme, rotolarono fino a raggiungere la base di un grande pino. Rimase schiacciata tra di lui e il tronco dell'albero, ma tenne le braccia avvolte intorno alle sue spalle. Lui si contorse per rimettersi in piedi, ma era disorientato e lei era un peso sulla sua schiena. «Fermati.» gli disse.

«Lasciami.» disse lui. Le sue mani volarono indietro, cercando di colpirla, ma lei gli stava troppo vicino.

«Dov'è Amber?» sbuffò lei.

«Lasciami andare.»

«Dov'è? Dimmelo. Dimmi solo dove trovarla e tutto questo sarà finito.»

«Chiudi la bocca!» le urlò. Con il busto, Gabriel si slanciò in avanti, ma lei dondolò all'indietro, tenendolo fuori equilibrio.

«È ancora viva?» provò Josie.

Lui alzò le mani e le afferrò le braccia, cercando di allontanarle.

«Dimmelo e basta.» disse Josie. «È ancora viva?»

Lui le torse il polso e il dolore le salì fino alla spalla, accecandola. Un attimo dopo si ritrovò a terra a guardarlo dal basso. Con la mano buona cercò di prendere la pistola, ma prima che potesse raggiungerla, lui le diede un calcio nell'addome. Il respiro le uscì in un rantolo. Boccheggiando, affamata di ossigeno, cercò di respirare ma non le arrivava niente. Lui si mise in ginocchio e il suo respiro caldo le solleticò l'orecchio. Josie sentì a malapena le parole del giovane sopra il battito impetuoso del suo cuore.

«Ho fatto ciò che andava fatto.»

TRENTASETTE

Noah apparve pochi istanti dopo che Gabriel aveva lasciato Josie ad annaspare in mezzo al bosco. Lei gli fece cenno di lasciarla lì, indicandogli di continuare a cercare Gabriel mentre lei riprendeva fiato. Noah partì all'inseguimento di Gabriel. Ci volle qualche altro istante prima che Josie riuscisse a riprendere fiato e quando finalmente ci riuscì, chiamò Gretchen e chiese rinforzi. Poi si mise all'inseguimento dietro a Noah. Dopo quella che sembrò un'eternità, si ritrovarono entrambi sulla riva di un laghetto ghiacciato ai piedi della montagna, esausti e infreddoliti. Per fortuna Gretchen aveva chiamato i rinforzi. Quando Josie e Noah tornarono in cima alla montagna, l'area brulicava di agenti della Polizia di Stato e di agenti dello sceriffo della contea alla ricerca di Gabriel Watts. La strada era fiancheggiata dalle volanti della polizia e la sua proprietà era delimitata dal nastro giallo della scena del crimine. Gretchen si trovava nel giardino accanto all'insegna della chiesa della Purificazione, scorrendo furiosamente il suo telefono.

«State bene?» chiese vedendoli avvicinarsi.

Josie aveva l'addome indolenzito, ma aveva affrontato il lungo tragitto di ritorno alla casa senza problemi. Flesse il polso per la decima volta da quando si era tirata su dal suolo della foresta. Le faceva male, ma non le sembrava che fosse rotto. Non che avesse importanza, avrebbe lasciato che Gabriel Watts le rompesse il braccio un centinaio di volte se questo avesse significato ritrovare Amber. «Sono stata meglio...» commentò. «Hai controllato la casa?»

«Non l'ha nascosta qui.» disse Gretchen.

«Merda.» mormorò Josie.

Noah aveva un'aria affranta come quella di Josie. Si passò una mano tra i capelli. «Riesci a far intervenire un'unità cinofila?»

«Stanno arrivando.» disse Gretchen. «Forza, voi due. Salite in macchina e riscaldatevi. Parleremo lì dentro.»

Josie e Noah si infilarono sui sedili posteriori dell'auto di Gretchen, mentre lei si mise davanti. Avviò l'accensione e mise il riscaldamento al massimo. Noah tirò Josie vicino a sé e lei appoggiò la testa sulla sua spalla. Rimasero tutti e tre in silenzio per diversi minuti, mentre l'aria gelida che usciva dalle bocchette diventava calda. Quando il calore finalmente la raggiunse, Josie sentì di potersi fondere con Noah. Quando il freddo svanì e la sensibilità tornò nel suo corpo, si presentò un altro assortimento di dolori e malesseri vari.

Alla fine, Gretchen abbassò il riscaldamento per poter parlare. Trovò il suo taccuino sul cruscotto e iniziò a sfogliare le pagine. «L'ufficio dello sceriffo ci mette a disposizione l'unità cinofila. Il capo ha chiamato tutte le risorse per trovare il nostro uomo, soprattutto perché ha aggredito Josie. Sta cercando di procurarci un elicottero della Polizia di Stato, ma dubito fortemente che lo otterremo. Hummel e alcuni agenti della sua squadra sono dentro a controllare la casa. Ha chiamato anche la dottoressa Feist. La causa della morte di Lydia Norris è l'annegamento.»

«Cosa?» disse Noah. «Era ancora viva quando l'assassino l'ha buttata nell'ascensore per pesci?»

«Sì.» disse Gretchen.

«Fammi indovinare...» azzardò Josie, «aveva un ematoma subdurale che la rendeva debole e disorientata, se non anche priva di sensi.»

Gretchen si girò sul sedile per poterli guardare. «In realtà aveva un ematoma subdurale e una frattura del cranio. Non c'è una lesione a stampo, quindi non sappiamo con che cosa sia stata colpita, ma non c'è dubbio che sia stata colpita piuttosto forte e per due volte. Nessun segno di violenza sessuale. Inoltre, ci sono alcune abrasioni sui polsi che suggeriscono che sia stata legata per un po' di tempo prima della morte.»

«Assomiglia a quello che è successo a Eden.» osservò Josie. «Sono arrivati i tabulati telefonici?»

«Non ancora. Oh, e Mettner mi chiama ogni quindici minuti.»

Josie si spostò e frugò nel cappotto finché non trovò il suo telefono. Controllò le notifiche. Sette chiamate perse da Mettner. «Cavolo...» mormorò. «Uno di noi dovrebbe parlargli. Nessuna notizia da Thatcher Toland?»

«Nessuna.» disse Gretchen.

Josie guardò fuori dalla finestra la triste casetta di Gabriel. Dalla porta d'ingresso uscì Hummel con la sua tuta di Tyvek completa di guanti, copriscarpe e cuffia. Parlò brevemente con l'agente in uniforme con la cartellina sul gradino d'ingresso. Poi si avvicinò di corsa all'auto. Noah abbassò il finestrino e gli chiese: «Niente?»

Hummel appoggiò un avambraccio sul tetto dell'auto e si sporse verso il finestrino aperto. «Quel posto è una discarica. Sta cadendo a pezzi e non credo che questo tizio abbia mai fatto le pulizie da quando si è trasferito qui. Abbiamo trovato una pistola. Una Beretta M9. Carica.»

«Caricatore pieno?» chiese Josie.

Hummel scosse la testa. «Mancano tre proiettili.»

Per un momento nessuno di loro parlò. Poi Gretchen chiese: «Per caso avete trovato un kayak o una canoa?»

«No. Ho controllato anche in garage e c'era solo un vecchio furgone scassato.»

«Cos'altro avete trovato?» domandò Josie.

«Tra i panni da lavare abbiamo trovato un cappotto con tracce di sangue sulla manica. E due lunghi capelli ramati.»

«Ma porca puttana.» disse Noah.

«Possiamo analizzare il sangue qui sulla scena per vedere se corrisponde al gruppo sanguigno di Eden o di Amber, ma il test del DNA su quello e sui capelli richiederà molto più tempo.»

Josie sentì le palpitazioni del cuore battere forte nel petto. Tutto ciò che riguardava quel caso, tutto ciò che riguardava la sua esperienza di agente di polizia le diceva che Amber era morta, eppure, questo non impediva al suo cuore di spezzarsi ogni volta che arrivavano nuove prove a confermarlo. Come se avesse percepito la sua tristezza, Noah la strinse più forte al suo fianco. Mettendo da parte i suoi sentimenti, ringraziò Hummel e gli disse di informarli non appena avesse fatto le analisi delle tracce sulla manica del cappotto di Gabriel Watts. Quando Noah tirò su il finestrino, Josie disse: «Non dobbiamo dirlo a Mettner. Non ancora.»

«Lo richiamerò comunque per dirgli che stiamo ancora proseguendo le indagini.» disse Noah, liberando Josie dall'abbraccio e scendendo dall'auto.

«Che ne pensi, Boss?» chiese Gretchen. «Gabriel è il nostro uomo? Vuoi rimanere qui? Vuoi unirti alle ricerche?»

«Non so se è lui il nostro uomo.» disse Josie. «Ma dobbiamo comunque trovarlo. Al momento, è tutto ciò che possiamo fare mentre aspettiamo le informazioni richieste dai tabulati telefonici di Amber, Eden e Lydia e dagli annunci immobiliari che le sorelle Watts hanno cercato online. Qualche ora fa pensavo che il nostro uomo fosse Thatcher Toland, con il quale dobbiamo comunque parlare. Ma Gabriel è scappato quando gli abbiamo chiesto di seguirci.»

«Non è mai un buon segno.» concordò Gretchen.

«Possiamo far rintracciare Toland da un agente in uniforme e chiedergli di venire in centrale?»

Le dita di Gretchen passarono sullo schermo del telefono. «Certo.»

«Per il momento uniamoci alle ricerche.»

TRENTOTTO

Quando tornarono alla centrale, erano tutti affamati, stanchi e intirizziti dal freddo. Gabriel Watts era scomparso nel nulla. Il capo Chitwood era andato sul posto per supervisionare le ricerche fino a notte fonda, mentre Josie, Noah e Gretchen si prendevano una pausa. All'arrivo presero del cibo da asporto e lo mangiarono velocemente alla scrivania mentre compilavano i rapporti della giornata. Gretchen si fece aggiornare dall'agente in uniforme incaricato di trovare Thatcher Toland. Fino a quel momento, l'agente aveva visitato la chiesa e tre proprietà di Toland nel raggio di due ore di macchina. Di Toland non c'era traccia. Non aveva visto nemmeno Vivian o Paul. Gretchen gli disse di non scendere dalla sua volante ma di rimanere fuori dalla chiesa e di chiamarli se Thatcher o sua moglie si fossero fatti vivi.

Hummel chiamò per informare che il gruppo sanguigno trovato sulla manica del cappotto di Gabriel Watts era A positivo e che, secondo i documenti che erano riusciti a ottenere dal medico di famiglia di Amber, corrispondeva al suo gruppo sanguigno. Questa informazione fece precipitare l'umore generale. Josie inviò la sua squadra a Danville per accedere alla casa di Lydia Norris, anche se, per come stavano procedendo le indagini, Josie non si aspettava che trovassero qualcosa di utile.

Poco dopo, la porta delle scale si aprì di botto e Mettner entrò nell'ufficio. Si avvicinò alle scrivanie e si mise davanti a loro, con le mani infilate nelle tasche della felpa: aveva un aspetto quasi malaticcio con i capelli unti e spettinati, una barbetta incolta che gli copriva la mascella, sotto la quale la pelle del viso era così pallida da sembrare quasi traslucida. Gli si potevano anche vedere delle vene che formavano dei nastri blu lungo le tempie. Sotto gli occhi c'erano occhiaie pesanti. Josie innalzò una preghiera silenziosa affinché trovassero Amber viva. Qualunque problema lui e Amber avessero tra loro due era un'altra questione, ma almeno sarebbero stati in grado di risolvere le cose, nel bene e nel male, se lei fosse stata ancora viva.

«Cosa sta succedendo?» chiese. «Cosa sta succedendo davvero? Avete già trovato suo fratello?»

«Siediti.» gli disse Noah.

«Non mi siederò finché non mi direte la verità. Non riesco più a stare seduto. Questa storia mi sta facendo impazzire.»

Josie si alzò e si avvicinò a lui, toccandogli delicatamente la spalla. «Lo so, Mett. Ma siediti e ti aggiorneremo, d'accordo?»

«Di che si tratta?» chiese lui con voce roca.

Anche Gretchen si alzò e si avvicinò, posizionandosi proprio di fronte a lui. La sua voce era dolce e paziente. «Non è niente, Mett. Non c'è ancora nulla. Stiamo facendo tutto il possibile. Stiamo lavorando su tutti i fronti.»

Mettner indicò Josie. «Tu pensi che sia morta.»

«No, non penso che sia morta.» rispose lei.

«Cosa c'è che non mi dite? I sospetti su di me sono caduti, giusto?»

Noah si alzò e li raggiunse a formare un semicerchio: «I sospetti su di te sono caduti, sì, ma non puoi lavorare al caso. Lo sai.»

Di nuovo, Mettner indicò Josie. «Quando sua sorella era

scomparsa lei aveva lavorato alle indagini! E anche quando il suo fidanzato era scomparso, aveva continuato a lavorare! Non potete tagliarmi fuori. Stiamo parlando della donna che amo. Della mia futura moglie, se mi vorrà. Non potete applicare regole diverse quando si tratta di voi.»

«Stai calmo.» disse Gretchen con fermezza.

Mettner fece un passo minaccioso verso di lei. Per sua fortuna, Gretchen non si mosse. «No! Non voglio calmarmi. Voglio sapere che cosa mi state nascondendo. So che c'è qualcosa che non volete dirmi. Ho lavorato con tutti voi abbastanza a lungo per capirlo.»

Sia Noah che Gretchen aprirono la bocca per parlare, ma Josie alzò una mano per farli tacere. «Abbiamo trovato una Beretta M9, carica, con tre proiettili mancanti nel caricatore. C'era un cappotto nel suo cesto del bucato. Su quel cappotto, Hummel ha trovato tre capelli ramati e sangue secco che corrisponde al gruppo sanguigno di Amber.»

Mettner spalancò gli occhi. Quando cominciò a ondeggiare, Gretchen lo afferrò e lo prese sottobraccio per tenerlo in piedi. «C-cosa?»

«È quello che ti stavamo nascondendo.» spiegò Josie. «Ma è tutto quello che sappiamo, Mett. Dobbiamo continuare a indagare come se fosse viva. Dobbiamo continuare a lavorare al caso.»

Mettner aprì la bocca per dire qualcosa, ma l'unico suono che gli uscì fu un grido strozzato. Con le mani si aggrappò a Gretchen, che gli passò le braccia intorno alla vita e lo tenne in piedi. Josie avvicinò il viso a pochi centimetri da quello di Mettner e catturò il suo sguardo. «Ora ascoltami, Mett. Hai ragione. Ho lavorato a molti casi in cui avevo legami personali. È stato devastante. Non lo raccomanderei a nessuno. In questo momento, solo il capo Chitwood ti può reintegrare. Nessuno di noi ha il potere di farlo. Ma puoi sederti con noi. Nessuno qui ti costringerà ad andartene. Se per caso avessi qualche buon suggerimento o qualche idea su dove indirizzare l'indagine, tutti i presenti ti ascolteranno. Hai capito?»

Lui annuì.

«Ma quelle enormi emozioni che stai provando in questo momento...» continuò Josie. «Devi trovare un modo di rinchiuderle e metterle da parte per il futuro. Se vuoi aiutare Amber, abbiamo bisogno che tu sia concentrato. Mettile da parte o vai a casa e aspetta che ti chiamiamo.»

Mettner deglutì. «Non so se ce la faccio.» Abbassò lo sguardo su Gretchen, poi su Josie e infine su Noah. «Non sono come voi.»

Noah lo guardò con espressione comprensiva. «Non essere ridicolo. Sei uno di noi, Mett.»

«No. Non sono come voi. Non ho avuto un'infanzia incasinata. Non sono stato rapito o perseguitato da un serial killer. Non ho una serie di parenti assassinati. I miei genitori non hanno mai cercato di farmi del male, non hanno mai cercato di lasciarmi. Ho una famiglia fantastica. Ho avuto un'infanzia meravigliosa. Sono... sono sempre stato a mio agio nel mio ambiente. Non ho tutti questi traumi profondi che mi rendono facile non provare nulla.»

«Pensi che non proviamo nulla?» disse Gretchen.

«Vi comportate come se non provaste nulla.»

Noah mise una mano sulla spalla di Mettner. «Proviamo di tutto, Finn.» gli disse.

«Tutto.» aggiunse Gretchen. «Ogni... singola... emozione.»

«Finn...» disse Josie con dolcezza, «dovresti essere contento di non saper dividere in compartimenti stagni solo per sopravvivere. Sono felice che tu sia venuto su così.»

«Proprio così.» confermò Gretchen. «Non vederlo come una tua mancanza.»

«Ma devi concentrarti.» disse Noah. «Josie ha ragione. Se vuoi aiutare Amber, servono tutte le tue capacità di detective. Se pensi di riuscire a mantenere la calma, resta. Siediti.

Stavamo per rivedere tutto e parlare di cosa fare a questo punto.»

Gretchen lo lasciò andare. Mettner si prese un momento per passarsi una mano sul viso e sistemarsi i vestiti. Poi si sedette alla scrivania. Una volta che si furono seduti tutti, Josie mandò un messaggio al capo Chitwood per sapere se c'erano stati progressi nella localizzazione di Gabriel Watts.

Non ce n'erano stati. Josie, Noah e Gretchen ripassarono tutte le altre informazioni che avevano trovato e tutte le altre piste che stavano seguendo, compresa la conversazione di Josie a Devon Rafferty e il tenue collegamento con "Purdue".

«Sarebbe utile rintracciare tutti gli ex mariti di Lydia Norris.» disse Josie. «Credo che nessuno ci abbia ancora detto la verità sulla famiglia di Amber. Stanno nascondendo qualcosa. Penso che ci sia stato molto di più del fatto che fossero semplicemente nocivi o disfunzionali, e molto peggio di un divorzio.»

«Per esempio?» chiese Mettner.

Josie alzò le spalle. «Non lo so. Ma l'unico Watts con cui siamo riusciti a parlare al momento è Hugo, e ha contestato quasi tutto quello che avevamo già sentito da Lydia e dai migliori amici di entrambe le sorelle. Sto iniziando a pensare che dovremmo allargare i confini e parlare con le persone della cerchia meno ristretta.»

«Inoltre, gli ex mariti di Lydia erano tecnicamente i patrigni di Gabriel Watts. So che Hugo ha detto che loro non volevano avere niente a che fare con i figli di Lydia, ma potrebbe non essere così. Potrebbe anche darsi che Gabriel avesse un buon rapporto con uno di loro ed è a lui che si è rivolto per nascondersi.»

Gretchen disse: «Ho i nomi dei mariti nel mio taccuino. Se volete, posso fare un elenco.»

«Non sappiamo in quali contee vivevano questi uomini...» osservò Josie, «quindi questo potrebbe essere un problema.»

Gretchen la guardò incuriosita. «Stai insinuando che non sono una brava cacciatrice su internet come te, Boss?»

Josie sorrise. «Può darsi.»

Gretchen annuì e iniziò a spostare il mouse del computer. «Sfida accettata.»

«Tutto questo va bene, ma come si inserisce Thatcher Toland in questo scenario?» chiese Mettner. «Che diavolo ci faceva a casa di Amber? Lei non ha nemmeno...» Si interruppe all'improvviso e si guardò le ginocchia.

«Non ha nemmeno cosa, Mett?» lo incalzò Noah.

Mettner scosse la testa. «Non lo sopporta. Lo detesta profondamente. Ogni volta che lo vedeva in televisione, insisteva per cambiare canale, anche se era solo una pubblicità.»

«Beh, questo è strano.» osservò Noah. «Considerando che nel cassetto della biancheria intima avevi un opuscolo sui matrimoni nella sua nuova megachiesa insieme a un anello di fidanzamento.»

Mettner lasciò cadere la testa tra le mani. «Era scontato che l'avreste trovato. Beh, sì, non gliel'avevo ancora fatto vedere, soprattutto dopo aver capito quanto odiava quel tipo. Voglio dire, ho cercato di parlarle di lui perché avevo guardato alcuni dei suoi video online. Non è poi così male. Insomma, trasmette un buon messaggio. Una volta Amber mi ha beccato a guardarne uno ed è andata su tutte le furie. Era la reazione che mi sarei aspettato se mi avesse beccato a guardare un porno o qualcosa del genere. Poi, quando ha trovato la copia del suo libro...»

«Stavi leggendo il suo libro?» domandò Josie.

«No. Me lo ha prestato mia madre dopo averlo finito. Ne ha dato una copia a tutti i miei fratelli. Le piace molto quel tipo, tant'è che alla Vigilia di Natale, quando ci sarà l'inaugurazione della sua nuova megachiesa, mia madre vorrebbe che tutti noi, tutta la famiglia, andassimo alla funzione delle feste di quest'anno.»

«Ne sarà stata entusiasta...» commentò Gretchen.

«Amber era orripilata. Ha detto che non potevamo andare. Le ho detto: "È solo una funzione religiosa. Mia madre non ci sta mica chiedendo di unirci alla chiesa. Vuole solo che andiamo a una funzione insieme a lei". Ma Amber è andata su tutte le furie... di nuovo. Ha detto che era un bugiardo e un essere umano spregevole e che chiunque si fosse bevuto le sue stronzate era un idiota.»

«Oh, cavolo...» disse Gretchen.

Mettner annuì. «Già. A quel punto non ho potuto fare a meno di chiedermi se stesse dando dell'idiota a mia madre. E tutta la storia ha cominciato a prendere una brutta piega. Le ho detto che sarei andato senza di lei, ma lei non voleva neanche che mi avvicinassi a Toland, così ha detto. Allora le ho risposto: "Stiamo parlando della mia famiglia e non sarà facile per me tirarci fuori da questa situazione. È l'unica cosa che mia madre ci chiede". Allora Amber ha voluto che scegliessi tra lei e la mia famiglia. Le ho detto che si stava comportando da pazza e che Toland era solo un telepredicatore. Poi ho detto alcune cose brutte di cui non vado fiero, tant'è che lei è scoppiata a piangere. Ho cercato di scusarmi, ma ormai era troppo tardi. Ha preso il libro e mi ha letto uno stupido passaggio, e poi ha detto tutta una serie di scemenze, del tipo: "Di cosa pensi che parli questo libro, Finn? Pensaci". Io ho risposto che non ne avevo la minima idea e allora lei mi ha detto: "Non abbiamo nulla da dirci in questo momento". Ha preso il libro e se n'è andata. Ed è finita lì.»

Josie lo fissò intensamente. «Il libro a casa di Amber era il tuo?»

«Di mia madre.»

«Qual era il passaggio?» gli chiese Noah.

Mettner alzò le spalle. «Non lo so. Non ho letto una pagina di quel libro!»

Josie pescò la copia che Devon Rafferty le aveva dato da

sotto una pila di documenti sulla scrivania e la lanciò a Mettner. «Trovalo.» gli disse.

«Dici sul serio?»

«Sì.» disse Josie.

«Ti ho detto che non ho letto una pagina di questo libro.»

«Allora leggilo adesso.»

Mettner scosse la testa mentre fissava il volto di Toland sulla copertina. «Perché questo tizio è andato a casa di Amber? Si conoscevano?»

Gretchen si appoggiò allo schienale della sedia intrecciando le dita sotto il mento. «Sembra proprio di sì, a quanto sembra. Non si può avere una reazione così forte con una celebrità che non si è mai incontrata. Almeno, questa è la mia opinione.»

«Ma che cazzo...» disse Mettner. «Sono proprio uno stupido. Non ci ho neanche lontanamente pensato. Che cosa c'è che non va in me? E poi, avete detto che ha parlato anche con sua sorella, prima che morisse?»

«Così crediamo noi.» rispose Noah. «Ma non possiamo provarlo.»

Mettner batté le dita sulla copertina del libro. «Che cosa ha fatto? Che cosa ha fatto ad Amber?»

«Non lo so.» ammise Josie. «Ma Mettner, il fatto è che continua a rispuntare, proprio come la diga di Russell Haven. C'è qualcosa lì, solo che non sappiamo ancora cosa.»

«Eden ha detto alla sua migliore amica che l'uomo con cui si era incontrata al bar era un vecchio vicino di casa.» disse Gretchen. «È molto probabile che l'abbia detto solo per togliersi Karishma di torno, ma potrebbe essere vero.»

Noah disse: «Non conosciamo nemmeno tutti i luoghi in cui i fratelli Watts hanno vissuto durante la loro infanzia.»

«A meno che non fossero le case che sia Eden che Amber hanno cercato prima che Eden morisse e Amber sparisse.» disse Josie.

«Posso cercare nei nostri database gli indirizzi precedenti di

Thatcher Toland, Hugo Watts e Lydia Norris e poi fare un confronto diretto per vedere se qualcuno di quegli indirizzi corrisponde.» suggerì Noah. «Potrebbe saltare fuori che Amber e Eden vivevano in una di quelle città nello stesso periodo in cui ci viveva Thatcher Toland.»

«Aveva una piccola chiesa.» sottolineò Josie. «È lì che ha iniziato. Magari i Watts ci andavano.»

Mettner si alzò. «Vado a prendervi un caffè e poi vedo se riesco a trovare il passaggio del libro di cui parlava Amber.»

TRENTANOVE

Lavorarono fino a mezzanotte, compilando rapporti, esaminando più volte le prove, discutendo del caso mentre Mettner andava il più avanti possibile con la lettura del libro di Thatcher Toland senza addormentarsi. L'agente di pattuglia che Gretchen aveva piazzato a controllare la chiesa di Toland tornò in centrale per avvertirli che Paul era finalmente arrivato alle undici e mezza per verificare che tutte le porte dell'edificio fossero chiuse a chiave, e gli aveva detto che entrambi i Thatcher erano andati a New York City per fare pubblicità fino all'inaugurazione della megachiesa.

Il capo si presentò a mezzanotte passata per mandarli tutti a casa. La ricerca di Gabriel Watts era stata sospesa fino al mattino. Tutto era fermo. L'ultima cosa che Josie voleva fare era tornare a casa. La sentiva come una sconfitta, come se stessero abbandonando Amber. E se fosse stata ancora viva? E se fosse stata in giro da qualche parte, trattenuta con la forza, aspettando e sperando che la trovassero? Durante il viaggio di ritorno, l'immagine del post-it che Amber aveva apposto sul suo diario d'infanzia con su scritto il suo nome continuava a balenarle nella mente. Amber aveva voluto che Josie trovasse quel diario con quei numeri all'interno? Ma lei cosa ne avrebbe dovuto fare? Nemmeno il capo era riuscito a decifrarli, e aveva decenni di esperienza come agente investigativo. Cosa sperava di ottenere Amber lasciando il diario? Sospettava già da tempo che le sarebbe potuto accadere qualcosa? Era per questo che l'aveva messo lì? Per questo l'aveva nascosto in ufficio invece che a casa? O aveva intenzione di darlo a lei un giorno? Intendeva chiedere proprio a lei aiuto con quei numeri?

«Smettila.» disse Noah dal posto di guida mentre entrava nel loro vialetto.

«Di fare che cosa?» gli chiese Josie.

«Di lavorare nella tua testa. Hai bisogno di rilassarti, Josie. Ne abbiamo bisogno tutti e due.»

Lei sapeva che aveva ragione. In casa, l'eccitazione di Trout e i suoi baci umidi di cane furono un balsamo di benvenuto per la sua anima dopo la giornata che avevano passato. Lo portarono a fare una passeggiata veloce, gli diedero da mangiare e passarono un po' di tempo a giocare con lui prima di andare a letto. Tutto felice, il cane si infilò in mezzo a loro, con la schiena premuta contro il fianco di Josie e le zampe che spingevano contro il fianco di Noah. Per essere un cane di piccola taglia, occupava molto spazio nel letto. Josie si sdraiò sulla schiena, fissando il soffitto scuro e ascoltando Trout e Noah che facevano a gara a chi russava più forte. Era completamente esausta, eppure il sonno non arrivava. Ogni volta che chiudeva gli occhi e stava per addormentarsi, il ricordo sensoriale delle dita di Eden Watts che la afferravano per un polso sopraggiungeva di corsa, svegliandola di nuovo. Alla fine, dopo tre tentativi, rinunciò a cercare di dormire.

Cercando di non fare rumore, aprì il cassetto del comodino e ne tastò il fondo fino a quando le sue dita non toccarono una corona di perline. Nel bagliore del quadrante della sveglia, poté vedere i grani lisci e verdi del braccialetto del rosario che il suo capo le aveva prestato quando sua nonna giaceva morente in un letto d'ospedale. Josie lo tenne in una mano e chiuse gli occhi. Per mesi l'aveva portato con sé, finché un giorno si era dimenticata di metterlo in tasca e, da allora, era rimasto nel cassetto del comodino. Ma lo cercava, lo teneva in mano, quando si sentiva come se le sue viscere potessero spaccarsi o fuoriuscire, come se la sua psiche fosse un fragile pezzo di carta velina. Non era cattolica. Non era nemmeno particolarmente religiosa, ma non era per questo che il capo Chitwood glielo aveva dato. Le perline di quel braccialetto le erano di conforto. Ricordava ancora con perfetta chiarezza il giorno in cui glielo aveva dato.

«Cos'è questo?»

«Un braccialetto con il rosario.» spiegò.

«Non sono cattolica, Signore.» disse Josie.

«Nemmeno io.»

Josie fissò il braccialetto. Sulla medaglietta c'era una donna in abiti fluttuanti. Intorno a lei la scritta: "Nostra Signora che Scioglie i Nodi".

Josie era troppo stanca per capire cosa stesse cercando di fare Chitwood. «Non capisco, Signore.»

Lui allungò una mano verso di lei e le fece chiudere le dita intorno al braccialetto. «Un giorno ti racconterò la storia di come ho avuto questo piccolo rosario. Tutto quello che ti basta sapere per il momento è che, anche se non hai pregato neanche un giorno in tutta la tua vita, quando una persona che ami sta morendo, impari a farlo molto velocemente. Questo me lo ha detto una persona che credeva profondamente nel potere della preghiera e, in quel momento, mi è stato di grande conforto. Magari per te non significherà nulla. Non lo so. Comunque sia, se è arrivata l'ora di tua nonna, non c'è niente che possa tratte-

nerla qui. Ma tu? Avrai bisogno di tutto l'aiuto possibile. Tienilo stretto finché non sarai pronta a restituirmelo. E Quinn... lo rivoglio.»

«Come faccio a sapere quando sarò pronta a restituirglielo?» gli chiese.

Chitwood iniziò ad allontanarsi e da sopra la spalla le rispose: «Oh, lo capirai.»

Josie non era pronta a restituirglielo. Non sapeva ancora come avrebbe fatto a capire quando sarebbe arrivato quel momento. Chitwood la faceva sempre sentire come se stesse giocando a un gioco di cui non conosceva le regole. Strinse le perline finché la medaglietta non le si conficcò nel palmo. Che tipo di conforto aveva trovato Gabriel Watts nella chiesa di Thatcher Toland? Quali peccati Eden aveva creduto di dover espiare? In che cosa era rimasta coinvolta la famiglia Watts, tanto che tutti e tre i figli avevano interrotto praticamente ogni rapporto significativo con i genitori? Qual era il collegamento con Thatcher Toland? E la diga di Russell Haven? Come si inseriva in tutto questo? Era certa di non essersi sbagliata a ritenere che fosse importante. E quei maledetti numeri! Che cosa significavano?

Josie si mise a sedere e allungò le gambe oltre la sponda del letto. Trout gemette nel sonno e si girò prontamente in modo da appoggiare la schiena contro il fianco di Noah. Dopo aver rimboccato a entrambi le coperte, Josie scese al piano di sotto ed entrò in cucina, dove il suo portatile era pronto sul tavolo. Lo avviò e iniziò a cercare eventuali collegamenti tra Thatcher Toland e la diga di Russell Haven. Si chiese perché non ci avesse pensato prima, finché non constatò che la ricerca non portava a nulla. Frustrata, fece una ricerca solo su Thatcher Toland. Vennero fuori centinaia di migliaia di risultati. Cliccò su un articolo di cronaca il cui titolo recitava:

Thatcher Toland non ha mai lavorato per i soldi

Ora che è un vero e proprio telepredicatore con decine di migliaia di fedeli e un seguito online di milioni di persone, Thatcher Toland non si presenta affatto come ce lo si aspetterebbe. Quando è arrivato per un brunch con me, in un soleggiato sabato mattina nella sua città natale, Collegeville, avrebbe potuto essere un qualsiasi uomo comune sulla sessantina, vestito con semplicità in jeans e giubbotto, i capelli scompigliati dalla brezza. Non riuscirebbe a essere presuntuoso nemmeno se ci provasse. Ho imparato che questo fa parte del suo fascino. Naturalmente questo fa anche parte del messaggio che vuole trasmettere a milioni di persone. Naturalmente spera di cambiare il mondo attraverso il suo operato. Naturalmente vuole trovare gli oppressi, i peccatori in mezzo a noi e dare loro una speranza, uno scopo e, forse, anche una nuova prospettiva di vita. Ma quando si pranza con Thatcher Toland, si scopre che è solo un uomo a cui piacciono le uova al tegamino e la pancetta croccante. Toland chiede al cameriere come si chiama e si informa su come sia andata la mattinata. E sembra sinceramente interessato. Non vive più in questa città da anni. Non conosce più nessuno da queste parti.

Quando rivolge completamente la sua attenzione su di me, sembra anche interessato in maniera genuina. In effetti, mi fa così tante domande sulla mia vita e sulla mia famiglia che mi risulta difficile continuare a indirizzare l'intervista verso di lui. Quando gli faccio notare per la terza volta che siamo lì per parlare di lui e non di me, ride e si scusa. «Continua pure.» mi dice. «Chiedimi tutto quello che vuoi. Sono un libro aperto.» Suona finto, non è vero? Come se stesse cercando di vendermi il Thatcher Toland che vuole che il mondo veda. Il problema, però, è che, quando si parla di lui, è del tutto sincero. In alcuni momenti le sue risposte sono brutalmente oneste. Quando gli chiedo del lato commerciale del suo ministero, fa una smorfia e ammette: «Vorrei che non ci fossero soldi di mezzo. Non l'ho mai fatto per guadagno. Sono cresciuto nell'agiatezza. I miei genitori possedevano una florida azienda di trasporto merci. Non ho mai desiderato nulla. Avrei potuto entrare nell'azienda di famiglia, ma volevo fare qualcosa che soddisfacesse la mia anima.»

A parte questo, se avete letto il nuovo libro di Thatcher Toland, "Risvegliatevi alla Fede", sapete che i primi tempi della sua carriera come pastore di una chiesa interconfessionale nel sud-est della Pennsylvania sono stati tutt'altro che soddisfacenti. «Pensavo di sapere cosa fosse la fede.» mi racconta di quei primi anni. «Ma ero giovane, stupido e tentato da tutte le cose sbagliate. Ho avuto relazioni di cui mi pento. Relazioni inappropriate. Pensavo di essere al di sopra di tutte le regole della società perché ero un uomo di Dio. Pensavo di poter fare tutto quello che volevo, ma mi sbagliavo. Ho ferito delle persone e ho ferito me stesso.» Quando gli chiedo cosa intende dire parlando di "relazioni inappropriate" fa un sorriso sofferto e dice che, per rispetto della riservatezza delle persone coinvolte, preferisce non parlarne. «Non è questo il punto, sai?» mi dice. «So che la gente fa ogni tipo di congettura in rete. Avevo una relazione con una persona sposata? Era con qualcuno della chiesa? Una collega? Ho approfittato di qualcuno? Non è che io sia riluttante ad ammettere di fronte al mondo quello che ho fatto. È semplicemente nell'interesse di proteggere le altre persone coinvolte. Ho già commesso abbastanza danni nei loro confronti. Metterle sotto i riflettori del pubblico senza il loro permesso non farebbe altro che rendere più gravi i miei peccati. Quello che sto cercando di fare è correggere gli errori che ho commesso in passato. Questo è il senso del mio lavoro. Credo che, se tutti noi decidessimo di svegliarci dal sonno dell'autoinganno e ci assumessimo la responsabilità *dei nostri peccati, potremmo vivere liberamente e nell'amore del Signore. È una cosa che ti cambia la vita.»*

Josie non trovò niente di utile nel resto dell'articolo, quindi chiuse la finestra e continuò a cercare tra i risultati. C'erano alcuni articoli che raccontavano di come Toland avesse conosciuto sua moglie. Vivian lavorava come agente immobiliare e gli aveva venduto la prima casa. Erano seguiti un lungo corteggiamento e un fidanzamento ancora più lungo, ma Thatcher credeva che il Signore l'avesse portata nella sua vita per aiutare a far crescere la sua congregazione, in modo che fossero sempre di più le persone che potevano imparare a risvegliarsi nella fede e a correggere i propri errori.

Josie continuò, leggendo i risultati più rapidamente, con gli occhi che le bruciavano per la stanchezza. Cliccò su un altro sito che si chiedeva: "Qual è il patrimonio netto di Thatcher Toland?". L'autore dell'articolo lo stimava intorno ai venticinque milioni di dollari.

«Porca puttana.» mormorò.

Aprendo la pagina, si collegò a un database in cui recuperò la patente di guida di Toland. Era tenuto a indicare l'indirizzo di casa sulla patente, anche se con un patrimonio netto di venticinque milioni di dollari e una moglie che faceva l'agente immobiliare non si faticava a immaginare che avesse numerose proprietà. Dalla ricerca risultò che aveva una proprietà a Gilbertsville, in Pennsylvania, nella contea di Montgomery. Era a circa un'ora a sud di Denton. Josie si collegò all'ufficio delle imposte della contea di Montgomery e consultò il registro delle proprietà. Toland e sua moglie l'avevano acquistata dieci anni prima per oltre un milione di dollari. Josie stava per chiudere l'annuncio quando qualcosa attirò la sua attenzione.

«Non è possibile!» esclamò.

Corse di sopra a prendere il telefono. Né Noah né Trout si svegliarono e nemmeno si agitarono. Li lasciò stare. Tornando di corsa al piano di sotto, tirò fuori le foto che aveva scattato al diario d'infanzia di Amber. Passando alla pagina con i numeri, trovò quello che stava cercando. Non era una corrispondenza perfetta, ma era un inizio.

Non c'era più dubbio che non si sarebbe più riaddormentata.

QUARANTA

Alle nove del mattino, quando si trovò di fronte alla squadra, compreso il capo Chitwood, nella sala grande della centrale, Josie era ancora preda dell'adrenalina. Era arrivata prima che Noah si svegliasse e gli aveva lasciato un biglietto in cui gli chiedeva di raggiungerla al lavoro non appena si fosse svegliato. Aveva bisogno del suo aiuto per mettere insieme i pezzi, in particolare dopo tutte le ricerche che lui aveva fatto sugli annunci immobiliari. Intanto che Noah disponeva pile di documenti sulle loro scrivanie, la vetusta stampante nell'angolo della stanza continuava a ronzare, ma lei aveva già quello che le serviva.

«Andiamo, Quinn.» la esortò Chitwood. «La suspense mi sta uccidendo.»

Josie fece girare un foglio di carta con stampati i numeri del diario di Amber su cui aveva evidenziato quelli a dodici cifre.

«Hai scoperto a cosa corrispondono?» le domandò Chitwood.

«Sì, Signore.» disse Josie.

«Mi stai prendendo in giro.» disse Mettner alzando lo sguardo dal foglio. «Come hai fatto?»

«Insonnia, a giudicare dall'aspetto...» borbottò Gretchen.

«Sì, lo ammetto.» concordò Josie.

«Ma cos'è questa roba, Quinn?» chiese Chitwood.

«È un elenco di numeri identificativi catastali.» annunciò Josie.

«Non so cosa siano...» disse Mettner con voce stanca.

«Il numero di identificazione catastale è il numero che l'ufficio delle imposte della contea assegna a un appezzamento di terreno.» spiegò Noah. «È così che si tiene traccia del fatto che le tasse sulla proprietà siano pagate o meno. Ogni contea è responsabile della riscossione delle proprie imposte sulla proprietà e ogni contea lo fa in modo diverso.»

«Il che significa che ogni contea della Pennsylvania ha un formato diverso per i numeri di identificazione dei singoli lotti.» aggiunse Josie. «Ieri sera non riuscivo a dormire, così mi sono alzata e ho iniziato a fare delle ricerche su Thatcher Toland. L'indirizzo di casa riportato sulla sua patente di guida è nella contea di Montgomery. Quando ho consultato il sito di ricerca delle proprietà, ho notato che il numero di identificazione dell'appezzamento era simile ad alcuni numeri dell'elenco che Amber ha scritto sul suo diario.»

«Io avevo cercato alcuni degli annunci immobiliari che Amber e Eden avevano consultato sui loro dispositivi e che si trovavano nella contea di Montgomery, ma non avevo fatto caso ai numeri identificativi del catasto.» ammise Noah.

«Nessuno li nota, ne sono certa.» disse Josie. «Anch'io ho visto quegli elenchi, quando Noah li ha presentati, ma non ho fatto caso ai numeri identificativi delle singole proprietà. Ma da allora ho ripassato questi maledetti numeri un miliardo di volte e li ho praticamente imparati a memoria.»

«Significa che quelli evidenziati corrispondono a proprietà della contea di Montgomery?»

«Esatto.» disse Josie entusiasta. «Ma non è tutto. È stato necessario scavare un po' nei registri che Noah aveva ottenuto dagli uffici anagrafici delle varie contee. Ho così trovato un riscontro non solo con quei numeri, ma anche con quasi tutti gli altri. Ecco qui.»

Cominciò a distribuire uno dei resoconti. «Quello che avete tra le mani è un contratto di vendita e alcuni documenti relativi alla proprietà.»

«Una residenza nella contea di Dauphin.» disse Gretchen, sfogliando le pagine. «Un'abitazione costosa. Il numero identificativo del catasto è sull'elenco fatto da Amber. Acquistata diversi anni fa da un certo Lemuel Purdue. È uno dei mariti di Lydia Norris. L'ho cercato.»

«Non capisco.» disse Mettner.

«È stata sposata per diciotto mesi con un certo Lemuel Purdue.» spiegò Gretchen.

«Ancora non capisco...» disse Mettner.

«Guarda la sezione che riporta l'agente immobiliare dell'acquirente.» disse Noah.

Il capo Chitwood emise un basso fischio. «Nadine Fiore era l'agente immobiliare.»

«Esattamente!» disse Josie. «Nadine Fiore era l'agente immobiliare quando Purdue ha comprato la casa.»

«Aspettate un attimo.» disse Gretchen, tirando verso di sé il suo taccuino sulla scrivania e sfogliando alcune pagine.

«Le date. Queste date. Nadine Fiore ha venduto a Lemuel Purdue questa casa sei mesi prima che sposasse Lydia Norris.»

«Proprio così.» disse Josie indicando una pila di fogli sulla scrivania. «Qui c'è tutto. Nadine Fiore ha venduto case a tutti i mariti di Lydia Norris entro un anno dal loro matrimonio.»

«I mariti erano tutti uomini facoltosi, giusto?» chiese Mettner.

Gretchen sfogliò un'altra pagina del suo taccuino. «Non solo erano facoltosi, ma erano anche molto in là con l'età quando Lydia li ha sposati. I cinque mariti citati da Hugo: Chasko, Purdue, Kleymann, Vawser e Norris sono tutti deceduti. Erano appunto già in età avanzata quando Lydia li sposava, e quando dico in età avanzata intendo dire che non ce n'era uno che avesse meno di ottant'anni.»

L'espressione di Mettner si riempì di disgusto. «Ma Lydia non era...»

«In alcuni casi aveva una quarantina d'anni in meno rispetto a questi signori, sì.» precisò Gretchen.

«Inoltre, erano tutti senza figli, quindi Lydia ereditava tutto quanto. Pensavo che questa sarebbe stata la rivelazione più scioccante della mattinata. Ma sembra che alla fine tu sia il miglior segugio di internet, Boss.»

«Era tutta una truffa.» disse Noah, raggiungendo la pila sulla scrivania di Josie e tirando fuori un'altra serie di documenti da distribuire. «In qualità di agente immobiliare, Nadine Fiore era a conoscenza delle informazioni finanziarie del suo cliente. Attività, debiti, tutto.»

«E sapeva quali clienti erano anziani, senza figli e non sposati.» aggiunse Chitwood.

«Nadine trovava gli uomini quando vendeva loro una casa.» ricapitolò Mettner. «Li metteva in contatto con Lydia, che li seduceva e poi li sposava. Non molto tempo dopo, il marito di turno moriva e lei ereditava tutto.»

«Ora guardate i documenti dell'eredità di Lemuel Purdue che Noah vi ha appena dato.» disse Josie. Era così euforica che saltellava sulle punte dei piedi.

Tutti cominciarono a sfogliare il nuovo documento. «Non può essere vero.» disse Mettner. Josie capì dal pallore sul suo viso che stava accusando la stessa reazione che aveva avuto lei quella mattina. Alcuni pezzi stavano andando al loro posto e il quadro era sorprendente.

Chitwood disse: «Hugo Watts era l'avvocato che si occupava dell'eredità?»

«Sì. In effetti, era l'avvocato e l'esecutore testamentario non solo di questa proprietà, ma di tutte le proprietà dei mariti defunti di Lydia. E dal momento che rivestiva entrambi i ruoli, ha praticamente raddoppiato i suoi onorari. Non solo, ma Lydia non ha tenuto nessuna delle case da milioni e da decine di milioni di dollari ereditate dai suoi mariti. Le ha vendute.» disse Noah.

«E con tutta probabilità il suo agente era Nadine Fiore.» disse Chitwood.

«No.» disse Josie. «È qui che la cosa si fa davvero interessante.»

La guardarono tutti con sorpresa e Mettner disse: «Più interessante di questa follia?»

«Sì...» disse Josie prendendo una nuova pila di documenti per distribuirla rapidamente. «Un altro accordo di vendita. Stiamo ancora usando il matrimonio con Purdue come esempio. Questo è successivo alla morte di Lemuel Purdue e Lydia ha venduto la casa a qualcun altro.»

Mettner lesse il nome dell'agente immobiliare che Lydia aveva assunto per vendere la casa. «Vivian Smith. E allora?»

«Beh...» disse Josie. «Non si fa più chiamare Vivian Smith. Si è sposata da quando lavorava all'agenzia immobiliare. Ora si chiama Vivian Toland.»

Di nuovo, tutti i presenti puntarono gli occhi su di lei. Gretchen si lasciò sfuggire un lungo flusso di imprecazioni.

«Vivian e Nadine lavoravano insieme.» concluse Noah. «Avevano iniziato nella stessa agenzia immobiliare. Vivian ci ha mentito spudoratamente quando ci ha detto che non aveva mai sentito parlare né tantomeno incontrato Nadine Fiore.»

«Inoltre, Nadine Fiore era proprietaria della tenuta nella contea di Sullivan.» aggiunse Josie. «Ma ne possedeva anche molte altre in tutta la Pennsylvania. Ha vissuto nella contea di Montgomery, col nome di Vivian Toland, per molti anni mentre gestivano queste truffe.»

Mettner indicò le altre pile di fogli sulla scrivania di Josie. «Sono tutti così?»

Josie annuì.

Chitwood alzò lo sguardo dai fogli che aveva in mano. «Fatemi capire bene. Stiamo parlando di una truffa a cui hanno preso parte insieme Nadine Fiore, Hugo Watts, Lydia Norris e Vivian Toland?»

«Per anni.» specificò Josie. «Nadine trovava uomini benestanti che volevano comprare case costose. Individuava quelli che erano in età più avanzata e che non avevano figli. Lydia li seduceva e si faceva sposare. Quando quegli uomini passavano a miglior vita, Hugo si occupava delle proprietà, riscuotendo parcelle esorbitanti, e infine Vivian vendeva le case una volta che tutto era stato completato.»

«Ma aspetta...» disse Mettner. «Lydia deve aver accumulato milioni in questi anni.»

«Non lo so quanto.» intervenne Gretchen. «Dalle mie ricerche, questi tizi erano ricchi ma non erano super-ricchi.»

«I super-ricchi avrebbero attirato troppa attenzione.» disse Chitwood. «Con gente multimilionaria è inevitabile che spuntino fuori dei familiari, come cugini lontani e fratellastri che cercano di contestare l'eredità di una nuova moglie più giovane.»

«Questo ha senso.» disse Mettner. «Ma stiamo parlando di cinque matrimoni. Sicuramente le hanno fruttato una discreta somma di denaro.»

«Potrebbe essere.» disse Gretchen.

«Si è sposata quattro volte tra il primo e il secondo matrimonio con Hugo Watts.» disse Noah. «Non l'ha sposato la seconda volta per i figli, o perché erano innamorati o perché stavano cercando di "sistemare le cose". Lo ha risposato per fargli avere la sua parte di patrimonio.»

«Porca miseria...» disse Mettner. «Aspettate, ma dove si colloca Vivian in tutto questo? Sembra che ricevesse solo una normale commissione da agente immobiliare.»

L'eccitazione di Josie svanì per un attimo. «È questo che

non riesco a capire. L'unica cosa che mi è venuta in mente è che deve aver scoperto quello che stavano facendo e ha minacciato di smascherarli in qualche modo, così loro l'hanno inserita nel gioco lasciandole gestire le vendite nel retrobottega.»

«Questo spiega perché dovevano spostarsi così tanto quando Amber era piccola.» disse Mettner. «Che confusione. Vorrei che me lo avesse detto.»

Gretchen sventolò in aria un documento. «Se questa fosse stata la tua infanzia, l'avresti voluta raccontare a qualcuno?»

Mettner fece una smorfia. «Ottima argomentazione.»

«E i bambini?» chiese Chitwood. «Non abbiamo parlato di loro e di come si inseriscono in questa storia. Voglio dire, se Hugo, Nadine, Lydia e persino Vivian Toland avevano accumulato così tante ricchezze grazie alle conquiste di Lydia, perché Eden viveva in un monolocale e lavorava come barista a Philadelphia?»

«E perché Gabriel viveva in una discarica simile?» aggiunse Gretchen. «Sappiamo che Amber se n'è andata, ha tagliato i ponti con tutti. Non voleva nulla da loro, nemmeno che le pagassero l'università. Ma che dire di Gabriel e Eden?»

«Né Hugo né Lydia sembrano genitori modello.» disse Josie. «Sono sicura che una volta cresciuti i figli, non avevano più interesse a provvedere a loro. La domanda migliore è: cosa facevano questi ragazzi?»

«Stavano con la zia che li maltrattava.» disse Mettner.

«Non sempre.» corresse Josie.

«Allora venivano sballottati da un posto all'altro ogni volta che Lydia si risposava.» suggerì Mettner.

«Pensate davvero che questi sociopatici non abbiano cercato di usare i loro figli in qualche modo per truffare la gente?» chiese Chitwood.

«Ma come?» disse Mettner. «Come avrebbero fatto a usare i figli per ottenere denaro?»

«La diga di Russell Haven.» mormorò Josie.

«Che cosa c'entra?» chiese Noah.

«La diga di Russell Haven.» ripeté Josie. «Il capo ha ragione. Hanno usato i loro figli.»

«Di cosa stai parlando?» domandò Mettner.

«Quando i figli erano piccoli, Lydia deve aver trascorso mesi e addirittura anni a stabilire relazioni con questi uomini. Hugo avrebbe avuto i bambini da solo per lunghi periodi di tempo tra la morte dei mariti di Lydia. Periodi in cui non avrebbe avuto accesso al denaro di Lydia. Certo, di tanto in tanto li lasciava con la zia Nadine, ma non vivevano continuamente con lei. Stando a tutto quello che abbiamo sentito sul suo conto, dubito che avrebbe accettato di crescere i figli di Hugo mentre lui viveva la sua vita e Lydia truffava uomini facoltosi per sottrarre loro le proprietà. Hugo li avrebbe avuti per una buona parte del tempo. Ci ha detto lui stesso che li spostava ogni volta che Lydia si risposava.»

«Così potevano stare vicino alla madre.» completò Gretchen.

«Non è per quello.» disse Noah. «L'ha fatto per poter tenere d'occhio Lydia e assicurarsi che facesse la sua parte nella truffa.»

«Ha senso.» concordò Josie. «Deve aver usato i figli. Se fosse stato in grado di servirsene per gestire truffe più piccole, avrebbe potuto guadagnare abbastanza soldi per tenere a galla sé stesso e i figli mentre Lydia era fuori a occuparsi dei grandi colpi.»

«È un avvocato.» fece notare Mettner. «Perché avrebbe dovuto usare i suoi figli per truffare la gente per rimanere a galla?»

«Non credo che esercitasse molto la professione di avvocato.» disse Gretchen. «Per il modo in cui si spostava da una contea all'altra. Forse la sua attività non portava un guadagno regolare, o forse sperperava troppo in fretta i soldi che aveva. Credo che il Boss abbia ragione. Si serviva dei ragazzi per gestire piccole truffe a suo vantaggio, mentre Lydia si occupava delle truffe di lunga durata.»

«Sì, esattamente!» convenne Josie. «Continuavo a pensare che Ella Purdue fosse in realtà Lydia che usava un nome falso, diventava una paziente di Jeremy Rafferty e lo ricattava, ma cosa poteva mai usare una donna adulta come ricatto? Rafferty era vedovo.»

«Un'accusa di violenza sessuale?» suggerì Mettner. «Può essere che abbia minacciato di rendere pubblica la notizia e di mentire dicendo che lui aveva abusato sessualmente di lei?»

«No.» disse Josie. «Voglio dire, sì, avrebbe senso, ma non credo che Lydia avrebbe avuto tempo per tutto questo. Peraltro, non avrebbe voluto attirare su di sé questo tipo di attenzione, perché una cosa del genere avrebbe potuto macchiarla agli occhi dei futuri mariti. E poi, come ho detto, Hugo avrebbe avuto bisogno di soldi.»

«Ha fatto in modo che una delle sue figlie diventasse una paziente di Jeremy Rafferty.» disse Noah.

QUARANTUNO

Quell'ultima frase rimase sospesa nell'aria. Josie sentiva le pareti dello stomaco bruciare a causa dell'ingente numero di tazze di caffè che aveva consumato quella mattina. Cercò di immaginare Amber o Eden da ragazzine costrette a mentire e a manipolare uomini molto più anziani.

«Stai dicendo che Hugo Watts ha fatto in modo che una delle sue figlie diventasse una finta paziente del dottor Jeremy Rafferty?» chiese Mettner.

«Credo di sì.» disse Josie. «E poi, a un certo punto, l'ha costretta ad accusare falsamente il dottor Rafferty di comportamenti inappropriati. Probabilmente ha minacciato di renderlo pubblico o di rivolgersi alla polizia se Rafferty non lo avesse pagato. Cinquantamila dollari. Che gabbia di matti.»

Gretchen fece una smorfia. «È una cosa che va oltre la malvagità.»

«Rafferty ha pagato.» disse Josie. «Ma non poteva comunque convivere con questa cosa.»

«A meno che non si fosse davvero comportato in modo inappropriato.» disse Noah.

Josie pensò alla missione appassionata di Devon Rafferty di

riabilitare il buon nome di suo padre. «Non ne sono tanto sicu-ra.» disse. «Anche se suppongo che tutto sia possibile. A prescindere da questo, il punto è che Hugo Watts usava i suoi figli per fare il lavoro sporco. Per portare a casa i soldi tra la morte di un marito di Lydia e l'altro.»

«Il fatto che adesso Amber non voglia assolutamente avere niente a che fare con la sua famiglia ha molto più senso.» commentò Gretchen. «E anche il fatto che non voglia dire perché ha senso.»

Chitwood si avvicinò alla scrivania di Josie e iniziò a sfogliare i documenti. «Sappiamo che Rafferty si è suicidato trent'anni fa. Lydia Norris era già sposata con il marito numero quarto. Per lo meno, con l'ultimo prima che si sposasse di nuovo con Hugo Watts. In seguito, ha sposato un altro uomo più anziano, ma non ha coinvolto né Hugo né Nadine. Dopo di che non ci sono altri matrimoni.»

«Sono sicuro che tutti loro sapevano cosa stava succedendo e cosa era accaduto a Rafferty.» affermò Noah. «È possibile che anche Vivian Toland ne fosse al corrente. Erano anni che orga-nizzavano queste truffe insieme. All'epoca lei non era nemmeno sposata con Toland.»

«A meno che non si trattasse di qualcosa che Hugo faceva di nascosto.» propose Chitwood.

«Può darsi che Vivian non lo sapesse.» disse Josie. «Ma sono sicura che Lydia e forse anche Nadine lo sapevano.»

«Lydia ha ricevuto una cartolina con la diga di Russell Haven.» fece notare Gretchen. «Quindi lo sapeva di sicuro. Solo che ha contattato soltanto Amber. Perché?»

«È possibile che sia stata Amber ad accusare Rafferty.» suggerì Josie. Con la coda dell'occhio vide Mettner trasalire.

«Detective...» disse Chitwood, «non abbiamo ancora affron-tato la questione più importante. Per quale motivo stanno ucci-dendo tutte queste persone?»

«Espiazione.» disse Noah. «Gabriel si è unito alla chiesa di

Thatcher Toland anni fa. È un devoto seguace. In realtà è un po' inquietante. Si basa tutto sull'espiazione dei peccati. Ha ammesso di aver cercato di convincere Amber a espiare, ma lei non ne voleva sapere. Eden ci stava arrivando. È stato visto avvicinare Amber prima che sparisse. Le sue impronte sono sulla telecamera di sorveglianza. A casa sua abbiamo trovato tracce di sangue e capelli che con ogni probabilità sono riconducibili a lei, ma aspettiamo comunque la conferma finale del laboratorio. E ha aggredito Josie quando è stato fermato dalla polizia.»

«Ma ucciderli.» disse Gretchen. «Come fa a essere espiazione?»

«Non lo è.» disse Mettner. «È vendetta.»

«E comunque, che ruolo ha Thatcher Toland in tutto questo?» chiese Chitwood. «Sa che sua moglie è un'artista della truffa?»

«Non credo.» disse Josie. «Potrebbe essere vittima di uno dei suoi imbrogli. Lei gli ha venduto la prima casa, ricordate? Lui veniva da una famiglia agiatissima. Lo sapevate? Aveva già un bel patrimonio prima che la sua attività pastorale decollasse. Lei lo sapeva di sicuro quando è diventata il suo agente immobiliare. È possibile che abbia intravisto l'opportunità di ricavare qualcosa di più delle semplici commissioni immobiliari della lunga truffa che Lydia, Hugo e Nadine stavano portando avanti.»

«Oppure è tutta una truffa.» ipotizzò Noah. «Thatcher è coinvolto. Lui e Vivian lavorano insieme. Non è diventato Thatcher Toland, famoso telepredicatore, finché non è arrivata Vivian. La chiesa è la truffa.»

«Non riesco a immaginare che un uomo nella posizione di Toland voglia uccidere delle persone in questo modo, anche indirettamente. E, a parte questo, che tipo di rapporto avrebbe con la famiglia Watts?» disse Chitwood. «Vivian li ha aiutati, ma non è stata determinante nel truffare questi uomini con i loro soldi. In realtà ha solo venduto qualche casa.»

«A proposito di case...» disse Gretchen. «Nell'elenco di

Amber c'erano undici numeri di identificazione dei lotti. Lydia ha avuto solo cinque vecchi mariti ricchi.»

«Giusto.» disse Noah. «Gli altri numeri di identificazione del catasto sono per delle proprietà che questi mariti usavano come case per le vacanze o che davano in affitto. Credo che Amber stesse cercando di compilare un elenco di tutte le case che sono passate di mano in seguito alle truffe che Lydia Norris, Hugo Watts, Nadine Fiore e Vivian Toland avevano messo in atto.»

«Allora Eden stava cercando la stessa cosa nello stesso periodo.» disse Gretchen.

«Devono essere state in contatto in qualche modo.» disse Chitwood.

«Per questo ci servono i tabulati telefonici.» concordò Josie. «Amber potrebbe aver cancellato le chiamate tra lei e Eden nella sua cronologia, ma i registri mostreranno comunque se ci sono state.»

«D'accordo, d'accordo...» disse Chitwood, alzando le mani. «Sembra chiaro che le sorelle si stessero preparando a smascherare il resto della famiglia in qualche modo. Questo però non ci dice ancora chi ha ucciso Eden e Lydia o chi ha fatto sparire Amber.»

«Penso che dobbiamo considerare Gabriel.» affermò Noah. «Il ragazzo ha sicuramente qualche rotella fuori posto. È evidente che disapprova i suoi familiari e serba rancore nei loro confronti per tutto quello che hanno fatto, altrimenti non si sarebbe avvicinato affatto ad Amber.»

«Va bene.» disse Chitwood. «Seguiamo questa logica. Gabriel decide di uccidere le sorelle e la madre perché hanno mentito e imbrogliato un mucchio di uomini e hanno persino spinto il dottor Jeremy Rafferty a suicidarsi. Forse ha in mente di uccidere anche suo padre, ma non è ancora arrivato a quel punto. Ma lascerebbe Vivian indenne?»

Gretchen disse: «Vivian potrebbe facilmente dichiararsi

all'oscuro di tutto. Come abbiamo detto, non ha fatto niente di più che vendere alcune proprietà per conto di Lydia.»

Chitwood annuì. «D'accordo, allora continuiamo. Gabriel inizia con la zia Nadine. Si reca alla contea di Sullivan e la annega nel suo stagno. In seguito, decide di uccidere Eden. Rapisce Amber. Poi uccide Lydia. Abbandona Eden e Lydia alla diga di Russell Haven perché è lì che è stato ritrovato il corpo del dottor Jeremy Rafferty.»

«Portare un uomo al suicidio è un peccato piuttosto grave.» disse Noah. «Molto peggio che convincere un vecchio ricco e solitario a sposarti e poi tenersi i suoi soldi dopo la sua morte.»

«Ma ancora una volta, qual è il ruolo di Thatcher Toland in tutto questo?» si chiese Mettner. «Da quello che sappiamo, ha parlato con Eden prima che lei lasciasse Philadelphia, e poi l'altro giorno è andato a casa di Amber.»

«Magari Gabriel si è sfogato con Thatcher.» suggerì Josie. «Vivian ha mentito sul fatto di non conoscere Nadine Fiore, perciò non è azzardato pensare che abbia mentito sul fatto che Thatcher non conosce personalmente Gabriel. Magari Gabriel è andato da Thatcher e gli ha raccontato tutto. Magari Thatcher si è reso conto che Gabriel aveva idee inquietanti su come la sua famiglia avrebbe potuto espiare i propri peccati e stava cercando di appianare le cose per evitare l'omicidio. Magari ha detto a Gabriel che se ne sarebbe occupato parlando con Eden e Amber, ma questo non è stato sufficiente per Gabriel.»

«Questo è plausibile supponendo che Thatcher Toland non sia un viscido, disgustoso, subdolo predicatore televisivo che cerca solo un modo per arricchirsi. Dopotutto ha sposato una truffatrice.» disse Gretchen. «Personalmente, non sono ancora convinta della teoria che non sappia assolutamente nulla delle precedenti attività della moglie.»

«Non credi che faccia sul serio?» chiese Mettner.

«Non credo che nessuno di quei personaggi faccia sul serio.» disse Gretchen.

Qualcosa in fondo alla mente di Josie stava lottando per emergere dall'oscurità, ma non riusciva ancora a capire di cosa si trattasse. Mentalmente, cercò di metterlo a fuoco, ma non riusciva a cristallizzarlo. Era qualcosa sulla loro teoria. Tutti i pezzi combaciavano, eppure c'erano dei dettagli che non quadravano, proprio come quando si costruisce un puzzle e c'è un pezzo che darebbe l'impressione di andare al suo posto, ma uno dei bordi è un po' troppo grande o troppo stretto, troppo arrotondato o troppo spigoloso. Lo si potrebbe inserire con la forza e potrebbe anche sembrare andare bene, fino a quando non si trova il pezzo giusto che va veramente al suo posto; solo a quel punto si può vedere con quanta facilità e perfezione si incastra e quanto ci si sbagliava sul primo.

«Oh cazzo.» esclamò.

«Cosa c'è?» chiese Noah.

«Niente.» disse lei scuotendo la testa. «Non lo so. Non importa. Adesso dobbiamo metterci al lavoro.»

«Da dove cominciamo?» chiese Gretchen.

«Dobbiamo trovare Gabriel Watts.» disse Josie. «Questa è la prima cosa da fare. Dovremmo far tornare Hugo per un'altra chiacchierata. Poi dobbiamo parlare direttamente con Thatcher Toland. Voglio anche i tabulati telefonici di Amber, Eden, Gabriel e Lydia.»

La porta delle scale si aprì, mandando un soffio d'aria nella stanza. Il sergente Dan Lamay entrò con un cappello da Babbo Natale e una collana di luci natalizie intorno al collo. Tra le mani portava un vassoio di biscotti natalizi. Tutti si voltarono a fissarlo. Lui si immobilizzò.

«Lamay...» disse Chitwood. «Ma che stai facendo, dannazione?»

Dan si voltò a guardare la porta chiusa, come se si stesse chiedendo se ci fosse un modo per andarsene senza rispondere alla domanda del capo. Rendendosi conto che non c'era, si voltò verso di loro e tese il vassoio dei biscotti. «La festa di Natale. È iniziata al piano di sotto. Volevo solo sapere se qualcuno di voi aveva voglia di partecipare.»

«Festa di Natale?» disse Noah. «È oggi?»

Dan si avvicinò e posò i biscotti su una delle scrivanie, poi si allontanò come se fossero un esplosivo pronto detonare da un momento all'altro. «Non importa, allora. Ci vediamo tutti più tardi.»

Una volta che se ne fu andato, Gretchen iniziò a divorare i biscotti. «Almeno le feste di Natale offrono un buon pretesto per mangiare qualcosa di goloso.»

«Questo significa che domani è la Vigilia di Natale.» disse Josie.

«Non ricordarmelo.» brontolò Mettner. Si alzò in piedi. «Sentite, posso aiutarvi. Vado a...»

Prima che potesse finire, Chitwood gli pose una mano sulla spalla. «Siediti, figliolo. Resterai qui per seguire i mandati per i tabulati telefonici. E fai un salto dall'agente Hummel. Ho saputo che ieri sera è andato a Danville per controllare la casa di Lydia Norris. Informati se ha trovato qualcosa di utile.»

Le labbra di Mettner si strinsero in una linea sottile. Josie sapeva che voleva contestare quelle disposizioni, voleva restare sul campo, probabilmente a dare la caccia a Gabriel Watts, ma sapeva anche che una parola sbagliata al capo avrebbe potuto farlo tornare a casa ad attendere gli sviluppi. «Va bene.» disse, tornando a sedersi.

Chitwood indicò Josie e Noah. «Voi due, occupatevi di Hugo e Toland.»

«Non prenderanno mai Toland.» disse Mettner. «È via fino a domani, a meno che non sia una bugia, nel qual caso sembra che vi stia già ignorando.»

«Ma domani Thatcher terrà il suo primo sermone nella nuova megachiesa.» disse Josie. «E indovinate chi è che sua moglie ha invitato personalmente a partecipare?»

Tutti fissarono lei e Noah.

Chitwood sorrise. «Bene, detective. Vediamo fin dove arriviamo. Voi due rintracciate Hugo Watts e vedete dove arrivate con Thatcher Toland. Se non riuscite a prenderlo oggi, domani ci presentiamo alla sua chiesa. Io e Palmer riprenderemo la ricerca di Gabriel Watts. Forza, Palmer. Chiamiamo la stampa.»

QUARANTADUE

Hugo Watts si era registrato all'Eudora Hotel, l'albergo più grande e sfarzoso di Denton. Alto dodici piani, occupava da solo mezzo isolato della città. Era antico quanto la città stessa e le decorazioni della facciata erano state inserite nel registro storico da quando Josie ne aveva memoria. Entrare nell'atrio era come fare un salto nel passato di cento anni. La moquette color smeraldo era ancora più lussureggiante dei nuovi tappeti della chiesa della Purificazione; l'arredamento era impreziosito da mobili antichi e da colonne di marmo che si innalzavano verso i soffitti a cassettoni, da cui pendevano lampadari di cristallo che emanavano una luce morbida e accogliente. Da qualche parte, fuori dalla vista, si diffondeva in tutto l'atrio una musica strumentale. Il direttore diede loro il numero della stanza di Hugo Watts quando gli dissero che dovevano notificare un decesso. Non avevano intenzionalmente chiamato in anticipo, per non correre il rischio di allertare Hugo e dargli il tempo di andarsene. Stavano già spendendo decine di migliaia di dollari in risorse della polizia per cercare un solo Watts; era fondamentale quindi mantenere l'elemento sorpresa per l'altro.

Al nono piano trovarono i carrelli delle pulizie fuori da

diverse stanze aperte, pieni di articoli da toilette, asciugamani e altra biancheria. Hugo Watts aveva appeso il cartello "Non disturbare" sulla maniglia della porta per indicare che non voleva che il personale delle pulizie entrasse nella sua stanza quella mattina. Josie bussò alla porta, ma non ci fu risposta. Aspettarono un lungo momento e poi Noah batté, questa volta più forte. Ancora niente.

«Mr. Watts.» chiamò Josie a voce alta. «Siamo della Polizia di Denton. Abbiamo bisogno di parlare con lei.»

Sentì dei passi e un secondo dopo la porta si aprì. Hugo Watts apparve davanti a loro, con indosso un paio di pantaloni neri stirati e una camicia con collo button-down lasciato aperto, rivelando così una canottiera bianca. I polsini della camicia erano sbottonati e stava a piedi nudi. I capelli erano umidi e sembravano appena pettinati. Josie percepì un sentore di bagnoschiuma e shampoo quando lui sporse la testa nel corridoio, guardando da una parte all'altra. «Non c'è bisogno di urlare.» disse. «Preferirei che non faceste scenate. Che cos'è questa storia? Perché non avete chiamato?»

«Quello di cui dobbiamo parlare non è il genere di cose che si possono discutere al telefono.» gli spiegò Noah.

Mr. Watts tornò nella sua stanza, con un'espressione gelida. A Josie parve di leggerci anche una certa paura. «Possiamo entrare?» gli chiese varcando la soglia e superandolo. Noah la seguì, chiudendosi la porta dietro le spalle. Addentrandosi nella stanza, Josie vide che il letto era ancora disfatto e che sopra c'era un piccolo astuccio per il bagno con la cerniera aperta da cui faceva capolino un corredo per la rasatura. Giacca e cravatta erano disposte sullo schienale di una poltrona in un angolo, davanti alla quale c'erano anche i calzini e le scarpe.

Josie si avvicinò alla finestra e guardò la vista panoramica della città. Era sempre mozzafiato dai piani alti dell'Eudora. Alla sua sinistra, in sottofondo, la televisione trasmetteva il notiziario. Il capo Chitwood e Gretchen apparvero nella ripresa proprio davanti alla casa di Gabriel Watts a Woodling Grove.

Noah prese posizione vicino alla porta del bagno, mentre Josie si fermò alla finestra. Hugo Watts rimase vicino alla porta e disse: «Detective, vi sarei grato se andaste subito al sodo. Devo uscire tra venti minuti.»

«Va da qualche parte?» chiese Noah.

Hugo si allacciò uno dei polsini della camicia. «A casa. Devo andare a casa. Lydia si sta occupando dell'organizzazione del funerale di Eden. Le ho lasciato un messaggio in cui le dicevo di farmi sapere quando si terrà la cerimonia. Fino ad allora, non posso fare molto qui.»

«Non ha visto un notiziario nelle ultime ventiquattr'ore?» chiese Josie.

Colto dalla vergogna, Hugo lanciò un'occhiata al televisore. «Non ho prestato molta attenzione.»

«Suo figlio ha aggredito un agente di polizia.» spiegò Noah. «È latitante ed è ricercato per la scomparsa della sorella Amber.»

E del suo omicidio, pensò Josie, avvertendo un'ondata di emozioni che aveva trattenuto per ore e che ora minacciava di travolgerla. No, si disse poi. Non poteva permettersi di pensarci. Non avrebbe creduto alla morte di Amber finché non avesse avuto una prova concreta.

«La sua ex moglie è morta.» aggiunse Josie.

Hugo girò di scatto la testa nella sua direzione e rimase a bocca aperta; la aprì e la richiuse un paio di volte prima di riuscire finalmente a dire: «Che cosa?»

«Lydia è stata uccisa. Qualcuno l'ha colpita alla testa e poi l'ha gettata nell'impianto di risalita dei pesci della diga di Russell Haven, dove è annegata.» spiegò Josie.

Hugo non disse nulla. Con gli occhi ancora puntati su Josie, cercò di allacciarsi l'altro polsino della camicia, ma le dita gli tremavano troppo. «Mi dispiace molto sentire tutto questo, sentire entrambe le cose, ma io non ho niente a che fare con questa storia. Non posso aiutarvi.»

«Tutt'altro.» disse Josie. «Io penso proprio che lei possa aiutarci. E soprattutto, credo che lei possa aiutare sé stesso. Non le consiglio di tornare a casa adesso, Mr. Watts.»

«Se fossi in lei, resterei un'altra notte o due.» aggiunse Noah. «La sicurezza di questo hotel è molto efficiente.»

Hugo spostò lo sguardo da Noah a Josie e viceversa. «Sicurezza? Di cosa state parlando?»

«Non l'ha ancora capito?» disse Josie. «Tutti i membri della sua famiglia sono stati uccisi, a parte suo figlio e Amber, di cui non conosciamo la sorte. Lei potrebbe essere il prossimo.»

Le sue dita armeggiarono di nuovo senza successo per allacciare il polsino della manica. «Perché dovrei essere il prossimo?»

Noah incrociò le braccia sul petto e scosse la testa, come se fosse deluso. «Suvvia, Mr. Watts. Lo sappiamo tutti che non è così stupido. Perché non dovrebbe essere il prossimo?»

«Chi... chi pensate che sia il responsabile di tutto questo? Chi pensate stia uccidendo...»

«I membri della sua famiglia?» completò per lui Josie. Guardò Noah. «Il tenente Fraley, qui, pensa che sia suo figlio. Io non ne sono tanto convinta. Io pensavo che se avessimo fatto una chiacchierata con lei, magari avrebbe potuto mettere al suo posto qualche tassello e convincermi una volta per tutte.»

Le mani gli caddero lungo i fianchi. «Tasselli? Quali tasselli? Non capisco. Voi pensate che mio figlio abbia ucciso Eden e Lydia...»

«E zia Nadine.» aggiunse Noah.

«E mia sorella.» disse Hugo. «E che abbia rapito Amber? Cos'è che ve lo fa pensare?»

«Le prove.» disse Josie. «Lo pensiamo perché abbiamo delle prove.»

«Quali prove?» chiese Hugo. «Smettetela di essere così criptici e ditemi cosa diavolo sta succedendo!»

Josie aspettò un attimo, lasciando che il momento si prolungasse finché non colse un piccolo tremore nella mascella di Hugo Watts. A quel punto disse: «Quello che sta succedendo è che sappiamo tutto delle truffe che lei, Nadine, Lydia e Vivian Toland mettevate in atto quando i suoi figli erano piccoli.»

«Non so di cosa state parlando.»

«Nessun problema.» disse Noah. «Le rinfreschiamo noi la memoria. Sua sorella era un'agente immobiliare. Quando vendeva una proprietà a un uomo anziano, facoltoso e senza figli, avvisava la sua ex moglie, Lydia, che a sua volta instaurava una relazione con quell'uomo e alla fine lo sposava; quando lui moriva, Lydia ereditava tutte le sue ricchezze e lei, Mr. Watts, si occupava del suo patrimonio. Quando tutto finiva e Lydia aveva bisogno di sbarazzarsi dei suoi beni, Vivian Toland interveniva e procedeva con la vendita. Lydia lo ha fatto quattro volte prima di sposarsi con lei per la seconda volta, dandole accesso alle ricchezze che aveva accumulato.»

La mascella di Hugo era così serrata che Josie, prima di continuare, vide tremare anche i più piccoli muscoli: «Non siamo sicuri di quali fossero gli accordi con Nadine in termini di inserimento, ma non ha importanza, perché non è questo il punto. La cosa importante è che quello che voi quattro avete fatto è moralmente riprovevole.»

Hugo deglutì e poi parlò, con la voce tesa. «Può anche darsi che fosse moralmente riprovevole, ma non era di certo illegale.»

Josie ci aveva pensato molto nelle ultime ore. «No, non lo era.» concordò.

«Non c'è nulla di illegale nello sposare un uomo anziano e ricco, purché sia sano di mente e contragga il matrimonio di sua spontanea volontà. Non c'è nulla di illegale nel gestire le proprietà dei mariti defunti della propria ex moglie. Lei stava solo svolgendo la sua professione di avvocato. Non c'è nulla di illegale nemmeno nel fatto che Vivian Toland vendeva le proprietà di Lydia come agente immobiliare autorizzato in Pennsylvania.»

«Ma non credo che a suo figlio interessino tanto gli aspetti legali, quanto i problemi morali ed etici.» intervenne Noah. «Dopotutto, ora è un membro della Chiesa della Purificazione. Abbiamo parlato con lui ieri, sa? Ci ha lasciato intendere che tutti voi avete parecchie cose da espiare.»

«È pazzo.» sentenziò Hugo. «Ve l'ho detto. E allora? Ha assunto una sorta di posizione di superiorità morale ora che si è unito a questa chiesa, e vuole che tutti noi paghiamo per le nostre presunte mancanze morali. È un problema suo, non mio.»

«Diventa un problema suo se Gabriel decide di trovarla e farle espiare i suoi peccati.» disse Josie. «Ma la cosa interessante è che quando abbiamo parlato con lui, sembrava preoccupato soprattutto dei peccati delle sue sorelle. Qual è la ragione secondo lei, Mr. Watts?»

«Non ne ho idea. Come ho detto, è un pazzo. Va bene, resterò qui se è questo che volete, se pensate che sia più sicuro, ma vorrei che ve ne andaste adesso.»

Ignorando la sua richiesta, Josie proseguì: «L'unica ragione che mi viene in mente per la quale Gabriel dovrebbe pensare che le sue sorelle debbano espiare delle colpe è quello che hanno fatto al dottor Jeremy Rafferty. Non è finita molto bene, sbaglio?»

Ai suoi fianchi, le mani di Hugo tremavano. Strinse i pugni per cercare di fermarle. «Andatevene. Subito.»

«Non era solo moralmente riprovevole, non è così?» chiese Josie. «Era davvero illegale. Mandare una delle sue figlie a fingersi malata. Costringerla a inventare bugie su di lui. Ricattarlo. Dopo averle pagato i cinquantamila dollari che le aveva chiesto, si è gettato nel fiume. Si è tolto la vita.»

Il fremito salì lungo le braccia di Hugo fino alle sue spalle.

«Se dovrò chiederlo un'altra volta...» disse, «dovrò chiamare la sicurezza. Uscite dalla mia stanza. Immediatamente.»

Josie e Noah aspettarono, lasciando trascorrere un altro lungo minuto. Le loro posture si rilassarono. Guardando la televisione, Josie vide il volto di Thatcher Toland. Era uno spezzone dell'intervista che aveva rilasciato qualche giorno prima, quella che era stata trasmessa quando Josie lo aveva incontrato al Komorrah's Koffee. La scritta in sovraimpressione recitava: *Domani inaugurazione della nuova megachiesa di Thatcher Toland.* Il segmento si concludeva e la foto della patente di Gabriel Watts appariva sopra un'altra scritta che annunciava: *Ricercato uomo della zona in relazione alla donna scomparsa.* Il servizio veniva trasmesso e poi la grafica cambiava in un panorama natalizio innevato. La scritta successiva recitava: *Previste forti nevicate durante le vacanze.* Quando Josie tornò a guardare Hugo Watts, anche lui stava fissando il televisore. La sua voce era più morbida quando disse: «Ora vi prego di andarvene, detective.»

Josie e Noah si avviarono lentamente verso la porta. Watts la tenne aperta per loro. Mentre gli passavano davanti, prima Noah e poi Josie, lei si fermò sulla soglia e disse: «Sa dove trovarci se vuole parlare o se suo figlio si fa vivo per discutere della sua espiazione.»

Superò la soglia. La porta era quasi già chiusa quando Hugo Watts li chiamò: «Detective.»

Josie e Noah si voltarono a guardarlo. Dallo spiraglio nella porta si intravedeva solo parte del suo volto. «Se state cercando di trovare attività moralmente riprovevoli e illegali, vi state concentrando sull'uomo sbagliato. Ci sono cose peggiori che possono accadere, e che sono accadute all'epoca, quando le mie ragazze erano giovani.»

QUARANTATRÉ

Tornati in macchina, Josie accese il riscaldamento. Noah uscì dal parcheggio dell'Eudora e si diresse verso la megachiesa di Thatcher Toland, dove Josie non aveva dubbi che ancora una volta sarebbero stati bloccati all'entrata. Sebbene Paul avesse detto all'agente di pattuglia che i Toland erano a New York per la campagna pubblicitaria, né Josie né Noah lo credevano vero e avevano la sensazione che l'unico modo per avere accesso al predicatore fosse andare alla funzione della Vigilia di Natale.

«Ma di che diavolo stava parlando?» chiese Noah.

«Non ne ho proprio idea.» ammise Josie. Di nuovo, i pezzi sparsi in fondo alla sua mente si spostarono, nascondendosi dietro un velo, fuori fuoco e fuori portata. «Sta sviando la nostra attenzione. L'unica cosa di cui possiamo essere assolutamente certi quando si ha a che fare con Hugo Watts è che non dice la verità.»

«È vero.» concordò Noah.

Si diressero verso la chiesa della Purificazione in silenzio. Amber riempiva ogni angolo della mente di Josie. Il confronto con Hugo Watts era servito solamente a consolidare le sue paure. Se la loro teoria su Gabriel era corretta ed era lui che stava uccidendo la sua famiglia in una forma contorta di espiazione di tutte le cose ingannevoli, immorali e illegali che avevano compiuto, non c'era motivo per cui Amber dovesse essere ancora viva, perché Gabriel non aveva alcun motivo di trattenerla contro la sua volontà. Josie pensò ai risultati dell'autopsia fatta dalla dottoressa Feist, che erano compatibili con il fatto che Eden era stata trattenuta e ripetutamente picchiata per circa due settimane prima della sua morte. Perché Gabriel aveva trattenuto Eden così a lungo prima di ucciderla? Aveva cercato di costringerla a espiare in qualche modo, ma alla fine non gli era bastato? Quanto poteva essere distaccato dalla realtà Gabriel? Ancora una volta, Josie ebbe la sensazione che tutti loro stessero mettendo insieme pezzi di puzzle mal assortiti.

«Oh, guarda.» disse Noah, interrompendo il flusso dei suoi pensieri. «Il nostro amico Paul.»

Fuori dall'ingresso della chiesa, c'era l'assistente dei Toland che teneva una cartellina tra le mani e, accanto a lui, c'era un uomo che indossava una specie di uniforme e un berretto con la visiera; stavano studiando insieme il contenuto della cartellina e di tanto in tanto Paul prendeva qualche appunto, mentre l'uomo indicava alcuni elementi e li commentava. Si fermarono entrambi e alzarono lo sguardo vedendo Josie e Noah che parcheggiavano e scendevano dalla loro auto. Paul si avvicinò a loro alzando una mano per fermarli. «Come ho detto all'altro agente ieri sera, non sono qui.» li avvertì. «Mr. e Mrs. Toland sono a New York. Ma posso farvi richiamare quando avrò parlato di nuovo con loro...»

«Certo.» disse Josie. «Come tutte le altre volte che ci hanno "promesso" che avrebbero richiamato, dico bene?»

Paul alzò gli occhi al cielo. «Sto solo facendo il mio lavoro, signorina.»

«Detective.» lo corresse Noah. «Se parla con Mr. Toland, gli dica che non gli ruberemo molto tempo con le nostre domande.

Così potremo toglierci dai piedi e lui potrà concentrarsi sulla sua congregazione.»

Questo sembrò tranquillizzare Paul, la cui postura si rilassò leggermente. «Ma certo.» garantì. «Lo farò.»

Risalirono in macchina e ripartirono.

«Mi ha fatto male fisicamente essere gentile con quel tipo...» commentò Noah, «ma visto che domani ci toccherà tornare qui, non ho voluto farlo arrabbiare troppo.»

«Lo so.» disse Josie.

La neve turbinava nell'aria mentre entravano nel parcheggio comunale dietro la stazione di polizia. Josie sapeva dai messaggi ricevuti che il capo e Gretchen erano ancora in giro a supervisionare le ricerche di Gabriel Watts. Nella sala grande trovarono Mettner, che stava seduto alla sua scrivania con il libro di Thatcher Toland aperto sulle ginocchia. Davanti a lui c'era una serie di pietanze su piattini da festa. La festa di Natale, ricordò Josie. Un pesante senso di tristezza le si depositò nello stomaco quando pensò che era stata Amber a mettere tutto in piedi. Come previsto, grazie alle sue straordinarie capacità organizzative, la festa si era svolta senza intoppi anche in sua assenza.

Mettner si alzò di scatto dalla sedia quando li vide. «Ce l'ho.» annunciò. «L'ho trovato.»

Josie e Noah si sedettero alle loro scrivanie. «Il passaggio?» chiese Josie.

«Sì! Quello che Amber mi ha letto quando cercava di farmi capire che Toland è una persona disgustosa.»

«Leggicelo.» gli disse Noah.

Mettner trovò la pagina che si era segnato con un post-it giallo, si leccò le labbra e iniziò a leggere ad alta voce. «*Predicavo ogni domenica in una piccola chiesa di una piccola città a una piccola congregazione. Ogni settimana mi presentavo davanti a loro e parlavo della parola e della volontà del Signore. Nei primi tempi mi piaceva molto, ma con il passare degli anni mi sono* reso conto che stavo scambiando l'adulazione per l'appagamento. Non stavo soddisfacendo la mia anima svolgendo questo lavoro, ma stavo semplicemente godendo dei frutti di essere qualcuno che gli altri rispettavano, che ammiravano e che ascoltavano. Ho iniziato a sentirmi un impostore. Ero un impostore. Ero entrato nella comunità religiosa per tutta una serie di motivi sbagliati. Ho avuto una crisi di coscienza, una crisi di fede. Era davvero quello il mio destino? Era quello che Dio voleva da me? Sono entrato in un periodo buio in cui ho dovuto guardare bene e con attenzione alla mia anima e non voltarmi quando non mi piaceva ciò che vedevo. Avevo commesso molti errori, molti peccati: orgoglio, gola, invidia, avidità e persino lussuria. Forse i peggiori di tutti erano i peccati lussuriosi che avevo commesso attivamente e volontariamente, e che macchiavano la mia anima così in profondità da farmi disperare che il Signore mi avrebbe mai più guardato con amore.

È stato allora che mi sono risvegliato. Mi sentivo come se il Signore stesso fosse in piedi accanto a me e mi dicesse: "Thatcher, non riuscirai mai a rimuovere la macchia, ma potrai ottenere la mia grazia se veramente, e con tutto il cuore, accetterai la responsabilità di ciò che hai fatto e farai tutto ciò che è in tuo potere per espiare". Vedete, quando ero un giovane pastore, avevo fatto una cosa inappropriata, avevo intrapreso una relazione con una persona che non era giusta per me. Mi ero ritrovato coinvolto con qualcuno che non era in grado di prendere il tipo di decisioni che io prendevo facilmente ogni giorno. Mi sono approfittato di quella persona. All'epoca mi dicevo di essere innamorato. Era eccitante e credevo, a torto, che quella persona mi contraccambiasse mentre, in realtà, non credo di averla mai amata veramente. Mi limitavo a prendere ciò che volevo da questa persona, gratificando solo me stesso e senza mai considerare gli obblighi morali che avevo verso di lei o verso il mondo in generale e, soprattutto, verso il Signore.»

Mettner alzò lo sguardo dal libro per guardare prima Noah

e poi Josie. «Mi sono informato, sapete. Ci sono state molte congetture in rete su questo argomento da quando è uscito il libro. La teoria prevalente è che abbia avuto una relazione con una donna sposata.»

«No, non è questo.» disse Noah.

«Non credi che sia stato con una donna sposata?» chiese Mettner.

«Non può essere.» disse Noah. Si piegò in avanti sulla sedia e prese un pezzo di formaggio dal vassoio di salumi e formaggi che Lamay aveva lasciato per loro, infilandoselo in bocca.

«Ha ragione.» disse Josie. «Se avesse commesso adulterio, credo che lo avrebbe dichiarato apertamente. Perché non l'ha fatto, invece?»

«Perché, se l'avesse detto apertamente, avrebbe rischiato il dissenso del pubblico e allora tutta la predica della "espiazione" gli si sarebbe ritorta contro.» disse Mettner sventolando il libro in aria. «Scriverlo così era abbastanza vago da evitare che la gente provasse un tale disgusto nei suoi confronti da rovinargli la carriera.»

Noah scosse la testa. «Pensa a quello che ha scritto, Mett. Inappropriato. Una macchia sulla sua anima. Approfittarsi di una persona. Gratificare solo sé stesso. Obblighi morali.»

«Potrebbero essere tutti applicabili all'adulterio.» affermò Mettner.

«Vi sfugge a tutti e due l'indizio principale!» disse Josie. «Fammi un po' vedere quel libro.»

Mettner glielo porse e lei lo aprì alla pagina segnata con il post-it e fece scorrere le dita lungo il testo finché non trovò la riga che stava cercando. «Eccolo qui: *"Mi ero ritrovato coinvolto con qualcuno che non era in grado di prendere il tipo di decisioni che io prendevo facilmente ogni giorno"*. Chi è che non sarebbe stato nella posizione di prendere il tipo di decisioni che lui prendeva facilmente ogni giorno?»

Mettner e Noah la fissarono senza rispondere. I pezzi del

puzzle nella sua mente si stavano spostando alla velocità della luce. «Sul serio?» disse lei incredula. «Non ci arrivate?»

In tutta risposta, rimasero ancora in silenzio.

Lei lanciò il libro sulla scrivania, facendo rovesciare un piatto di rotolini con i wurstel. «Un minorenne!» disse. «Una ragazzina, o anche un ragazzino, sotto i diciott'anni!»

Le espressioni di entrambi cambiarono quando compresero appieno la portata di quelle parole. I lineamenti di Mettner si afflosciarono e un pallore gli si diffuse sul viso. Noah fece una smorfia come se avesse mangiato qualcosa di acido, e disse: «Ecco di cosa parlava Hugo quando diceva che ci stavamo concentrando sull'uomo sbagliato.»

«Come sarebbe a dire?» chiese Mettner.

Josie gli fece un rapido resoconto del loro colloquio con Hugo Watts, alla fine del quale Noah disse: «Cosa c'è di peggio di quello che ha fatto Hugo Watts, costringendo una delle sue figlie a lanciare false accuse contro il dottor Rafferty per poi ricattarlo?»

«Avere una relazione sessuale con una ragazzina minorenne.» rispose Josie. Improvvisamente, tutte le pietanze esposte davanti a loro le diedero la nausea.

La voce di Mettner suonava come un gracidio quando disse: «Per l'amor di Dio, non ditemi che quella ragazza era Amber, vi prego. Non può che trattarsi di lei o della sorella, giusto? O Amber o Eden. Voglio dire, la cosa più probabile è che si sia trattato di Eden, però lei è andata a parlare con lui nella caffetteria e ha guardato tutti i suoi video. Non avrebbe fatto queste cose se fosse toccato a lei, vi pare? Amber, invece, lo odiava. Lo detestava così profondamente che voleva che scegliessi lei al posto della mia famiglia quando hanno detto di voler partecipare a quella stupida funzione. Era lei, non c'è dubbio. Lui le ha fatto qualcosa... lui...» Le parole gli si strozzarono in gola. «Per questo è andato a casa sua, per espiare, vero? Solo che lei era già sparita.»

Josie si alzò e lo riaccompagnò alla sua sedia. «Non lo sappiamo con certezza.» gli disse. «Mettner, tutto questo è ancora un'ipotesi. Lo capisci, vero? Potremmo sbagliarci su qualche dettaglio o anche su tutto.»

Mettner si guardò le ginocchia. Una lacrima gli scese sulla guancia. «Ma non vi state sbagliando.» sussurrò. «Voi non vi sbagliate mai.»

«Puoi scommetterci che sbaglio.» lo rassicurò Josie. «Ascolta, la cosa più importante in questo momento è trovare Amber. Mi stai ascoltando?»

Noah si alzò e si avvicinò, appoggiando una mano sulla nuca di Mettner. «Finn...» disse, «so che sei sconvolto. Vorrei strozzare quel tizio tanto quanto lo vuoi tu, ma Josie ha ragione: abbiamo un lavoro da portare a termine e in questo momento l'unico obiettivo che dobbiamo porci è trovare Amber. La cosa migliore che puoi fare per lei, in questo momento, è mantenere la calma, mi hai capito? Finora ci sei stato di grande aiuto anche semplicemente stando seduto qui alla tua scrivania. E abbiamo ancora bisogno del tuo aiuto. Allora, sei con noi?»

Mettner scosse lentamente la testa da una parte all'altra. Si scrollò di dosso la mano di Noah, si alzò in piedi e senza guardare nessuno dei due, disse con un rantolo: «Devo prendere un po' d'aria.»

QUARANTAQUATTRO

Mettner non tornava. Josie e Noah scrissero qualche altro rapporto e poi passarono davanti a casa sua per assicurarsi che fosse rimasto lì e non si fosse lanciato in qualche missione per annientare Thatcher Toland. Il suo fuoristrada era parcheggiato nel vialetto. Dalle finestre si vedevano le luci brillare al piano terra. Josie si avvicinò e diede una sbirciata attraverso una delle finestre, dove le tende si aprivano quel tanto che bastava per permetterle di guardare all'interno. Mettner era seduto sul divano, con la testa tra le mani. Avrebbe voluto bussare alla porta ed entrare per consolarlo, ma sapeva che ormai nessuno di loro poteva dire o fare qualcosa per lui. Se non riportare indietro Amber, e ogni ora che passava quella possibilità sembrava sempre più remota. Tornata in macchina, Noah sventolò il suo telefono. «Ho parlato con Chitwood: lui e Gretchen sono ancora in giro a supervisionare le ricerche di Gabriel e per il momento non hanno avuto fortuna. Stanno valutando di interromperle del tutto. Ho chiamato l'Eudora Hotel e mi hanno detto che Hugo Watts è ancora nella sua stanza; non l'ha lasciata per tutto il giorno. Poi ho parlato con Hummel: la sua squadra ha fatto tutte le analisi a casa di Lydia Norris e non ha trovato nulla. La cartolina di Russell Haven era ancora lì. L'hanno prelevata come prova e ne hanno ricavato alcune impronte, nessuna delle quali, però, è presente nel Sistema di Identificazione delle Impronte.»

Josie mugugnò, appoggiando la testa allo schienale del sedile e chiudendo gli occhi. «Dov'è finita, Noah?»

Lui non rispose. Non c'era nulla che potesse dire. Nulla che volesse dire ad alta voce, si rese conto. Se era stato Gabriel a sequestrare Amber - e sembrava proprio che fosse stato lui - dove l'aveva portata? Non l'aveva portata a casa sua e non possedeva altre proprietà. L'unica alternativa, a quanto pareva, era che Amber fosse morta e che lui si fosse sbarazzato del suo corpo lasciandolo da qualche parte. Il pensiero fece crescere il groppo in gola a Josie così velocemente che le sembrò di soffocare.

Il nevischio si era lentamente trasformato in una vera e propria nevicata. Grossi fiocchi di neve scendevano dal cielo a ritmo costante; una bellezza inaspettata in un mondo di orrore.

«Il capo vuole incontrarci domani mattina alle otto per elaborare un piano che ci avvicini a Thatcher Toland alla sua chiesa domani.» continuò Noah. «La funzione della Vigilia di Natale inizia alle dieci.»

Josie riaprì gli occhi e agitò una mano con aria di sufficienza. «Bene.» disse. «Andiamo a parlare con Thatcher Toland. Gli diciamo che sappiamo che ha avuto una relazione inappropriata e illegale con una delle sorelle Watts quando erano minorenni. Ma anche se lo ammettesse, cosa che non farà, non saremmo più vicini a ritrovare Amber.»

«Tu non credi che sia coinvolto in questa storia?» chiese Noah. «È stato visto con Eden prima che morisse. È andato a casa di Amber. È stata l'ultima persona a vedere Lydia Norris viva.»

«Pensi che se ne vada in giro a uccidere i membri della famiglia Watts?» gli chiese Josie. «A quale scopo? Per farli tacere?

Per evitare che lo smascherino? Ha già ammesso pubblicamente di aver avuto una relazione inappropriata.»

«In Pennsylvania il periodo di prescrizione per i reati sessuali contro i minori è estremamente lungo.» disse Noah. «Correrebbe ancora il rischio di affrontare accuse penali se la sua vittima fosse disposta a testimoniare.»

«Eden è morta. Amber è scomparsa. Non importa a quale si riferisse, nessuna delle due è qui per testimoniare contro di lui. Comunque, non mi sembra che sia lui a fare il lavoro sporco.»

«Allora torniamo su Gabriel.» disse Noah con un sospiro di frustrazione. «Come esecutore di Toland.»

«Questa storia continua a girare in tondo.»

«Abbiamo bisogno che Toland ci dia dei chiarimenti.» sentenziò Noah. «Domani stesso. In un modo o nell'altro, dovrà parlare con noi.»

«Altrimenti sarà il suo avvocato che parlerà con noi.» disse Josie.

Noah rise, rompendo un po' della tensione che si era creata. «Proprio così. E adesso dove andiamo? A casa?»

«No.» disse Josie. «Prima devo fermarmi in un posto.»

Gli diede l'indirizzo della casa di Devon Rafferty. La sua Land Rover era parcheggiata nel vialetto che si era ricoperto di una coltre di neve. Le luci di Natale pendevano dalle grondaie del piano di sopra. Le luci in corrispondenza dell'ufficio di Devon, secondo quello che ricordava Josie, erano accese. Bussò alla porta, sentendo nel profondo dello stomaco nient'altro che terrore. La mano di Noah si infilò sotto il suo cappotto troppo grande per lei e si depositò sulla parte inferiore della sua schiena. «Stai facendo la cosa giusta.» disse. «Lei merita di sapere.»

La porta si aprì di scatto. Josie si aspettava di vedere Lilly e invece si ritrovò davanti Devon, che la fissava. «Possiamo parlare?» le chiede Josie.

QUARANTACINQUE

Quando ebbero lasciato la casa di Devon Rafferty, Josie cercò di dormire, ma non ci riuscì. Continuava a ripetere la conversazione nella sua testa. Soprattutto, però, non riusciva a togliersi dalla mente l'immagine del susseguirsi di espressioni sul viso di Devon. Mentre Josie e Noah esponevano ciò di cui erano venuti a conoscenza e quello che sospettavano sul coinvolgimento della famiglia Watts nell'incastrare e ricattare suo padre, Devon era passata da un'aria quasi eccitata e sollevata dal fatto di avere finalmente delle risposte, a un'espressione devastata e arrabbiata. Piangeva ancora quando li aveva ringraziati prima che se ne andassero.

I piani prevedevano che Shannon e Christian sarebbero rimasti a casa di Josie e Noah fino a dopo Natale e furono entusiasti di vederli tornare a casa in tempo per la cena e così si misero a tavola tutti insieme. La famiglia riunita rideva e chiacchierava intorno a lei e Josie dovette mordersi la lingua per non tirare fuori il caso su Jeremy Rafferty nel corso della cena e chiedere a Trinity di dedicare un episodio del suo programma su di lui. Anche se Devon aveva avuto finalmente delle risposte, la verità sulla morte di suo padre era ancora lontana dall'essere resa pubblica, e non era detto che lo sarebbe mai stata.

Infilatasi tra le coperte, Josie strinse il rosario che il capo Chitwood le aveva dato finché non cadde in un sonno agitato. Noah la svegliò la mattina posandole una mano sul ventre. Lei si girò e si strinse al suo corpo. Trout li aveva abbandonati nell'istante in cui aveva sentito Christian e Shannon armeggiare in cucina. Se c'era la possibilità di farsi dare qualcosa da mangiare, non si faceva problemi a lasciarsi alle spalle i suoi padroni. Josie amava la sensazione del corpo di suo marito accanto al suo, le sue mani che la esploravano, eppure si sentiva in colpa per essersi goduta questo piccolo momento rubato al pensiero che le sorti di Amber erano ancora sconosciute.

Come se percepisse i suoi pensieri, Noah le baciò il collo e le disse: «Smettila di fare così.»

«Fare così cosa?» mugugnò lei.

Lui si spostò in modo da poterle avvolgere la bocca in un lento bacio. Poi disse: «Di pensare al caso. Adesso, stai qui con me. Non devi sentirti in colpa. Ti è concesso di goderti questo momento.»

Voleva godersi quel momento con tutta sé stessa. Gli occhi nocciola di Noah scintillarono mentre la fissava. Josie si girò sulla schiena e gli afferrò le spalle, tirandolo a sé. «Liberami la mente.» gli disse.

Un'ora più tardi si riunirono alla squadra nella grande sala al secondo piano della centrale, lavati, vestiti, nutriti e con la voglia di altro caffè. Nonostante la mancanza di sonno della settimana e la forte preoccupazione per Amber, Josie si sentiva più sveglia e più lucida di quanto non si sentisse da giorni. Sorseggiò un caffè lungo mentre il capo discuteva con tutti loro. Mettner e Gretchen erano seduti alle loro scrivanie e avevano un aspetto ancora più affaticato del giorno precedente. Fuori c'erano già almeno cinque centimetri di neve e le previsioni ne prevedevano molti di più.

«Per prima cosa...» esordì Chitwood, «non riusciamo a trovare quello stronzetto di Gabriel Watts da nessuna parte. È come se si fosse volatilizzato nel nulla. Nemmeno i cani dell'unità cinofila hanno avuto fortuna. Hanno addirittura perso la sua traccia da qualche parte in quel dannato bosco; quindi, non possiamo dire se sia salito su un veicolo. Ho una piccola squadra che lo sta cercando e abbiamo inviato la sua foto a tutti i dipartimenti dello Stato. A questo punto, non possiamo far altro che aspettare che commetta un errore e si esponga da qualche parte. Detto questo, non sono molto interessato a lui in questo momento.»

Il capo aveva ora l'attenzione di tutti.

«Ho dato un'occhiata ai tabulati telefonici che siete riusciti a ottenere: sono arrivati questa mattina presto. Indovinate a chi ha telefonato regolarmente Gabriel Watts nelle ultime sei settimane?»

«A Thatcher Toland.» ipotizzò Noah.

Il capo emise un suono simile a un campanello elettrico. «Sbagliato: a Vivian Toland.»

«Cosa?» sbottò Gretchen.

«Ne è sicuro?» chiese Mettner.

Chitwood alzò gli occhi a cielo. «No, non ne sono sicuro. Può anche aver telefonato a Babbo Natale o quella sua maledetta renna dal naso rosso... Rudolf! Certo che sono sicuro. Nelle ultime sei settimane Gabriel Watts e Vivian Toland si sono sentiti per telefono anche più volte al giorno. L'ultima telefonata è avvenuta due giorni prima che voi tre...» e indicò Noah, Josie e Gretchen, «andaste a casa sua e lui prendesse il volo.»

Un altro pezzo del puzzle che Josie stava formando nella sua mente andò al suo posto. «È Vivian che sta orchestrando tutto questo.» sentenziò. «Per mantenere intatta la reputazione di Thatcher e, cosa più importante, il suo status finanziario. Lei lo sa. Sa cosa ha fatto Thatcher con una delle sorelle Watts e sta usando Gabriel per metterle a tacere.»

«Allora perché uccidere Lydia Norris?» chiese Mettner.

«Perché doveva essere al corrente di tutto.» spiegò Josie. «È chiaro che Hugo Watts sapeva tutto. E non è da escludere che lo sapessero anche gli altri. Tiene Gabriel con sé perché è follemente fedele al culto di Toland.»

«Pensi che Gabriel preferirebbe aiutare Thatcher Toland, un pedofilo, piuttosto che le sue stesse sorelle? La sua stessa famiglia?» chiese Noah.

«Abbiamo capito che questo ragazzo ha qualche rotella fuori posto.» intervenne Gretchen. «Magari Vivian lo ha manipolato facendogli credere che quello che è successo tra Thatcher e una delle giovani Watts fosse in qualche modo colpa della sorella.»

«Ma perché proprio in questo momento?» chiese Mettner. «Perché tutto questo sta accadendo adesso? La famiglia Watts è rimasta in circolazione per anni sapendo queste cose. Per quale motivo solo ora è diventato un problema?»

Chitwood tirò su una pila di documenti. «Tabulati telefonici.» annunciò. «Qui ci sono i tabulati di Lydia Norris. Non c'è molto, a parte il fatto che poche ore dopo che Quinn e Palmer sono state con lei a casa di Amber, ha ricevuto una chiamata da quello che sembra essere un telefono prepagato. Ha parlato per nove minuti e trentasette secondi.»

«Da quel momento di lei non sappiamo più niente finché non è stata ritrovata nell'ascensore dei pesci.» disse Gretchen. «Dunque, c'è un'alta probabilità che chiunque l'abbia chiamata da quel numero sia il nostro assassino.»

«Il guaio è che non possiamo rintracciare il telefono.» disse Noah. «Un altro vicolo cieco. Abbiamo ottenuto anche i tabulati telefonici di Eden Watts?»

Una delle folte sopracciglia di Chitwood si incurvò. «In effetti, sì. È stata in contatto con Thatcher Toland per circa due mesi prima che la sua migliore amica la vedesse in un caffè insieme a lui.»

Josie si alzò e prese i documenti dalle mani di Chitwood, portandoli alla scrivania per sfogliarli. Studiò le date e poi si voltò verso il computer, cliccando sul browser Internet. La ricerca richiese solo pochi secondi. «Il libro di Thatcher Toland è stato pubblicato pochi giorni prima che iniziasse a prendere contatti con Eden.»

«E allora?» disse Mettner.

«Forse, quando il libro è uscito e ha cominciato a schizzare in cima a tutte le classifiche dei bestseller del mondo, si è preoccupato che Eden potesse farsi avanti e rendere pubblico ciò che le aveva fatto. Quindi doveva essere lei e non Amber, che infatti lo odiava per quello che aveva fatto alla sua sorellina. Altrimenti, per quale motivo Toland avrebbe passato così tanto tempo in contatto con Eden per poi andare a trovare Amber solo questa settimana?»

Josie guardò i suoi colleghi, i quali la fissavano di rimando come se si aspettassero che fosse lei a dire qualcosa di più. Ma siccome lei non proferiva parola, Noah intervenne al posto suo: «Ha stabilito un contatto con Eden nel tentativo di assicurarsi che lei non intendesse rivelare niente di ciò che le aveva fatto, ma poi? Lei ha deciso di non farlo? Allora perché ha lasciato la città senza nemmeno dire la verità alla sua migliore amica?»

Josie si girò a guardare il capo Chitwood: «Abbiamo i tabulati telefonici di Amber?»

«Sì.» le disse. Si girò e tornò nel suo ufficio per poi tornare pochi secondi dopo con un'altra pila di documenti che porse a Josie. «Li ho già guardati. Poco dopo che Toland ha iniziato a contattare Eden, quest'ultima ha contattato Amber per telefono in tre occasioni. Amber ha cancellato quelle telefonate dalla sua cronologia, ma le chiamate sono ancora nei registri della compagnia telefonica.»

«Quindi esce il libro di Toland.» riepilogò Gretchen. «Che diventa più famoso che mai. Così decide di contattare Eden per assicurarsi che non faccia la spia. Cominciano a parlare. Eden contatta Amber e insieme si mettono a cercare gli annunci immobiliari di case con cui, in buona sostanza, la madre aveva truffato uomini più anziani. E che altro? Cosa può essere successo? Vivian, in qualche modo, dopo essere venuta a conoscenza del fatto che Thatcher aveva contattato Eden, avrebbe deciso che rappresentava una minaccia troppo grande per la loro chiesa per permetterle di andarsene in giro e avrebbe fatto in modo che Gabriel la uccidesse? E poi cosa? Vuole farli fuori tutti?»

«Non si può dire che quadri alla perfezione, mi sembra...» commentò Josie. «È come se ci mancasse ancora un pezzo.»

Chitwood batté le mani. «Beh, andiamo alla chiesa della Purificazione e vediamo se Vivian Toland può riempire alcuni degli spazi vuoti per noi. La funzione inizia tra dieci minuti.»

QUARANTASEI

Superati i dieci centimetri di neve a terra e una nevicata che cadeva con rapidità costante, la loro piccola carovana impiegò quasi mezz'ora per arrivare alla chiesa della Purificazione. Mentre percorrevano la lunga strada che portava all'edificio, molte auto si muovevano in direzione opposta: ciascun guidatore procedeva lentamente e con cautela, con le mani piantate sulle dieci e sulle due sul volante e le nocche erano bianche.

«Cosa starà succedendo?» disse Noah.

«Scommetto che è per via della neve.» rispose Josie. «Si prevede da mezzo metro a un metro di neve. Probabilmente Toland ha fatto la cosa più ragionevole e ha mandato tutti a casa prima che le condizioni della strada peggiorano ulteriormente.»

«È piuttosto premuroso per essere un pervertito, non ti sembra?» disse Noah.

Lasciarono le loro auto proprio davanti all'ingresso. Nessuno se ne accorse o se ne preoccupò. Erano tutti troppo impegnati a dirigersi verso le proprie auto. Josie, Noah, Gretchen, Mettner e Chitwood si fecero strada in mezzo alla folla ed entrarono nell'edificio. Seguirono il suono rimbombante della voce di Thatcher che proveniva dal sancta sanctorum dove un tempo c'era stata l'arena di gioco. Entrando al piano inferiore, proprio come quando Josie e Noah avevano incontrato Vivian Toland, dovettero sgomitare contro un numero ancora maggiore di persone che cercavano di uscire in fretta e furia.

Thatcher Toland era in piedi sul palco, indossava un abito verde scuro e teneva un microfono in mano. «Non c'è bisogno di affrettarsi...» stava dicendo, «manteniamo l'ordine in modo che tutti tornino a casa sani e salvi. Mia moglie e io non vogliamo che qualcuno si faccia del male durante questa festività così sacra. Ci sarà molto tempo in futuro per stare tutti insieme alla presenza del Signore.»

La sezione del pavimento vicino al palco si era completamente svuotata. I posti a sedere del livello inferiore erano quasi tutti vuoti, ma quelli del secondo e terzo livello erano ancora pieni di persone che cercavano di raggiungere l'uscita. Josie si guardò intorno, ma non riuscì a vedere Paul da nessuna parte. Vivian era seduta su una sedia sul palco a pochi metri da Thatcher Toland. Indossava un abito rosso brillante e scarpe con tacco abbinate, e si era acconciata i capelli all'indietro in modo da tenerli lontani dal viso con due fermagli della stessa tonalità di rosso brillante. Esibiva un sorriso di circostanza e teneva gli occhi puntati sul marito.

I livelli inferiori della chiesa si erano svuotati completamente quando Vivian li vide avanzare in direzione del palco. Thatcher, invece, non li vide subito. I suoi occhi erano fissati verso l'alto, in direzione dei fedeli che cercavano ancora di farsi strada negli atri del secondo e terzo livello. «Mrs. Toland.» disse il capo Chitwood. «Sono Bob Chitwood, capo della polizia. Possiamo parlare con lei?»

Thatcher girò di scatto la testa nella loro direzione. Vivian si alzò e si lisciò la gonna sulle cosce, con il sorriso ancora stampato in faccia. Il gruppo si divise in due quando arrivarono al fonte: Josie, Noah e Mettner da una parte e Gretchen e il capo

Chitwood dall'altra. «Mrs. Toland...» disse Noah, «vorremmo parlare con lei, se non le dispiace.»

Thatcher spostò lo sguardo dagli agenti a sua moglie. Il microfono catturò la fine della sua frase. «... di che cosa si tratta?»

Le persone che si trovavano al secondo e al terzo livello si fermarono per assistere alla scena che si stava presentando ai loro occhi. Vivian, ancora sorridente, fece tre passi verso il marito e poi spinse con forza contro il suo petto con entrambe le mani. Thatcher indietreggiò incespicando e cadde nel grande fonte battesimale. Josie sentì diversi sussulti da sopra di loro e alcune grida. Vivian scivolò via dai tacchi e iniziò a correre.

Thatcher era atterrato più vicino a Chitwood e Gretchen. Mentre scavalcavano il muro ed entravano nella piscina per raggiungerlo, Chitwood guardò gli altri e disse: «Andate, andate! Prendetela!»

Josie, Noah e Mettner si lanciarono all'inseguimento di Vivian Toland. Era scomparsa dietro il palco. Mettner stava guardando sotto il palco quando Josie la vide sgusciare da una delle porte del piano inferiore per entrare nell'atrio. «Da questa parte!» chiamò. Noah la seguì.

In pochi istanti, era di nuovo nell'atrio, schivando la folla per raggiungere Vivian. Il vestito rosso giocava a vantaggio di Josie, che continuava a scorgerlo mentre passava davanti ai fedeli che si riversavano nel parcheggio.

Alcuni di loro si fermarono a guardare mentre Josie correva dietro a Vivian. Alle sue spalle, Josie sentì il basso brusio dei mormorii della gente che si chiedeva a mezza voce cosa stesse succedendo.

«Ma quella è Mrs. Toland? Perché corre?»

«Sta... sta scappando dalla polizia?»

Josie seguì Vivian per mezzo giro del lungo atrio e poi attraverso una serie di porte di metallo con un cartello con su scritto "SCALE". Sbattendo contro una porta, Josie si fermò ad ascoltare i passi di Vivian. Sembravano provenire da sotto quel piano. Josie si sporse oltre la ringhiera e vide un lampo rosso superare uno dei pianerottoli delle scale che portavano al seminterrato. Fece i gradini due alla volta fino a raggiungere il livello più basso. Attraversando le porte delle scale, sbatté le palpebre per adattarsi alla luce soffusa. L'ingresso del seminterrato era di cemento grigio, umido e non verniciato. Dal momento che non si erano preoccupati di ristrutturare quell'area del palazzetto, era chiaro che non era aperta al pubblico.

Josie si girò da una parte all'altra, cercando di capire in che direzione fosse andata Vivian. Da ogni parte vedeva porte chiuse. Era come se fosse semplicemente sparita, il che significava che era presumibile che fosse andata a rintanarsi dietro una di quelle porte. Josie scelse una direzione e andò da quella parte, passando di corsa da una porta all'altra. Le spalancò una per una e usò la torcia del cellulare per ispezionare ciascuna stanza, mentre con dita frenetiche cercava gli interruttori della luce sul muro. Per la maggior parte le stanze erano vuote. Alcune erano delle dimensioni di uno sgabuzzino, altre erano molto spaziose. Uno era lo spogliatoio vuoto di una squadra, con all'interno ambienti più piccoli e scomparti dove i giocatori tenevano l'occorrente per gli allenamenti. Negli armadietti c'erano ancora un paio di vecchie mazze da hockey e un paio di pattini da ghiaccio. Josie sentì i secondi scorrere mentre esaminava ogni centimetro. Non c'era altro che polvere e un leggero sentore fetido di vecchie attrezzature sportive.

Tornata nel lungo corridoio dell'ingresso, Josie cominciò a ispezionare le altre stanze, che erano in uno stato che rendeva indiscutibile il completo disuso di quel livello dell'edificio. Era in una di quelle stanze che Gabriel e Vivian avevano rinchiuso Amber e dove avevano tenuto prigioniera Eden prima della sua morte? Quando Josie aprì un'altra porta per entrare in una stanza che conteneva solo ragnatele, si rese conto che quello era il posto perfetto da adibire a prigione. Fintanto che i Toland avessero mantenuto le numerose stanze di quel piano prevalentemente precluse all'accesso delle squadre edili, avrebbero potuto tranquillamente tenervi rinchiusa una persona senza che nessuno se ne accorgesse; e anche se il prigioniero avesse cercato di farsi sentire da dietro una delle porte, era molto improbabile che le sue grida avrebbero richiamato l'attenzione di qualcuno, certamente non da altre parti dell'edificio.

La serie di porte successiva conduceva a un'altra tromba delle scale. Vivian era riuscita a scappare al piano di sopra?

«Questa non ci voleva...» mormorò Josie. Nonostante che in quell'ambiente la temperatura fosse da cinque a dieci gradi più bassa rispetto al piano superiore, Josie aveva la fronte imperlata di sudore. Doveva prendere una decisione. Tornare di sopra per vedere se Vivian si era spostata in uno dei piani superiori o continuare a controllare le porte a quel piano e sperare di trovarvi Vivian, rintanata da qualche parte. Anche Amber avrebbe potuto essere in una di quelle stanze. Il resto della sua squadra era al piano di sopra ed era certa che il capo avesse già chiamato i rinforzi da un pezzo. Perciò, anche se Vivian fosse riuscita a tornare al piano di sopra, c'era la forte possibilità che qualche agente della Polizia di Denton la catturasse in mezzo alla folla. E anche se non ci fossero riusciti sul momento, quanto sarebbe riuscita ad andare lontano in mezzo a una bufera di neve in abito e calze?

Josie pensò alle ferite che Eden aveva riportato prima di morire. Al fatto che era ancora viva quando era stata portata alla diga. E se Amber fosse stata laggiù in quel momento? Se fosse stata ancora viva? Ferita, ma ancora aggrappata alla vita?

Josie riprese ad avanzare, controllando ogni stanza metodicamente, ma con la massima rapidità possibile, facendosi luce con la torcia del telefono, nella speranza che la batteria non si scaricasse troppo in fretta. Arrivò allo spogliatoio successivo. Era identico al precedente. C'era la grande stanza della squadra con tutti gli armadietti in cui i giocatori tenevano le loro cose.

Anche in questo caso erano stati lasciati alcuni pattini da ghiaccio e una mazza da portiere, insieme a un casco. Ogni cosa era avvolta dalle ragnatele. Più avanti c'era una piccola stanza con una finestra che dava sull'area della squadra. A occhio e croce doveva essere l'ufficio dell'allenatore. Dall'altra parte c'era una stanza più grande. Sulla porta c'era un cartello con su scritto "FISIOTERAPIA". All'interno non c'era nulla. Poi c'era l'armadio delle forniture di riserva, chiuso a chiave. Infatti, era stato installato un luccicante e nuovissimo chiavistello in acciaio inossidabile sulla porta metallica che univa lo stipite alla porta, dal quale pendeva un pesante lucchetto di metallo.

«Amber...» disse Josie.

Puntò in giro la torcia del telefono per trovare gli interruttori della luce degli spogliatoi. Li accese uno dopo l'altro. Solo la metà funzionava, ma era sufficiente. Si avvicinò alla porta chiusa a chiave e bussò con forza.

«Amber!» urlò. «Amber! Sei lì dentro? Rispondi se riesci a sentirmi! Amber!»

Si immobilizzò e rimase in ascolto. Difficile esserne sicura, perché il suono era troppo debole, ma ebbe la netta sensazione di aver sentito un rumore dietro la porta. Vi premette l'orecchio contro, ma il suono non si fece molto più chiaro. Comunque, era già qualcosa. Doveva essere Amber. *Ti imploro, fa' che sia lei*, pregò in silenzio. *Fa' che sia ancora viva*. Picchiò di nuovo contro la porta con tutti e due i pugni, urlando a squarciagola.

«Amber! Sono Josie. Per favore, rispondimi! Ti prego!»

Da dietro la porta giunse un urlo decisamente umano e carico di disperazione.

Josie cadde sulle ginocchia e avvicinò la bocca il più possibile alla fessura che rimaneva tra la porta e il pavimento. «Amber?» strillò.

Dall'altra parte giunse un fruscio. Poi si udì la voce di Amber che rispondeva, rauca e piena di terrore. «Aiutami! Aiutami! Tirami fuori. Mi tiene rinchiusa qua dentro. Ti prego, fammi uscire di qui. Devi farmi uscire prima che torni. Ti scongiuro!»

Il cuore di Josie si fermò così a lungo che poté contare i secondi al posto dei battiti. Per un attimo la voce le si bloccò in gola.

«Josie?» urlò Amber. «Mi senti?»

Il suo cuore riprese a battere e le pulsazioni si fecero così forti che tutto il suo corpo sembrò andare a ritmo con il battito cardiaco. «Sì!» rispose Josie con voce strozzata. «Ti sento Amber! Sono qui!»

«Josie! Josie! Aiutami! Tirami fuori di qui! Tirami fuori di qui, ti prego!»

Josie si rimise in piedi e si guardò intorno per cercare qualcosa che potesse servire ad aprire la porta. Tornò di corsa nello spogliatoio della squadra di hockey e prese la vecchia mazza da portiere. Mentre tornava, sentì la porta che sbatacchiava di nuovo. Amber urlava: «Per favore! È buio pesto qui dentro. Sto congelando. Sono ferita. Ho solo bisogno di... per favore, fammi uscire di qui.» Si sciolse in lacrime, singhiozzando così forte da ridurre in pezzi il cuore di Josie, che rivide in sequenza nella sua testa una miriade di immagini della sua infanzia. Gli abusi, l'abbandono, tutte le volte in cui era stata chiusa nello sgabuzzino al buio. Con un brivido, Josie fece un respiro profondo per calmarsi. «Amber!» disse, stavolta con voce chiara e decisa. «Ti tirerò fuori di lì. Tieni duro.»

Josie colpì il lucchetto con la mazza da portiere, più e più volte, finché le braccia e le spalle non le fecero male e il sudore prese a colarle sul viso. Alla fine, il bastone si scheggiò.

«Josie?» squittì Amber dall'altro lato della porta.

Josie lanciò la stecca da una parte e si asciugò la fronte con il dorso della mano. «Sono ancora qui. Dammi solo un secondo.»

Tornò di corsa nello spogliatoio della squadra e frugò negli armadietti fino a trovare il paio di pattini che aveva visto. Tornata davanti alla porta dell'armadio, le sfuggì una smorfia mentre infilava la mano nel pattino, sperando di non trovarci dentro ragni o altre creaturine. Con una mano all'interno e una all'esterno per tenere fermo il pattino, Josie calò la lama sulla parte curva del lucchetto. Ci vollero parecchi tentativi prima che il lucchetto si aprisse. Josie gettò il pattino da parte e strappò il lucchetto dalla serratura. Gettando a terra il lucchetto, aprì con uno strattone la porta e non vide altro che oscurità. Entrò nell'armadio. La luce del corridoio arrivò alle sue spalle, illuminando il piccolo spazio. «Amber?» chiamò.

Un corpo sbatté contro di lei. Braccia tremanti la avvolsero. Una serie di odori sgradevoli le assalirono le narici. Contro il collo sentì la guancia di Amber. Il suo corpo sottile scosso dai singhiozzi vibrava contro quello di Josie. Riprendendo il controllo, Josie ricambiò l'abbraccio. Poi, con un braccio strinse Amber a sé, mentre con l'altra mano le accarezzò i capelli stopposi. Nella sua testa, una voce diceva a ripetizione la stessa frase piena di sollievo: *È viva. È viva. È viva.*

«Va tutto bene.» riuscì infine a dire Josie. «Ti porto fuori di qui.»

Un'ombra attraversò la porta, facendole ripiombare nella semioscurità. Amber sollevò la testa dalla spalla di Josie e sussultò. Alzando un braccio sottile, indicò e disse: «Eccolo, è lui che mi ha rapita!»

Josie girò la testa e vide Mettner in piedi nell'ombra. Il bianco dei suoi occhi divenne improvvisamente sproporzionato. «Cosa?» disse. «Io...»

Dietro di lui un'altra ombra si mosse e, alle sue spalle, gli occhi scuri di Gabriel brillarono di odio. Il bagliore di una pistola balenò come un lampo. Josie spinse Amber da una parte e allungò la mano per prendere la sua arma. Con gesto esperto, aprì la fondina ed estrasse la pistola. Aprì la bocca per pronunciare la parola «Mett!» proprio mentre la pistola nella mano di Gabriel si sollevava verso la nuca di Mettner. Josie ebbe solo una frazione di secondo per registrare lo sgomento e la confusione nell'espressione del suo giovane collega, mentre sollevava la propria arma e faceva un passo di lato per avere una migliore visuale su Gabriel, urlando: «Getta la pistola!» e poi un'altra voce lo urlò, ma Josie non era sicura che quella che aveva sentito fosse davvero la voce di un'altra persona o se le stesse tornano l'eco delle sue stesse urla che rimbalzava contro le pareti della piccola stanza. L'indice di Gabriel si avvicinò al grilletto. Poi il suono di uno sparo rimbombò intorno a loro. Il mondo intero sembrò come sospeso mentre Josie se ne stava lì, con il dito sul grilletto della pistola che non aveva ancora fatto fuoco.

Si accorse a malapena delle urla di Amber. Poi Gabriel si accasciò a terra. Dietro di lui c'era Noah, con la canna della pistola puntata sul pavimento e il fumo che ne usciva in spirali. Con grande attenzione, girò intorno al corpo prono di Gabriel finché non trovò la pistola che allontanò con un calcio. Gabriel fissava Noah, boccheggiando in cerca d'aria, con una ferita appena sotto la clavicola destra che buttava sangue copiosamente.

Noah mormorò: «Questa è l'ultima volta che ti avvicini a mia moglie.»

Mettner si girò lentamente a osservare la scena e poi cadde sulle ginocchia quando si rese conto di quanto fosse stato vicino a rimetterci la vita. Alle spalle di Josie, Amber strisciò fuori. «Finn!» gridò. «Finn!»

Mettner girò la testa seguendo la voce di Amber e il suo corpo la seguì. In un attimo, erano l'uno tra le braccia dell'altra e Mettner stava cullando Amber e le sussurrava all'orecchio: «Non ti lascerò andare mai più. Mai.»

QUARANTASETTE

Mentre Josie e Noah si servivano del cappotto di Josie per fare pressione sulla ferita di Gabriel Watts, Finn condusse Amber fuori dalla stanza buia. Le premette il viso contro il suo petto quando passarono accanto al corpo prono di Gabriel e la guidò verso lo spogliatoio della squadra di hockey. Di fianco al corpo di Gabriel, Josie fissò Noah. «Grazie.» disse sommessamente. Noah annuì. «Continua a fare pressione. Chiamo i rinforzi.» Josie premette il cappotto sulla ferita di Gabriel mentre Noah usava il cellulare per chiamare la centrale e il capo Chitwood. Quando Noah riattaccò, prese il posto di Josie. «Vivian è ancora in fuga, ma è qui nell'edificio da qualche parte. Qualcuno tra la folla ha detto di averla vista in uno dei corridoi dei piani superiori. La gente sta ancora cercando di uscire.» Puntò il mento verso la porta della stanza della squadra, dove si potevano vedere Mettner e Amber accoccolati l'una contro l'altro su una delle panchine. «Prendili e portali via. Io resterò qui con lui fino all'arrivo dei soccorsi.»

Josie annuì e si alzò, per accompagnare Mettner e Amber lungo il lungo corridoio fino alla prima scalinata che riuscì a trovare. Li lasciò nell'ingresso, dove le pattuglie erano appena arrivate e avevano iniziato a sigillare ogni uscita in modo che Vivian Toland non potesse fuggire. Tornò nella tromba delle scale, salendo fino all'atrio del secondo piano. Mentre ci correva intorno, le persone continuavano a girare intorno a lei, fissando lo spettacolo che avevano davanti. Si fermò quando vide che quello che stavano fissando tutti era un Thatcher Toland bagnato fradicio, seduto su una panchina imbottita, che si stava asciugando il viso e i capelli con un fazzoletto di carta. Gretchen era in piedi accanto a lui e, come se avesse intuito la domanda che Josie stava per porre, spiegò: «Vuole aiutarci a trovare Vivian. È venuto qui di corsa. Non siamo riusciti a fermarlo. Poi è caduto ed eccoci qui.»

Thatcher alzò lo sguardo verso Josie. «È colpa mia.» gemette. «Ma dovete sapere che non avevo idea che le cose sarebbero andate in questo modo.»

«In quale modo?» disse Josie.

Thatcher fece un movimento intorno a sé, come se la spiegazione fosse ovvia. «In questo modo. Con persone che ci hanno rimesso la vita e con mia moglie che... Io non lo sapevo! Mi aveva promesso che dopo l'apertura di questa chiesa avrei potuto confessare. È sempre stato questo il mio obiettivo, fin dall'inizio. Mi aveva promesso che avrei potuto dirlo al mondo intero, con tutte le conseguenze che avrebbe comportato, e che avremmo potuto provare a diventare una famiglia, e che lei mi avrebbe sostenuto, sarebbe stata al mio fianco e avrebbe sopportato la macchia del mio orribile peccato. Anche se ci fossero state delle accuse penali, aveva detto. Le avevo risposto che Eden non mi avrebbe mai denunciato. Pensavo che avrebbe dovuto farlo, anche se all'epoca suo padre mi aveva ricattato per tutta la faccenda. Quando l'ho vista, l'ho detto a Eden. Sono andato a sfogarmi con lei e a fare ammenda. Le ho detto che non importava quello che pensava fosse successo tra noi, o se avesse mai provato qualcosa per me o se pensasse di aver provato qualcosa... avevo sbagliato io. Punto e basta. Lei era una bambina. Io ero l'adulto. Il mio compito era quello di proteggerla, non di sfruttare la sua cotta da scolaretta per me o qualsiasi flirt ci fosse stato. Mi ci sono voluti anni per capirlo.»

Josie alzò una mano. «Lei è andato da Eden. L'ha avvicinata.»

«Sì!» disse. «Come ho potuto andare in televisione a promuovere il mio libro, atteggiandomi come se fossi chissà quale grande esperto nel correggere i propri errori, quando non mi sono mai scusato con l'unica persona a cui ho fatto più male?»

«Perché era a casa di Amber l'altro giorno?» chiese Josie.

«Volevo parlare anche con lei. Eden mi aveva raccontato come Amber l'aveva aiutata, come Amber aveva aiutato a salvare mia figlia! Volevo solo parlare, ma lei non era in casa. C'era sua madre, invece. Allora ho cercato di parlare con lei. Eden mi aveva raccontato tutto. Mi aveva raccontato di tutti i matrimoni di sua madre e di come suo padre e sua zia fossero coinvolti.»

«Lydia le ha detto che anche Vivian era coinvolta?»

Thatcher scosse la testa. «Me l'ha detto, ma si sbagliava. O almeno, io pensavo che si sbagliasse. Sono andato a parlare con Vivian dopo aver parlato con Eden. Mi ha detto che sapeva che Lydia sposava uomini più anziani per ereditare i loro soldi, ma che lei non faceva altro che vendere le loro case dopo la loro morte. Non era davvero coinvolta. Comunque, ho detto a Lydia che sapevo tutto. Non solo sui matrimoni, ma anche sul dottor Rafferty.»

«È stata Eden a parlargliene?» domandò Josie.

«Sì. Stava cercando di spiegarmi che, quando suo padre mi aveva ricattato, non era la prima volta che lo faceva. Mi ha raccontato che sua sorella aveva mosso delle accuse contro il dottor Rafferty. Il padre aveva costretto Amber a farlo per poterlo ricattare. Mi ha raccontato di quanto la cosa pesasse su Amber. Di quanto fosse un rimpianto e un peso per la sorella.

In effetti, quando ho incontrato Lydia a casa di Amber, stava mettendo a soqquadro tutto quanto. Era sicura che Amber avesse delle prove su Rafferty: le voleva trovare e distruggere. Ho cercato di dirle di non preoccuparsi. Quella era la croce di Amber ed era a lei che spettava decidere cosa fare di qualsiasi informazione o prova che avesse conservato. È stato allora che Lydia mi ha buttato fuori.»

«Sa se aveva trovato qualcosa?»

«Non credo. Era molto frustrata.»

«Mr. Toland...» disse Gretchen, «ha idea di dove possa essere andata Vivian? Per quale motivo avrebbe dovuto venire qui, nell'atrio del secondo piano, invece di uscire dall'edificio?»

Lui scosse la testa.

«È in trappola.» disse Josie. «Dobbiamo portare il resto di queste persone fuori di qui e poi potremo trovarla. Non può nascondersi in questo stadio per sempre.»

«Accompagnerò queste persone di sotto.» si offrì Gretchen. Mentre si allontanava, Josie rimase a fissare Thatcher, facendo andare al loro posto altri pezzi del puzzle nella sua testa. «Cosa intendeva quando ha detto che avreste "potuto provare a diventare una famiglia"? Intendeva lei, Vivian e Eden?»

Thatcher scosse di nuovo la testa, usando ora il fazzoletto di carta per asciugarsi le lacrime che non riusciva a fermare. «No. Intendevo io, Vivian e mia figlia.»

«Sua figlia? La figlia avuta con...» lo incalzò Josie.

«Eden. Eden ha dato alla luce una bambina.» spiegò Thatcher. «Ma non l'avevo mai saputo. Non l'avevo mai saputo finché non sono andato da lei a dirle quanto mi dispiaceva per come l'avevo trattata e per il modo orribile in cui mi ero comportato con lei. Non ero nemmeno sicuro che avrebbe voluto ascoltarmi. Ma, che il Signore la benedica, l'ha fatto. Ha accettato le mie scuse. Abbiamo parlato per ore intere, in diverse occasioni. Poi mi ha rivelato che aveva avuto una bambina da me, tanti anni fa. È stato come se il Signore stesso fosse sceso dal cielo e mi avesse strappato il cuore dal petto. Una figlia! Nata dal mio peccato più grande! Eden non nutriva alcun rancore nei miei confronti. Mi aveva perdonato da tempo, così ha detto.»

Le falle nella sua logica non avrebbero potuto essere più evidenti: pensare che sua moglie sarebbe stata d'accordo nell'accogliere un figlio che aveva avuto con una minorenne quando era pastore della sua prima chiesa. Josie cercò di guardare le cose dal punto di vista di Vivian. Ammettere di avere una relazione sessuale con una minorenne non era solo un reato penale, ma anche un incubo per le pubbliche relazioni della loro chiesa, ma avere una figlia? Una prova vivente e tangibile del crimine commesso da Thatcher? Era facile immaginarsi che, stando al posto di Vivian e liberandosi di qualsiasi scrupolo, far eliminare Eden era la cosa più sensata. Senza di lei, chi avrebbe potuto testimoniare ciò che era veramente accaduto tra loro? E allora chi meglio di Gabriel poteva farlo? Non avrebbe avuto difficoltà ad avvicinarsi alla sorella. Anche se si erano allontanati, era pur sempre suo fratello. Ma che dire di Lydia? Di Amber? E di Nadine? Era facile presumere che tutte loro sapessero della bambina, si rese conto Josie. Dovevano saperlo. Ma perché Vivian non aveva fatto uccidere Amber? Perché l'aveva tenuta nei sotterranei della nuova megachiesa? Perché aveva tenuto prigioniera Eden così a lungo? Sembrava una mossa estremamente rischiosa.

«Dov'è la bambina?» chiese Josie.

«Non lo so.» esclamò Thatcher. «Solo Amber lo sapeva. Quando la bambina è nata, la famiglia non ha permesso a Eden di tenerla, così Amber l'ha presa e le ha trovato una famiglia. È quello che ha detto Eden.»

«Ma Amber quanto avrebbe avuto? Sedici anni? Diciassette? Tutti gli adulti della sua famiglia sapevano di questo bambino e hanno lasciato che fosse una ragazzina a decidere cosa farne?»

Thatcher la guardò, con gli occhi gonfi e arrossati per il

pianto e il tuffo nella vasca con il cloro. «Aveva paura che la zia Nadine avrebbe massacrato quella bambina. Amber lo fece per disperazione. Disse a Eden che aveva portato la bambina in un posto sicuro, dove avrebbe potuto essere data in affidamento e alla fine trovare una buona famiglia.»

Ecco perché Vivian aveva tenuto prigioniera Amber. Stava cercando di farsi dire da lei dove fosse sua nipote. Josie fu scossa da un brivido al pensiero di cosa sarebbe successo se Vivian avesse messo le mani sulla bambina di Thatcher e Eden.

Rumori e movimenti concitati provenienti dalla sala del secondo piano attirarono l'attenzione di Josie. Lasciando Thatcher sulla panchina, si diresse verso le porte più vicine e percorse il corridoio fino alla tribuna. Vide un uomo che stava indicando l'area di gioco e gridava: «Stanno lottando! Se le danno di brutto! Qualcuno si farà male.»

Josie seguì la direzione dove puntava il dito dell'uomo e vide due donne dall'altra parte dell'arena impegnate in una lotta furiosa. Una di loro indossava un abito rosso. L'uomo tirò fuori il telefono. «Chiamo la polizia!»

«Sono io la polizia.» disse Josie e si mise a correre.

Si fece strada tra le file di sedie fino a raggiungere l'altro lato dell'area di gioco. Dovette costringersi a non guardare in basso per tutto il tempo, altrimenti le sarebbero venute le vertigini. Man mano che si avvicinava sentiva le due donne grugnire mentre rotolavano lungo il corridoio che divideva due settori di posti a sedere. I loro corpi erano stretti l'uno contro l'altro, ognuna cercava di colpire l'altra, rimanendole il più vicino possibile per evitare di essere colpita a sua volta. Vivian strinse l'altra donna in una presa e la sollevò leggermente, facendole sbattere la schiena contro la prima fila di poltrone. I loro corpi fusi caddero nello stretto spazio tra i sedili e la ringhiera. Josie si avvicinò. «Vivian Toland.» gridò. «Fermati. Lascia stare quella donna immediatamente e alza le mani in aria.»

La donna sotto di lei urlò: «Mi ucciderà!»

La voce le era familiare, ma Josie non riuscì a riconoscerla subito e, con Vivian a cavalcioni su di lei, non riuscì a vederne il volto. Afferrandosi alla ringhiera metallica, Josie distolse di nuovo lo sguardo dallo strapiombo sottostante e si avvicinò alle due donne.

«Vivian!» disse ancora. «Fermati! Metti le mani in alto.»

Vivian si alzò, dando le spalle a Josie, e cominciò a far piovere colpi sulla donna sotto di lei. Josie si tuffò in avanti e afferrò Vivian sotto le ascelle, trascinandone il corpo in preda alla furia lontano dall'altra donna. «Lasciami andare!» ringhiò Vivian. «Tutt'e due, toglietevi di mezzo.»

Vivian spinse il busto contro Josie. I suoi piedi scalciarono contro una delle sedie, facendo perdere l'equilibrio a entrambe. Josie si contorse di lato. Con la sua schiena andò a sbattere contro la ringhiera. Sentì che stava scivolando dall'altra parte, mentre Vivian si spingeva via e si allontanava da lei. Sul punto di precipitare a testa in giù tra i sedili, molti metri più in basso, Josie ebbe tempo per un solo pensiero: *è così che morirò*.

Una mano la afferrò per un polso. La sua mente sconvolta ricordò immediatamente la fredda presa delle dita di Eden Watts mentre lottava per salvarla dalla furia dell'acqua alla diga. Josie si aspettava di perdere inevitabilmente la presa, ma invece la presa si strinse e lei si ritrovò a essere tirata indietro dall'abisso e a rimettere piede sul terreno solido. Cadde sulle mani e sulle ginocchia, così grata di essere lontana dal davanzale che riusciva a malapena a respirare. Alzò lo sguardo verso il volto sorridente di Devon Rafferty.

Poi sentì un calcio rapido e selvaggio all'addome. Vivian era ancora lì, era tornata all'attacco. Mentre caricava il piede per dare un altro calcio a Josie, Devon balzò oltre il corpo di Josie e afferrò Vivian per la gola. Lottarono per un momento che sembrò interminabile, mentre Josie si tirava su in piedi. Poi i loro corpi di nuovo fusi scattarono di lato, verso la ringhiera, sbattendovi contro proprio all'altezza dei fianchi e lo slancio le fece volare oltre il parapetto. «No!» urlò Josie, sporgendosi in avanti, con le mani tese. Riuscì ad afferrare la piega del braccio sinistro di Devon e un lembo del vestito di Vivian. Le sue braccia finirono sopra la ringhiera, ma resistette per tenersi aggrappata a entrambe le donne. Devon allungò subito la mano destra e si aggrappò al braccio di Josie che, quando fu certa che Devon avesse una presa salda, le lasciò andare il braccio sinistro che Devon poté alzare, avvolgendo anche la mano sinistra intorno al braccio di Josie. Vivian, nel frattempo, si dimenava, mettendo alla prova ogni briciola di forza delle dita di Josie. Il tessuto del suo vestito si tendeva e cominciava a strapparsi.

«Smettila di muoverti.» sbottò Josie. La pressione sulle braccia e sulle spalle era così forte che pensava di poter svenire. Vivian finalmente alzò lo sguardo verso di lei mentre una parte consistente del suo vestito si strappava, facendola precipitare bruscamente nel vuoto. Con gesto fulmineo, alzò una mano e si aggrappò all'avambraccio di Josie. Rimasero sospese per quelle che sembrarono ore, ma che furono solo pochi secondi. Josie si rese a malapena conto delle grida intorno a loro. Senza nessuno che accorresse ad aiutarla, usando solo la ringhiera sotto le ascelle per tenerla in posizione e con entrambe le braccia occupate, Josie non sarebbe riuscita a portare in salvo nessuna delle due. Ben presto, entrambe cominciarono a scivolare sempre più in basso. Il sudore le colava dalla fronte lungo il viso. Il dolore le lacerava gli avambracci, i gomiti e le spalle. «Non posso... resistere... ancora... per molto...» ansimò.

Prima Vivian e poi Devon scivolarono ancora più giù, finché ciascuna di loro rimase aggrappata nel vuoto soltanto alle mani di Josie. I suoi muscoli erano ormai tesi oltre il limite del dolore. I suoi occhi lanciarono un ultimo sguardo di panico sotto di loro e capì che non poteva salvarle entrambe. Avrebbe dovuto lasciare andare una delle due. Avrebbe dovuto scegliere chi di loro sarebbe sopravvissuta. E non era una decisione che voleva prendere.

Guardò la testa di ciascuna delle due. Pensò a tutti i cadaveri che Vivian Toland e Gabriel Watts si erano lasciati alle spalle nelle ultime due settimane, tutti al servizio di un terribile segreto; al servizio del denaro, dell'avidità, della brama di rimanere in cima. Poi pensò a Lilly, la figlia di Devon, e alla sua anima curiosa.

Alla fine, mollò la presa su Vivian Toland.

QUARANTOTTO

Per la seconda volta nel giro di una manciata di giorni, Josie si ritrovò sui sedili del retro di un'ambulanza insieme a Sawyer Hayes. Questa volta con lei c'era Amber, sdraiata sulla barella, mentre Sawyer la visitava, prendeva i suoi segni vitali, la copriva con le coperte e la attaccava a una flebo. Josie si accasciò sulla panca di fronte, con le braccia che sembravano di gelatina. Ancora non le era tornata la sensibilità, o almeno non era tornata del tutto, ma sapeva che l'indomani mattina le avrebbero fatto un male cane.

Sawyer scriveva al computer di bordo, inserendo i parametri vitali di Amber. «Penso che te la caverai.» disse. «Sei un po' disidratata. Ci sono tagli e lividi. E dovrò ripulire quel grosso taglio sulla mano, ma a parte questo, sei stata veramente fortunata.»

Amber gli rivolse un debole sorriso. «Grazie.» disse.

Sawyer si mise a rovistare nei cassetti per trovare delle bende e dell'alcol.

Amber si rivolse a Josie. «Mi hai salvato.»

Josie scosse la testa. «Anch'io sono stata fortunata. Oggi lo siamo state entrambe.»

Sawyer prese la mano di Amber nella sua e sorrise. «Josie

Quinn non è fortunata. Si impegna fino in fondo finché non risolve il caso.»

Amber rise e poi sussultò quando lui le spruzzò dell'alcol sulla ferita. «Mi dispiace.» le disse. «So che brucia.»

Josie lo guardò con aria stupefatta. «È la cosa più bella che tu abbia mai detto di me.»

Sawyer asciugò il taglio sulla mano di Amber. «Sì, beh, non farci l'abitudine...»

Qualcuno bussò ai portelloni dell'ambulanza. Josie si alzò instabilmente e usò un braccio gelatinoso per aprirle. All'esterno, sprofondati in mezzo metro di neve, c'erano Noah e Devon Rafferty, tutta avvolta in una coperta e sorridente.

Josie scese sul terreno innevato. «Devon...» disse.

«Mi ha salvato la vita.» disse Devon. «Volevo solo ringraziarla.»

Josie avrebbe voluto ribattere dicendo qualcosa sul fatto che non si sentiva proprio una che salvava vite umane. Vivian Toland aveva lasciato la chiesa in un sacco per cadaveri. Ma Devon non doveva convivere con la scelta di chi tra di loro poteva vivere; Josie sì, quindi disse: «Perché si trovava tra quei sedili?»

Devon aggrottò la fronte. «In che senso?»

«Se ne stavano andando tutti quanti, invece lei era ancora lì.»

Devon scoppiò a ridere. «Stavo aspettando che la folla si diradasse un po' prima di andarmene. Sapevo che ci sarebbe stata una ressa folle per arrivare alle macchine, un po' come quando tutti lasciano un concerto nello stesso momento, che si rimane bloccati nel traffico per ore. Così me ne sono rimasta seduta lì, a guardare il mio telefono, aspettando che il posto si liberasse, ed ecco che Vivian Toland mi passa davanti correndo. L'avevo vista spingere il marito, sapete. Vi avevo visto correrle dietro. Non sapevo cosa avesse fatto, ma non poteva essere una buona cosa se la polizia le dava la caccia. Comunque, quando mi è passata accanto, le ho fatto lo sgambetto. A quel punto sapete com'è andata. Quindi cosa è successo? Stava cercando di uccidere Mr. Toland?»

Josie guardò Noah, che disse: «Non possiamo parlarne. Le indagini sono ancora in corso.»

Devon annuì e si strinse la coperta intorno alle spalle. «Giusto, giusto. Scusatemi. Non c'è problema. Non avrei dovuto chiedere. Senta detective, volevo solo ringraziarla per avermi salvata e per essere venuta a parlare con me di quello che è successo a mio padre. Mi rendo conto che non è il momento migliore, ma potrebbe dire ad Amber che mi farebbe molto piacere parlarne con lei, un giorno?»

«Certamente.» disse Josie. Non riusciva nemmeno a immaginare quanto sarebbe stata imbarazzante quella conversazione. Noah si mise accanto a lei e guardarono Devon che si allontanava nella neve. Josie gli lanciò un'occhiata dritta in faccia. Anche attraverso i grossi fiocchi di neve che cadevano intorno a loro, poteva capire dalla sua espressione che qualcosa lo turbava. «Cosa c'è?» gli chiese, domandandosi se fosse arrabbiato per il fatto che si era messa in pericolo rimanendo appesa a una balconata nel tentativo di portare al sicuro due donne adulte a mani nude.

«Gabriel Watts non ce l'ha fatta.»

«Mi dispiace.» disse Josie. Con uno sforzo alzò un braccio indolenzito e gli toccò il viso. «È dura, vero?»

Lui scosse la testa. Intorno a loro la neve danzava in ogni direzione. «No, non è tanto dura. Non è questo il problema. Non è dura ed è proprio questo che mi preoccupa. Avrebbe sicuramente ucciso Mettner, forse te e anche Amber. Ha ucciso Eden e Lydia e probabilmente sua zia. Io prenderei la stessa decisione mille volte senza rimpianti. Questo cosa dice di me?»

«Dice che sei un essere umano. Non dovremmo prendere simili decisioni in questo lavoro. Sono scelte che dovrebbero essere lasciate alle giurie e ai giudici, non a noi.»

Rimasero in silenzio per un lungo momento, con la neve che si raccoglieva sulle spalle di entrambi. Poi sospirò. «Vado a vedere come sta Mettner.»

Lo guardò andare via finché la neve non lo inghiottì. Saltando di nuovo sull'ambulanza, si tolse la neve dai piedi e si rimise a sedere. Sawyer era al computer e Amber aveva gli occhi chiusi. Li aprì quando sentì Josie. «Mi dispiace...» disse. «È un disastro.»

«Perché non sei venuta da me?» le domandò Josie. «O da chiunque della squadra? Avremmo potuto aiutarti.»

Amber scosse la testa. «Quello che abbiamo fatto è sbagliato. Illegale.»

«Eravate bambine.» disse Josie. «Vostro padre vi aveva costrette a farlo. È stato lui a ricattare.»

Una lacrima scese sul viso di Amber. «Il dottor Rafferty è morto per colpa mia, per quello che mio padre mi ha fatto fare. Era un brav'uomo. Non se lo meritava. Ho vissuto con questa vergogna per tutta la vita. Non ho mai voluto dirlo a nessuno.»

Josie rimase in silenzio per un lungo momento. Poi chiese: «E la bambina?»

Con un sospiro pesante, Amber disse: «Quando Eden rimase incinta, voleva tenere la bambina. I miei genitori dissero che non poteva. Doveva essere una truffa breve, proprio come lo era stata la mia con il dottor Rafferty. Eden avrebbe dovuto frequentare la chiesa di Thatcher Toland per un po', avrebbe fatto in modo di rimanere da sola con lui qualche volta, avrebbe inventato delle accuse terribili e nostro padre lo avrebbe ricattato. Fine della storia. Era questo ciò che accadeva. Le truffe di mio padre erano sempre molto piccole. Il trucco, diceva, era quello di ricattare gli uomini in modo che fossero in grado di pagare, ma non così tanto che preferissero andare alla polizia piuttosto che pagare. E funzionava. Ha funzionato con il dottor Rafferty e con Thatcher Toland. Solo che qualche mese dopo il pagamento di Toland, Eden non riusciva più a nascondere la gravidanza. Si scoprì che le sue "accuse" in realtà non erano false.»

«A quel tempo Thatcher era già sposato con Vivian?» chiese Josie.

Amber scosse la testa. «Non ancora, ma Vivian aveva già messo in atto una truffa molto più grande con Thatcher. Aveva visto mia zia, mia madre e mio padre mettere in atto i loro raggiri matrimoniali su uomini ignari, anno dopo anno, accumulando ricchezze. Quando Thatcher si presentò all'agenzia immobiliare in cerca di una nuova casa, Vivian vide un'opportunità. Prese esempio da mia madre. Thatcher non era tanto vecchio, ma era ricco. Sposarlo sarebbe stato più redditizio di un investimento immobiliare. Questo è quello che le sentii dire a mio padre. Era pronta a sposare Thatcher. Avevano fissato una data e tutto il resto. La bambina avrebbe rovinato tutto. Eden non era ancora incinta quando Vivian scoprì cosa stava succedendo, dopo aver visto Thatcher e Eden insieme in chiesa. E anziché dire qualcosa a uno dei due, si confrontò con mio padre in privato. In quel periodo ero malata, costretta a casa per giorni con la mononucleosi. Sentii tutto. Si presentò a casa nostra una mattina dopo che Eden e Gabriel erano usciti per andare a scuola. Era furiosa con lui per aver cercato di mettere in piedi una truffa da quattro soldi con il suo "marchio". Gli disse di chiuderla immediatamente, ma lui la convinse che ottenere cinquantamila dollari da Toland non avrebbe messo affatto in pericolo il suo raggiro.»

«Quindi tuo padre andò fino in fondo? Eden mosse le accuse contro Thatcher, tuo padre lo ricattò e lui pagò.»

«Esatto.»

«Hai mai detto a Eden che Vivian aveva incontrato vostro padre?»

«No.» disse Amber. «Era già stressata per le cose con Thatcher. Non la volevo sottoporre a ulteriore pressione.»

«Poi Eden scoprì di essere rimasta incinta. Hai detto che cominciava a essere evidente? È stato allora che la scoprirono?»

«Sì.» disse Amber. «Eden continuava a tornare alla chiesa. Credo che volesse dirlo a Thatcher. Non entrava mai, ma ci passava davanti in bicicletta e si fermava nel cortile esterno o nel parco dall'altra parte della strada. È lì che Vivian la vide. Il giorno dopo venne a casa nostra. Eden e Gabriel erano a scuola. Io ero ancora a casa malata. Origliai. Vivian chiese a mio padre se Eden fosse incinta del figlio di Thatcher. Mio padre non lo negò. A quel punto i miei genitori non avevano ancora deciso cosa fare della gravidanza. Mio padre chiamò mia madre e lei dovette tornare a casa dopo aver giocato a fare la "moglie" con il suo ultimo marito attempato e facoltoso. Vivian minacciò di andare alla polizia con tutto quello che sapeva sui miei genitori e su zia Nadine se non si fossero sbarazzati del bambino. Perciò, quando Eden tornò a casa, le dissero che avevano finalmente deciso che non poteva tenere il bambino e che doveva andare a casa di zia Nadine fino al parto e che nostra zia Nadine avrebbe "gestito le cose" da quel momento in poi. Zia Nadine aveva detto chiaramente che avrebbe "disposto" del bambino una volta che fosse nato. Andai con Eden per non lasciarla sola.»

«Era crudele come tutti dicevano.» osservò Josie.

«E anche di più. Io e Eden eravamo terrorizzate. Mi fece promettere che avrei aiutato il bambino quando sarebbe nato. Non avevo idea di come avrei fatto. Poi scoprii la legge del Rifugio Sicuro vigente in Pennsylvania, in base alla quale si poteva lasciare un bambino in ospedale o alla stazione di polizia senza incorrere in alcuna accusa. Quando è nata la figlia di Eden, l'ho portata fuori da quella casa prima ancora che zia Nadine se ne accorgesse e l'ho lasciata in un ospedale. L'ospedale di Towanda.»

«Cosa raccontasti a Nadine?» chiese Josie.

Amber lanciò un'occhiata a Sawyer, ma se stesse prestando attenzione, non lo avrebbe dato a vedere. «Che io e Eden ce ne eravamo "occupate" e che la bambina non era più un problema. Lei ci credette e questo è quanto. Nessuno ne fece più parola fino a quando Thatcher non pubblicò il suo libro e fece il suo percorso di scuse a Eden. Lei era così presa da lui e dal suo desiderio di espiazione che gli parlò della bambina. Lo so perché mi ha chiamato subito dopo per dirmelo. Mi ha detto che le dispiaceva molto, ma che doveva dirglielo.»

«E questo ha dato il via all'intera catena di eventi.» concluse Josie.

«Gabriel mi ha rapita perché Eden aveva detto a Thatcher che ero l'unica a sapere dove si trovava la bambina... o meglio, la ragazzina, adesso. E lui l'aveva riferito a Vivian. Il problema è che non so cosa sia successo a quella bambina. So solo che era al sicuro quando l'ho lasciata all'ospedale.»

Josie accarezzò una gamba di Amber. «Va bene.» disse. «Va tutto bene.»

«Sai cosa intende fare Thatcher adesso?»

Josie scosse la testa. «No. Ma per stanotte io e te dobbiamo solo preoccuparci di stare al caldo e di tornare a casa, intesi?»

QUARANTANOVE
DUE SETTIMANE PIÙ TARDI

Nevicava di nuovo. Non erano ancora usciti dal metro e mezzo di neve che la bufera della Vigilia di Natale aveva rovesciato sulla città di Denton, a cui si era aggiunta molta altra neve caduta nei giorni successivi. Nuvole livide coprivano il cielo. Josie si era messa alla guida della sua auto percorrendo le strade che salivano sulle colline a nord del campus universitario verso la casa di Devon Rafferty. Sul sedile del passeggero sedeva Amber, intenta a giocare nervosamente con la cinghia della borsa. Ogni tanto Josie le lanciava un'occhiata. Era ancora piena di lividi in molti punti e qualcosa in lei sembrava uscito indebolito da quell'esperienza, ma aveva un aspetto certamente più sano e Josie si augurava che un giorno sarebbe tornata a essere quella di un tempo, o almeno quanto più vicino possibile, dopo il trauma subito.

«Non sei obbligata a farlo.» le assicurò Josie. «Posso fare inversione, chiamare Devon e dirle che non ce l'abbiamo fatta a causa della neve.»

Amber rise nervosamente. «No, no. Ora l'unica cosa di cui mi importa è di farla finita. Mi sta consumando. Cosa si dice a qualcuno a cui hai praticamente ucciso il padre?»

«Non hai ucciso tu Jeremy Rafferty.» disse Josie a bassa voce.

Amber voltò lo sguardo fuori dal finestrino. Il calvario con suo fratello le aveva lasciato una lunga cicatrice sul palmo della mano, che si accarezzava con le dita dell'altra. «Se non avessi mentito...» riprese, «se avessi affrontato mio padre. Se avessi detto qualcosa, qualsiasi cosa, e non avessi accettato, oggi sarebbe vivo.»

«Eri una ragazzina di quindici anni.» le rammentò Josie. «Eri stata cresciuta da persone che mentivano con la stessa facilità con cui respiravano. Era una situazione impossibile da gestire, Amber.»

Con lo sguardo, Amber seguì ancora passare le case coperte di neve mentre Josie si avvicinava alla casa di Devon Rafferty. «Quando si viene educati a mentire, non si conosce altro modo. Alla fine, però, ti avrei dato quella lista. Quella del mio diario. Dopo quello che è successo con il dottor Rafferty, ho usato quel diario per tenere traccia di tutte le cose orribili che mia madre, mio padre e mia zia Nadine avevano fatto, di tutte le persone a cui avevano mentito e che avevano imbrogliato. Pensavo che nessuno avrebbe prestato attenzione a un diario così. Era così infantile per una quindicenne. Ma zia Nadine aveva fiutato tutto. Non le è mai sfuggito nulla. È un miracolo che si sia bevuta la storia che io e Eden ci eravamo inventate di esserci "liberate" della bambina. O forse non se l'è mai bevuta. Non lo so. Però trovò il diario, lo lesse e andò su tutte le furie. Strappò una pagina dopo l'altra, le bruciò e mi disse che se avessi cercato di smascherare la famiglia mi avrebbe ammazzata. Proprio come aveva fatto con il dottor Rafferty.»

Il piede di Josie colpì il freno e l'auto scivolò, sbandando leggermente sulla strada innevata. Sia lei che Amber sobbalzarono prima in avanti e poi indietro. Voltandosi verso Amber, disse: «Cosa?»

Gli occhi di Amber si riempirono di lacrime. «Mi dispiace

tanto...» sussurrò. «Lo disse solo quella volta, solo a me. Non avevo idea se stesse dicendo la verità o se l'avesse detto solo per spaventarmi. All'epoca i notiziari parlavano di suicidio e le indagini della polizia lo avevano confermato. Non sapevo se crederle o meno. Non sapevo se fosse stata davvero lei a farlo finire in quel fiume o se me l'avesse detto solo per alimentare il dubbio, per spaventarmi, ma funzionò benissimo perché da quel momento sono stata divorata dal terrore.»

Dietro di loro apparvero i fari di un camion che si avvicinava alle loro spalle. Josie mise la freccia e accostò al lato della strada, lasciando all'altro veicolo lo spazio sufficiente per superarle. «Può darsi che il dottor Rafferty avesse minacciato di denunciare la vostra famiglia.» ipotizzò Josie. «In tal caso, tua zia diceva la verità: l'aveva eliminato per farlo tacere. Peccato che non possiamo chiedere a tuo padre.»

Una delle cose che ancora tenevano Josie sveglia la notte riguardo al caso era che Hugo Watts aveva lasciato l'hotel Eudora dopo la tragedia della mega chiesa della Purificazione alla Vigilia di Natale ed era scomparso nel nulla. Amber li aveva avvertiti che nessuno l'avrebbe mai più rivisto. Hugo aveva messo da parte almeno la metà di tutte le ricchezze che Lydia aveva accumulato passando da un matrimonio all'altro e con molta probabilità aveva sempre avuto un piano per sparire se la polizia avesse scoperto quello che aveva fatto. Anche se, a quel punto, quasi tutto quello che aveva fatto era caduto in prescrizione da diverso tempo. Non poteva essere perseguito per frode o per furto con estorsione. Ma se avesse avuto un ruolo nell'omicidio del dottor Jeremy Rafferty e questo fosse stato dimostrato in qualche modo, sarebbe ancora potuto andare in prigione.

«Il fatto che mio padre sia scappato mi fa pensare che zia Nadine abbia detto la verità sull'uccisione del dottor Rafferty.» commentò Amber.

«Devi dire a Devon tutto questo.» si raccomandò Josie. «Non ha mai creduto che suo padre si fosse tolto la vita. Ha bisogno di sentirlo. So che non vuoi farlo, ma potrebbe avere più effetti positivi per entrambe di quanto tu possa immaginare in questo momento. Cosa è successo dopo che Nadine ha distrutto il diario? È stato allora che hai fatto la lista dei numeri o l'hai fatta subito prima di scomparire?»

Amber si asciugò le lacrime. Josie riportò l'auto sulla strada. «All'epoca...» disse Amber, «durante la gravidanza, Eden e io vivevamo con zia Nadine. I suoi documenti immobiliari erano facilmente reperibili. Cominciai a sfogliarli e ad annotare tutti gli indirizzi, ma poi Eden temeva che la zia avrebbe trovato anche quelli e sarebbe andata su tutte le furie. Così avevamo pensato di scrivere i numeri identificativi delle proprietà in modo da averli sempre a disposizione in caso di necessità. Avevamo sempre parlato di denunciarli quando saremmo diventate grandi, ma poi il dottor Rafferty è morto e Eden è rimasta incinta della bambina di Thatcher Toland e alla fine, quando ormai eravamo sole, tutto quello che volevamo fare era dimenticare il passato e ricominciare da capo. Per di più, smascherare quello che avevano fatto loro significava smascherare anche quello che avevamo fatto noi. Mia sorella usciva in quel momento da una gravidanza e avevamo dato via la bambina. Sembrava tutto così sbagliato. Avevamo entrambe paura. Anche dopo che Eden mi ha chiamata, un paio di settimane prima che si scatenasse l'inferno, avevamo ancora paura.»

«Si direbbe che voi due foste molto unite. Eppure, non parlavi con Eden da quasi dieci anni prima che lei ti chiamasse.»

Amber sospirò. «Quando eravamo ragazze eravamo unite perché dovevamo esserlo. Quando sono partita per l'università, avevamo cercato di vederci all'inizio. Mi raggiungeva qualche volta per pranzare o per cenare insieme, ma non era la stessa cosa. Era come se... stare insieme riportasse alla mente tutte le cose orribili che avevamo fatto e a cui avevamo assistito. Non era piacevole. Tutt'altro, era deprimente. Eravamo un monito l'una per l'altra delle cose peggiori che avevamo fatto. Alla fine, decidemmo di comune accordo che sarebbe stato meglio prendere strade diverse. E da allora non l'ho più sentita fin quando non mi ha chiamato lei, per dirmi che Thatcher l'aveva contattata e che lei gli aveva raccontato della bambina.»

«È per questo motivo che ti ha chiamata?» le chiese Josie. «Perché Thatcher si era messo in contatto con lei?»

«Sì. Voleva farmi sapere che lui aveva "fatto ammenda".» spiegò Amber con una nota di disgusto nella voce. «Non posso credere che Eden si fosse bevuta tutte quelle sciocchezze, e invece ci è proprio cascata in pieno. Gli ha anche detto della bambina, quando avevamo giurato che nessuna di noi due ne avrebbe mai e poi mai fatto parola. Con nessuno. Mi ha fatto arrabbiare così tanto! All'inizio mi ha detto che non era un grosso problema, che non dovevamo preoccuparci. Perché, come puoi immaginare, era Thatcher quello che aveva tutto da perdere. Eden si era confidata con lui riguardo alla bambina e riguardo a tutto ciò che la nostra famiglia aveva fatto ai danni di altre persone, e si sentiva come una persona nuova. Era veramente convinta che con lui il segreto sarebbe stato al sicuro.»

«Ma non lo è stato.» disse Josie.

«La prima volta che ho capito che Thatcher non aveva intenzione di mantenere il segreto è stato quando Gabriel si è presentato da me pretendendo che gli rivelassi dove si trovava la bambina e minacciando che se non l'avessi fatto ci sarebbero state serie ripercussioni. In quel momento ho capito che Thatcher non aveva alcuna intenzione di tacere sull'esistenza della sua bambina, che il suo vero obiettivo era rintracciarla; questo era ovvio. Non c'era nulla di buono che potesse venirne fuori se stava cercando di trovare quella bambina. Ho avuto paura che...»

Amber si interruppe e alla fine guardò Josie, che finì per lei: «Avevi paura che uccidesse la bambina così da eliminare l'ultima minaccia alla sua reputazione.»

«E alla sua ricchezza.» aggiunse Amber. «I miei genitori, mia zia Nadine e Vivian Toland... a loro è sempre importato solo accrescere il profitto.»

Si stava mettendo a nevicare più forte e Josie cominciò ad avere dei ripensamenti sulla scelta di fare visita a Devon proprio quel giorno. Ma, perlomeno, il tempaccio avrebbe dato loro una scusa per andarsene in fretta se la conversazione avesse preso una piega troppo pesante.

Amber riprese il racconto: «Un giorno Eden mi ha mandato quell'articolo sull'omicidio di zia Nadine. Era troppo strano per essere una coincidenza. È stato allora che abbiamo discusso di provare a creare un dossier, o qualcosa del genere. Un elenco di misfatti. Qualcosa da presentare alla polizia se le cose fossero andate male.»

«E allora avete iniziato a lavorare sulle inserzioni immobiliari.» disse Josie. «Cercando di far coincidere gli indirizzi con l'elenco dei numeri identificativi delle proprietà.»

«Proprio così. Avevo intenzione di venire da te con la lista che avevo preparato una volta che l'avessi finita. Nell'attesa di poterlo fare, ho messo il tuo nome sul post-it che ho attaccato sul mio diario, perché ho pensato che se fossi morta e fossero rimasti solo quei numeri misteriosi, prima o poi avresti scoperto a cosa si riferissero.»

Josie sorrise. «Come mai hai scelto me?»

Amber sorrise di rimando. «Perché ho visto cosa sei in grado di fare anche con poco e nulla.»

Josie si mise a ridere. «Afferrato, lo prendo come un complimento. In ogni caso, avevi ragione sul pericolo per Eden e per la bambina di Thatcher, eccetto sul fatto che il pericolo non veniva da Thatcher, ma veniva da Vivian.»

«Non l'avevo neanche lontanamente presa in considerazione.» ammise Amber. «Era solo la persona che sistemava le cose alla fine del lavoro dei miei genitori. Ovviamente sapevo che aveva sposato Thatcher unicamente per i suoi soldi, ma aveva sempre saputo dell'esistenza della bambina e non aveva mai cercato di toglierci di mezzo prima d'ora.»

«Sapeva che Eden aveva avuto una bambina...» disse Josie. «Ma pensava che Nadine ne aveva "disposto".»

«Sì, dev'essere così.» convenne Amber.

«Il DNA sotto le unghie di tua zia Nadine corrispondeva a quello di tuo fratello. Sembra che sia stato lui a ucciderla. È presumibile che, quando Thatcher è tornato a casa dopo aver fatto "ammenda" con Eden e aver detto a Vivian che la bambina era ancora viva e che voleva trovarla, Vivian abbia deciso di coinvolgere Gabriel e di prendere di mira Nadine per prima.»

«Questo ha perfettamente senso.» convenne Amber. «Zia Nadine era praticamente al comando di tutto. Vivian deve aver pensato che avesse mentito quando aveva detto che la bambina era stata "eliminata", e così ha mandato Gabriel a scoprire dove si trovava. Lui deve aver pensato che io sapessi cosa ne è stato di lei, per questo mi ha sequestrata.»

«Ma tu hai detto che Eden aveva riferito a Thatcher che tu eri l'unica a sapere che fine avesse fatto quella bambina.» le fece notare Josie.

Amber scrollò le spalle. «Sì, ma credo che Vivian intendesse uccidere tutti coloro che sapevano dell'esistenza della bambina, indipendentemente dal fatto che conoscessero o meno la sua collocazione corrente. Ho pensato che fosse stato proprio Thatcher ad aver mandato Gabriel a fare il lavoro sporco. Che aveva intenzione di eliminare tutti coloro che erano legati al segreto: zia Nadine, Eden, mia madre, mio padre, io e quella povera creatura, una volta che avessi rivelato l'informazione. Prima che Gabriel mi portasse via da casa, era venuto a trovarmi un paio di volte. Mi aveva minacciato. Allora mi sono fatta prendere dal panico e ho chiamato Eden per metterla in guardia, per dirle che si era sbagliata su Thatcher, per avvertirla che voleva trovare la sua bambina. Eden non ha voluto credermi, pensava che fossero stati nostra madre, nostro padre o la zia Nadine a spingere Gabriel a farlo; che uno di loro lo avesse convinto a cercare la bambina per poterla usare come ricatto contro Thatcher, ora che disponeva di molte più ricchezze di prima. Non eravamo d'accordo sulla provenienza della minaccia o su chi ci fosse dietro, ma su una cosa eravamo d'accordo...»

«Proteggere la figlia di Eden.» disse Josie.

«Esatto.» concordò Amber.

Le gomme dell'auto scivolarono sulla strada innevata. Josie sterzò bruscamente finché la macchina non si raddrizzò e lei riprese il controllo del mezzo risalendo la collina per il resto della strada.

«È stato a quel punto che Gabriel ti ha portata via.» disse.

«Sì.» rispose lei sommessamente. «Ha cercato di uccidermi, sai. Tre volte. È entrato nella stanza dove mi aveva rinchiusa, mi ha puntato una pistola alla testa e ha premuto il grilletto. La prima volta che l'ha fatto, ho cercato di fermarlo dicendogli che Finn era un agente di polizia e che mi avrebbe cercata, ma non mi ha lasciato nemmeno pronunciare le prime parole. Dopodiché, si è scusato per questo. A quel punto ho pensato che non mi avrebbe fatto fuori perché pensava che fossi in possesso di informazioni di cui aveva bisogno. Poi ha sparato tre colpi di pistola all'interno di quel piccolo ripostiglio. Credo che volesse dimostrare qualcosa. Mi sono fischiate le orecchie per ore.»

Josie sentì un brivido diffondersi in tutto il corpo. Pensò alla Beretta carica e ai bossoli mancanti. Amber era stata fortunata che nessuno di quei proiettili fosse rimbalzato in uno spazio così piccolo; per fortuna erano andati a conficcarsi nelle pareti di cemento, come aveva potuto constatare la Squadra di Raccolta delle Prove.

Cadde il silenzio. Le dita di Amber si posarono di nuovo sulla cicatrice sul palmo della mano. Con un sospiro pesante, tornò a guardare fuori dal finestrino. Un attimo dopo disse: «Cosa farà Thatcher con la bambina?»

«Sostiene di non aver mai voluto fare altro che la cosa

giusta. Dice di aver preso in considerazione l'idea di trovare la bambina e di instaurare un rapporto con lei, ma ora si chiede se non sia il caso di lasciar perdere perché la bambina avrà... quanto? Dieci anni, ormai? Nutre parecchie riserve su quanto valga la pena sconvolgerle la vita. Dice che quando ha provato a fare quello che pensava fosse la cosa giusta, delle persone hanno finito per rimetterci la vita.»

Amber grugnì. «Questo a causa di quell'assassina di sua moglie!»

Finalmente apparve il vialetto di casa di Devon Rafferty. Non era stato spalato e infatti la Land Rover aveva scavato dei solchi nella neve. Josie li seguì e parcheggiò davanti a uno dei posti auto nel garage.

Nessuna delle due mosse un solo muscolo. Amber fece diversi respiri profondi. Josie girò la testa e vide la porta d'ingresso che si apriva. Ne uscì Lilly che sorrise e salutò con un cenno della mano.

«D'accordo...» disse Amber. «Chiudiamo questa storia.»

CINQUANTA

L'incontro si rivelò imbarazzante come Josie e Amber avevano paventato. Devon e Amber rimasero in piedi ai lati opposti dell'ingresso, fissandosi l'una con l'altra. Dopo aver fatto le presentazioni, Josie osservò come ognuna di loro tentasse un sorriso e poi ci ripensasse. Non si scambiarono neanche i convenevoli. L'unica cosa che rendeva il momento anche solo lontanamente sopportabile era il chiacchiericcio della piccola Lilly che, piazzatasi accanto a Josie, faceva domande sul lavoro in polizia e su cosa si provasse ad andare in televisione.

Alla fine, Devon si voltò a guardare Lilly. «Mi dispiace, detective. Bob doveva venire a prenderla, perché questa è la sua settimana, ma è rimasto bloccato in Colorado a causa del maltempo. Lilly, per favore, vai in camera tua. Puoi giocare un'ora in più con il tablet.»

Lilly mise il broncio. «Mamma, ora voglio parlare con la detective Quinn. Con il tablet ci posso giocare quando mi pare.»

Devon era sul punto di ribattere qualcosa, ma Josie alzò una mano per fermarla. «Non c'è problema, Devon. Sono felice di chiacchierare con Lilly mentre lei e Amber... parlate.»

La mano di Lilly si infilò in quella di Josie e la strattonò verso il fondo del corridoio. «Preparo la cioccolata calda e intanto possiamo guardare come nevica.»

«Lilly.» disse Devon in tono di avvertimento.

La ragazzina alzò gli occhi al cielo. «Nessun macello, mamma. Promesso.»

Con un sorriso forzato, Devon rivolse la sua attenzione ad Amber e fece un gesto verso il suo studio. «Perché non ci accomodiamo di là? Prometto di non rubarle troppo tempo, soprattutto con questa bufera in arrivo.»

Senza emettere un fiato, Amber annuì e si diresse verso l'ufficio, con l'aria di chi sta marciando verso la morte.

«Detective Quinn!» disse Lilly, trascinando Josie in cucina. «Ti piacciono i marshmallow nella cioccolata calda? Sennò del latte, oppure della panna montata. Abbiamo tutto. Mettiti a sedere.»

Josie sorrise e si sedette davanti al bancone a isola al centro della cucina. Come il resto della casa, era colorata e piena di oggetti eclettici e dai colori vivaci. «I marshmallow vanno bene.» mormorò Josie.

«Sì, anch'io li preferisco!» esclamò Lilly mettendosi a preparare una cioccolata calda per due. Lo sguardo di Josie era ancora rivolto all'ingresso dalla parte opposta del corridoio e la sua mente era concentrata sull'espressione del viso di Amber mentre andava a parlare con Devon. Josie non poté fare a meno di pensare a Eden trascinata verso la morte alla diga di Russell Haven. Le aveva visto la stessa espressione che aveva Amber in quel momento. Oppure era troppo stordita dalla ferita alla testa per essere minimamente spaventata da ciò che stava per accaderle? Josie era ancora scossa dall'intero caso. I dettagli la tormentavano quando cercava di prendere sonno la notte. Punti in sospeso e domande senza risposta. Perché Gabriel aveva scelto proprio la diga di Russell Haven? Aveva ucciso Nadine nel suo stesso stagno e aveva lasciato lì il suo corpo, ma si era assicurato che i corpi di Eden e Lydia fossero trovati alla diga di Russell Haven. Dove aveva tenuto Eden per tutti quei giorni prima di portarla alla diga? La Squadra di Raccolta delle Prove aveva perlustrato tutto il seminterrato della megachiesa dei Toland, ma non aveva trovato alcuna prova che Eden fosse mai stata in quei locali o a casa di Gabriel. La Mini Cooper di Eden non era mai stata ritrovata. Chi aveva inviato la cartolina della diga di Russell Haven a Lydia Norris?

Tutti pensavano che si trattasse di Vivian o di Gabriel, ma in realtà non lo sapevano per certo.

In più di un'occasione aveva parlato di queste cose al capo Chitwood. Le prime due volte lui aveva ascoltato le sue domande, proponendo teorie per tranquillizzarla. Era possibile che Gabriel avesse scelto la diga di Russell Haven per chiarire ai membri della sua famiglia ancora in vita la necessità di espiare i peccati che avevano commesso contro il dottor Rafferty. Forse Gabriel aveva avuto abbastanza tempo per ripulire tutto dopo aver detenuto Eden, e per questo non avevano trovato tracce del suo DNA a casa sua o nella chiesa. Forse c'era un altro luogo che nessuno di loro conosceva. Forse aveva affondato la Mini Cooper di Eden nel fiume e l'avrebbero trovata in estate, quando il livello dell'acqua si sarebbe abbassato. Forse Gabriel o Vivian avevano mandato la cartolina per provocare Lydia.

«Ma tutto questo non ha importanza, Quinn.» le aveva detto alla fine Chitwood. «L'unica cosa che conta è che abbiamo trovato l'assassino e il suo complice. Entrambi sono morti, il che significa che non ci sono più cadaveri, e abbiamo recuperato Amber.»

Quando lei era tornata da lui una terza, una quarta e una quinta volta per esprimere le sue preoccupazioni, lui le aveva detto: «Lascia perdere, Quinn. Il caso è chiuso. Sai benissimo che non tutti i casi si chiudono con un bel fiocco. La vita è incasinata, e lo sono anche gli omicidi e i rapimenti. I pezzi non sempre si incastrano per creare un quadretto senza difetti, alla fine. Bisogna semplicemente conviverci.»

«Mi stai ascoltando?» le domandò Lilly.

Josie sbatté le palpebre e la bambina tornò a fuoco. «Scusami tanto.» Le disse. «Cosa stavi dicendo?»

«Dicevo, andiamo dritto al sodo.»

Josie girò la testa verso la ragazzina, che ora sedeva dall'altra parte dell'isola e stava mescolando del cacao in polvere in una tazza calda e fumante, accanto alla quale c'era un sacchetto di piccoli marshmallow già aperto. Dietro, una grande finestra si affacciava sul loro giardino, dove i mobili del patio e un'altalena erano coperti di neve. Josie scoppiò a ridere. «Hai appena detto: "Andiamo dritto al sodo"?»

Lilly allungò una mano nel sacchetto di marshmallow e ne afferrò una manciata, lasciandola cadere nella tazza. La cioccolata schizzò oltre i bordi. «Questo non conta come "macello".» disse a Josie. «E sì, è quello che ho detto. Mio padre lo dice sempre. È come dire: parliamo delle cose veramente importanti e non di tutte le stupidaggini che non significano nulla e di cui la gente parla in continuazione. È un detto risalente al diciannovesimo secolo. Sono andata a cercarlo, perché pensavo che mio padre parlasse sempre di uova sode.»

Si avvicinò al bancone e strappò tre fogli di carta dal rotolone e poi tornò al tavolo per asciugare quel rovesciamento che non contava.

«Ha senso.» convenne Josie. «Ma quali sono le cose davvero importanti?»

Lilly spostò la tazza sul piano di lavoro e la porse a Josie. «Hai mai partecipato a un inseguimento in auto?»

Sollevata dal fatto che non le sarebbe stato chiesto di nuovo se avesse mai sparato a qualcuno, Josie rispose: «Un inseguimento ad alta velocità? Non mi sembra.»

«Beh, sarò brutale...» disse Lilly. «Questa è una grande delusione.»

Josie rise e mandò giù un sorso di cioccolata, che era così dolce che le sarebbe sicuramente venuto il diabete se avesse cercato di finirla tutta.

«Va bene, ma se dovessi partecipare a un inseguimento ad alta velocità, che tipo di auto vorresti guidare?»

Josie staccò un marshmallow dalla montagna di cilindretti di zucchero che si stava sciogliendo nel cioccolato della sua tazza e lo mangiò. «Qualcosa di piccolo e sportivo, facile da manovrare.»

«Di che colore?»

«Nero.» disse Josie.

Lilly arricciò il naso mentre mescolava il cacao nella sua tazza. «Che noia.»

«D'accordo, che ne dici del rosso?» suggerì Josie.

«Sì, come la macchina nuova della mamma.»

«Esatto.» disse Josie lentamente, mentre il ronzio dei pensieri vorticosi sul caso Watts si arrestava improvvisamente nella sua mente. Un attimo dopo ripresero a girare a pieno ritmo. I pezzi del puzzle si spostavano a rotta di collo, provando nuove configurazioni. «Tua madre ha una nuova macchina rossa?» chiese.

Lilly smise di rimestare e sorrise a Josie, con gli occhi lucidi di malizia. Si passò l'indice sulle labbra. Lanciò un'occhiata al corridoio verso l'ingresso, ma Amber e Devon erano ancora dentro lo studiolo e la porta era chiusa. Lilly si diresse verso una porta nell'angolo della cucina e fece cenno a Josie di seguirla.

La porta si apriva su un piccolo corridoio con una lavatrice e un'asciugatrice all'interno. Dall'altra parte c'era un'altra porta. Lilly la aprì e l'aria fredda scivolò tra le loro gambe. Josie sapeva che da lì si arrivava al garage, ma riusciva a vedere solo delle forme vaghe. Lilly saltò giù per i due gradini e atterrò sul pavimento di cemento. Josie la seguì, chiudendosi la porta alle spalle. Sentì lo scalpiccio di Lilly e poi una luce a soffitto si accese. Il garage era diviso in tre vani delimitati soltanto da alcuni pali di metallo che dal pavimento salivano fino al soffitto. La maggior parte dello spazio era occupata da oggetti tra cui attrezzi per il giardinaggio, utensili, legna da ardere, uno spaccalegna, un trattorino, uno spazzaneve, un portabagagli smontabile e tre kayak. In fondo c'era una piccola automobile coperta interamente da teloni di vinile blu. Erano tenuti in posizione da sacchi di sabbia che erano stati posizionati sul cofano e sul tettuccio. Lilly si avvicinò e sollevò un lato di uno dei teloni, rivelando una fiancata rossa al di sotto.

Il cuore di Josie prese a battere a un ritmo frenetico. Sentiva a malapena le gambe che la trasportavano da una parte all'altra del garage. Quando Lilly parlò, le sue parole sembrarono provenire da lontano. «Non devi dirlo alla mia mamma, però, va bene? Non ho nemmeno il permesso di entrare nel garage, perché una volta che ci sono entrata da sola ho avuto un incidente con le cesoie da giardino.»

Josie si avvicinò al retro del veicolo e si appoggiò su un ginocchio, sollevando il bordo del telone finché non riuscì a vedere la targa sul retro. Le si rizzarono tutti i peli della nuca. Il battito del suo cuore raggiunse un crescendo allarmante. Riconosceva il numero di targa perché era stata lei a emettere la segnalazione di ricerca.

Quella nel garage di Devon Rafferty era la Mini Cooper di Eden Watts.

Tutti i pezzi mancanti del puzzle che Josie aveva cercato di mettere insieme per due settimane andarono al loro posto. «Figlia di puttana...» mormorò.

«Va tutto bene?» le chiese Lilly.

Josie alzò lo sguardo. La ragazzina era proprio accanto a lei. La mente di Josie iniziò a pensare alle varie eventualità. Lilly. Amber. La tempesta. Lei che non aveva con sé una pistola perché era il suo giorno libero. Era lì soltanto per accompagnare Amber a fare una visita di cortesia. Aveva il telefono in mano e le dita volarono sullo schermo per scrivere un messaggio a

Noah. Un punto esclamativo rosso apparve accanto alla casella di testo. *MESSAGGIO NON INVIATO.*

Josie fece un respiro profondo, cercando di rallentare il battito cardiaco. Si alzò in piedi. «Lilly...» disse. «Se tua madre non vuole che tu stia in garage, allora credo proprio che non dovremmo stare qui. Perché non torniamo in casa?»

Con aria delusa, Lilly fece un'alzata di spalle. «Certo, va bene.»

Josie le mise una mano sulla spalla e la guidò lontano dalla macchina. «E comunque, non credo che dovremmo dire a tua madre che abbiamo infranto le regole, almeno non oggi. Che ne dici?»

«Un'agente di polizia che insegna a una bambina a mentire a sua madre?» La voce di Devon fece correre un brivido invisibile lungo tutto il corpo di Josie. Sotto le sue dita, i muscoli di Lilly si tesero. Entrambe alzarono lo sguardo e videro Devon sulla porta del garage. Un sorriso agghiacciante le incurvava le labbra. «Lilly...» disse. «Per favore, vai nel mio studio e chiedi all'altra ospite di raggiungerci qui. Poi vorrei che andassi nella tua stanza e ci rimanessi finché non verrò a chiamarti, siamo intesi?»

Josie si sarebbe aspettata che la bambina protestasse o facesse domande, ma invece disse con una nota di sconfitta nella voce: «Va bene, mamma...» e mentre scivolava via dalla presa di Josie e sgattaiolava verso la porta, Devon si fece da parte e la lasciò entrare in casa. Poi chiuse la porta. Istintivamente, la mano di Josie cercò la pistola, anche se non c'era. Era un riflesso condizionato. Devon si diresse verso di lei. Josie avrebbe voluto indietreggiare, fuggire, ma rimase ferma al suo posto.

Devon si fermò a qualche metro di distanza. Senza distogliere lo sguardo da Josie, allungò la mano dietro un vaso di fiori su una mensola vicina e tirò fuori una Glock 19. Prima che Josie potesse reagire, fece scattare il carrello, inserendo un proiettile in canna. A questo punto non avrebbe dovuto far altro che puntare e sparare. Invece, tenne la pistola all'altezza del fianco. «Confido che mi creda quando le dico che speravo di non arrivare a questo punto. Lei mi piace e la rispetto davvero. Se Thatcher Toland non si fosse presentato qui tre settimane fa per raccontarmi di come Eden Watts gli avesse confessato che la sua famiglia aveva mentito, manipolato e ricattato mio padre, la polizia l'avrebbe scoperto lo stesso.»

Josie aveva ancora il telefono in mano, ma non poteva certo chiamare i rinforzi con Devon che la teneva sotto tiro, ammesso di riuscire a ricevere il segnale. Finché non avesse pensato a una via d'uscita sicura per tutti, avrebbe dovuto far parlare Devon. «Thatcher Toland è venuto da lei?»

«Dottoressa Rafferty?» chiamò Amber mentre varcava la porta del garage.

Devon non staccò gli occhi da Josie, ma rispose: «Siamo qui dentro. Venga.»

Josie incrociò lo sguardo di Amber mentre si avvicinava con passo lento verso di loro, facendosi strada tra gli oggetti sparsi nel garage. Con lo sguardo, Josie cercò di comunicare un avvertimento ad Amber. Ma Devon teneva ancora la pistola al suo fianco. Josie era sicura che Amber non l'avesse vista mentre le passava accanto. Tuttavia, mentre si avvicinava a Josie, Amber aveva di nuovo l'aria di chi sta marciando verso il suo destino. «Che succede?» chiese, con un filo di voce. Devon allungò la mano libera verso il braccio di Amber e la strattonò facendole perdere l'equilibrio. Poi la spinse contro Josie. Entrambe caddero a terra. Josie si rimise subito in piedi, facendo da scudo con il proprio corpo tra Devon e la sagoma prona di Amber. Devon usò entrambe le mani per puntare la canna della pistola al petto di Josie, che si chiese se Devon potesse sentire le vibrazioni del suo battito cardiaco attraverso il metallo dell'arma.

«Ma cosa sta facendo?» strillò Amber.

Senza staccare gli occhi da Devon, Josie disse: «Ha ucciso Eden e tua madre.»

Incespicando per rimettersi in piedi, Amber spostò lo sguardo da Josie a Devon e viceversa. «Di cosa stai parlando?»

«Mi ha appena detto che Thatcher Toland è venuto a trovarla dopo aver parlato con Eden.» spiegò Josie.

Devon conficcò la pistola nello sterno di Josie. «Quella stupida di tua sorella gli ha raccontato tutto, di come la tua famiglia ha rovinato la vita di mio padre e lo ha condotto verso la morte. Pensava che una di voi due dovesse venire da me per "liberarvi". Pensava che una di voi dovesse ammettere ciò che aveva fatto. Eden gli ha detto che non sarebbe mai successo, così si è preso la responsabilità di farlo al posto suo. Pensava che meritassi di sapere la verità.»

Con la coda dell'occhio, Josie vide che il labbro inferiore di Amber tremava. «Perché avrebbe dovuto...?»

«Perché a differenza tua e della tua maledetta famiglia, Thatcher Toland non è un bugiardo. È autentico. Non lo sapevi che tutta la storia delle prediche televisive non sono una recita? Sono sincere. Eden gli ha raccontato quello che tuo padre ha fatto al mio: ti ha fatto passare per una paziente, ti ha fatto mentire e ti ha fatto dire che mio padre ti aveva inflitto pene terribili e alla fine lo ha ricattato. Thatcher voleva che io sapessi la verità. Ho aspettato tredici lunghi anni per scoprire chi è stato a uccidere mio padre e per quale motivo. Tredici anni per scoprire perché la mia vita è stata distrutta. Pensavi che avrei lasciato perdere?»

«Quando sono venuta a trovarla, mi ha chiesto di parlare con mia sorella per presentare il caso di suo padre nel suo programma.» le ricordò Josie. «Mi ha mostrato il suo raccoglitore. Lei... a quel punto sapeva già perfettamente cosa fosse successo. Quindi mi ha mentito. Era tutta una messinscena.»

«Ma certo che era tutta una messinscena!» esclamò Devon. «Dovevo mantenere l'apparenza di essere ossessionata dalla morte di mio padre. Chiunque mi conosce sa che è l'unica cosa di cui mi importa. Immagini se nel giorno in cui la più famosa detective di Denton si fosse presentata a casa mia, io non vi avessi nemmeno fatto cenno? Che impressione avrei dato?»

«Ma eravamo solo noi due.» disse Josie, ancora con tutti i sensi puntati sulla canna della pistola sul suo cuore. «Avrebbe anche potuto non dirmi nulla e mandarmi per la mia strada. Perché questa recita?»

«Ha funzionato, ecco perché.» disse Devon. «Non ha sospettato di me.»

Era vero, questo doveva ammetterlo. Era doloroso, ma vero. Ma c'era un altro motivo per cui Devon aveva avuto bisogno di mettere su quel teatrino e di assicurarsi che i sospetti non ricadessero su di lei. A quel punto aveva già ucciso Eden. A quel punto aveva già sequestrato Eden e l'aveva torturata per dieci giorni.

«Voleva ucciderli tutti.» disse Josie.

Devon sorrise. «Può scommetterci. Solo che Nadine era già stata uccisa quando ho scoperto dove viveva. Ma la sua morte mi ha dato un'idea. Cosa c'era di più poetico che far annegare tutti questi mostri nello stesso luogo in cui è stato trovato il corpo senza vita di mio padre?»

Le braccia di Devon non sembravano neanche minimamente affaticate dopo aver tenuto sollevata la pistola per così tanto.

«Eden era venuta a trovarla.» disse Josie.

«Perché Thatcher le aveva detto di essere venuto a parlare con me. È andata nel panico. Aveva paura che andassi a cercare Amber! È stata lei a dire quelle menzogne che hanno portato mio padre alla morte. Eden era preoccupata per quel mostro di sua sorella e un giorno si è presentata alla mia porta. Bob aveva Lilly e io ero qui da sola. L'ho fatta entrare. Ha iniziato a parlare. Mi sono infuriata moltissimo. Non ricordo molto di quello che è successo, a parte il fatto che ho iniziato a colpirla così forte che non riusciva più neanche a stare in piedi senza un sostegno. L'ho tenuta qui in garage. Nessuno ci viene mai a parte me. A Lilly non è permesso. Stavo cercando di capire cosa farne di lei. Non potevo lasciarla andare, giusto? Dovevo ucciderla, e se dovevo ucciderla, perché non avrei dovuto spazzare via l'intero clan? Non erano altro che un abominio. È stata Eden a dirmi che Nadine era stata uccisa. Ho cercato l'articolo e così ho avuto la conferma. In quel momento mi è venuta l'idea.»

La voce di Amber si levò con un tremito. «Hai ucciso la mia sorellina? Finn mi ha detto che è stata... è stata torturata. Come hai potuto?»

Devon puntò la pistola su Amber che strillò e fece un salto all'indietro, quasi cadendo. Josie la prese per il gomito e la aiutò a rimanere in piedi, ma Devon tenne la pistola puntata sulla testa di Amber. «Come hai potuto tu uccidere mio padre? Come hai potuto vivere con te stessa? Tua sorella, tua madre e tua zia hanno avuto quello che si meritavano. Tu saresti stata la prossima, così come tuo fratello e tuo padre, ma poi sei scomparsa e tutto è andato a rotoli. In realtà, avresti dovuto morire con tua sorella. Ti ho lasciato quel messaggio sulla diga di Russell Haven sul parabrezza. Sapevo che avresti capito subito cosa significasse. Ho pensato che ci saresti andata e avresti visto come muore qualcuno che ami e avresti saputo come ci si sente. Poi avrei ucciso anche te. Ho visto mio padre peggiorare per mesi prima della sua morte. Ogni giorno che passava era sempre più depresso. Ora mi chiedo, se tua zia non lo avesse ucciso, se si sarebbe suicidato comunque. Volevo che tu sapessi come ci si sente, ma tu alla diga non ci sei venuta.»

«A quel punto era già stata portata via da Gabriel.» disse Josie.

Il messaggio sul parabrezza era una delle altre cose che avevano lasciato Josie brancolare nel buio nelle ultime due settimane. La squadra aveva ipotizzato che fosse stato Gabriel a lasciarlo, ma Josie non ne era mai stata convinta del tutto: le cinque del mattino. Amber usciva di casa alle sette ogni mattina, non avrebbe mai visto il messaggio in tempo. Sapevano che

Gabriel era rimasto in città per due settimane, appostandosi e avvicinando Amber. Avrebbe avuto tutto il tempo di scoprire le sue abitudini e quindi di assicurarsi di lasciare il messaggio in un momento in cui lei lo avrebbe sicuramente visto. Ma allora, se l'aveva semplicemente rapita, per quale motivo aveva lasciato quel messaggio? Naturalmente, ora Josie sapeva che tutte quelle domande erano irrilevanti perché non era stato Gabriel a lasciarlo. L'aveva scritto Devon, che evidentemente non si era preoccupata di fare una ricognizione e di assicurarsi che Amber vedesse il messaggio in tempo per arrivare alla diga.

«Però ha funzionato abbastanza bene, no?» disse Devon. «Dopo aver eliminato te mi mancherà solo tuo padre.»

Fece un altro passo verso Amber, la pistola le toccava quasi la fronte. Josie cercò di distrarla: «Ha mandato lei la cartolina di Russell Haven a Lydia Norris.»

Devon annuì. «Era sulla mia lista. Volevo che sapesse che c'era qualcuno in giro che era a conoscenza di ciò che avevano fatto. Che non era finita.»

«Come ha fatto ad arrivare a Lydia?»

«Ho preso il suo numero di cellulare dal telefono di Eden. Ho dovuto comprare un cellulare prepagato, di quelli che non devi registrare con il tuo vero nome, e l'ho chiamata. Alla fine, ho scoperto che era già qui in città. Non ci è voluto molto per convincerla a incontrarmi alla diga. Era una personcina minuscola. Con una botta in testa era già bella che andata. Tutto quello che dovevo fare era riportarla qui, aspettare fino a notte fonda e riportarla alla diga. A quel punto ho dovuto colpirla ancora un paio di volte per assicurarmi che non si ribellasse. Non si è più svegliata. L'ho trainata con un secondo kayak. Semplice come bere un bicchier d'acqua.»

Josie riesaminò il caso nella sua testa il più velocemente possibile, alla luce di questa nuova prospettiva: Thatcher Toland aveva pubblicato il suo libro, che era diventato subito un bestseller. Aveva rintracciato Eden per fare ammenda e lei, accettate le sue scuse, gli aveva raccontato tutte le cose più turpi che la famiglia Watts aveva commesso, incluso ricattare il Dottor Rafferty, che alla fine si era suicidato - ma Amber era l'unica a sapere che in realtà era stato assassinato. Poi gli aveva parlato della loro bambina. Eden aveva sostenuto che solo Amber era a conoscenza della sua sorte. Thatcher era tornato a casa dalla moglie e le aveva raccontato tutto, insistendo sul fatto di voler trovare la figlia. Vivian gli aveva detto di aspettare l'apertura della megachiesa. Thatcher si era poi presentato a casa di Devon per dirle la verità su suo padre, visto che né Eden né Amber l'avrebbero mai fatto. Vivian aveva mandato Gabriel a parlare con Nadine o a ucciderla. Qualunque fosse il caso, Nadine era morta. Nel frattempo, Eden si era recata a Denton per parlare con Devon, che l'aveva fatta prigioniera, torturata e poi portata a morire alla diga di Russell Haven. Dopodiché, Devon aveva cercato di attirare anche Amber alla diga, ma a quel punto era già stata rapita da Gabriel, che l'aveva tenuta in ostaggio nei seminterrati del vecchio stadio dell'hockey, cercando di farsi dire dove si trovava la figlia di Eden. Nel frattempo, Devon aveva ucciso Lydia.

Ma anche così, c'era ancora qualcosa che non quadrava.

«Perché Thatcher Toland sarebbe venuto da lei per liberarsi del peso di Eden?» sbottò. «È andato da tutte le persone che i Watts hanno fregato e ha fatto lo stesso? Cos'è che ha omesso di dire?»

Con velocità fulminea, Devon sollevò la pistola e la puntò con tale forza contro il naso di Amber che Josie riuscì a sentire lo scricchiolio anche da dove si trovava. Amber si accasciò a terra. Josie si mise davanti a lei e alzò entrambe le mani, cercando di calmare Devon, che però non si lasciò influenzare. Ora teneva la pistola nella mano destra e la agitava in direzione di Amber. Le schizzò la saliva dalle labbra mentre gridava: «Pensa che tutti gli altri membri della sua famiglia siano artisti della truffa? Lei è la più subdola, disonesta e crudele fra tutti loro.»

Amber alzò lo sguardo, con gli occhi pieni di lacrime e il naso che buttava sangue. «Io e Eden eravamo solo delle ragazzine.» balbettò. «Non sapevamo cosa fare. Non avevamo risorse. Volevamo solo proteggere la bambina. Tutto qui. Non ho scoperto nemmeno dell'esistenza della Legge sul Rifugio Sicuro finché non ho compiuto vent'anni. Credi che volessi venire da te? Nessuno avrebbe mai dovuto saperlo. Nemmeno tu!»

«Lilly!» esclamò Josie. «Oh, mio Dio. Lilly...» Abbassò lo sguardo su Amber.

«È la figlia di Eden e Thatcher.»

Nessuna parlò.

Per la prima volta da quando era entrata nel garage, Josie sentì davvero freddo. Era come una cosa viva che si insinuava nel suo corpo. Pensò a ciò che Amber aveva detto in macchina: quando si viene educati a mentire, non si conosce altro al mondo. Josie si portò il palmo della mano sulla fronte, cercando ancora una volta di spostare tutti i pezzi del puzzle nella sua mente.

Devon teneva la pistola puntata verso il basso, contro la testa di Amber. «Avevo da poco perso mio padre. Avevo avuto cinque aborti spontanei. Ero appena stata lasciata da mio marito. Un giorno, una ragazzina pietosa si è presentata alla mia porta con una bambina nata da poco, dicendomi che lavorava nella caffetteria dove mio padre si fermava ogni giorno e che aveva imparato a conoscerlo bene. Mi ha detto che era sempre molto dispiaciuto perché continuavo a perdere un bambino dopo l'altro e che non sapeva quanto avrei potuto sopportarlo ancora. Poi mi ha raccontato che sua sorella era stata violentata, aggiungendo che erano fuggite per tenere nascosta la gravidanza ai genitori. Erano state così stupide, ha ammesso. Non avevano considerato a fondo la situazione, ma ormai non potevano tornare a casa con una bambina e non volevano andare alla polizia. Mi ha detto che si ricordava di mio padre che parlava di me e si chiedeva se volessi ancora un bambino. Aveva un atteggiamento molto convincente.»

«Così ha preso una bambina da una ragazzina di diciassette anni che non conosceva nemmeno?»

Devon si girò di scatto verso Josie e la fulminò con lo sguardo.

«Lilly sarebbe stata data in affidamento. Chissà dove sarebbe finita. Le ho dato una casa stabile e amorevole. È stata il mio miracolo. Mi ha fatto anche riconquistare mio marito per un breve periodo. Per mia fortuna, avevamo dormito insieme qualche volta nove o dieci mesi prima dell'arrivo di Lilly. Poi lui è partito per il Medio Oriente per fare una specie di lavoro indipendente per quasi un anno. Per di più non era facile mettersi in contatto con lui in quel periodo, per cui potevo contare su questo enorme vantaggio. Quando è tornato, Lilly aveva già due mesi. Era furioso per il fatto che non gli avessi mai detto che ero rimasta incinta, ma se n'è fatto una ragione abbastanza in fretta la prima volta che l'ha tenuta in braccio. Abbiamo trascorso cinque anni bellissimi come famiglia prima che le cose precipitassero di nuovo. E lei è arrivata nella mia vita proprio nel giorno del compleanno di mio padre.»

Devon diede una botta ad Amber con un calcio di sbieco. «Lo sapevi? L'hai fatto apposta?»

Amber scosse la testa, asciugandosi il viso con il retro della manica. «Sapevo solo che volevi un bambino, che tuo padre era una persona di spessore e ho pensato che anche tu dovevi esserlo perché ti aveva cresciuta lui. Pensavo che con te sarebbe stata al sicuro.»

«Ed è così, infatti!» gridò Devon. «Era al sicuro, finché tua sorella non ha aperto quella sua boccaccia.»

Amber si puntò un dito al petto. «Io dovevo essere l'unica persona a conoscere il luogo dov'era andata Lilly! Non l'ho mai detto a Eden. Era il nostro accordo. Nessun altro poteva saperlo, nemmeno lei.»

«E allora come ha fatto a scoprirlo?» le chiese Devon, colpendo di nuovo Amber con la canna della pistola. Josie cercò di immaginare se sarebbe riuscita o meno ad attaccare Devon senza che la pistola esplodesse un colpo, ma Devon teneva sempre il dito premuto sul grilletto e si trovava in una posizione estremamente ravvicinata ad Amber. Il rischio era troppo elevato. «Non sono stata io a dirglielo.» disse Amber. «Te lo giuro. Dopo averti portato Lilly, ho detto a Eden che le avevo trovato un'ottima famiglia e lei questo non lo ha mai messo in dubbio. Non fino a quando non ha confessato tutto a Thatcher Toland. Dopo avergli detto la verità, mi ha chiamato facendomi un sacco di domande sulla bambina, su come facevo a sapere che era al sicuro. Le ho detto solo che sapevo che la sua bambina era al sicuro perché la persona a cui l'avevo affidata desiderava un bambino da molto, molto tempo e sapevo che sarebbe stato un buon genitore. Non ho aggiunto altro.»

«E allora come ha fatto a capirlo?» gridò Devon.

Amber la fissò con gli occhi spalancati e pieni di lacrime, mentre dalle narici continuavano a colare gocce di sangue. «Non lo so! Forse è perché, quando eravamo ragazzine, c'era un numero limitato di persone che conoscevamo che avrebbero potuto accettare di tenere un bambino senza fare troppe domande. Eden sapeva quanto mi sentissi in colpa per quello che avevamo fatto a tuo padre. Non l'ho mai superato. E sapevo dei tuoi aborti. Ho detto la verità: tuo padre mi ha raccontato tutte quelle cose, ma non in una caffetteria. Me le diceva quando venivo a fare le sedute. Molto spesso era al telefono con te quando arrivavo. Era così sconvolto per tutto quello che avevi passato. A quel tempo, scoppiavo sempre a piangere con Eden quando pensavo alla tragedia che tu avessi perso tutti quei bambini e tuo padre. Credo che Eden l'abbia capito così e l'abbia detto a Thatcher seguendo una sua teoria. Ma ti assicuro che io non ho detto niente a nessuno e nemmeno lei non avrebbe dovuto farne parola con nessuno.»

Devon le premette la pistola contro la fronte. «Thatcher Toland è venuto qui a cercare una bambina. Ha detto di sapere tutto su ciò che la famiglia Watts aveva fatto a mio padre. Ha detto che credeva che uno di loro mi avesse portato una bambina e poi ha detto che quella bambina era la sua. Io ho mentito e ho detto che non era vero, ovviamente. Credi che gli avrei mai permesso di mettere le mani sulla mia Lilly? Pensi che lascerei che qualcuno di voi metta le sue sporche mani da bugiardo sul mio angelo?»

«Perché non l'ha ucciso?» le chiese Josie. «Dopo Eden, era lui ad avere le maggiori pretese su Lilly.»

Devon continuò a tenere la pistola puntata sulla testa di Amber, ma lanciò un'occhiata a Josie. «L'avrei fatto, alla fine, ma per uccidere una persona famosa come Thatcher Toland... mi ci sarebbe voluta una certa preparazione.»

Josie pensò al libro che Devon le aveva dato. «Non era davvero un membro della sua chiesa, dico bene?»

«Certo che no.» strillò Devon. «Ho letto il suo libro solo per saperne di più su di lui. Sono andata alla sua chiesa per vedere che tipo di sicurezza aveva intorno a sé.»

Josie abbassò lo sguardo su Amber. Stava tremando. «Ha trovato quella cartella vuota sulla scrivania di suo padre dopo la sua morte con la scritta "Ella Purdue". Non aveva idea che Amber fosse Ella Purdue per tutto questo tempo?»

Devon scosse la testa. «No, certo che no. Pensavo solo che fosse un'adolescente stupida e spaventata. Quando ha iniziato a lavorare a Denton come addetto stampa, l'ho riconosciuta ma non ho mai osato avvicinarla. Avevamo fatto un patto.»

Josie cercò di mettersi nei panni di Devon. Una giovane donna sposata alla disperata ricerca di un figlio. Aborto spontaneo dopo aborto spontaneo. Un matrimonio fallito. La morte misteriosa e improvvisa del padre. Doveva esserle sembrato un miracolo quando una ragazzina si era presentata alla sua porta con una neonata il giorno del compleanno di suo padre. Josie poteva capire come, nella mente distorta di Devon, dovesse sembrare che il padre avesse in qualche modo dato la sua benedizione all'accordo. La cosa era andata avanti senza il minimo intoppo per dieci anni, finché un giorno Thatcher Toland si era presentato alla sua porta e le aveva raccontato tutto, dando così un nome ai volti che si celavano dietro la morte del dottor Jeremy Rafferty. Josie cercò di immaginare la sorpresa di Devon quando si era resa conto che uno di quei volti era proprio la ragazzina che le aveva dato la possibilità di diventare madre. Anche se quel giorno Thatcher Toland non aveva visto Lilly, sarebbe stata solo una questione di tempo prima che potesse verificare pienamente che era figlia sua. Sarebbe bastato un semplice test del DNA per mandare all'aria tutte le loro vite. Il piano di Devon teso ad annientare l'intera famiglia Watts rispondeva sia al suo bisogno di vendetta che a quello di proteggere la sua bambina. Vivian Toland e Gabriel Watts dovevano sicuramente aver seguito il medesimo percorso, ponendosi come obiettivo quello di eliminare l'intera famiglia Watts per proteggere Thatcher.

«Ora...» riprese Devon, premendo la canna della pistola così forte sulla pelle di Amber da farla trasalire e ritrarre. «Non voglio farlo qui. Non con Lilly in casa. Oltretutto non voglio che faccia troppe domande, quindi adesso noi tre andiamo a fare una passeggiata.»

Josie pensò al fatto che sia Finn che Noah sapevano che stavano andando a trovare Devon, perciò, anche se Devon avesse nascosto l'auto con cui erano venute, come aveva fatto con quella di Eden, non avrebbe guadagnato molto tempo. Noah le sarebbe stato addosso e non l'avrebbe mollata finché non avesse scoperto la verità. Fantastico, pensò Josie, i nostri omicidi saranno risolti.

Devon le condusse sul retro del garage, dove c'era un'altra

porta che conduceva al giardino sul retro. Uscirono nella neve, che ora arrivava tra la caviglia e il polpaccio. Josie continuava ad aspettare una buona occasione per usare il telefono o per cogliere Devon alla sprovvista per poterla attaccare, ma il momento adatto non arrivava mai. La donna rimaneva alle loro spalle, con la pistola che ondeggiava da una parte all'altra tra le loro teste mentre camminavano fianco a fianco fino al limite del giardino in direzione del bosco. Il terreno e i rami degli alberi erano ricoperti di neve e i fiocchi scendevano ormai a un ritmo forsennato, rendendo difficile vedere oltre qualche metro davanti a loro.

«Dove ci stai portando?» le chiese Amber, che già aveva cominciato a battere i denti.

«In un posto dove non vi troveranno fino alla primavera, e per allora avrò capito come sistemare tutta questa situazione.»

Josie cercò di visualizzare nella sua mente un'immagine satellitare di quella zona di Denton: era più remota della maggior parte dei luoghi della città, ma doveva considerare le persone che vivevano vicino alla proprietà. Si scervellò per ricordare cosa ci fosse dietro la casa di Devon. Prima che riuscisse a capirlo, emersero da una fila di alberi in una radura. Davanti a loro, ridotti a una semplice sagoma in lontananza, c'erano un fienile e un silo di mais. Una fattoria. Con occhi frenetici Josie cercò un'abitazione o un veicolo. Un segno di vita qualsiasi. Chiunque potesse aiutarli.

«Non sono in casa.» disse Devon, come se le avesse letto nel pensiero. «Sono in Costa Rica per due settimane. Non è una fattoria in attività. L'ha comprata una coppia di artisti. Usano il fienile e il silo come studio.»

Josie sbatté le palpebre per evitare che i fiocchi di neve le si accumulassero sulle ciglia. Anche a lei cominciavano a battere i denti. Il palmo gelido di una mano di Amber si infilò nella sua e lo strinse. Doveva fare qualcosa. Guardando indietro, vide che Devon aveva ancora il dito premuto sul grilletto. Nella Glock

19 la sicura è incorporata sul grilletto sotto forma di leva. A Devon bastava una piccola pressione in più per sparare e uccidere una di loro all'istante. Quindi Josie non poteva rischiare di metterle fretta o di farle lo sgambetto. Non poteva far altro che aspettare l'occasione giusta.

«Laggiù...» disse Devon, agitando la pistola alla loro sinistra.

Accanto al fienile il terreno era in leggera pendenza e poi apparivano quelli che sembravano due pilastri di legno che spuntavano dai cumuli di neve, oltre i quali c'era un ponte di corda. Era difficile da distinguere in mezzo a quella distesa di bianco, ma quando si avvicinarono, Josie riuscì a vedere che la neve era caduta passando attraverso le assi del ponte. Amber esitò quando lo raggiunsero. Girandosi verso Devon, le chiese: «Cos'è questo?»

Josie sapeva già cos'era e cercava di capire come Devon intendesse annegarle in uno stagno che quasi certamente era ghiacciato.

Devon premette la canna della pistola contro la tempia di Amber e disse: «Stai zitta e cammina.»

Lo stagno era enorme. Il ponte di corda si estendeva talmente in lontananza che Josie non riusciva a vedere l'altra sponda sotto quella nevicata. Quando arrivarono al centro, Devon le fece fermare. Josie stava tenendo traccia delle loro posizioni. Sia Devon che Amber erano ora più vicine alle corde, toccandole con la vita. Josie si trovava dall'altra parte rispetto ad Amber. Insieme, i loro copri formavano gli angoli di un triangolo scaleno, in cui Josie era il vertice e la più lontana dal punto in cui Devon aveva deciso di fermarsi. Devon girò su sé stessa e guardò in basso. Voltandosi di poco, Josie seguì il suo sguardo e circa un metro sotto di loro vide quella che supponeva fosse la superficie dello stagno, coperta di neve. Devon puntò la pistola verso il basso e sparò tre colpi in rapida successione. Amber trasalì e si portò le mani alle orecchie per coprirle. Josie ruotò sul posto. Usando gli avambracci come una spranga, colpì la schiena di Devon, appena sotto le scapole, spingendola in avanti. La pistola le scivolò dalle le mani e cadde nella neve sottostante. Josie cadde in ginocchio e avvolse le braccia intorno alle gambe di Devon, sollevandole con tutte le sue forze finché non riuscì a farle perdere l'equilibrio e a farla scivolare giù dal ponte sulla lastra di ghiaccio.

Il ghiaccio non si frantumò quando Devon vi atterrò sopra. Ma quando Amber atterrò sopra di lei, il peso divenne eccessivo. Josie cercò di afferrare Amber prima che volasse di sotto, ma era troppo tardi. Mentre precipitava, Devon aveva agguantato Amber per un braccio e l'aveva trascinata giù con sé. Con orrore, Josie guardò le due donne sprofondare nel buco frastagliato che si era formato nel ghiaccio. Le loro teste riemersero una, due volte. Devon si slanciò verso l'alto e con le mani spinse Amber per le spalle in profondità. Amber non tornò su. Josie sapeva che una volta sotto il ghiaccio sarebbe stata disorientata dall'oscurità e che solo una manciata di istanti la separava dall'ipotermia. Non sarebbe stata in grado di ritrovare la strada verso l'apertura.

Josie si allontanò di qualche passo dal punto in cui Devon e Amber erano precipitate e saltò sulla lastra di ghiaccio che copriva il laghetto. Il mezzo metro di neve le rese più morbido l'atterraggio, ma sotto i suoi piedi sentì uno scricchiolio: i colpi che Devon aveva esploso dovevano aver indebolito l'integrità del ghiaccio, perciò, più si fosse avvicinata a loro, più il ghiaccio si sarebbe spaccato sotto il suo peso e lei avrebbe rischiato di cadere a sua volta nell'acqua gelida. Ignorando il freddo e il panico che le mandavano il cuore in fibrillazione, Josie si lasciò cadere a pancia in giù e allargò braccia e gambe il più possibile, nel tentativo di distribuire uniformemente il suo peso sul ghiaccio. I muscoli delle braccia non si erano ancora ripresi del tutto dal tremendo sforzo a cui li aveva sottoposti alla chiesa e, facendoci sopra pressione, ondate di dolore le si propagarono dai polsi alle spalle. Le ignorò e continuò ad andare avanti. Mentre strisciava verso l'apertura, ascoltando gli spruzzi di Devon, sentì altre piccole crepe formarsi sotto il suo peso. La neve le si raccolse in bocca e lei la sputò. Le si appiccicò al viso, alle orecchie e alla nuca. Era così fredda che le sembrava incandescente. Con una delle mani sfiorò il pelo dell'acqua, poi un frammento di ghiaccio. La testa di Devon si sollevò, l'acqua le scivolò di dosso come se fosse una creatura marina. Lanciò un grido e allungò la mano verso Josie, cercando di aggrapparsi. Josie rotolò rapidamente su un fianco e continuò a tastare i bordi del ghiaccio frammentato. Devon tornò di nuovo sott'acqua. Altri spruzzi la raggiunsero. Una mano uscì dall'acqua. Josie sbatté le palpebre e, con perfetta chiarezza, riconobbe la cicatrice sul palmo di Amber. Si fiondò su di lei, allungando entrambe le mani e stringendole il polso. Sotto di lei, il rumore di altre piccole crepe nel ghiaccio risuonò come una sinfonia. Cercò di tirarsi sulle ginocchia per strappare il corpo di Amber dall'acqua gelata, ma sentì che il ghiaccio cedeva. La testa e il busto di Amber uscirono dall'apertura e con la mano libera si aggrappò al bordo frastagliato che si sgretolava nella sua presa.

«Prendi l'altra mano!» le urlò Josie, ma Amber era troppo disorientata: agitava freneticamente un braccio in aria, ma non riusciva a trovare l'altra mano di Josie che sentì la superficie ghiacciata sotto di lei spostarsi di nuovo. Si tirò su puntellandosi sulle ginocchia, alla ricerca di un punto d'appoggio solido, per fare un altro tentativo e tirare Amber a sé.

Le note discordanti del ghiaccio che si spaccava aumentavano. Un'altra mano perforò il ghiaccio rotto vicino alle ginocchia di Josie. Il volto di Devon apparve, con la bocca rivolta verso il cielo, in cerca d'aria. «Aiutami!» urlò agitando una mano in aria. «L-La mia ma... mano. P-Prendi la m-mia mano.»

Si allungò per afferrare la mano libera di Josie. Tutto sembrò fermarsi in quel secondo. La neve. Il sangue che le pulsava nelle vene. L'aria nei polmoni. Due mani. Amber da una parte e Devon dall'altra. Nella sua mente tornò il ricordo della Vigilia di Natale alla megachiesa dei Toland. Le file di posti a sedere al livello superiore. Due mani. Devon da una parte e Vivian dall'altra. In quel momento Josie aveva pensato di aver fatto la scelta giusta; quello che non aveva capito era che in una situazione del genere non c'erano scelte giuste o sbagliate. Ma adesso, in quel preciso istante, c'era una scelta giusta. Aveva già una presa salda su Amber; se fosse riuscita a prenderle anche l'altra mano, avrebbe potuto trarre in salvo sia lei che sé stessa. Se invece avesse preso la mano di Devon, avrebbe dovuto lasciare andare Amber completamente o lasciarle morire tutte e due. Non poteva salvarle entrambe. Non poteva afferrare le mani di entrambe allo stesso tempo e trovare abbastanza aderenza con le gambe sul ghiaccio fratturato per trarre tutte quante in salvo. Non appena avesse tirato una di loro fuori dall'acqua, il ghiaccio già fratturato si sarebbe definitivamente frantumato sotto il loro peso e avrebbero dovuto fare una corsa per raggiungere la riva senza venire sommerse. Josie era sicura di poter issare e poi trascinare solo una delle due attraverso il fragile ghiaccio, non due.

Proprio come le era successo alla chiesa, con la mente corse a Lilly. Poi prese l'altra mano di Amber e tirò.

Il tifo che proveniva dal salotto di Josie poteva significare solo una cosa: qualcuno aveva segnato un touchdown alla finale del campionato della National Football League. Scuotendo la testa, Josie tornò al tavolo della cucina e riprese a versare la salsa al centro di un grande vassoio di nachos. Ai suoi piedi c'era Trout che osservava ogni suo minimo movimento come se stesse eseguendo un'operazione chirurgica. Con passo leggero, Misty la superò con un vassoio di capesante avvolte nel bacon e diede un colpetto al fianco di Josie con il suo e, sorridendole, buttò un'occhiata al vassoio di nachos e disse: «Ottimo lavoro.»

Josie era entusiasta di avere un incarico legato alla cucina che non comportasse nessun passaggio col potenziale rischio di innescare un incendio e soddisfatta dell'approvazione della sua amica, prese il vassoio e andò in salotto. Per arrivare al tavolino dovette fare uno slalom tra i suoi numerosi ospiti seduti sul pavimento davanti alla televisione e posò il vassoio di nachos accanto all'urna della nonna. Ancora una volta, Harris aveva insistito perché Lisette avesse un posto in prima fila per i festeggiamenti.

Si levò un altro scroscio di applausi. Josie lanciò un'occhiata di sfuggita alla partita in televisione e poi tornò verso l'ingresso dove Sawyer Hayes se ne stava appoggiato alla porta. Le rivolse un mezzo sorriso. «Non ti piace il football?»

«Non ho nessuna opinione sul football, né in un senso né nell'altro.» gli spiegò Josie. «Per questo di solito non mi interessa partecipare alla finale del Super Bowl.»

Sawyer si mise a ridere e Josie si rese conto che era la prima volta, forse in assoluto, che sentiva una risata genuina passare dalle sue labbra. Le ricordò tanto quella del suo amato padre, Eli. Eccolo, pensò Josie, il lampo di tristezza che accompagna ogni momento di felicità dopo una perdita. Non esiste l'una senza l'altra. Questo era ciò che Lisette aveva cercato di dirle sul letto di morte. «Devi imparare a convivere con entrambi, tesoro mio. Con il dolore e con la felicità. Una volta che hai perso qualcuno, il dolore diventa una parte permanente della tua vita, di ciò che sei.» Josie pensò alla dolce, simpatica e curiosa Lilly Rafferty. Nonostante tutto quello che Amber aveva fatto per cercare di proteggerla, quella bambina aveva perso l'unica madre che avesse mai conosciuto. Una madre che era anche un'assassina. Lilly questo non lo avrebbe ricordato. L'unico ricordo che avrebbe avuto di Devon sarebbe stato quello di una madre amorevole e gentile. E Josie sapeva che avrebbe lottato con questo ricordo per il resto della sua vita. Si sentiva triste al pensiero che quella ragazzina sarebbe stata costretta a sopportare l'ammiccamento sempre presente del dolore in tutti i momenti di felicità che avrebbe vissuto, fin da una così giovane età. Quantomeno, pensò Josie, Lilly avrebbe avuto modo di stare con l'ex marito di Devon, Bob. Dopo la morte di Devon, Josie aveva rivelato a Thatcher Toland la vera identità della ragazzina; tutto ciò che lui aveva chiesto era un incontro con Lilly e Bob, non come padre biologico, ma solo in veste di predicatore della chiesa di sua madre. Dopo aver visto Bob e Lilly insieme, Thatcher aveva deciso che sarebbe stato meglio per tutti se la bambina fosse rimasta con l'unico padre che aveva mai conosciuto. Si era fatto da parte, dicendo a Josie in privato che non avrebbe mai interferito nella vita di Lilly, ma che lei sarebbe stata l'erede del suo patrimonio.

«Bandiera in campo!» urlò qualcuno.

Josie si voltò dall'altra parte e lanciò uno sguardo al soggiorno. Noah era lì, accoccolato sul divano e teneva Harris sulle ginocchia. Gretchen era di turno, ma Josie le aveva promesso che le avrebbe mandato qualcosa da mangiare a casa tramite sua figlia, Paula, che si era accomodata accanto a Noah e Harris. Anche Patrick, il fratello di Josie e Trinity, e la sua ragazza, Brenna, erano stipati sul divano. Sulle sedie pieghevoli sistemate lungo il perimetro della stanza sedevano Shannon e Christian. Intanto era arrivato anche Drake che ora sedeva sul pavimento assieme a Trinity. Erano arrivati anche Dan Lamay, sua moglie e la figlia, e l'ex suocera di Josie, Cindy Quinn, e si erano tutti accomodati sulle sedie pieghevoli. C'erano anche Mettner e Amber, stretti nella poltrona reclinabile. Amber teneva la testa appoggiata nell'incavo della spalla di Mettner. Mentre tutti gli altri guardavano la partita con attenzione, lei sonnecchiava, al sicuro tra le braccia del suo fidanzato. Il programma prevedeva che tutti mangiassero a sazietà, bevessero qualcosa, guardassero la partita e poi, cosa più importante di tutte, la prima del nuovo programma di Trinity. Josie la considerava "la Serata per Trinity, seconda edizione". La speranza era che alla fine della serata fossero ancora tutti presenti. Misty apparve con una valanga di bottiglie di birra sotto un braccio e, piazzatasi tra Josie e Sawyer, urlò: «Alzi la mano chi ha sete!»

Una foresta di mani si allungò verso di lei, sollevandola dal suo carico. Mettner si allontanò da Amber, posandole un bacio sulle labbra prima di attraversare la stanza per prendere l'ultima bottiglia. Amber infilò i piedi sotto di sé e guardò la televisione. Ben presto le palpebre le si abbassarono di nuovo. A bassa voce, Josie chiese a Mettner: «Ha ancora problemi a dormire la notte?»

Mettner sospirò. «Sì. Ci stiamo lavorando, però. Ora va da un terapeuta e speriamo che questo la aiuti. Ma mi sento così... impotente. Mi sembra di non fare altro che starmene lì, a guardarla soffrire, senza trovare una soluzione al problema.»

Josie rivolse lo sguardo verso Amber, ma i suoi occhi erano completamente chiusi. Anche se era sveglia, c'erano troppe chiacchiere nella stanza e troppo rumore proveniente dalle casse del televisore perché potesse sentire quello che dicevano a bassa voce. «Ci vuole tempo, Mett. Molto, molto tempo.» Lanciò un'occhiata a Noah. «E sostegno. Credimi, essere presente per assistere al suo dolore e ascoltarla è già molto utile. Essere presente, a prescindere da tutto, anche se non riesci a risolvere nulla, è la cosa migliore che puoi fare per lei in questo momento.»

Anche lui guardò Noah e poi di nuovo lei. «Non vado da nessuna parte.» le disse.

Il momento scivolò via. Josie si accorse che Sawyer, dall'altra parte, stava origliando. Mettner mandò giù un bel sorso di birra e usò le nocche per pulirsi le labbra.

Poi Josie gli chiese: «Lei lo sa?»

«Beh, sì, cioè, credo che lo sappia. Pensi che dovrei farle la proposta?»

Josie rise. «Non facciamoci prendere la mano. Aspetterei a farle la proposta finché non sarà in un posto migliore nella sua testa.»

Dalla sala si alzò un coro di "Andiamo!" pieno di foga e qualcuno gridò: «Idiota di un arbitro!»

Il volto di Mettner sbiancò. «Pensi che mi dirà di no?»

«Penso che tu debba passare un po' di tempo a costruire un rapporto di fiducia con lei prima di farle la proposta.»

«Pensi che non si fidi di me?»

«Non credo che si sia mai fidata di nessuno.» disse Josie. «Non fino in fondo, almeno. Amber è cresciuta in una famiglia piena di bugiardi. Non ha conosciuto altro che l'inganno.

Persone che dicevano una cosa e si comportavano in un modo e poi facevano qualcosa di completamente opposto. Credo che questo le renda molto difficile fidarsi di qualcuno. La cosa migliore che tu possa fare per lei è essere coerente. Devi dimostrarglielo giorno per giorno che non vai da nessuna parte.»

Mettner guardò Amber dall'altra parte della stanza, che aprì gli occhi e, per una frazione di secondo, Josie vi vide panico cieco. Poi sbatté le palpebre per mettere a fuoco la stanza. Il petto le si gonfiò di quello che sembrava un sospiro di sollievo. Si accorse che la stavano guardando e fece un debole sorriso.

«Molto bene.» disse Mettner. «La proposta può aspettare finché le cose non saranno migliorate. E Boss... farò tutto il necessario per dimostrarle che tengo lei e che ci sono fino in fondo.»

«Questo non devi dirlo a me...» disse Josie, dandogli una gomitata.

Mettner abbassò lo sguardo su Amber e le rivolse un rapido sorriso. In tre semplici passi attraversò la stanza e si accoccolò di nuovo sulla poltrona. Josie li guardò fissarsi come se non esistesse nessun altro al mondo. Un po' di pace si stabilì nel suo cuore.

Il campanello suonò. Le unghie di Trout ticchettarono sul pavimento di legno duro mentre correva a vedere chi fosse. Josie aprì e vide il capo Chitwood in piedi sui gradini davanti casa, con una pirofila coperta da un foglio di carta stagnola tra le mani. «Sono in ritardo?» chiese. «Posso unirmi a voi?»

Josie fece un sorriso disorientato. «Ma certo!» gli disse facendosi da parte per permettergli di entrare. «Quella la porti in cucina. Misty le dirà cosa fare. È lei che si occupa delle cose da mangiare.»

Chitwood le passò davanti, facendo un finto saluto a Sawyer. Josie raggiunse Sawyer sulla porta e gli disse: «Sono contenta che tu sia venuto.»

Alzò lo sguardo e lo vide annuire. Era il massimo che poteva sperare da lui, pensò. Poi lui girò la testa e incrociò il suo sguardo. Per una frazione di secondo vi vide lo stesso scintillio azzurro che gli occhi di Lisette avevano sempre avuto e il respiro le sfuggì dalla gola.

«Sai cosa mi ha detto Lisette prima di morire?» le chiese.

«No...» borbottò Josie. Avevano passato tutti e due un momento con la nonna quando stava esalando gli ultimi respiri. Prima di morire, aveva detto qualcosa a ciascuno di loro, in privato, in modo che l'altro non potesse sentirla.

«Mi ha detto: "Tesoro mio, devi trovare la tua famiglia".»

UNA LETTERA DA LISA

Vi ringrazio di cuore per aver scelto di leggere *Le ragazze annegate*. Se vi è piaciuto questo libro e volete rimanere aggiornati su tutte le mie ultime uscite, iscrivetevi al seguente link. Il vostro indirizzo e-mail non verrà mai condiviso e potrete disiscrivervi in qualsiasi momento.

italia.bookouture.com/subscribe/

Poter continuare a proporvi i libri di Josie Quinn è uno dei più grandi piaceri della mia vita. Ci tengo a farvi presente che la diga di cui ho raccontato in questo libro è completamente inventata. Ho unito una serie di caratteristiche prese da dighe diverse su cui ho fatto delle ricerche e ne ho inventate di mie. Di solito mi piace recarmi sul campo ogni volta che mi è possibile per condurre le mie ricerche, ma questa volta non ho potuto visitare fisicamente nessuna delle dighe su cui ho condotto i miei studi a causa del COVID. Perciò, ho dovuto affidarmi a un esperto del settore, a diverse persone che ne avevano visitate, a siti Internet e alla mia immaginazione. Come sempre, faccio del mio meglio per rendere gli elementi procedurali della polizia il più autentici possibile; ciononostante, alcune particolarità devono essere necessariamente modificate per ragioni di ritmo e di intrattenimento. Tutto questo è un mio giro di parole per dire che qualsiasi errore o imprecisione ci siano nel libro sono di mia responsabilità.

Adoro i miei lettori, siete il pubblico migliore del mondo, e adoro ricevere i vostri commenti. Potete mettervi in contatto con me attraverso il mio sito web o uno qualsiasi dei social media qui sotto, inclusi appunto il mio sito web e la mia pagina Goodreads. Inoltre, se lo desiderate, vi sarei molto grata se lasciaste una recensione e se poteste consigliaste *Le ragazze annegate* ad altri lettori. Le recensioni e le raccomandazioni attraverso il passaparola sono estremamente utili per consentire ai nuovi lettori di scoprire i miei libri per la prima volta. Come sempre, grazie mille per la passione incessante che avete dimostrato per questa serie. Sono sbalordita e profondamente commossa dal vostro entusiasmo! Spero di rivedervi alla prossima occasione!

Grazie,

Lisa Regan

www.lisaregan.com

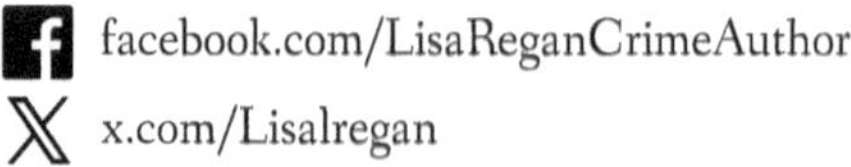

facebook.com/LisaReganCrimeAuthor

x.com/Lisalregan

RINGRAZIAMENTI

Carissimi e appassionati lettori: vi ringrazio molto per essere tornati a condividere con Josie una nuova avventura. In questo gruppo di straordinari lettori, siete davvero in tanti ad aver seguito il mio viaggio personale e quello immaginario di Josie. Vi ho parlato in precedenza di mio padre che è morto in modo improvviso e inaspettato nell'aprile del 2021, mentre stavo per concludere il Libro 12 (*Il suo tocco mortale*). In quel momento, ho pensato che una delle cose più difficili da fare dopo la sua morte fosse finire quel libro. Non avrei potuto sbagliarmi di più. Quando ho iniziato a scrivere il libro 13, lo sconvolgimento per il suo decesso si era in parte esaurito e mi sono ritrovata da sola sulla secca del lutto, a brancolare sia dal punto di vista emotivo che dal punto di vista creativo. Cari lettori, ci sono molte cose che mio padre non si è mai stancato di dirmi – diciamo come una specie di prontuario motivazionale per la vita se volete - e una di queste era semplicemente: "Rimettiti al lavoro". E così ho fatto. Mi sono tuffata nelle acque insidiose che circondavano la mia sponda di dolore e ho cercato di nuotare fino a riva. Ho cercato di consegnarvi un buon libro. Spero di esserci riuscita.

Come sempre, per primi voglio ringraziare mio marito, Fred, e mia figlia, Morgan, per avermi aiutata a non farmi prendere dal panico. Ringrazio poi le mie prime lettrici: Dana Mason, Katie Mettner, Nancy S. Thompson e Torese Hummel. Grazie a Matty Dalrymple e Jane Kelly, i miei critici letterari di pronto intervento che mi hanno salvato ancora una volta! Grazie alla mia adorabile amica e assistente, Maureen Downey, per avermi sostenuto durante la stesura di questo libro che, ne sono piuttosto certa, non esisterebbe se non avessi potuto contare sul suo incrollabile sostegno e sulla fiducia che nutre in me. Grazie alle mie nonne: Helen Conlen e Marilyn House; alla mia famiglia: al compianto Billy Regan, a Joyce Regan, a Rusty House e a Julie House; ai miei fratelli e alle mie cognate: Sean e Cassie House, Kevin e Christine Brock e Andy Brock; e un grazie va anche alle mie adorabili sorelle: Ava McKittrick e Melissia McKittrick. Grazie anche a tutti i soliti sospetti per aver diffuso la notizia: Debbie Tralies, Jean e Dennis Regan, Tracy Dauphin, Claire Pacell, Jeanne Cassidy, Susan Sole, la famiglia Regan, la famiglia Conlen, la famiglia House, la famiglia McDowell, la famiglia Kays, la famiglia Funk, la famiglia Bowman e la famiglia Bottinger! Come sempre, un grande grazie va a tutti i fantastici blogger e ai recensori che continuano a seguire Josie Quinn o che l'hanno scoperta a metà della serie e che hanno dato il loro sostegno a gran voce! Significa davvero molto per me!

Voglio ringraziare anche Rusty House, Van Wagner e Miranda Kessel per l'aiuto che mi hanno dato con tutti gli aspetti legati alla diga, compresi i sistemi di risalita e di trasporto dei pesci! Grazie a Michelle Mordan e Ken Fritz per aver risposto a tutte le mie domande sui paramedici e sui protocolli di emergenza. Grazie a Karmen Harris, agli infermieri specializzati in violenza sessuale su adulti e adolescenti, ai diplomandi e ai diplomati in infermieristica e all'American Board of Medicolegal Death Investigators per il loro aiuto nel definire gli aspetti clinici e autoptici di questo libro. Grazie, come sempre, al sergente Jason Jay per aver risposto a tutte le mie domande, sempre e comunque, a tutte le ore del giorno e della notte. Grazie a Lee Lofland per avermi sempre messo in contatto con le migliori risorse!

Grazie a Jenny Geras, Kathryn Taussig, Noelle Holten, Kim Nash e a tutta la squadra di Bookouture, compresa la mia adorabile copy editor, Jennie, che è una santa e un genio, e la mia correttrice di bozze, Jenny Page. Ultima, ma non per questo meno importante, la mia straordinaria editor, Jessie Botterill. Il fatto che tu non abbia mai perso la fiducia in me significa davvero molto. Ti ringrazio per avermi convinto a scendere da quel cornicione figurato così tante volte. Ti ringrazio per essere stata tanto paziente e costante. Ti ringrazio per avermi guidato in questo periodo insidioso con grazia, calore, gentilezza ed empatia. Ogni tuo messaggio di incoraggiamento è stato come un salvagente a cui mi sono aggrappata per andare avanti. Sei una persona eccezionale e per questo ti sono infinitamente grata.

www.ingramcontent.com/pod-product-compliance
Lightning Source LLC
Chambersburg PA
CBHW031742180726
48283CB00005B/1625